# Alka Saraogi
# Umweg nach Kalkutta

*Roman*

Aus dem Hindi von
Margot Gatzlaff-Hälsig

Insel Verlag

Redaktion: Unda Hörner
Titel der Hindi-Originalausgabe:
Kali-kathå: wåyå båipås


Veröffentlicht in Zusammenarbeit mit dem
National Book Trust, India

एकः सूते सकलम्


Satz: Hümmer GmbH, Waldbüttelbrunn
Druck: Ebner & Spiegel, Ulm
Printed in Germany
Erste Auflage 2006
ISBN 978-3-458-17313-7
ISBN 3-458-17313-7

1 2 3 4 5 6 – 11 10 09 08 07 06

Umweg nach Kalkutta

# 1
# Kali-katha[1]: 1997

Es war in Kalkutta[2], wo Kishor Babu die Landsdowne Road vor dem ›Golden Harvest‹, dem neuesten und teuersten Restaurant der Stadt, überquerte, ohne auf den Verkehr zu achten, auf die vielen vorbeirasenden Autos, Busse und Kleinbusse mit ihren erstickenden Auspuffgasen, ihren durchdringenden Hupen und kreischenden Bremsen.

Wer Kishor Babu nicht kannte, hätte das sicher nicht besonders aufregend gefunden, doch als seine Verwandten und Bekannten davon hörten, erschraken sie bei der Vorstellung, daß er sein Leben so leichtsinnig aufs Spiel gesetzt hatte. Sie erschauderten vor Entsetzen, versanken in tiefes Grübeln, am Ende meinten sie schließlich: »Da hat er wie durch ein Wunder Glück gehabt.«

Dieses unerwartete und seltsame Verhalten eines Mannes wie Kishor Babu, der trotz seiner mehr als siebzig Jahre geistig so wach und rege war, wie höchstens noch der über achtzig Jahre alte Ministerpräsident von Bengalen, Jyoti Basu, wirkte durchaus beunruhigend auf alle, die ihn kannten.

Wie konnte er sich in eine derartige Gefahr begeben, und das auch noch ohne einen ersichtlichen Grund!

Der Grund dieses absurden Zwischenfalls war in Wirklichkeit etwas ganz Gewöhnliches, was ziemlich oft in einem der Krankenhäuser Indiens vorkommt.

---

1 ›Kali-katha‹ ist ein Wortspiel, das auf dem Gleichklang der Aussprache beruht: ›Kali-katha‹ heißt eigentlich ›Geschichte der Kali‹, also der Göttin Kali, die für Kalkutta, die Hauptstadt des Bundeslandes Westbengalen, eine bedeutende Rolle spielt und ihrem Namen zugrundeliegt. Außerdem deutet die Bezeichnung ›Kali-katha‹ auch auf das ›Kaliyug(a)‹ hin, das vierte und schlechteste Weltzeitalter in der indischen Mythologie.

2 Kalkutta: eigtl. ›Kalkatta‹, jetzige Schreibweise des Namens dieser Stadt: Kolkata; sie wurde 1690 von den Engländern gegründet.

Als Kishor Babu aus der Narkose erwachte, nachdem ihm im renommiertesten Krankenhaus Kalkuttas ein Bypass gelegt worden war, stellte er fest, daß ihm der Hinterkopf heftig schmerzte. Erst nachdem man ihm den Tubus entfernt hatte, der ihm das Atmen ermöglichte, und er den Ärzten und Schwestern, die seine Gesten und Zeichen bis dahin völlig ignoriert hatten, endlich seine Beschwerden kundtun konnte, stellten diese fest, daß sich an seinem Hinterkopf, genau über dem Hals eine große Beule gebildet hatte – offenbar durch einen Pfropfen geronnenen Blutes. Man nahm nun an, daß er sich unter Narkose, als man ihn beim Rücktransport ins Krankenzimmer vom Operationstisch auf die Trage gehoben hatte, an einem eisernen Gegenstand gestoßen hatte. Aber, wie so häufig, hatte man einen solchen Vorfall einfach übersehen und dieser Beule keinerlei Beachtung geschenkt. Und die Beule am Kopf schmälerte in keiner Weise die Freude, nach so einer großen Operation wieder lebendig nach Hause zurückkehren zu können.

Abgesehen von der Beule, wurde Kishor Babu allmählich wieder völlig gesund. Nur, auf einmal veränderte sich sein Verhalten von Grund auf.

## 2
## »Irgendwo im Norden«

Nachmittags ging Kishor Babu nun täglich Punkt vier Uhr aus dem Haus und streifte stundenlang allein durch die Straßen. Vorher wäre es Kishor Babu nicht einmal in den Sinn gekommen, irgendwohin zu Fuß zu gehen, höchstens, um im Park am Victoria Memorial kurz Luft zu schnappen. Stets hatte er äußerst verächtlich auf die Fußgänger in den Straßen herabgeblickt. Die Verwandten und Freunde, die kein Auto besaßen, hatte Kishor Babu nicht einmal gegrüßt.

Kishor Babus neue Angewohnheit, in den Straßen herumzubummeln, beunruhigte seine Frau und seine Kinder derart, daß sie sein Gehirn durch neueste und kostspieligste Methoden untersuchen ließen – sie vergeudeten für eine Kernspintomographie Tausende Rupien, aber nichts kam dabei heraus. Sie stellten ihn den bekanntesten Spezialisten vor, doch auch das führte zu keinem Ergebnis, denn einige der Ärzte sahen keine Krankheit darin, durch die Straßen zu schlendern. Sie meinten, daß diese Spaziergänge auf die erhöhte Blutzirkulation im Körper zurückzuführen und deshalb ganz natürlich sei.

Aber all diese Ärzte waren – so die Familie – Emporkömmlinge, die sich von ganz unten nach ganz oben gearbeitet hatten. Deshalb wählten Kishor Babus Frau und seine Kinder jetzt nur noch Ärzte aus, die schon von klein an im eigenen Wagen in den Kindergarten gefahren worden waren. Erst sie begriffen den Ernst der Lage, verschrieben Kishor Babu verschiedene Medikamente und schickten ihn zu einem Psychiater, der ein Auto besaß. Doch Kishor Babu gab seine Unart, zu Fuß durch die Straßen zu streifen, nicht auf.

Je höher manche Familien auf der sozialen Stufenleiter nach oben steigen, um so stärker haben sie das Verlangen, ihre Vergangenheit reinzuwaschen, genauso wie moderne Mütter dafür sorgen, ihre Kinder möglichst steril großzuziehen. Kishor Babu hatte es einmal als die ›neue Unberührbarkeit Indiens‹ bezeichnet, als ihm seine älteste Tochter bloß wegen eines Hustens nicht erlaubte, seine Enkelin in die Arme zu nehmen. Wie auch immer, das ist nur eine nebensächliche Anekdote. Es ging um nichts geringeres als darum, die gesamte Familiengeschichte zu bereinigen.

Kishor Babus Familie hatte, um sich von den aus der Erinnerung an ihre Geschichte herrührenden Übeln zu befreien, sehr erfolgreiche Rezepte angewandt. Man kann sie folgendermaßen aufzählen:

1. alte Dinge vergessen
2. neue Tatsachen schaffen
3. eine neue Ausdrucksweise annehmen
4. Porträts prunkvoll bekleideter Ahnen in prächtigen vergoldeten Rahmen aufhängen; und mit den Ahnen dann Geschichten verbinden, die mit berühmten Persönlichkeiten und Ereignissen im Zusammenhang stehen
5. alte Möbel, alten Schmuck und Standbilder kaufen.

Kishor Babus Manie, als eine Art ›Sarakmap‹ (Straßenmesser) – im Englischen nennt man das ›Tramp‹ und in Bengali ›Bhawghure‹ – umherzuschlendern, stellte seine Familie im Hinblick auf ihre Familiengeschichte nun vor einige peinliche Probleme. Seine Töchter, die jetzt in Ballygunge wohnten, pflegten die Zeit, als sie noch im Burra Bazar lebten, als ›Somewhere in the North‹, also als ›Irgendwo in Nord-Kalkutta‹ zu bezeichnen.

Dazu ist zu sagen, daß seit der Zeit, in der die Engländer Kalkutta besiedelten, die Stadt in den Norden und in den Süden, das heißt in das einheimische und in das europäische Kalkutta geteilt war. Nachdem die Europäer nach der Unabhängigkeit Indiens in ihre Heimat zurückgekehrt waren, stieg man als Bewohner des Südens im Status nach und nach auf. Aus diesem Grund hätten sich Kishor Babus Töchter nicht einmal im Traum vorstellen können, in Nord-Kalkutta verheiratet zu werden. Sie rümpften schon die Nase, wenn vom Burra Bazar die Rede war.

Nun, da Kishor Babu ein ›Sarakmap‹ – in manchen anderen Sprachen auch ›Sarakchap‹ (Straßenstempler) genannt – geworden war, holte er die Geschichte seiner Familie wieder aus dem Vergessen hervor, jene Zeit also, in der sie Bewohner dieses engen, dicht besiedelten Stadtteils waren, in dem es nur so von Rikschas und Handkarren wimmelte, und wo es ständig zu neuen Streitereien kam. Als die Ärzte und andere Leute wissen wollten, ob Kishor Babu bereits in seiner Kindheit die Gewohnheit gehabt hatte, zu Fuß durch die Straßen zu laufen, blickten seine Kinder nervös auf ihre Mutter. Diese begriff die Peinlichkeit des Augenblicks und erklärte, daß Kishor Babu im Jahr vor ihrer Heirat von einem Fakir berichtet hatte, der durch einen Schlag auf den Kopf verrückt geworden sei. Der war dann, mit einem mit unzähligen Bündeln behangenen Stock auf der Schulter und in Lumpen gehüllt, in Kalkuttas Gassen umhergelaufen und hatte irgendwelche Reden geschwungen. Ja, fiel ihr dann noch ein, und oben an diesem Stock flatterte stets ein dreifarbiger Wimpel.

Noch bevor Kishor Babus Psychiater eine Schlußfolgerung aus dieser Sache ziehen konnte, warf der Sohn mit erregter Stimme ein, daß er dieser Tage genau solch einen Menschen in der Gegend um die Lansdowne Road habe umherlaufen sehen: »Ist der nicht bis auf die Knochen abgemagert, schwarz und hochaufgeschossen? Mit ganz wirrem langem Haar, einem Gesicht voller Falten und einem Bart? Und Augen wie glühende Kohlen? Und seine Dhoti hängt ihm bis auf die Oberschenkel herab?« Kishor Babus Sohn stellte seiner Mutter Fragen über Fragen. Aber sie konnte darauf keine Antwort geben, denn Kishor Babu hatte ihr von jenem Fakir ja nur vage erzählt. Sie selbst hatte ihn niemals mit eigenen Augen gesehen. Ja, fiel ihr dann noch ein, er hätte immerzu so unsinniges Zeug gerufen wie: »Hindus und Muslime, seid einig.«

Kishor Babus Sohn erzählte nun die Geschichte, die er erlebt hatte: »Ich habe doch nie weiter auf diesen Verrückten geachtet. Aber was passiert mir da? Ist doch dieser Verrückte da ganz in der Nähe der Lansdowne Road unter mein Auto geraten. Mein neuer ›Maruti‹[1], den ich gerade gekauft hatte, kam natür-

---

1 Maruti: Name für den Pkw einer indo-japanischen Firma, abgeleitet von ›Marut‹, dem Gott des Windes.

lich gleich zum Stehen, als ich auf die Bremse trat. Sonst wäre dieser Verrückte noch am selben Tag ein Liebling Gottes geworden. Und was macht da dieser Verrückte? Er starrt mich wutentbrannt an und fragt in reinstem Englisch: ›Do you think, you own this road (Du denkst wohl, dir gehört diese Straße)?‹ Ich war derart verblüfft, als dieser verrückte Fakir Englisch sprach, daß ich kein einziges Wort herausbrachte. Da rückte dieser Irre den dreifarbigen Wimpel am Stock über seinem Kopf, der sich verdreht hatte, zurecht und marschierte in Richtung Gurusaday Road davon.«

Die Sache verwirrte sich nun noch mehr. Kishor Babus Psychiater hegte starke Zweifel an der Geschichte, die der Sohn seines Patienten da erzählte. Die Heirat Kishor Babus lag nun schon ganze fünfzig Jahre zurück – sie hatte am 15. Juli 1947, genau einen Monat vor der Erringung der Unabhängigkeit, stattgefunden. Wie sollte es denn da möglich sein, daß dieser halbnackte Verrückte, der vor fünfzig Jahren auf den Straßen umherlief, jetzt noch lebte und sich immer noch genauso aufführte? War diese Familie vielleicht schon seit Generationen vom Wahnsinn befallen? Wollte dieser junge Mann etwa alles so hinstellen, als sei sein Vater durch einen Schlag auf den Kopf verrückt geworden, oder wollte er vielleicht mit seinem Verdacht, daß jener Verrückte noch lebte, etwa beweisen, daß darin der Grund für Kishor Babus seltsame Veränderung liege?

An mehr als fünf Fingern von Kishor Babus Sohn funkelten mit unterschiedlichsten Steinen besetzte Ringe. Der Psychiater stellte fest, daß er dabei war, den Sohn statt des Vaters zu diagnostizieren. Es war nicht ausgeschlossen, daß auch Kishor Babus Töchter so ihre Zweifel im Hinblick auf ihren Bruder hatten, aber die ganze Angelegenheit kam ihnen sehr gelegen, um aus der Marotte ihres Vaters eine äußerst geheimnisvolle Angelegenheit zu machen. Sie wurden lange Zeit nicht müde, all ihren Bekannten die verschiedensten Geschichten über diesen verrückten Fakir zu erzählen.

Doch Kishor Babu behielt seine Gewohnheit, in der Stadt herumzubummeln, bei. Mit der Zeit hörten die Familienangehörigen auf, sich darüber Gedanken zu machen, und sahen es nun als eine Wendung des Schicksals. Manchmal zeigte seine Frau irgendeinem Pandit das Geburtshoroskop ihres Mannes und gab Spenden oder ließ eine Puja lesen.

Eines Tages jedoch fand sie ein von Kishor Babu in der Nacht beschriebenes Blatt Papier. Sie las und versteckte es. Sie wollte es ihren Kindern nicht zeigen, denn das hätte sie nur in unnötige Aufregung versetzt. Auf diesem Blatt hatte Kishor Babu in seinen schönen runden Buchstaben auf verworrene Art die Lansdowne Road beschrieben. Ein Grund ihrer Sorge war, daß auf der Lansdowne Road, die jetzt in Sarat Bose Road umbenannt worden war, also den Namen von Neta-jis[1] älterem Bruder trug, ihre älteste Tochter wohnte. Würde die Tochter diese Beschreibung lesen, wäre sie sehr verärgert darüber, daß ihr Vater um seiner Marotte willen von allen Straßen in Kalkutta ausgerechnet die ausgewählt hatte, in der sich das Haus ihrer Schwiegereltern befand.

Schon von klein an hatten die Kinder ihren Vater seiner Disziplin, seiner Strenge und seines Despotismus wegen hinter seinem Rücken als ›Hitler‹ bezeichnet. Doch wie viele Qualen sie auch wegen dieser ›Hitlerei‹ ihres Vaters ertragen mußten, noch viel mehr quälte es sie nun, daß ihr Vater jetzt wie ausgewechselt schien. Die jüngste Tochter und den Sohn ausgenommen, hatten sich alle vier anderen Töchter in ihrem Leben das ›Hitlerhafte‹ ihres Vaters angeeignet. Von Kindheit an hatten sie den Spruch ihres Vaters ›I am the monarch of all I survey‹ (Ich bin der Herr über mein Reich.) auch zu ihrer Devise gemacht.

Für diese vier war es eine schreckliche Erfahrung zu sehen, wie der Halt ihres Lebens, ihr Vater, sich in einen ganz gewöhnlichen Menschen verwandelte. Sie stellten fest, daß sich der Griff, der ihr Leben fest zusammengehalten hatte, lockerte. Kishor Babus Frau hatte nur eine sehr vage Ahnung von all diesen Komplikationen. So verbarg sie das Blatt mit der Beschreibung der Lansdowne Road ganz unten im Schrank, in den Falten ihrer Saris.

---

1 Neta-ji: ›verehrter‹ Führer; Beiname von Bose, Subhash Candra.

*Dies ist die Geschichte von Kishor Babu, und der Erzähler wird nur dann in ihr in Erscheinung treten, wenn die reine authentische Geschichte gegen den Strich gebürstet werden muß. In der Tat hatte Kishor Babu, der bereits einige neuartige, moderne Werke gelesen hatte, dem Erzähler vor der Niederschrift der Geschichte das Versprechen abgenommen, diese so aufzuschreiben, wie es die berühmten Goldschmiede Bengalens bei ihrer Arbeit hielten, es nämlich bei zweiundzwanzig Karat Reinheit zu belassen. Was soviel heißt, daß der Erzähler der Geschichte dem reinen Gold nicht mehr als zwei Karat anderer Substanzen beimischen darf, und das auch nur, weil – wie Kishor Babu weiß – man Gold nicht anders zu Schmuck verarbeiten kann. Wie dem auch sei, die Geschichte erfordert es, Ihnen die Beschreibung der Lansdowne Road, die seine Frau zwischen den Falten ihrer Saris versteckt hält, unverändert vorzulegen:*

»Ich stand an der Lansdowne Road und sah, daß auf der anderen Straßenseite, ein Stück entfernt vom Restaurant ›Golden Harvest‹, etliche Leute mit dem Gesicht zur Wand vor einer Mauer kauerten, genau so, als wollten sie ihre kleine oder große Notdurft verrichten. Man kann sich jetzt natürlich fragen, wieso ich darauf kam. In den Städten pinkeln die Männer doch jetzt schon oft im Stehen und verrichten dieses Geschäft nicht mehr so wie wir in unserer Kindheit im Kauern. Doch aus Angst vor umherfliegenden Tröpfchen oder weil sie die Brieftasche oder eine Ledertasche in der Hand behalten möchten, habe ich auch viele Leute gesehen, die immer noch auf diese Weise pinkeln. Wie dem auch sei, ich war so neugierig geworden, daß ich sogleich die Straße überquerte, um es genauer zu sehen.

Dort sah ich auf der Außenwand eines neuen zehnstöckigen Gebäudes ein großes, zweifarbiges Plakat mit mehr oder weniger bekannten Filmgesichtern in den üblichen Posen. Auf dem Plakat wurde behauptet, das ganze Land sei verrückt nach einem bestimmten Song aus diesem Film. Vor dem Plakat befand sich eine hölzerne, einen Fuß breite, tischartige Platte, auf der zwei mit Blättern bedeckte Körbe und zwei mit Metalltellern bedeckte Gefäße standen. Ich sah auch eine kräftige, dunkelhäutige Frau in einem einfachen, buntgetüpfelten Sari und einer Armbanduhr zwischen den Armreifen an ihrer linken Hand, die mit lauter Stimme etwas erklärte. Sie nahm Bestellungen von den Kunden entgegen: Die Leute stellten sich von rechts an und wandten sich dann mit ihrem auf den Metalltellern angerichteten Essen nach links. Dort kauerten sie sich in einer Reihe mit dem Gesicht zur Wand neben die anderen Essenden hin, stellten ihre Teller auf schmale Steine und beugten den Kopf darüber. Beim Essen wandten diese Leute nicht einmal ihr Gesicht nach links oder rechts, um mit einem anderen zu schwatzen oder ihn anzusehen. Auf einem weiß getünchten Viereck an der Wand standen mit roter Farbe die Preise für gekochten Reis mit Linsen und Gemüse geschrieben, für Reis mit Ei und für Reis mit Fisch.

Und wie staunte ich erst, als ich mir die Leute ansah. Da saß und aß doch dort tatsächlich Shiw Babu, der schon seit zwanzig Jahren in meinem Büro arbeitete! Niemals im Leben hätte ich mir vorstellen können, daß Shiw Babu so auf der Straße essen würde! ›Ist seine Frau etwa krank, daß sie ihm kein Mittagessen bringen kann?‹ dachte ich. Doch dann fiel mir ein, daß ich ja gar nicht wußte, ob er überhaupt verheiratet war, und auch nicht, was und wo er in all den Jahren zu Mittag gegessen hatte. Doch eine andere Sache kam mir in den Sinn: ›Wo werden wohl die Frauen, die in der Stadt umherlaufen, ihre Notdurft verrichten, wenn es sie plötzlich überkommt?‹«

Kishor Babus Frau fühlte sich durch diese Bemerkung brüskiert. Am meisten aber empörte es sie, welch profane Dinge Kishor Babu beschäftigten. Und wenn das schon der Fall war, wozu mußte er das auch noch aufschreiben? Wenn das nun jemand anderem in die Hände fiel? Überdies war ihr aufgefallen, daß Kishor Babu in letzter Zeit kaum mit ihr sprach. Entweder las er in seinen homöopathischen Büchern und machte sich Notizen in seinem Tagebuch oder er sah sich irgendeinen Film im Fernsehen an. Er blieb in sich gekehrt. Oder lag es vielleicht daran, daß sich ihr eigenes Verhalten ihrem Mann gegenüber verändert hatte, seit der allein durch die Straßen zog? Mit einem tiefen Seufzer beschloß sie, so bald als möglich einen erfahrenen Pandit in Dumdum, außerhalb der Stadt, aufzusuchen.

In der Nacht, als sie plötzlich aufwachte, kam es ihr so vor, als ob Kishor Babu nicht schlief, obwohl er die Augen geschlossen hielt. Als sie ihn fragte, ob er nicht schlafen könne, gab er ihr jedoch keine Antwort.

## 3
## »Wo ist denn das mittlere Zimmer?«

Häufig, nach der Rückkehr von einer Reise, wenn man mitten in der Nacht aufwacht, glaubt man sich noch immer in dem Zimmer zu befinden, in dem man in der Fremde geschlafen hat. Doch nun, nachdem Kishor Babu sich von der Bypass-Operation erholt und sich in einen ›Sarakmap‹ verwandelt hatte, ereignete sich mit ihm noch etwas völlig Seltsames. In der Nacht nach seinem Geburtstag am 1. Januar schien es ihm, als befinde er sich nicht in seinem Haus in Ballygunge, sondern in der Central Avenue in Nord-Kalkutta, also in jenem Haus im Burra Bazar, in dem er bis zu der Zeit gewohnt hatte, als seine drei Mädchen geboren worden waren, also ganze einundzwanzig Jahre.

Ihn quälte das Gefühl, sich unbedingt an etwas erinnern zu müssen, was mit dem 1. Januar zusammenhing, deshalb mühte er sich im Halbschlaf, sich Vergessenes wieder ins Gedächtnis zurückzurufen. Am nächsten Tag, also am 2. Januar, fragte ihn seine Frau früh am Morgen, ob er wie immer im mittleren Zimmer Tee trinken wolle. Völlig verwirrt gab Kishor Babu darauf zur Antwort: »Im mittleren Zimmer? Wo ist denn das? Bist du nicht mehr ganz richtig im Kopf? Es gibt doch nur zwei Zimmer: ein kleines und ein großes!« Auf der einen Seite zur Kreuzung der Central Avenue und der Muktaram Babu Street hin befand sich eine Veranda, auf der anderen Seite eine Etage tiefer eine rings um den Innenhof verlaufende Galerie und über den drei Etagen der offene Himmel.

»Kishor, Kishor, steh auf, mein Sohn!« hörte er seine Mutter rufen. »Heute ist Samstag.«

Kishor Babu bestand auf ein paar Erläuterungen außerhalb der Geschichte:

*Nichts, was einmal auf dieser Welt geschehen ist, geht verloren. Wie könnte es auch verlorengehen, solange es uns gibt? Meist ver-*

*graben wir es irgendwo tief in uns unter den oberen Schichten wie in zerstörten alten Städten – all die Worte, die wir gehört haben, die wir gesagt haben, all das, was wir gesehen haben, alles Glück und Leid, das wir erlebt haben. Nicht eine einzige Stunde, die vergangen ist, stirbt für immer. Sie steckt irgendwo in uns, und man sagt, daß der Mensch, wenn er im Sterben liegt, noch einmal sein ganzes Leben von Kindheit an wie einen Film vollständig ablaufen sieht. Nur kann er in ihm nichts verändern, genausowenig wie in einem Film, sobald er einmal im Kino angelaufen ist.*

# 4
# Kali-katha: 1940

Kishor liebte es, von der Veranda aus das Kommen und Gehen der Leute unten auf der Kreuzung von Central Avenue und Muktaram Babu Street zu beobachten. Früh am Morgen hatten die Straßenkehrer und Wasserträger bereits mit ihren Schläuchen, die sie an den dicken, goldfarbenen Hydranten am Straßenrand anschlossen, die Straße mit Wasser aus dem Ganges besprengt. Auf den gereinigten Straßen kamen die Frauen – das rote Tilak aus mit Gelbwurz und Kalk vermischter Sandelholzpaste auf der Stirn – von ihrem rituellen Bad im Ganges zurück oder waren auf dem Weg zum Ram-Tempel. Dort war auch Natthuram, der für zwei Paisas süße Plätzchen und mit Gemüse gefüllte Krapfen verkaufte. Er war fast immer von einer großen Menschenmenge umgeben, die sein Gebäck entweder selbst aß oder die Milane und Krähen damit fütterte. Wenn man morgens beizeiten aufstand, konnte man auch eine von einem arabischen Schimmel gezogene Kutsche mit einheimischen Babus aus einer vornehmen Villa zum Park am Victoria Memorial fahren sehen. Der Lärm auf der Kreuzung, das Klingeln der Rikscha-Fahrer, vermischt mit dem Glockengeläut, dem Schlagen der Turmuhr, dem Blasen des Tritonshorns nach dem Gottesdienst und dem Ruf ›Jay ho, jay ho‹ (Es lebe, es lebe) drang bis hinauf in das obere Stockwerk. Sonnabends stand ein Pandit mit einer eisernen Figur des Gottes Shani in einer Opferschale aus Messing vor dem Tempel, und sein Ruf ›Shani Maharaj, Shani Maharaj‹ mischte sich in all das lärmende Durcheinander auf der Kreuzung.

Die Mutter hatte Kishor eindringlich gemahnt, Gott Shani ein Opfer darzubringen. Vielleicht herrschte Shani ja über ihr Haus? Wer konnte das denn schon wissen? Die Mutter glaubte immerhin noch mehr an diese Dinge als Kishor. Aber wenn ohnehin schon alles zu Ende war, was sollte denn noch schlimmer werden? Um der Mutter jedoch einen Gefallen zu tun, warf Kishor einige Senfölkörner und ein paar Münzen in die Schale von Shani Maharaj. Dabei wurde ihm angst und bange bei dem Gedanken, einer seiner Freunde könnte sehen, was er da tat.

Die großen Augen der Mutter glichen einem unruhigen Meer. Sie konnte ihre Todesangst nicht verbergen. Sie war dem Weinen nahe, doch die Tränen rannen ihr nicht übers Gesicht, sondern verloren sich in diesem Meer, versiegten darin. Kishor begriff, daß die Mutter nicht wollte, wie diese Todesangst sich auch in seinem Herzen festsetzte. Und vor wem in diesem Haus hätte die Mutter auch noch weinen können? Zwar gab es in ihrem Elternhaus drei Brüder sowie Vater und Mutter, die aber hatte das Elend schon viel früher erfaßt.

Kishor brach es das Herz, wann immer er in das einfache Gesicht seiner Mutter sah, die stets mit irgendeiner Arbeit im Haus beschäftigt war. Am liebsten hätte er sie umarmt und ihr gesagt: ›Mutter, weine dich doch einmal richtig aus!‹ Doch er scheute sich, das zu tun, denn das hätte der Mutter womöglich das Herz zerrissen.

Wenn sie sah, daß er traurig war, sagte sie nur: »Was geschehen mußte, ist geschehen. Alles wird gut, wenn du erst groß bist.« ›Woher nimmt Mutter bloß so viel Kraft?‹ wunderte sich Kishor.

Dann und wann stand der Großvater, Mutters Vater, mit gebieterischer Miene, makellos gekleidet, auf dem Weg zu seinem Geschäft oder gerade von dort zurück, vor Mutter in der Tür und forderte sie auf: »Kunti, verschließ dieses Haus und komm mit! Was willst du denn hier so ganz allein? Was hält dich in diesem Haus? Heute nehme ich dich und Kishor mit!«

Noch bevor Mutter die Tränen kamen, hatten ihre Augen sie auch schon aufgesogen. Sie stand da und gab ihren Worten entsprechenden Nachdruck. In diesen Worten lag Verständnis für die Angst ihres Vaters, aber auch der feste Wille, ihm nicht nachzugeben: »Ich gehe mit, Babu-ji. Aber ich werde hierher zurückkehren. Das hier ist mein Haus, Babu-ji. Das habe ich Ihnen schon nach dem Tod Ihres Schwiegersohnes gesagt. So kann ich den beiden Kindern, Lalit und Kishor, wenigstens ein eigenes Zuhause geben. Wenn sie einmal groß sind, werden sie mich sonst fragen: ›Mutter, warum haben wir kein Haus? Warum leben wir bei Großvater?‹ Nun lebt auch Lalit nicht mehr, aber Lalits Frau hat mir geschrieben, daß sie nicht mehr bei ihrer Mutter in Kanpur leben möchte. Wo soll denn diese Frau sonst hin, wenn nicht hierher? Machen Sie sich keine Sorgen, auch diese Zeit wird vorübergehen.«

Danach ließ sich Großvater sechs Monate lang nicht mehr bei uns sehen. Der Tod des Schwiegersohns und dann der Kummer darüber, daß sein geliebter Enkel im Alter von achtzehn Jahren starb und ein zartes Mädchen von sechzehn Jahren als Witwe hinterließ, hatten die Lebenskraft des Großvaters aufgezehrt. Eines Tages brach es ihm tatsächlich das Herz. Noch zu Großvaters Lebzeiten hatte Großmutter – aus Respekt vor dem Kummer ihrer Tochter und dem der Schwiegertochter ihrer Tochter – vorzeitig aufgehört, sich den Scheitel zinnoberrot[1] zu färben.

Nachts, wenn Kishor seinen Kopf auf das Kissen gelegt hatte, starrte er lange auf einen Punkt zwischen den Brauen hinter seinen geschlossenen Augen. Er sah, wie sich dort dunkle Kringel ausbreiteten und manchmal ineinander verstrickten. Sein Freund Amolak hatte ihm erklärt, daß man schnell einschlafe, wenn man seine ganze Aufmerksamkeit auf diesen Punkt richte und dabei bis hundert zähle. Aber die ganze Nacht über, selbst im tiefen Schlaf, bedrückte ihn unbeschreiblicher Kummer. Was die Mutter wohl im Schlaf dachte? Ob der Schlaf sie wohl in die Welt der Träume entführen konnte, wo alles leichter und schöner war? Wo es ein großes, festgefügtes Haus gab und eine von zwei Pferden gezogene zweirädrige Kalesche, die seinen Bruder Lalit jeden Abend durch die ganze Stadt Bhiwani spazierenfuhr? Oder hatte die Mutter jetzt genau wie er keine Träume, weder die, die sich in irrealen Phantasiewelten bewegten, noch solche aus der goldenen Vergangenheit?

Die Träume verließen Kishor jetzt völlig. Wenn ihm im Traum jedoch einmal ein Gott erschiene, dachte er manchmal, dann würde er ihm wenigstens eine Frage stellen: Schlimm genug, daß seine Mutter mit dreißig Jahren Witwe werden mußte, gut,

---

1 Traditionell bedeutet ein rot gefärbter Scheitel, daß die Frau verheiratet ist, ihr Ehemann lebt und ihr somit Schutz gewährt.

das war Schicksal. Aber warum mußte seine Schwägerin in jungen Jahren das gleiche Schicksal ereilen? War sie in ihrem Alter denn wirklich schon zum Tragen eines einfachen weißen Saris verdammt, durfte sie keinen Tikki auf der Stirn anbringen und sich den Scheitel nicht mehr rot färben?

›Prinz‹, so nannte der Onkel, Großvaters zweiter Sohn, meinen Bruder Lalit. Und dieser Prinz war auf loderndem Holz eingeäschert worden. Mit welch lautem Knistern waren seine sorgfältig geschmückten Haare aufgeflammt! Alle schauten zu. Als Kishor die brennende Fackel in die Hand gedrückt wurde, damit er zuerst den Kopf anzünde, zauderte er. Er hätte am liebsten gefragt, welcher Gott denn dies für gerecht hielt. Als er sich umsah, stieß ihn der Onkel leicht an die Schulter. Und die seit Tausenden von Jahren auf dem Leichenverbrennungsplatz am Ufer des Flusses verbrannten Leichen schienen gleichsam zu rufen: ›Zünde ihn an! Zünde ihn an!‹ – ›So ist es üblich. So ist es Sitte‹, flüsterten die Wellen der gleich daneben fließenden Ganga[1].

›Mutter!‹ Plötzlich fiel ihm die Mutter wieder ein. ›Ich muß nach ihr sehen, jetzt gleich – ich muß mich doch um sie kümmern! Pflicht – auch das ist Pflicht. Ihn anzünden, Tilanjali[2] vollziehen, in der Ganga baden[3], das Totenbett herrichten – all das muß getan werden. All das gehört zur Pflicht!‹ Er sah, wie die Leiche eines kleinen Kindes gebracht wurde. ›Gerechtigkeit? Gibt es denn nirgendwo in Gottes Schöpfung Gerechtigkeit? Wozu wurde dieses Kind denn geboren, wenn es jetzt schon wieder sterben mußte? Ist der Tod etwa die letzte und die größte Wahrheit des Lebens?‹

In der Schule, als er seinen bengalischen Freund Shantanu danach fragte, rüttelte der ihn an der Schulter: »Bist du aber dumm, völlig hirnverbrannt! Es gibt keinen Gott! Wozu brauchst du

---

1 Ganga: indischer Name des Flusses Ganges. Die Ganga gilt in Indien als heilig und wird wie eine Göttin verehrt.

2 Tilanjali: Wasseropfer für die Ahnen; eine Handvoll Wasser wird, mit Sesamsamen vermischt, den Toten dargebracht.

3 Gilt als heilige, von jedem gläubigen Hindu mindestens einmal im Leben zu vollziehende Handlung.

einen Gott? Kannst du dir deinen Gott nicht selber schaffen? Es gibt genug Unglück im Leben. Mich schmerzt der Tod deines Bruders Lalit auch sehr. Aber Gerechtigkeit, Gott, Schicksal – sprich über sowas bloß nicht mit mir! Du tätest besser daran, deine Schwägerin Shanta wieder zu verheiraten. Wir leben im 20. Jahrhundert, mein Lieber, im Jahr 1940!«

Für einen Augenblick hätte Kishor Shantanu am liebsten irgendwie zum Schweigen gebracht. Aber Shantanu sprach weiter: »Vor dreizehn Jahren wurde sogar bei deinen Marwaris die erste Witwe verheiratet. Was glaubst du eigentlich? Wie soll denn das Leben deiner Schwägerin aussehen? Soll sie etwa zu einer Sati werden, die sich auf dem Scheiterhaufen ihres Ehemannes opfert?«

Widerstreitende Gefühle ergriffen von Kishor Besitz, Erregung, Scham und Angst, doch dann beruhigte er sich wieder. Wie sollte das alles werden? Die Mutter, der große Bruder der Mutter, der große Bruder des Vaters, der Vater der Schwägerin – der Reihe nach tauchten ihre Gesichter vor seinen Augen auf. In seiner Familie hatte es so etwas noch nie gegeben. Konnte die Familiensitte etwa so durchbrochen werden? Darüber reden war eine Sache, das wahre Leben eine andere. Blieb also nur, die Tatsache zu begreifen, daß er damals einen Hieb von der Polizei abbekommen hatte. Die Beule am Hinterkopf war ja immer noch da und schmerzte auch von Zeit zu Zeit. Er konnte es der Mutter nicht sagen und sie bitten, sie mit Kompressen zu behandeln. Er dachte, wenn sein Kopf damals geplatzt und er gestorben wäre, hätte das zwar für Mutter Indien keine große Bedeutung gehabt, seiner leiblichen Mutter indessen wäre alles genommen worden. Wie hätte sie, seine Mutter, dann weiterleben sollen? Bei dem Gedanken brach ihm kalter Schweiß aus.

Nein, einen solchen Fehler würde er nicht noch einmal machen! Für ihn gab es auf der Welt in erster Linie die Mutter, und erst danach kam alles andere. Um keinen Preis wollte er ihr Kummer bereiten. Auf sein Leben hatte zuallererst seine Mutter, die ihn geboren hatte, ein Recht, für Shantanu konnte das seinetwegen Subhash Candra Bose sein.

»Mutter, mach mal deine Augen so richtig groß!« Das war ein altes Spiel von Kishor – schon seit Kindestagen. Wenn Mutter aus gespieltem Zorn ihre Augen aufriß, machte ihn das glücklich und ängstlich zugleich. Solch große Augen hatte niemand sonst auf der Welt. Dieses Spiel liebte Kishor abgöttisch, daß sicher auch seine eigenen Kinder, wenn er einmal welche haben sollte, es mit ihrer Großmutter spielen würden, so malte er es sich aus.

Die Augen seines Bruders Lalit glichen denen der Mutter, waren aber nicht ganz so groß. Kishors Augen waren klein wie die seines Vaters, was er zutiefst bedauerte. Sein Bruder Lalit war in jeder Hinsicht viel schöner als er – er hatte eine helle Hautfarbe, große Augen, ein strahlendes, schönes Gesicht, leicht gelocktes Haar. Doch Kishor hatte immer gewußt, daß die Mutter mehr Hoffnungen in ihn setzte, weil Lalit einen ruhigen und eher schüchternen Charakter hatte.

Für Kishor war es das Schönste auf der Welt, daß seine Mutter so große Stücke auf ihn hielt, denn eine Mutter wie seine hatte niemand sonst. Das wußten alle – seine Schulfreunde, die Freunde des Hauses und auch die Lehrer, die zum Unterricht ins Haus kamen. Er beobachtete von allen das Gesicht und dessen Ausdruck, wenn sie mit seiner Mutter sprachen. Während der Puja, die zu Ehren von Durga oder Saraswati veranstaltet wurde, sah Kishor in den Gesichtern der Kultfiguren, die die Göttinnen darstellten, stets das Gesicht seiner Mutter. Das waren genau die Augen, die alle Maler so gern zu zeichnen wünschten, und manchmal gelang ihnen das auch. In der Kindheit, wenn die Mutter für sie Geschichten erfand oder alte Mythen erzählte, dann wollte er zwischendurch immer auch ihre Geschichte hören: »Mutter, erzähl doch noch mal, was Urgroßvater Ramwilas über dich gesagt hat!« Dann erstrahlten Mutters Augen vor Freude, in die sich aber auch eine gewisse Scheu mischte.

»Wie oft willst du das denn noch hören? Mein Schwiegergroßvater pflegte zu sagen: ›Jedes Auge meiner Schwiegerenkelin ist ein Kohinoor[1].‹ Also habe ich zwei solche Diamanten. Königin Victoria hat nur einen.«

1 Kohinoor: großer Diamant aus Indien; 108,93 Karat; weiß mit grünlichem Schein; im Besitz der englischen Krone.

»Mutter, wie hat er denn deine Augen hinter dem Schleier[1] sehen können?«

Die Mutter lachte: »Die werden manchmal schon zu sehen gewesen sein. Oder er hat sie bei der Brautschau gesehen, wo die Verwandten des Bräutigams das Gesicht der Braut ansehen dürfen. Ich weiß es nicht mehr so genau.«

Jedesmal dieselbe Frage, jedesmal dieselbe Antwort. Das war Kishors liebstes Spiel schon von Kindheit an, denn alle Geschichten, die sich vor seiner Geburt zugetragen hatten, spielten in einem Raum, der zur Gegenwart keine Verbindung zu haben schien.

Erinnerungen hat man viele, und zahlreich sind die Geschichten, die daraus hervorgehen – aber was ist Geschichte und was Erinnerung? Beide sind ineinander verwoben. In jede Erinnerung schleichen sich neue Bilder, und die Erinnerung erscheint größer und bedeutender als die Wirklichkeit.

Wie dem auch sei, das ist zum Leben nicht genug. Um fliegen zu können, braucht der Mensch einen Himmel. Für Kishor waren die vier Wände der Schule der Himmel, wo jeder sein Idol hatte. Hier schwärmte Shantanu für Subhash Babu, Amolak für Gandhi-ji, Saccidanand für Wiwekanand. Hier meinte der eine, Leibesübungen in khakifarbenen kurzen Hosen seien das Heil der Hindu-Nation – ein anderer sorgte sich um die Rückständigkeit der Marwaris.

Einige Marwaris hatten Madan Mohan Malawiya geschworen, bis zur Fertigstellung der Schule keinen Turban umzubinden. Für das Geld, das damals gesammelt worden war, wurde vor fast dreißig Jahren dieses Institut errichtet, Wishuddhanand Saraswati Widyalay, dessen Entwurf derselbe Architekt[2] angefertigt hatte, nach dessen Entwürfen auch das Victoria Memorial errichtet worden war. Das also war Kishors Schule. Kishor stellte fest, daß hier zwar jeder seinen eigenen Träumen nachhing, aber irgendwo liefen alle diese Träume zusammen. Der

---

1 Der indischen Tradition zufolge müssen sich Frauen vor allen Männern, ihren Ehemann ausgenommen, das Gesicht bedecken, meist mit dem oberen, über die linke Schulter gelegten Ende des Sari oder mit einem Schleier.

2 Dieser Architekt war William Emerson.

Grund liegt darin, daß das Gesicht des Gegners sich deutlich zeigt; sobald er verschwunden ist, geht eine neue, eine goldene Sonne auf. Kishor entdeckte erst etliche Jahrzehnte später, daß alle Träume verblassen, wenn auf der Suche nach dem Gesicht des Feindes das eigene Gesicht im Spiegel erscheint. Das führt sogar so weit, daß kein einziger Traum übrigbleibt. Ja, der Bauch bleibt und füllt sich von Tag zu Tag mit den wachsenden Bedürfnissen, Wünschen und Dingen, und sein Hunger ist niemals gestillt.

Der schöne Traum von der Freiheit ist zur Stunde der Traum aller. In der Schule werden die Debatten genauso laut geführt wie in den Sitzungen der Kongreß-Partei. Wenn der Wind von draußen in die Schule dringt, kocht das schnell in den Adern fließende Blut vor Enthusiasmus. ›Unser Herz glüht nun vor Verlangen, unser Leben zu opfern‹, so ist es überall zu hören – auf den Treppen, in den Pausen auf dem Schulplatz, ja sogar in der Toilette.

Kishors bester Freund war Shantanu. Shantanus Großvater war hoher Verwaltungsbeamter eines Fürstentums in Rajputana gewesen. Nach dem Tod des Großvaters war sein Vater nach Bengalen zurückgekommen. Shantanu beherrschte das Hindi viel besser als seine Muttersprache Bengali, weshalb er nicht in einer Bengali-Schule, sondern in Kishors Schule aufgenommen werden wollte. Er meinte, die Menschen von Rajputana zu kennen, viel besser als Kishor. »In euren Köpfen hat sich das Trugbild von der Hungersnot in der Wüste für immer festgesetzt. Weißt du, was ›akaal‹ bedeutet? ›Un-Zeit‹ – das ist die Zeit, die den Bildern in eurer Vorstellung nicht entspricht. Ihr seid immer nur um die Zukunft besorgt – und genau das ist der Grund, warum ihr so abergläubisch seid. ›Tu das nicht!‹, ›Mach jenes nicht!‹, ›Wenn du das tust, passiert das und das!‹ – ja, euer Leben findet in einem Wald aus lauter Verbotsschildern statt.«

Kishor machten solche Reden wütend. ›Die nationalistische Arroganz der Bengalen kennt keine Grenzen‹, dachte er. Aber er erkannte, daß in Shantanus Äußerungen ziemlich viel Wahres steckte, weshalb er auch keine Antwort auf Shantanus Worte fand.

Das Verhältnis zwischen Shantanu und Amolak war in letzter Zeit ziemlich angespannt. Schon ein Jahr zuvor, als Subhash Babu, obwohl zum Vorsitzenden der Kongreß-Partei gewählt, sein Arbeitskomitee nicht zustande bekam, weil Gandhi-ji ihm seine Unterstützung versagte, sprachen die beiden nach einem heftigen Streit kein Wort mehr miteinander. Wozu mußte denn Subhash Babu aus der Kongreß-Partei austreten? Shantanu schloß daraufhin Amolak aus seinem Freundeskreis aus. Kishor versuchte zu vermitteln, doch er erreichte nichts.

Shantanu sagte, daß die Marwaris nicht am Freiheitskampf teilnehmen könnten, weil sie viel zu duckmäuserisch und feige und nicht bereit seien, ins Gefängnis zu gehen und die Schläge der Polizei auszuhalten – sie sorgten sich von früh bis spät ja nur um ihr Leben und ihre Habe. Sie könnten die ganze Zeit bloß Gandhi-ji hinterherlaufen, ihm Ziegenmilch besorgen und das Spinnrad drehen.

Shantanu war ein Anhänger von Subhash Babu, der, seiner Meinung nach, das Blut einer Tigerin getrunken hatte. Er ging auch zusammen mit einem Freund aus seinem Stadtviertel zu jedem Meeting in die Stadthalle, an dem Subhash Babu teilnahm. Er hatte für sich selbst einen Schwur abgelegt. Würde Subhash Babu das ›Holwell-Monument‹ oder das ›Black Hole‹ abreißen, das zur Erinnerung an die englischen Soldaten errichtet worden war, die während der Schlacht von Plassey[1] in einem Raum erstickt waren, wo Nawab Siraj-ud-daula sie eingeschlossen hatte, dann wäre er sofort dabei.

Shantanu hatte ihn zu diesem Denkmal vor dem Writers' Building auf dem Dalhousie Square geführt, um ihm ›die größte Lüge der Geschichte‹ zu zeigen. Wer hätte ahnen können, daß sich genau dort und an diesem Tag eine Menschenmenge versammeln, berittene Polizei plötzlich auftauchen und unbarmherzig die Knüppel schwingen würde? In der kopflos hierhin und dorthin flüchtenden Menge wurden Kishor und Shantanu getrennt. Ki-

1 Schlacht bei Plassey: Diese Schlacht fand im Juni 1757 statt. Der Nawab Siraj-ud-daula verlor sie gegen die Engländer unter Robert Clive (s. Fußnote 1, Seite 32 und Verzeichnis). Sie spielte eine entscheidende Rolle bei der endgültigen Eroberung Indiens durch die Engländer.

shor verlor eine Sandale. Er blieb stehen und versuchte, sie zwischen den rennenden Füßen aufzuheben. Da traf ihn der Stock eines Polizisten am Hinterkopf, worauf er auch die andere Sandale von sich warf und blindlings nach Hause rannte. Die Mutter glaubte, daß das Zittern seines Körpers, seine naßgeschwitzten Kleider und sein fiebriges, gerötetes Gesicht Anzeichen einer Malaria seien und steckte ihn sofort ins Bett. Erst nach Stunden beruhigte er sich wieder. Solange er unter Schock stand, flößte ihm die Mutter aus einem kleinen Becher wer weiß welches Heilmittel ein, und er schluckte alles ohne Widerrede. Zwischen zwei Schlucken betrachtete er aufmerksam das Gesicht seiner Mutter. ›Ich bin am Leben‹, nur dies eine ging ihm immer wieder durch den Kopf.

Als sie sich am nächsten Tag in der Schule trafen, tat Shantanu, als sei überhaupt nichts geschehen. Kishor beschloß daraufhin, ihm nichts von dem Schlag auf seinen Kopf zu erzählen. Shantanu zog ein Bild von Nawab Siraj-ud-daula aus der Tasche: »Kennst du die Geschichte dieses Nawabs, der gegen die Engländer gekämpft hat? Wenn seine Generäle und die reichen Kaufleute ihn nicht betrogen hätten, wären wir heute keine Sklaven.«

Irgend etwas schnürte Kishor plötzlich die Kehle zu. ›Welche Kaufleute?‹ wollte er fragen, aber er brachte kein Wort heraus. Die Beule an seinem Hinterkopf verursachte jäh einen bohrenden Schmerz.

»Wenn Mir Jafar ihn nicht zusammen mit Amicand und Jagatseth verraten hätte, hätte Siraj-ud-daula Fort William eingenommen. Es kann schon sein, daß ein paar Engländer vor erdrückender Hitze und aus Luftmangel erstickt sind, aber die Engländer haben die Zahl der Toten absichtlich höher angegeben, um der Welt zu zeigen, was für Barbaren die hiesigen Nawabs sind. Zum Gedenken an die Toten hat man uns dieses Denkmal auf die Brust gesetzt. Und hat es ›Schwarzes Loch von Kalkutta‹ genannt.« Shantanu bebte vor Zorn.

Kishor schwieg. Es war, als zöge sich tief in seinem Inneren eine Schlinge zu. An jenem Tag lief er gedankenverloren umher. Als er am Abend nach Hause kam und sich umgezogen hatte, sagte er zu seiner Mutter: »Ich gehe in die Bücherei auf dem Burra Bazar. Ich werde erst spät zurück sein.«

Kishor lief zur Syed Sali Lane und begab sich in der Bücherei geradewegs zu Satyapal: »Ich will etwas über Siraj-ud-daula wissen. Geben Sie mir ein Buch darüber.«

Satyapal hob den Blick von seinem Verzeichnis und musterte ihn nachdenklich: »Warum willst du das wissen?« Als Kishor mit einer Antwort zögerte, fragte Satyapal weiter: »Was möchtest du wissen?«

»Alles über die Schlacht bei Plassey«, sagte Kishor mit fester Stimme.

»Gut, komm mit!« Er führte ihn in einen kleinen Raum in einem Winkel der Bücherei. Dort schloß er ein Fach auf und holte ein Bündel hervor, auf dem in Englisch ›S‹ geschrieben stand. Er drückte es Kishor in die Hand und sagte: »Das sind meine eigenen Aufzeichnungen. Wenn du willst, kannst du dich hier auf die Bank setzen und sie lesen. Ich stamme aus Ajimganj-Murshidabad, deshalb habe ich mich schon immer für Siraj-ud-daula interessiert. Siraj-ud-daula war unser Nawab.«

Mit dankbarem Blick schlug Kishor das Bündel auf. Sogleich begann er aufmerksam zu lesen, was Satyapal in schönen, runden Buchstaben aufgeschrieben hatte:

*»28. Mai 1756: Siraj-ud-daula schrieb an den armenischen Agenten Choja Wajid: ›Ich schwöre bei Allah und den Propheten, daß ich die Engländer über die Grenze dieses Landes jagen werde, sollten sie den ›Maratha-Graben‹, der die Bezirke der Einheimischen und der Europäer umgibt, nicht zuschütten und ihre Festung nicht schleifen.‹*

*Siraj-ud-daulas General Mir Jafar schloß mit Admiral Clive einen Vertrag, in dem er versprach, sobald er Nawab geworden sei, als Entschädigung für die durch den Überfall auf Kalkutta entstandenen Schäden und für die Ausgaben des Heeres folgende Summen zu zahlen:*

*der Ostindischen Kompanie – zehn Millionen Rupien*
*den englischen Bürgern – fünf Millionen Rupien*

*den muslimischen Bürgern – zwei Millionen Rupien*
*den armenischen Bürgern – siebenhunderttausend Rupien.*

*In einem zweiten Vertrag verpflichtete sich Mir Jafar zu zahlen: den Mitgliedern des Hauptkomitees der Ostindischen Kompanie als ›Geschenk‹ eine Million und zweihunderttausend Rupien, dem englischen Heer als ›Belohnung‹ vier Millionen Rupien.*

*Um Amicand, einen reichen Kaufmann aus Kalkutta, zu täuschen, der als Mittelsmann zwischen der Kompanie und Mir Jafar fungierte, hat Clive in einer gefälschten Kopie der schriftlichen Übereinkunft schreiben lassen, daß Amicand für seine Unterstützung zwei Millionen Rupien gegeben werden.*

*23. Juni 1757: Das Oberkommando über Siraj-ud-daulas Heer lag in den Händen von Mir Jafar, Yar Lutf Khan und Rai Durlabh. Da diese drei der Verschwörung angehörten, kämpften sie nicht. Nur die Abteilungen von Mohan Lal und Mir Madan zogen in den Kampf. Als Mir Madan verwundet wurde, ließ Siraj-ud-daula Mir Jafar in sein Zelt holen. Er nahm den Turban vom Kopf, legte ihn vor ihn hin und beschwor ihn beim Blut seiner Verwandten, bei der Dankbarkeit, die Mir Jafar Siraj-ud-daulas Großvater Alivardi Khan schuldete, sowie bei der Tradition der Syeds,*[1] *den alten Streit zu vergessen. Als sich Mir Jafar zum Kampf bereit erklärte, aber verlangte, Mohan Lal vom Kampfplatz zurückzuziehen, beugte sich Siraj-ud-daula dieser Forderung. Als die Armee sah, daß Mohan Lal zurückkam, rannten alle Hals über Kopf davon, obwohl sie niemand verfolgte. Zu guter Letzt verlor auch Siraj-ud-daula seinen Verstand und beschloß zu fliehen.«*

*(Ghulam Husain – Siyar-al-Mutakherin, 1780)*

Kishor fuhr hoch, als er plötzlich ein Geräusch hörte. Satyapal stand mit einem Schlüsselbund vor ihm. Draußen war es bereits dunkel geworden. Satyapals Gesicht war ernst: »Hast du ge-

1 Syed: Angehöriger eines der höchsten Stände im Islam; die Syeds gelten als Nachkommen des Propheten Muhammad.

funden, was du gesucht hast?« Kishor schüttelte verneinend den Kopf.

»Was möchtest du denn wissen?«

Er sah, daß sich Kishors Gesicht verfinsterte. »Wer war dieser Amicand? Das heißt, welcher Gemeinschaft gehörte er an?«

Durch seine Brille blickte Satyapal Kishor mit freundlichen Augen an: »Er war ein Sikh-Khatri[1]. Ehe die Marwaris nach Kalkutta kamen, florierten hier die Geschäfte der bengalischen Kaufleute und dann die der Sikh-Khatris. Wegen ihres Luxus vernachlässigten diese Leute ihre geschäftlichen Angelegenheiten, und so kamen die Marwaris allmählich mit den Engländern ins Geschäft. Amicand starb ein Jahr nach der Schlacht bei Plassey. Zu jener Zeit besaß er ein Vermögen von etwa fünf Millionen. Er hatte aber keine eigenen Kinder, nur einen Adoptivsohn namens Diyacand. Doch das ganze Vermögen hatte sich Amicands Schwager, Hazoorimall, angeeignet. Diyacand bekam gar nichts. So endete das alles.«

»Und was geschah mit Jagatseth?«

»Jagatseth stammte auch aus unserem Azimgunj-Ziyagunj. Er lieh den Nawabs von Bengalen und der Ostindischen Kompanie Geld. Ohne seinen Willen konnte kein Nawab den Thron weder besteigen noch behaupten. Man nannte ihn den ›Königsmacher‹. Jagatseth war so mächtig, daß einmal, als zwischen ihm und der Ostindischen Kompanie wegen der Bezahlung eines Kredits Streit entstand, der Nawab auf Jagatseths Geheiß hin den Rechtsanwalt der Ostindischen Kompanie einsperrte. Edmund Burke[2] schrieb, daß die Geschäfte Jagatseths ein solches Ausmaß hatten wie die der Bank von England.«

»Und auf wessen Seite stand Jagatseth? War er gegen Siraj-ud-daula und stand er auf der Seite der Ostindischen Kompanie?«

»Ja! Man sagt, als Clive nach dem Tod von Siraj-ud-daula nach Murshidabad kam, habe Jagatseth Mahtab Cand ihn aufgesucht. Es war Jagatseth, der den Padishah von Delhi dazu brachte, Clive

1 Sikh-Khatri: eine Händlerkaste der Sikhs.

2 Edmund Burke (1729-1797): englischer Schriftsteller, Politiker und Ästhetiker, lange Zeit auch Mitglied des britischen Unterhauses.

die Steueroberhoheit über Bengalen zu übertragen.[1] Doch letzten Endes wurde Jagatseth gerade seiner politischen Macht wegen umgebracht. Der nächste Nawab, Mir Kasim, kerkerte ihn in einem Turm in Munger ein und ließ ihn dort umbringen, weil er befürchtete, Jagatseth könnte sich mit den Engländern verbünden und ihn vom Thron stürzen. Mahtab Cands Nachfolger Jagatseth Khulashcand liebte den Luxus. Wegen einer Hungersnot kam der Handel in Bengalen zum Erliegen. Jagatseths Nachfolger wurden immer ärmer. Der Großteil der Schulden, die der Nawab und die Kompanie bei ihnen hatten, war nicht einzutreiben. Alles wurde nach und nach verkauft. Innerhalb von hundert Jahren nach der Schlacht bei Plassey kam es so weit, daß die späteren Jagatseths von einer monatlichen Rente der Engländer leben mußten. So ging die ganze Geschichte aus.«

»Waren die Jagatseths Marwaris?« Kishor blickte fast flehentlich auf Satyapal.

Auf einmal begriff Satyapal die ganze Sache: »Ja, sie waren Marwari Oswals. Doch das, was dich beunruhigt, ist völlig grundlos. Der Mir Jafar, der Siraj-ud-daula verraten hat, war dessen Blutsverwandter. Diese Verrückten, die der Macht und dem Geld hinterherlaufen, kennen keine Bindungen, sie sind alle vom gleichen Schlag. Sie verkaufen sich seit undenklichen Zeiten und werden sich auch in alle Ewigkeit verkaufen. Ich dachte, du interessierst dich wegen Subhash Babu für Siraj-ud-daula, aber nun sehe ich, daß dich etwas anderes bedrückt. Es waren doch zuallererst Bengalen, die den Engländern geholfen haben, hier Fuß zu fassen. Du mußt selbst über dich nachdenken. Was beunruhigen dich die Ansichten eines anderen?«

Da wurde es Kishor leichter ums Herz. Flüchtig berührte er Satyapals Fuß[2] und rannte dann aus der Bücherei.

Um drei Uhr nachts wachte Kishor durch das Rufen eines Kuckucks im Garten der Mallik Babus auf. Seit ein paar Tagen blühten die Mangobäume, es bildeten sich bereits winzige

---

1 1765 wurde R. Clive die ›Diwani‹ (Steueroberhoheit) für Bengalen, Bihar und Orissa übertragen.

2 Das Berühren der Füße gilt in Indien als Zeichen höchster Verehrung.

Früchte. In der Stille der Nacht schien das Rufen des Kuckucks fast so nahe zu sein, als käme es von der Fensterbank. Von irgendwoher fiel ein schwacher Lichtschimmer ins Zimmer, so daß er erkennen konnte, daß auch die Mutter nicht schlief. »Sag mir, Mutter, wie standen meine Großväter zu den Engländern?« fragte Kishor mit leiser Stimme.

»Ach, du bist wach? Wie kommst du jetzt auf die Engländer?« fragte die Mutter. Doch an ihrer Stimme merkte er, daß sie sich jetzt nicht unterhalten wollte. Eine Weile sprach sie kein Wort. Kishor suchte, sich in der Dunkelheit und der Stille Bilder von Ereignissen vorzustellen, die vor langer Zeit geschehen waren, und von denen er ein paarmal gehört hatte.

»Auf dem Hogg-Markt wurden große Körbe mit frischen und getrockneten Früchten für die Engländer geschmückt. Wenn ich meiner Mutter und meiner Großmutter zu Hause davon erzählte, bekamen sie große Augen. Auf meinen Großvater, den Schwiegervater meiner Mutter, also deinen Urgroßvater Ramwilas – man nannte ihn den ›großen Babu‹ – hielten die Sahibs wegen seines Fleißes und seiner Rechtschaffenheit große Stücke. Hamilton Sahib achtete ihn wie einen leiblichen Bruder. Wegen seiner Ehrlichkeit vertrauten ihm die Sahibs blind. Es gab eine Firma, die Mackenzie Lloyd Kompanie. Für die kaufte er Aktien. Wenn noch am selben Tag der Preis für eine Aktie gefallen wäre, hätten ihm die Sahibs nicht vorgeworfen, daß er die Aktien für einen höheren Preis gekauft hatte. Einmal schickte ihm Hamilton Sahib durch einen Boten einen Umschlag. Als dein Urgroßvater ihn öffnete, lag darin ein Blatt Papier, auf dem nichts weiter geschrieben stand als: ›zweihunderttausend Rupien‹. Da war er doch recht erstaunt. Daraufhin ging er zum Sahib und fragte ihn, was das bedeute. Der Sahib erklärte, daß der Jutesamen dieses Jahr so hoch sei, daß die Preise steigen werden. Was er angenommen hatte, war also eingetreten. Er sagte: ›Ramwilas, du kannst dir eine goldene Nase damit verdienen, viele Morgen Saatfläche zu kaufen.‹ Bei diesem Handel hat dein Urgroßvater sehr viel Geld verdient.«

»Das war zur Zeit des Ersten Weltkriegs. Damals waren grobe Jutesäcke sehr gefragt. In Bhiwani hat Großvater dann ein großes, massives Haus mit drei Innenhöfen für einhundertzehntausend Rupien gebaut. Außerdem kaufte er einen Garten, in dem es alle erdenklichen Früchte gab: verschiedene Mangosorten, Litschis, Granatäpfel, Grewien – alles war da. In diesem Garten gab es auch ein großes Wasserbecken. Dein Vater und dein Onkel pflegten mit Freunden darin zu baden. Auch eine Kutsche mit zwei weißen Pferden hatte er. Im Sommer wurden die Pferde mit vier Ser gezuckerter Milch gefüttert. Und im Winter bekamen sie ein Pao Butterschmalz.

Jeden Abend fuhr die fröhlich klingelnde Pferdekutsche Lalit in ganz Bhiwani spazieren. Er war damals gerade ein Jahr alt, du warst noch nicht geboren. Der ›große Babu‹ legte mehrere Decken in die Kutsche und legte weite Strecken zurück, sogar im Winter. Sah er jemanden ohne Decke schlafen, warf er ihm eine zu. In Bhiwani machte er eine Bibliothek auf, und mein Schwiegervater, also der ›kleine Babu‹, auch einige Schulen. Doch wie lange währt schon eine Zeit wie diese?

In Kalkutta starb dann dein Großvater Kedarnath, ›der kleine Babu‹, ganz plötzlich an Typhus, und der ›große Babu‹ geriet vollkommen aus dem Gleichgewicht. Er konnte es nicht ertragen, daß sein einziger Sohn in der Blüte der Jugend, im Alter von nur einunddreißig Jahren, verstarb. Damals war dein Vater gerade fünfzehn Jahre alt. Von den Geschäften verstand er überhaupt nichts. Der ›große Babu‹ überließ alle geschäftlichen Angelegenheiten Cautmal, dem Sohn seines Bruders, der nichts anderes tat, als an der Börse zu spekulieren. Das war ein Mann, der nur davon träumte, in einer einzigen Nacht Millionen Rupien zu verdienen. Er ließ alle Vorsicht fahren, und so verursachte er über Nacht einen solchen Schaden, daß alles Geld, das der ›große Babu‹ verdient hatte, mit einem Schlag dahin war.

Damals erging das vielen Leuten so, und vielleicht war das ja überall auf der Welt so. Das Haus, der Garten, alles wurde verpfändet. Es kam so weit, daß der ›große Babu‹ mich vor seinem Tod um zwei Rupien bat. Ich versuchte ihn davon zu überzeugen, daß ihm der Sterndeuter sein verlorenes Glück nicht zurückgeben werde, wenn er ihm zwei Rupien gab. Aber er blieb beharrlich. Da dachte ich: ›Laß es gut sein. Das bißchen, was noch übrig ist, kann man auch noch hergeben. So wird ihn wenigstens der Gedanke nicht quälen, daß ihm die Frau seines Enkels wegen zwei Rupien Vorhaltungen gemacht hat.‹« Mutter versagte die Stimme, sie schwieg.

Kishor konnte das Bild des demütigen Alten, der seine Schwiegertochter hinter der Tür um zwei Rupien bat, nicht mit dem beeindruckenden Bild vom ›großen Babu‹, also Ramwilas' Urgroßvater, in Einklang bringen, der über dem langen schwarzen Ackan eine goldene Uhr, enge schwarze Hosen und ausländische ›Glaskid‹-Schuhe trug. Draußen begann es zu dämmern, und ein kalter Wind wehte von Süden her. Der Kuckuck schien des Rufens müde geworden zu sein und stieß nur hin und wieder noch leise Töne aus. Draußen hatte man begonnen, die Straßen mit Wasser aus dem Ganges zu besprengen.

Mutter fuhr nun fort: »Der ›große Babu‹ sagte, daß er fast verrückt geworden wäre, als er zum ersten Mal nach Kalkutta gekommen war und sah, daß die Straßen zweimal am Tag mit Wasser aus dem Ganges gereinigt wurden. Er meinte: ›Die Menschen lechzen nach zwei Tropfen Ganges-Wasser, und hier besprengt man die Straßen damit. Diese Stadt werde ich nicht wieder verlassen, dachte ich damals.‹ Aber welches Glück wurde dem ›großen Babu‹ hier schon zuteil? Wer wird schon glücklich, wenn er sich mit Aktien beschäftigt und an der Börse spekuliert? Tag und Nacht nur die Sorge um Gewinn und Verlust.«

Kishor sprang erregt auf: »Mutter, hast du denn nicht einmal erzählt, daß nach dem Tod des kleinen Großvaters der Polizeikommissar Teggart zu uns ins Haus kam?«

»Ja, das stimmt. Das habe ich dir früher schon ein paarmal erzählt. Teggart und der ›große Babu‹ kannten sich gut. Abends gingen sie zusammen spazieren. Der ›große Babu‹ hielt große Stücke auf Teggart.«

»Mutter, darf ich dir etwas sagen? Wirst du es auch wirklich beherzigen? Von heute an darfst du nie wieder den Namen Teggart erwähnen! Erzähle ja niemandem, daß Teggart zu uns ins Haus gekommen ist!« Kishors Stimme zitterte. »Mutter, du weißt nicht, was für ein grausamer Mensch dieser Teggart war, er stand General Dyer in nichts nach. Was der den Kämpfern für die Freiheit angetan und welche Gewalt er gegen sie eingesetzt hat! Wie sehr müssen wir uns dafür schämen, daß er Urgroßvaters Freund war! Vor sechzehn Jahren hat Gopinath Saha versucht, Teggart zu töten und dabei aus Versehen einen anderen umgebracht. Er mußte im Alter von achtzehn Jahren sein Leben lassen nur für den Versuch, Teggart zu töten. Und nicht nur das! Subhash Babus großer Bruder Sharat Babu wurde acht Jahre lang eingesperrt, weil er geplant hatte, Teggart zu töten. Mutter, erwähne niemals jemandem gegenüber, daß Urgroßvater Teggart gut gekannt hat!«

Die Mutter schwieg eine Weile. »Das wußte ich alles gar nicht. Aber nicht nur Urgroßvater, auch viele bedeutende Leute, die mit Gandhi-ji zusammen waren, trafen sich mit Teggart. Ich weiß nur eins: Unsere Vorfahren haben stets das getan, was sie für richtig hielten, und auch wir werden so handeln. Wozu sollten wir eigentlich versuchen, etwas, das vergangen ist, auszustreichen oder zu verbergen? Weshalb sollten wir uns für so etwas schämen? Wenn dir etwas nicht gefällt, dann halte dich davon fern. Aber wer könnte schon etwas wieder ausmerzen, was in der Vergangenheit geschehen ist?«

## 5
## Wenn schon Exil, dann Kalkutta

*Die unentbehrliche Einmischung des Erzählers der Geschichte:*

*Jetzt geht die Erzählung auf Drängen von Kishor Babu noch weiter in die Vergangenheit zurück: Kishor Babu ließ nun eine noch weiter zurückliegende, auf dem Tagebuch seines Urgroßvaters Ramwilas, genannt ›großer Babu‹ (1860-1926), beruhende Geschichte aufschreiben. Er war der festen Überzeugung, daß der Kern seiner Erzählung in der gemeinsamen Geschichte einer Volksgruppe und einer Großstadt liege. Ähnlich wie bei aus der Ferne herbeigeflogenen Zugvögeln hatten sich die Marwaris weit weg von ihrer Heimat an einem Ort, nämlich in der Großstadt Kalkutta niedergelassen.*

*Der Erzähler der Geschichte ahnt, daß dies eine nebensächliche Geschichte ist. Doch nach der Bypass-Operation und durch das ständige Umherstreifen durch die Straßen der Stadt haben sich Kishor Babus Maßstäbe verändert. Für ihn, der stets zur Sache reden wollte, war das Nebensächliche jetzt zur Hauptsache geworden. Man sagt zwar, daß der Mensch sich sehr verändern kann, aber ein völlig anderer wird er nicht. Auch jetzt noch glaubte er felsenfest an das, was sein früherer Geschichtslehrer Raghunandan Mishra gesagt hatte: Ohne Kenntnis der Vergangenheit kann man die Gegenwart niemals ganz verstehen. Deshalb muß man den Hintergrund jeder Sache aufdecken.*

*Eine weitere Überlegung bestand darin, daß die Geschichte nichts über die einfachen Menschen aussagt, doch jede Geschichte ist eng mit den einfachen Menschen verbunden, die ihr Leben dem harten Kampf mit der Geschichte opfern. Deshalb hat Kishor Babu das starke Verlangen, seiner Erählung eine historische Dimension zu geben, indem er in der Geschichte Ungesagtes zur Sprache bringt.*

*Wie dem auch sei, es ist die Geschichte Kishor Babus, und von vierundzwanzig Karat gehören zweiundzwanzig ihm. So sei es! ›Wenn man schon ins Exil muß, dann nach Kalkutta, denn dort fließt der Ganges. Wenn man schon woanders leben muß, dann in Kalkutta, denn dort werden die Straßen gleich zweimal am Tag mit Wasser aus dem Ganges gereinigt‹, so dachte sein Urgroßvater Ramwilas, und Kishor Babu beginnt seine Erzählung mit der sorglosen Kindheit dieses Mannes in der Heimat.*

Am Himmel über der Wüste zeigte sich ein leichter Wolkenstreif. Sogleich traten vier Kinder mit einem Tuch in den Händen auf die Straße. Ramwilas, Dungar, Narsingh und Naurang hielten jeder einen Zipfel des Tuches fest und wanderten singend von Haus zu Haus:

Quakt der Frosch drr-drr,
bringt die Wolke Wasser, brr-brr.
Wieviel? Wieviel?
Füllt den Teich in der Nacht, soviel.

In jedem Haus gab man eine Handvoll Weizen in das Tuch, hier und da auch Kichererbsen oder Perlhirse. Nachdem die Kinder das ganze Viertel abgelaufen hatten, schmerzten ihnen die kleinen Hände unter der angesammelten Last. Ramwilas' Mutter kochte nun das Korn, ganz wie es war, und bereitete daraus in einem Tontopf einen Ghughri genannten Brei. Diesen Ghugri opferte man dem Wind und dem Wasser, indem er in alle vier Himmelsrichtungen geschleudert wurde, um die Wolken, die vielleicht aus irgendeinem Grund verärgert waren, gnädig zu stimmen. Der Rest des Breis wurde an alle Häuser verteilt.

Ramwilas hörte auf einmal die zarte Stimme seiner Mutter. Er vernahm stets ihren Ruf ›Wilas! Wilas!‹, wie weit entfernt er auch war. Obwohl erst acht Jahre alt, hatte er begriffen, auch wenn er nicht verstand, warum das so war, daß die Mutter ihn rief, wenn ihr das Alleinsein unerträglich wurde. Zwar war seine Schwester Cunia stets bei ihr, doch das reichte der Mutter nicht.

Als er gerade mal drei Jahre alt war, also im Jahr 1863, wurde die Eisenbahnlinie zwischen Delhi und Kalkutta gebaut. Ramwilas errechnete dieses Jahr, indem er siebenundfünfzig Jahre von der Wikram-Zeitrechnung[1] abzog.

»Kaum war die Eisenbahnlinie errichtet, da zog dein Vater auch schon in die Fremde – Hamilton Sahib hatte ihn gerufen. Der war selber nach Kalkutta gegangen. Nun gut! Aber er nahm auch deinen Vater mit! Sechs Jahre zuvor hatte dein Vater ihm beim Sepoy-Aufstand[2] das Leben gerettet. Er hatte sich seiner mit den Worten erbarmt: ›Er ist doch auch ein Mensch! Er hat doch rotes Blut, so wie wir!‹ Hätte er ihn nicht im Keller unter der Kornkammer versteckt, hätten ihn die Soldaten umgebracht. Hamilton Sahib sagte, er werde die Barmherzigkeit deines Vaters sein Leben lang nicht vergessen. Ach, hätte er seine Dankbarkeit lieber mit einem Sack Goldmünzen bewiesen! Nein! Der Idiot sagte: ›Komm mit mir nach Kalkutta! Dort werde ich dich mit Gold überschütten.‹ Und dein Vater ging mit.«

Ramwilas lauschte den Erzählungen der Mutter. Er lag, den Arm um ihren Hals gelegt, neben ihr und berührte mit der Hand die goldene Kette, die ihr der Vater in dem Jahr aus Kalkutta mitgebracht hatte, als er aus Anlaß des Dipawali-Festes nach Hause gekommen war. »Unser Leben ist nun schlimmer als das der auf Kamelen umherziehenden Händler. Die haben wenigstens ihre Familie bei sich. Wir haben nicht mal dieses Glück. Was haben wir denn von all dem Geld? Der Mensch kann doch auch mit wenig auskommen! Besser, zu Hause ein halbes Brot zu essen, als ein ganzes in der Fremde!«

Ramwilas lag da und hörte, wie die Mutter mit sich selber sprach. Sie brachte es nicht fertig, vor einem Fremden davon zu sprechen, und so erzählte sie es ihm. Manchmal hörte er auch, wie die Mutter in der Dunkelheit, lange bevor der Morgen an-

---

1 Wikram-Zeitrechnung: in Indien geläufige Zeitrechnung, die im 57. Jahr vor der christlichen Zeitrechnung beginnt, als der sagenumwobene indische König Wikramaditja von Ujjain den Einfall der indoskythischen Schakas im Nordwesten Indiens abwehrte.

2 Sepoy-Aufstand: englische Schreibweise, unter der dieser Aufstand (1857 bis 1859) der indischen Soldaten, Sipahis genannt, gegen die britischen Kolonialherren in Nord- und Zentralindien bekannt wurde, der sich bald darauf zu einem Volksaufstand entwickelte.

brach, fromme Lieder sang, während sie Korn in der Handmühle mahlte. Wenn sie dann aufhörte zu singen, wußte er, auch ohne hinzusehen, daß ihre Bluse naß vom vielen Weinen war.

Einige Male hatte er gehört, wie die Großmutter ihrer Schwiegertochter Vorwürfe machte: »Bimli, wenn du erst einmal die Angst in dein Herz hineingelassen hast, wirst du sie nicht so bald wieder los. Warum quälst du dich so? Er kommt doch jedes Jahr nach Hause! Und Briefe schickt er dir zwischendurch auch mit einem Boten, der zwischen Delhi und Kalkutta die Post besorgt. Der Mensch muß irgendwann einmal zur Ruhe kommen!« Doch Ramwilas wußte, warum die Mutter so sehr mit dem Vater haderte.

Mutters Onkel, der Mann der kleinen Schwester von Mutters Mutter, war weit weg in den Osten nach Assam gegangen, um Geld zu verdienen. Seine Familie hatte zu der Zeit große Verluste im Opiumgeschäft in Malwa zu beklagen. Als der Vater des Onkels starb, hinterließ er seinem Sohn enorme Schulden. Mutters Onkel ging, als er sich auf den Weg nach Assam machte, von Marwar bis Mirzapur zu Fuß, mit Frachtschiffen fuhr er dann auf dem Ganges bis Kalkutta und von dort auf dem Padma-Fluß nach Assam. Er hatte die ganze Zeit gegen die Malaria zu kämpfen und trank deshalb statt Wasser nur Tee. Nach sechzehn Jahren hatte er das Geld beisammen, um die Schulden seines Vaters bezahlen zu können. Gesund und wohlbehalten machte er sich auf den Weg nach Hause. Unterwegs traf er auf die Bahre mit seiner toten Frau, die man zum Leichenverbrennungsplatz brachte. Wenn der alte Gutsbesitzer des Dorfes nicht dabeigewesen wäre, hätte er niemanden erkannt, und auch die anderen hätten nicht gewußt, wer er war. Den Onkel brachte der Tod seiner Frau fast um den Verstand. Ramwilas Mutter hatte mitangesehen, wie der Gram ihre junge Tante immer mehr zerfraß. Sie sang:

Meine Augen sind gelähmt
vom vielen Starren auf den Weg,
der dich zu mir bringt.
Meine Stimme versagt
vom vielen Rufen nach dem einen,
der niemals kommt.

Und dabei liefen ihr die Tränen über das Gesicht.

Solange die Eisenbahnlinie noch nicht bis Delhi fertiggestellt war, schaffte es die Mutter, den Vater davon abzuhalten, sie zu verlassen. Doch vor Fertigstellung der Verbindung war die Familie inzwischen nach Bhiwani gezogen, einem Handelsplatz, wo viele Engländer lebten. Täglich beförderten Boten Briefe von Delhi nach Bhiwani. Sie waren nachts unterwegs und hatten eine Strecke von fünfundsiebzig Meilen zurückzulegen. Zur Stärkung trugen sie Laddu in ihren Taschen, und in den Briefen standen die Preise für Butterschmalz, Melasse, Korn und andere Dinge. Die Dorfleute saßen in der Regel am Rande ihres Weilers und warteten auf den Boten, damit sie ihre Briefe schnell entgegennehmen konnten. Manchmal war auch ein Brief von Vater dabei. Als die Eisenbahnlinie von Kalkutta nach Delhi schließlich in Betrieb genommen wurde, konnte die Mutter den Vater nicht mehr zurückhalten, zu Hamilton Sahib zu gehen. Sie erreichte nur, ihm das Versprechen abzunehmen, niemals nach Assam zu gehen. Und so ging Vater fort.

Immer, wenn die Mutter dem Vater etwas sagte, antwortete er ihr mit einem Sprichwort: »Hast du Geld, so ruh dich aus. Hast du keins, geh aus dem Haus.«

Eines Tages beim Dipawali-Fest, als der Vater nach Hause gekommen war, bat Ramwilas ihn heimlich, ihn nach Kalkutta mitzunehmen. Nun sei er doch groß, schon acht Jahre alt. Der Vater lachte nur: »Was soll denn dann mit deiner Mutter werden? Du glaubst doch nicht etwa, daß sie dich gehen läßt?«

Das wußte Ramwilas natürlich sehr wohl. Seine vier älteren Brüder hatte die Cholera dahingerafft. Seitdem lebte die Mutter mit ständiger Furcht im Herzen. Überall um sie herum schien der Tod auf der Lauer zu liegen. Ramwilas hätte aber nur zu gern gewußt, wie eine Eisenbahn aussah. Der Vater malte sie mit Kreide auf eine Tafel und erklärte ihm: »Die Tür ist sehr schmal, und hineinzugelangen ist schwierig, weil der Zug stets überfüllt ist. Die Fenster sind noch kleiner. Als ich das erste Mal mit der Eisenbahn gefahren bin, war der Zug schon so voller Leute, daß mich der Gepäckträger auf dem Bahnhof wie ein Gepäckstück durchs Fenster in den Zug geworfen hat.«

Ramwilas bewahrte die Tafel auf, um sie sich immerzu anzusehen. Konnte man den Vater denn wirklich wie ein kleines Bündel zusammenrollen, damit er durch das Zugfenster paßte? Sicher hatte Vater seinen Turban abbinden müssen! Mit ihm auf dem Kopf hätte er bestimmt nicht durch das Fenster gepaßt! Das nächste Mal, wenn der Vater zum Dipawali-Fest käme, würde er ihn fragen, was er mit dem Turban gemacht hatte.

Ramwilas wollte auch gern wissen, wie ein Fluß aussah. Wieviel Wasser war da wohl drin? Mehr als in einem Brunnen? Mehr als in einem Teich? Oder gar mehr als in einem großen See? Der Vater hatte ihm einen Fluß nicht aufmalen können, es waren gerade mal zwei parallele Linien geworden, die weit in die Ferne reichten. Daraus war nicht zu erkennen, wieviel Wasser in so einem Fluß war. Vater nahm jeden Tag ein Bad im Ganges. Selbst wenn er hier sein Bad nahm, ehrte er den Ganges, indem er murmelte: ›Har har Ganges! Har har Ganges!‹ Danach, wenn er sich trocken rieb, sprach er einen Mantra:

›Die du als Göttin, Götterherrin, Erhabene, o Ganga,
die drei Welten durchquerst in funkelnder Woge,
die du den Shiw zum Diadem hast als Schöne, du Makellose –
mein Herz ruhe dir zu Füßen, o Lakshmi!‹[1]

Ramwilas war zwar erst acht Jahre alt, doch alles, was er einmal gehört hatte, blieb in seinem Gedächtnis haften. Der Lehrer in der Schule hatte bis jetzt keine Veranlassung gehabt, ihm die Ohren langzuziehen.

In Kalkutta ärgerte den Vater nur eines: Dort konnte man nicht einfach mit einem Becher in den Wald gehen und sich erleichtern. Dort, wo er wohnte, gab es eine Toilette, vor der man sich anstellen mußte, um seinem natürlichen Bedürfnis nachkommen zu können. Ramwilas konnte sich das nicht so recht vorstellen. Der Vater versuchte, ihm das zu erklären: »Zwischen zwei Trittbrettern für die Füße befindet sich eine große Grube, eine sehr tiefe sogar.«

»Aber die ist doch mal voll, oder?« Der Vater mußte lachen.

In Kalkutta wohnte der Vater bei Seth Nathuram, der ebenfalls

---

1 Übersetzung aus dem Sanskrit: Klaus Mylius.

aus Bhiwani stammte. Dort aß, arbeitete und schlief er auch. Als er nach Kalkutta kam, war Hamilton Sahib gerade für sechs Monate nach Europa gefahren. Daraufhin hatte der Vater die Stelle als Buchhalter angenommen. Er erzählte, er habe oft so viel zu tun, daß er, von seinem morgendlichen Bad im Ganges abgesehen, den ganzen Tag über nicht nach draußen gehen konnte und gar nicht bemerkte, wenn die Sonne unterging. Ramwilas hörte die Mutter sagen: »Da lebt es sich doch im Gefängnis besser!« Der Vater erwiderte: »Man gewöhnt sich an alles.«

Der Vater arbeitete einige Zeit für Seth Nathuram. Als Hamilton Sahib aus Europa zurückkehrte, verschaffte er Vater einen Posten als Jute-Makler. Nun arbeitete er für Hamilton Sahib und dessen englische Freunde.

Er wollte sich so gern ein großes massives Haus in Bhiwani bauen. Dafür arbeitete er Tag und Nacht in Kalkutta, gönnte sich keine Ruhe. Zehn Tage vor dem Dipawali-Fest schlief er in der Regel drei Tage lang hintereinander, ehe er nach Hause kam, um ausgeruht zu sein. Ramwilas staunte, wie man so lange ohne Unterbrechung schlafen konnte. War es denn möglich, Schlaf wie Geld anzuhäufen? Sicher gab es das, denn als der Vater all sein gespartes Geld auf dem Silbermarkt verspekulierte, verflüchtigte sich auch sein Schlaf wie Kampfer in der Luft. Damals war Ramwilas gerade fünfzehn Jahre alt geworden. Er hörte, wie seine Onkel zu Hause darüber redeten und natürlich meinten, daß das vorauszusehen war.

Der Vater hatte sich nicht nur auf das Jute-Geschäft beschränkt, er spekulierte nun auch auf eigene Kosten mit Silber und Opium. Wäre ihm dieses Mal das Glück hold gewesen, hätte er sich gleich mehrere Häuser bauen lassen können. Doch es sollte nicht sein. Der Vater beglich alle seine Schulden und kehrte nach Bhiwani zurück.

Den Rest seines Lebens verbrachte er in schlaflosen Nächten und in täglichen Erinnerungen an sein morgendliches Bad im Ganges. Er saß eine geschlagene Stunde mit geschlossenen Augen vor einem Kübel mit Badewasser und murmelte in einem fort: »Har, har Ganges! Har, har Ganges!« Ramwilas verstand, warum die Großmutter und seine beiden Onkel diese Gewohnheit seines Vaters aufbrachte. Die Großmutter rief ihm schließlich ärgerlich zu: »Nun reicht es aber! Jetzt wasch dich endlich!« Der Mutter taten solche Worte der Großmutter sehr weh, doch sie konnte ja nichts dagegen tun. Weder konnte sie den Vater von seinem Tun, noch die Großmutter von ihren barschen Reden abhalten.

Hamilton Sahib versuchte oft, Vater zu einem neuen Anfang zu überreden, doch der war dazu nicht mehr in der Lage. Er verbrachte die meiste Zeit mit Beten und dem Lesen frommer Bücher oder in Gesellschaft heiliger Männer. Jetzt wäre es der Mutter sogar lieber gewesen, wenn er wieder nach Kalkutta gegangen wäre, doch Vater stand der Sinn mehr nach Askese und Entsagung. Er ging nicht mehr nach Kalkutta, aber auch seinen beiden jüngeren Brüdern erlaubte er nicht, dorthin zu gehen. Sie lebten von dem, was ihnen ein Gemischtwarenladen einbrachte. Der Traum von einem großen Haus, vom Vater aufgegeben, nistete sich nun in Ramwilas Herz ein. Es gab ja auch schon hier und dort in Bhiwani solche Häuser, die die Leute von ihrem in Kalkutta, Bombay, Kanpur und Hyderabad ersparten Geld hatten bauen lassen.

Vater bat jeden Freund oder Bekannten, der aus Kalkutta kam, ihm Wasser aus dem Ganges mitzubringen. Einige Tropfen davon benötigte er jeden Morgen für seine rituelle Mundreinigung. Doch nach Kalkutta wollte er nicht wieder zurück. Er lebte mit den Erinnerungen an die Zeit, die er dort verbracht hatte. »Was ist schon der Sawan hier im Vergleich zu dem in Kalkutta!« Brach die Regenzeit an, breitete sich grünes Gras auf den Feldern aus, wurden Schaukeln an hohen Bäumen aufgehängt, da sang man dann Sawan-Lieder in jedem Haus. Sobald der erste Regen einsetzte, liefen alle Dorfbewohner zu den großen Brunnen, um zu beobachten, wie viele der hinabführenden Stufen unter Wasser standen. Vater aber sang seine Loblieder auf den Regen in Kalkutta und hatte kein Interesse an dem in seinem Dorf.

Ramwilas hatte den Sawan in Kalkutta erlebt, jedoch nicht zu Lebzeiten seiner Eltern. Ein Jahr nach dem Tod der Mutter war auch der Vater gestorben. In jenem Jahr brach in Rajputana die größte Hungersnot des Jahrhunderts aus, bekannt geworden als die Hungersnot von ›Sechsundfünfzig‹[1]. All das weckte in Ramwilas nunmehr den starken Wunsch, in die Fremde zu ziehen. Neben dem Tod der Eltern und dem Rückgang der Geschäfte in dem Gemischtwarenladen durch die Hungersnot bestärkte ihn auch seine Frau in diesem Entschluß, denn sie hatte bei ihren in Bombay lebenden Brüdern englische Uhren und Taschenlampen gesehen, die sie selbst auch gern besessen hätte.

Und im Herzen von Ramwilas erwachte der vor vielen Jahren so tief vergrabene Traum seines Vaters von einem eigenen großen Haus zu neuem Leben. Doch wie konnte er fortgehen und alles hier zurücklassen? Seine Frau, seinen zehn Jahre alten einzigen Sohn, seine schon als Kind zur Witwe gewordene Schwester Cunia, die heimatliche Erde? Wie brachten das andere Leute bloß einfach so fertig?

Seine Frau meinte: »Von deiner Mutter hast du dein weiches Herz geerbt. Es stimmt schon, wenn man sagt, daß sechs Dinge die Karriere eines Mannes behindern: Trägheit, die Liebe zu einer Frau, Krankheit, Heimatverbundenheit, Zufriedenheit und Feigheit. Und du hast von allen sechs Dingen mehr als genug. Bald wirst du vierzig und bist noch nie über die Grenzen des Dorfes hinausgekommen! Geh doch nach Bombay! Meine Brüder werden dir helfen! Denkst du denn, unser Sohn Kedar, den wir erst nach fünfzehn Jahren Ehe unter großen Mühen bekommen haben und der jetzt zehn Jahre alt wird, möchte nicht auch ausländische Kleider und eine englische Uhr tragen?«

Schließlich entschloß sich Ramwilas, die Heimat zu verlassen. Aber er ging nicht nach Bombay, er wollte nach Kalkutta. Das war von Kindheit an sein sehnlichster Wunsch! Obwohl er diese Stadt nie gesehen hatte, kam sie ihm wie seine eigene vor. Er würde Kalkutta mit den Augen seines Vaters sehen. Schließlich war dort ja auch der Ganges!

Sein Vater wußte, daß seine Schwiegertochter ihren Mann zum Geldverdienen nach Bombay schicken würde. Deshalb hatte

1 ›Sechsundfünfzig‹: so genannt nach dem Jahr 1956 im Wikram-Kalender (s. Fußnote 1, Seite 39), nach dem christlichen Kalender war diese Hungersnot 1899.

er, bevor er starb, zu seinem Sohn gesagt: »Wenn du die Heimat einmal verlassen mußt, mein Sohn, dann geh nach Kalkutta. Dort ist der Ganges. Einen Ort wie Kalkutta gibt es nirgends auf der Welt.« Er hatte ihm auch einen Brief für Hamilton Sahib gegeben. Ja, Ramwilas wollte nach Kalkutta und würde dort das erreichen, was der Vater nicht geschafft hatte!

Bei der Arbeit im Gemischtwarenladen hatte Ramwilas aus dem Buch *Telegraph Teacher* dreihundert englische Wörter gelernt: ›go = geh‹, ›come = komm‹, ›buy = kaufe‹, ›sell = verkaufe‹ usw. Stets hatte er einen freundlichen Umgang mit den Leuten gepflegt, die aus anderen Städten nach Bhiwani kamen. Deshalb kannte er sich in allen möglichen Geschäften aus, die anderswo gemacht wurden. Für viele Leute, die von außerhalb nach Bhiwani zurückkamen, war sein Geschäft eine Art Treffpunkt. So hatte er viele Dinge erfahren, die man unbedingt wissen mußte. Inzwischen war auch das Dampfroß bis Bhiwani gekommen, und so brauchte Ramwilas nicht wie sein Vater erst auf einem Kamel nach Delhi zu reiten. Es stand fest: Wenn er die Heimat verließ, dann ging er nach Kalkutta. In Kalkutta gab es schließlich den Ganges.

Je weiter sich Ramwilas von Bhiwani entfernte, um so mehr verflüchtigten sich die Schatten der Hungersnot. Er blickte aus dem Fenster und dachte: ›Wie bunt diese Erde doch ist! Hier Sanddünen über Sanddünen! Und dort überall Grün, Grün der verschiedensten Art! Feigen-, Zedrach-, Jujuben- und viele andere Bäume, Sträucher, wogende Hirsehalme, das Grün von Kulturen, die einmal im Jahr geerntet werden und solcher, die das ganze Jahr über üppig wachsen! Grün, das sich weithin ausbreitet – scheinbar ins Endlose hinein! Welten lagen zwischen hier und dort! Und nicht nur die Erde, nein, auch der Himmel, der sich über ihr wölbte, war vollkommen anders! Der Himmel hier und der Himmel dort – welch ein Kontrast!‹

Beim Anblick der farbenfrohen Wolken über der Erde Bengalens war er außer sich vor Freude, so wie die Pfauen in der Wüste, die sich nach dem Anblick von Regenwolken sehnen. In seinem vorhergehenden Leben mußte er ein Pfau gewesen sein, dachte er damals. Aber das dachte er auch bei seinem letzten

Atemzug, nachdem er sechsundzwanzig Jahre in Kalkutta gelebt hatte. Als er Abschied von dieser Erde nehmen mußte, war der Himmel von ebensolchen Wolken bedeckt, von kreisenden, sich drehenden, sich überlagernden Wolken, schwarz und dicht, wie ein Schirm.

Noch als er im Sterben lag, verspürte Ramwilas Freude darüber, daß sein Herz beim Anblick der Wolken tanzen konnte wie ein Pfau, obwohl es doch gebrochen war vom Schmerz über den Tod seines Sohnes Kedar. Jedes Jahr zur Regenzeit hatte Ramwilas beim ersten Monsun in Erinnerung an die in seiner Kindheit gesammelte Opferspeise einen Brei aus Hülsenfrüchten, Fladen und Süßigkeiten zusammengerührt. Aus Freude über den Regen saß er am Ganges-Ufer und verteilte Süßigkeiten und kleine Münzen an die Bettler. Ganze einundzwanzig Jahre lang tat er das! Erst in den letzten fünf Jahren hatte er damit aufgehört, als ihn mit dem Tod seines einzigen Sohnes Kedar das Glück verließ. Selbst die Wolken konnten ihn in diesen letzten fünf Jahren nicht mehr erfreuen. Nur die Wellen des Ganges hatten ihn damals am Leben erhalten. In all den sechsundzwanzig Jahren, die er in Kalkutta lebte, hatte er es keinen einzigen Tag versäumt, sein Bad im Ganges zu nehmen. Weder Krankheit noch Unwetter konnten ihn daran hindern. Wie eine Mutter ihren Sohn hatte ihn der Fluß all die Jahre in seinem Schoß gewiegt und ihm mit seinem Gesang innere Ruhe gegeben.

Als Ramwilas mit dem Brief an Hamilton Sahib nach Kalkutta kam, suchte er Zuflucht an demselben Ort, an dem die Menschen aus seiner Heimat stets Unterschlupf gefunden hatten, und den auch sein Vater vor vierzig Jahren aufgesucht hatte. Um elf Uhr in der Nacht erreichte er nach vielem Fragen das Haus von Seth Nathuram.

Wie staunte er doch am nächsten Tag, als in aller Frühe die Straßen Kalkuttas mit Wasser aus dem Ganges gereinigt wurden. Das also war das Wasser, das zu bekommen sich der Vater so sehr gemüht und von dem er jeden Tropfen gezählt hatte! Für das rituelle Bad nur ein paar Tropfen in den Eimer, für die rituelle Mundreinigung nur ein paar Tropfen, und dazu sein Murmeln: »Har, har Ganges! Har, har Ganges!« Und beim Sterben bettelten seine Augen, daß Ramwilas ja nicht vergessen möchte, ihm das Gesicht mit Ganges-Wasser zu besprengen. Und hier wurden sogar noch die Straßen der Stadt mit diesem Wasser besprengt! Was für eine unglaubliche Stadt! Dort ein Mensch, der nach jedem Tropfen Ganges-Wasser gierte! Hier eine Stadt, die von dem Wasser förmlich durchtränkt war!

Als Ramwilas an jenem Morgen zum ersten Mal im Ganges untertauchte, schwor er, in dieser Stadt zu bleiben, sich hier niederzulassen, hier seinen letzten Atemzug zu tun. Ein Haus würde er zwar bauen, das war schließlich der Traum seines Vaters gewesen, doch er würde diese Stadt niemals verlassen. Kalkutta würde nicht sein ›Exil‹, sondern sein Zuhause sein!

Exil und Zuhause. Basantlal wiederum, der beste Freund von Ramwilas, konnte die weißen Sanddünen von Sardarshahar in seiner Heimat Bikaner nicht vergessen:

Der Wüstensand ist mein Verlangen,
die weißen Dünen, der helle Sand,
wie Silber leuchtend im Mondenschein,
das ist meine Heimat, mein ganzes Sein.

Jedes Jahr fuhr Basantlal über September und Oktober nach Hause, in sein Heimatdorf. »Die reifen Früchte auf den Feldern, die Gurken und Melonen rufen, die Hirse wartet auf mich. Ein Picknick mit Linsen und Fladenbrot an einem Brunnen oder am Ufer eines Sees, was für ein Genuß! Da kann eine Stadt voller Menschen nicht mithalten!« schwärmte er. Für ihn war das Leben in Kalkutta eine Strafe, für ihn glich es einem Exil – nur gut zum Geldverdienen, einen Paisa nach dem anderen.

»Gott Ram litt vierzehn Jahre lang im Exil, das er im Wald verbracht hatte. Wer weiß, wie viele Jahre mir bestimmt sind? Wie dem auch sei, ich werde keinen Tag länger hier bleiben als nötig. Sobald meine Zeit um ist, mache ich hier Schluß, ganz gleich, ob ich Gewinn oder Verlust gemacht habe.«

Ramwilas wußte, Basantlal würde den Ganges niemals so liebgewinnen wie er. Er war eben ein Jain! Für ihn war der Ganges ein Strom voller Lebewesen. Er ließ auch nicht davon ab, Ramwilas zuzureden, das tägliche Bad im Ganges aufzugeben: »Wer weiß, wie viele Bakterien sich in dem Fluß tummeln! Man muß sich doch bloß einmal die Statistik in der Zeitung ansehen, in der aufgeführt ist, wie viele Menschen in den letzten hundert Jahren in Kalkutta an der Cholera gestorben sind. Bedeutend mehr Hindus als Muslime! Sie können das Baden im Ganges eben nicht lassen!«

Für Basantlal war die Regenzeit am unerträglichsten. Sie war für ihn die Jahreszeit, in der es vor Ungeziefer nur so wimmelte, wo Schmutz und Dreck überhandnahmen, die unausweichlich Krankheiten hervorriefen. Der Anblick von Wolken bedrückte ihn zutiefst. »Es wäre schön, wenn es nur ab und zu einmal regnen würde. Aber diese Regenzeit! Regen über Regen, er hört nie auf! Dich, Ramwilas, hat dieses Bengalen hier verzaubert. Aber das ist doch kein Platz, wo man sich wohlfühlen kann! Diese Brutstätte für Ruhr und Cholera!«

Für Basantlal wollte und wollte die Zeit seines Exils nicht vergehen, während Ramwilas vom Zauber dieser Stadt von Tag zu Tag immer mehr gefangengenommen wurde.

Manchmal kehrte Ramwilas nach seinem morgendlichen Bad im Ganges nicht sofort zu seiner Arbeit zurück, sondern setzte sich unter der Howrah-Brücke auf die ins Wasser führenden Stufen der Badestelle und beobachtete stundenlang das Treiben um sich herum: den Markt, wo Tausende Blumen verkauft wurden; die Jünglinge, die Sport trieben; die Menschen, die sich von Leuten aus Oriya den Körper mit Öl einreiben und in klatschendem Rhythmus massieren ließen; die Leute, die im Ganges Wäsche wuschen und die Schwimmer, die im Fluß untertauchten. Er sah auch, wie manchmal von der anderen Seite der Howrah-Brücke, wo sich die aus Zedrachholz errichtete Plattform der Leichenverbrennungsstätte befand, Holzasche und Blumengirlanden herangetrieben wurden. Eines Tages würde auch er zu solcher Asche werden und an den badenden Menschen vorbei auf das Meer zutreiben. Ramwilas konnte stundenlang die heiligen Männer beobachten, die sich an der Badestelle niedergelassen hatten, und die Tauben, die über dem dahinfließenden Strom umherflatterten.

An manchen Sonntagen ging Ramwilas abends gern durch die Strand Road zum Princep Ghat. Er hatte seine helle Freude, die Masten der dort liegenden Schiffe zu betrachten. Er stellte sich an eine bestimmte Stelle neben dem Gwalior-Denkmal, das zu Ehren der Sepoys des Gwalior-Regiments errichtet worden war. Der Anblick des Sonnenuntergangs entzückte ihn. Himmel und Erde waren auf einmal gleichermaßen in das Orange der untergehenden Sonne getaucht. Je mehr die Sonne hinter dem Horizont verschwand, um so dunkler wurde dieses Orange, um allmählich blutrot zu werden. Das Blau des Himmels variierte in unbeschreiblich vielen hellen und dunklen Nuancen. Wenn er sich dann zum Fort William-Park umdrehte und auf das Grün dort blickte, wußte er nicht, was bezaubernder war: das Grün der Erde, welches das Blau des Himmels hervortreten ließ, oder das Blau des Himmels, welches das Grün der Erde vertiefte.

Auch die wie er selbst aus einem fernen Land hierhergekommenen weißen Europäer, die in von zwei Pferden gezogenen Kutschen und Equipagen den Strand entlangfuhren, kamen ihm nicht wie Fremde vor. Ihm fiel eine Redensart ein, die er in der in Bhiwani gesprochenen Sprache oft über Kalkutta gehört hatte: ›Der Reis ist wie Silber, das Korn wie Gold, der Betel wie Brot. Wo auf dieser Welt könnte es schöner sein als in Kalkutta?‹ ›Wie ist es nur möglich, daß dieser blau-grüne Zauber Bengalens nicht auf Basantlal wirkt?‹ staunte Ramwilas.

Ramwilas hatte sich mit Basantlal am Betelstand von Raghu angefreundet, der sich an der Ecke der Harrison Road befand. Beide hatten ihre Heimat ungefähr zur gleichen Zeit verlassen und waren nach Kalkutta gekommen. Basantlal war zwar fünfzehn Jahre jünger als Ramwilas, doch sprach er, als ob er schon hundert wäre. Er kaufte am Morgen eine Betelrolle bei Raghu, doch kaute er sie nicht auf einmal bis zum Ende. Er brach sie in kleine Stücke, die er über den Tag verteilt zu sich nahm. Lieber lief er meilenweit zu Fuß, um ja nicht auch nur die kleinste Münze für eine Fahrt mit der Straßenbahn auszugeben. Als Ramwilas ihn zum ersten Mal sah, schien es ihm, als müsse er sich eines Kindes annehmen, das sich in der Menschenmenge verlaufen hatte. Und dann taten sie sich zusammen und suchten gemeinsam voranzukommen.

Der Burra Bazar von Kalkutta wimmelte nur so von Leuten verschiedensten Alters, die sich abhetzten, irgendeine Arbeit zu finden, ein Geschäft, und sei es noch so klein. Vor dem Laden des Betelhändlers Raghu saß immer ein junger, etwas verrückter Mann, der aus der Gegend von Curu in Rajputana stammte und ein wenig Englisch sprach. Er und sein englisches Kauderwelsch brachte alle Leute, die dort vorbeikamen oder Betelrollen kauften, ständig zum Lachen. Ramwilas traf Basantlal das erste Mal, als dieser gerade mit diesem Verrückten redete. Er hatte aus dem Laden nebenan zwei Pasteten auf Blätterschiffchen geholt, die er dem Verrückten zu essen gab und dabei zu erfahren suchte, ob denn dieser junge Mann Familie habe und warum er nicht in seine Heimat zurückkehrte. Ramwilas stand daneben und hörte, wie der Verrückte Basantlal plötzlich ganz ernst fragte: »Wie könnte ich denn nach Hause zurückkehren, ohne in Kalkutta Geld verdient zu haben?«

Da trafen sich Basantlals und Ramwilas' Blicke, und das war der Beginn ihrer Freundschaft. Beide hatten in den Augen des anderen dasselbe Leid, dieselbe Angst, dieselbe Sorge gesehen. Ja, so war es! Keiner konnte nach Hause zurückkehren, ohne hier etwas verdient zu haben!

Basantlal hatte zu Hause in Sardarshahar Karawanen gesehen, die vor der ›Sechsundfünfziger‹ Hungersnot geflohen waren. Wenn die Büffel, die die Wagen zogen, starben, luden sich die Menschen ihre Bündel auf ihre zum Skelett abgemagerten Körper.

»Vor lauter Hunger haben sich die Leute Linsen oder Hirse gleich ungekocht in den Mund gestopft. Sogar ihre Kinder haben sie verkauft. Man fand Leichen, in deren Gürtel Geldmünzen eingeknotet waren. Das Korn war so teuer geworden, daß die Leute lieber den Tod in Kauf nahmen, als ihre Ersparnisse dafür auszugeben. So wertvoll ist das Geld! Mit wieviel Mühe bekommt man es! Da kann man es nicht einfach so verschwenden!«

›Warum klingt Basantlals Stimme so erstickt, wenn er das erzählt?‹ fragte sich Ramwilas. ›Sicher steckt da mehr dahinter! Vielleicht ein Geheimnis seiner Familie? Jemand, der vor Hunger gestorben ist, obwohl er genügend Geld bei sich hatte? Ist das Geld denn wirklich so wertvoll? Wertvoller als ein Menschenleben?‹ Und: ›Warum kauft dieser Basantlal, der jede kleine Münze spart, diesem verrückten Bettler vor Raghus Laden jeden Tag Pasteten? Hat er etwa eine Schuld abzubüßen?‹

Der Brief seines Vaters an Hamilton Sahib blieb viele Tage in seiner Tasche liegen. Ramwilas fragte sich: ›Fünfundzwanzig Jahre sind vergangen. Ob Hamilton Sahib da überhaupt noch lebt? Und wenn er noch lebt, dann ist er sicher nach Europa zurückgegangen!‹ Eines Tages hörte er im Geschäft, wie jemand den Namen Hamilton Sahibs erwähnte, und das veranlaßte ihn, ihn nun endlich aufzusuchen. Arbeit hatte er noch nicht gefunden. Also fragte er nach Hamilton Sahib und erfuhr, daß diesem die große Firma Hamilton und Co. gehörte, die Handel mit Jute trieb. Jedermann kannte sie.

Kaum hatte ein Bote dem Sahib den Brief überbracht, als dieser Ramwilas auch schon in sein Büro rief. Ramwilas staunte nicht schlecht, daß der Sahib noch so jung aussah. ›Altern die Sahibs denn gar nicht?‹ dachte er. Der Sahib lächelte über sein erstauntes Gesicht und erklärte ihm in leicht verständlichem Hindustani: »Ich bin Hamilton Sahibs Sohn. Aber du brauchst deswegen nicht enttäuscht zu sein. Vor seinem Tod hat mir mein Vater viel über deinen Vater erzählt. Dein Vater hat meinem Vater das Leben gerettet. Er war sehr traurig, daß er nichts für eure Familie tun konnte. Ich kann dir gar nicht sagen, wie froh ich bin, daß du nach Kalkutta gekommen bist.«

Noch am selben Tag gab ihm Hamilton Sahib eine Anstellung. »Zuerst mußt du lernen, wie alles hier abläuft. Dann wirst du allmählich selbst in das Geschäft einsteigen. Sag, warst du schon am Kali-Ghat?« Ramwilas staunte, aus dem Mund eines Engländers den Namen der Göttin Kali zu vernehmen. »Das ist Kali-Katha, mein Freund, das Land der Göttin Kali. Wer hierherkommt, muß zuallererst dieser Göttin huldigen. Hat dir dein Vater das nicht gesagt? Dein Vater hat jedes Jahr im Namen meines Vaters am Kali-Ghat Opfer dargebracht.«

Das Erstaunen im Gesicht von Ramwilas ließ Hamilton Sahib erklären: »Sogar die Ostindische Kompanie hat eine Prozession zum Kali-Ghat unternommen. In ihren Anfängen hat die Kompanie der Göttin Kali aus Dankbarkeit fünftausend Rupien dargebracht.« Ramwilas erinnerte sich, daß ihm der Vater tatsächlich aufgetragen hatte, zum Kali-Ghat zu gehen, doch das war ihm völlig entfallen. Seltsam, daß ihn ein Engländer daran erinnern mußte! Wie sehr ihm dieser Mann da doch zugetan war! Ramwilas wurde es warm ums Herz. An den Augen des Sahibs sah er, daß auch diesen eine Rührung überkam.

Gleich am nächsten Tag ging Ramwilas zum Kali-Ghat. Der bengalische Priester ließ ihn nach allen Vorschriften der heiligen Schriften eine Puja vollziehen: mit Blumen und Blättern und der Rezitation heiliger Hymnen. Kaum hatten die bengalischen Priester einen Marwari-Turban entdeckt, als gleich alle auf ihn zustürzten. Ramwilas wählte einen alten Pandit aus, der, weil er an Elephantiasis litt, nur schlecht laufen konnte und deshalb in einiger Entfernung stehengeblieben war und ihn mit großen Augen aufmerksam ansah. Als die Puja vollzogen war, fragte er Ramwilas: »Dein Vater war doch früher auch hier?« Ramwilas staunte zwar, woher dieser Pandit das wußte, nickte aber zustimmend. Hatte sein Vater etwa auch diesen alten Pandit für seine Pujas ausgewählt? Aber alle Leute sagten doch, daß er seiner Mutter mehr ähnelte als seinem Vater! Woher konnte denn dieser Pandit dann wissen, was sein Vater gemacht hatte? »Du berührst genau wie dein Vater deinen Turban immer wieder und faßt dich an beide Ohren, ehe du die Hände vor der Göttin faltest.« So erfuhr Ramwilas, daß sein Vater durch diese kleinen Angewohnheiten in ihm weiterlebte. »Du mußt auch einmal zum Tempel der Firangee-Kali im Bahubazar gehen«, forderte ihn der Priester mit dem dicken, an Elephantiasis erkrankten Bein auf.

Dort, wo Ramwilas wohnte, kannte niemand diesen Kali-Tempel. Schon die Bezeichnung ›Firangee-Kali‹ war seltsam. Nach und nach fragte er sich auf dem Bahubazar bis zu diesem kleinen Tempel durch. »Das ist der Tempel von Srimant Dom«, klärte ihn an einer Ecke ein Betelverkäufer über den Tempel auf. Am liebsten wäre Ramwilas wieder umgekehrt, aber er brachte den Mut dazu nicht auf. Im Gesicht des Pandits mit der Elephantiasis hatte er einen Ausdruck gesehen, als ob sein Vater ihm diesen Auftrag erteilte. So war es ihm zumindest vorgekommen. Er war noch fremd in der Stadt. Vielleicht erwies sich der Besuch dort als nützlich für ihn? Er konnte sich kein Versehen erlauben.

»Srimant Dom hat die Menschen hier von den Pocken geheilt. Die angloindischen Frauen, die hier wohnen und von ihm geheilt wurden, haben in diesem Tempel Opfer für Mutter Kali dargebracht. Wegen dieser halb indischen, halb englischen Frauen heißt die Göttin Kali hier ›Firangee-Kali‹«, erzählte ihm der Betelverkäufer fröhlich, derweil er seine Betelrollen zubereitete.

›Warum ist Vater wohl hierhergekommen? Hatte er vielleicht auch die Pocken?‹ fragte sich Ramwilas. Wie sollte er wissen, was sein Vater in Kalkutta alles erlebt hatte? Wie wenig die Menschen doch voneinander wissen, nicht einmal von den engsten Angehörigen! Das Leben geht so seinen Gang, begleitet von Glück und Leid, und berichtet erst später unzählige Dinge über die, die einem nahestehen.

Wer weiß, wie sehr sich Kalkutta inzwischen verändert hatte, seit sein Vater hier gelebt hatte. Und auch in der kommenden Zeit würde diese Stadt sich weiter verändern. Ob sein Sohn wohl jemals den Nim-Baum sehen würde, in dessen Schatten die Leute standen und mit Wertpapieren handelten? Gebäude würden sich verändert haben, Bäume wären gefällt und die Menschen würden andere sein. Keine Spur würde er auf dieser Erde hinterlassen.

Ein Jahr, nachdem der Vater nach Kalkutta gekommen war, hatte ein fürchterlicher Orkan die Stadt heimgesucht. Hunderte Häuser fielen in sich zusammen, nur Steinhaufen blieben von ihnen übrig. Selbst die imposantesten Gebäude wurden erschüttert. Der Vater hatte Ramwilas erzählt, wie am Nachmittag ein schreckliches Grollen und Tosen weithin zu hören war, und der Hurrikan blitzartig Kalkutta erfaßte, nachdem er auf seinem Weg dorthin alle Dörfer hinweggefegt hatte. In Nord-Kalkutta waren vierzigtausend Lehmhütten davon betroffen. Vaters einziger Gedanke war, sich irgendwie vor diesem Sturm zu retten und gleich am nächsten Tag in die Heimat zurückzukehren. Er beschwor alle seine Ahnen und die Hausgötter, ihn zu beschützen, und versprach, ihnen dafür Opfer darzubringen. Dieses Versprechen löste er einen Monat später ein, als er zum Dipawali-Fest nach Hause kam. Am nächsten Tag sah er die Masten der am Ganges-Ufer gesunkenen Schiffe und ging durch die Chowringhee Road zu Hamilton Sahib, um ihm seinen Entschluß mitzuteilen.

Auf dem Weg sah er Reihen entwurzelter Bäume, überall lagen tote Vögel. Das machte ihm das Herz schwer, besonders wenn er an seine Frau dachte. Wer weiß schon, wieviel Menschen unterwegs gewesen waren, ohne dort angekommen zu sein, wo sie hinwollten? Doch Hamilton Sahib hatte seine Hand ergriffen, ihn neben sich gesetzt und gesagt: »Gestern hatte ich auch nur den einen Gedanken, gleich morgen in meine Heimat zurückzukehren, wenn ich am Leben bleibe. Ich mache mir die ganze Zeit Sorgen um meine alte Mutter. Doch jeder Mensch muß erst seine Aufgabe erfüllen, ehe er heimkehren kann. Es ist schwer, an einen fremden Ort zu gehen, aber nicht leichter, diesen wieder zu verlassen. So schnell wirst du doch nicht den Mut verlieren! So lasse ich dich nicht gehen!« Mit diesen Worten brachte Hamilton Sahib den Vater schließlich von seiner Entscheidung ab. Er wußte, daß Vater eine Schwäche für das Bad im Ganges hatte, und so nahm er ihm das Versprechen beim heiligen Ganges ab, von seinem Entschluß abzulassen.

Zwischen Ramwilas und dem jungen Hamilton Sahib bestand vom ersten Tag ihrer Bekanntschaft an eine Vertrautheit, die zu verstehen für beide schwierig war. Hamilton Sahib hatte nicht gewollt, daß Ramwilas bei ihm nur als Angestellter arbeitete. Er behielt ein Viertel des Gehalts ein, das er ihm zahlte, und kaufte dafür Aktien. Er war sehr zufrieden, daß Ramwilas sich allmählich in allem auskannte, was Jute betraf. »Du wirst es noch weit bringen, das weiß ich genau«, pflegte er zu sagen.

Von Zeit zu Zeit fragte sich Ramwilas, warum ihm Hamilton Sahib so sehr zugetan war. War es nur Dankbarkeit gegenüber seinem Vater? Der Mensch möchte nun mal jeder Sache auf den Grund gehen, sonst findet er keine Ruhe. Sicherlich würde er Hamilton Sahib irgendwann einmal danach fragen. Derzeit wollte er Hamilton Sahib nur zeigen, daß er die Hoffnungen, die er auf ihn setzte, eines Tages einlösen würde.

Ramwilas war den ganzen Tag von morgens bis abends in Jute-Angelegenheiten unterwegs, oft bis zehn Uhr in der Nacht. Zwischen den Jute-Lagern in Chitpore-Cossipore und Dalhousie mußte er mehrmals mit der Straßenbahn oder dem Bus hin- und herfahren. Hatte er einmal frei, setzte er sich in das Jute-Handels-Büro und las dort auf den Rat von Hamilton Sahib hin die Börsennachrichten in der Zeitung. Hamilton Sahib half ihm auch, sein Englisch zu verbessern. Der staunte nicht schlecht, wie gut ihm das gelang, und freute sich darüber.

Einer von Hamilton Sahibs Geschäftspartnern, der sah, wie eifrig Ramwilas im Büro bei der Sache war, nannte ihn scherzhaft ›Charlie‹. Wer weiß, wer dieser Charlie war, dem er vielleicht äußerlich glich oder der sich ähnlich gab wie er. Er fragte Hamilton Sahib danach, der gab ihm zwar keine Erklärung, wurde aber sehr nachdenklich. Irgend etwas mußte er seinem Partner gesagt haben, denn der unterließ es dann, Ramwilas Charlie zu rufen.

Nach einem Jahr beherrschte Ramwilas das Maklergeschäft mit Jute und auch mit Jute-Pressen perfekt. Zu dieser Zeit starb Mitra Babu, ein alter Bengale, der als Einkäufer für die Firma Hamilton & Company tätig gewesen war, und Hamilton Sahib gab Ramwilas diesen Posten.

Da ereignete sich noch etwas, das zu einer Wende in seinem Leben wurde. In einem Lager, in dem sich ein großer Posten Jute befand, den er für einige Händler gekauft hatte, brach ein großes Feuer aus. Die Flammen machten auch alle seine Hoffnungen zunichte. Ramwilas war am Boden zerstört. Wie sollte er nach Hause zurückkehren, ohne dabei das Gesicht zu verlieren? Er hörte schon die Vorwürfe seiner Frau: ›Wie der Vater, so der Sohn! Ihm hat Kalkutta kein Glück gebracht, und dir genausowenig!‹ Wo lag sein Fehler? In seiner Verzweiflung erinnerte er sich an die Göttin Kali und bat sie um Hilfe: »Kali, Mutter von Kalkutta, mach dein Versprechen wahr!« Wie sollte er alles bezahlen? Zwar war die Jute versichert gewesen, doch die Versicherungssumme reichte nicht, um die Kaufleute zu entschädigen. Und auch Hamilton Sahib konnte nichts tun. Mußte er mit leeren Händen nach Hause zurückkehren, wie schon zuvor sein Vater?

Da rief ihn der Inspektor der Versicherungsgesellschaft, ein gewisser Mister Beadon, zu sich. Durch Mister Beadon überließ ihm Hamilton Sahib den ganzen verbrannten und halbverbrannten Posten Jute, wenn er versprach, das Geld in nächster Zukunft zurückzuzahlen. Innerhalb eines Monats schuftete Ramwilas Tag und Nacht, sortierte aus, was verbrannt und verfault war, trocknete, was noch brauchbar war, bündelte es und machte dabei, nachdem er das Geld bezahlt hatte, das er der Versicherungsgesellschaft und den Kaufleuten schuldete, noch einen Gewinn von zehntausend Rupien. Wann immer sich nun wieder ein solch trauriger Vorfall ereignete, vergab Mister Beadon von der Versicherungsgesellschaft das Geschäft mit der verbrannten Jute an Ramwilas. So wandelte sich das ursprüngliche Unglück in sein Glück.

»Also hatte Vater recht. Er sagte stets, daß das Glück auch in Gestalt von Unglück und die Liebe auch in Gestalt von Haß daherkommen kann. Zum richtigen Zeitpunkt verwandelt sich alles ins Gegenteil«, erzählte Ramwilas Hamilton Sahib.

»Wie das?« fragte dieser interessiert.

»Wissen Sie, Sahib, nur, was uns Schmerz bereitet, kann uns auch eines Tages glücklich machen. Was uns einmal lieb und teuer war, verspüren wir am stärksten im Verlust. Der Mensch schwankt zwischen diesen widersprüchlichen Extremen hin und her, er möchte sie überwinden, aber darauf hat er keinen Einfluß.«

Bei diesen Worten von Ramwilas legte sich ein dunkler Schatten über Hamilton Sahibs Gesicht.

Als Ramwilas nach Kalkutta kam, hatte er sich geschworen, niemals wie sein Vater mit Silber, Opium und ähnlichen Dingen an der Börse zu spekulieren. Aber nun mußte er feststellen, daß Kalkutta eine Stadt der Spekulanten war. Womit da nicht alles spekuliert wurde! Mit Jute, Leinsamen, Senfkörnern, Silber und Gold, Baumwolle, sogar mit dem Monsunwasser machte man noch Geschäfte! Die durchtriebensten Geschäftemacher,

›Rangbajs‹ genannt, kletterten sogar in der größten Mittagshitze auf die höchsten Dächer und sagten beim Anblick einer kleinen Wolke weit hinten am Horizont voraus, wieviel Wolken sich wo befanden, wieviel Wasser sie bringen und wann sie es abregnen lassen würden. Da Ramwilas die Gewohnheit hatte, nach den Wolken Ausschau zu halten, wurde auch er von vielen für so einen Regenwasserspekulanten gehalten. Es blieb nicht aus, daß auch er von der Leidenschaft Hamilton Sahibs, an der Börse zu handeln, angesteckt wurde.

Hamilton Sahib kontrollierte sämtliche Geschäfte, die sein Schützling trieb, mit äußerster Sorgfalt. Er war es auch, der Ramwilas nahegelegt hatte, seinen Sohn Kedar nach Kalkutta zu holen und hier zur Schule zu schicken. Kedar besuchte zu der Zeit die Schule in Bhiwani und lernte bei einem sehr guten Lehrer Englisch. Deshalb hatte Ramwilas es für besser gehalten, ihn dort bei seiner Mutter zu lassen. Hätte er erst einmal diese Stadt betreten und die Annehmlichkeiten von Kalkutta kennengelernt, würde er um nichts in der Welt wieder in die Heimat zurückkehren. Und außerdem, was würde das für Probleme mit sich bringen! Er mußte ernährt und irgendwo untergebracht werden. Hamilton Sahib konnte sich überhaupt keine Vorstellung davon machen, wie schwierig es für die Marwaris war, in Kalkutta einen Haushalt einzurichten. Für die Frauen war das ganz unmöglich! In der großen Stadt fürchten sie nichts so sehr wie den Kontakt mit einer unreinen Kaste. Ein entfernter Verwandter hatte die Familie vereinen wollen und seine Mutter mit hierhergebracht. Aber keine zehn Tage hatte die Frau es hier ausgehalten. »Was ist das bloß für eine Stadt, in der man selbst für das bißchen Wasser, mit dem man sich die Hand nach dem Austreten wäscht, Geld bezahlen muß? Der Sweeper geht vor der Tür auf und ab. Und auch noch das Wasser aus den unreinen Hydranten! Das kann man doch nicht zum Trinken nehmen!« schimpfte sie.

Im Dorf sind die Frauen an das Leben in großen, offenen Räumen gewöhnt. Hier in der Stadt fühlen sie sich eingeengt. Sie haben nicht die Möglichkeit, sich überall frei zu bewegen, so wie die Frauen der Europäer es dürfen. Wenn Ramwilas ein Paar zusammen in einer Kutsche oder in einem Auto sitzen sah, konnte er vor Staunen den Blick nicht von ihnen abwenden. Unvorstellbar, daß Kedars Mutter sich einmal so frei bewegen würde! Alle würden sich voller Abscheu von ihnen abwenden. Und Kedars Mutter wäre von sich aus doch niemals bereit, sich mit ihm zusammen ohne Schleier vor dem Gesicht in der Öffentlichkeit zu zeigen.

Doch Ramwilas hatte große Träume. Mit der künftigen Frau seines Sohnes hatte er anderes im Sinn. Er würde einen kleinen Austin kaufen, in dem Kedar mit seiner Frau zusammen umherfahren könnte. Um das Gerede der Leute würde er sich nicht im geringsten scheren.

Sein Freund Basantlal hatte Glück, außerordentliches Glück sogar. Hamilton Sahib hatte ihm auf Bitten von Ramwilas hin eine Stelle in der Firma Bird & Co. vermittelt, die einem seiner Freunde gehörte. Der Buchhalter dieser Firma, ein einflußreicher Jain, hatte einen Narren an Basantlal gefressen und verheiratete seine Tochter, sein einziges Kind, mit ihm. Er war so sehr von Basantlals hübschem Aussehen und seinen klugen Reden beeindruckt, daß ihn dessen niedriger sozialer Stand nicht störte.

»Du hast damals diesen Verrückten mit Pasteten gefüttert, und diese gute Tat hat dir anscheinend Glück gebracht!« sagte Ramwilas scherzend zu ihm. Als Basantlal ihm daraufhin erzählte, daß er genau diesen Verrückten in seiner Firma angestellt habe und der gewissenhaft und sorgfältig seine Arbeit verrichte, staunte Ramwilas nicht schlecht. ›Das Leben birgt doch immer wieder Überraschungen‹, dachte er. ›Wer, wann, wie es jemand zu etwas bringt, das kann man wirklich nie vorhersehen!‹

Für die Engländer begann nun ein neues Jahrhundert, das zwanzigste, und eine ungeheure Aufbruchsstimmung machte sich breit. Hamilton Sahib ließ die Bemerkung fallen: »Meine Landsleute scheinen in diesem Jahrhundert plötzlich etwas völlig Neues vollbringen zu wollen, etwas, was es im vergangenen Jahrhundert noch nicht gegeben hat.«

Ramwilas mußte lachen, als er das hörte: »Die Erde, Sahib, wird sich auch weiterhin um die Sonne drehen. Für die Hindus beginnt das neue Jahrhundert erst in dreiundvierzig Jahren, für die Muslime noch zu einer anderen Zeit. Was macht das schon für einen Unterschied? Der Unterschied liegt nur in diesem Tatendrang. Heute muß ich dieses tun, in fünf Jahren jenes, in zehn Jahren wieder dieses. Man soll das Leben nicht in derartigen Abschnitten sehen, darin liegt eine große Gefahr.«

Dem Sahib gefielen diese Worte. Er hatte um diese Zeit gerade die *Gita* und die *Upanishaden* in englischer Übersetzung gelesen. Nachdenklich äußerte er: »Ihr denkt so ganz anders als wir. Wir rennen doch tatsächlich immer irgendeiner Sache hinterher, und die sollte möglichst schon abgeschlossen sein, noch bevor wir sie in Angriff genommen haben. Wo soll das denn bloß hinführen? Das frage ich mich oft.«

Ramwilas dachte, daß Hamilton Sahib sich vielleicht Sorgen um seine kranke Mutter machte, die nach dem Tod seines Vaters nach England zurückgekehrt war. Es konnte ja sein, daß sie dort, immerzu ganz allein, vor Einsamkeit starb und er seine Mutter nie wiedersehen würde. Vielleicht dachte er auch an seine beiden Kinder, die in England zur Schule gingen, also fern von ihm aufwuchsen. Oder er dachte an sich und seine Frau, denn ihnen wurde das Glück nicht zuteil, dabeizusein und zu sehen, wie ihre Kinder heranwuchsen.

›Wie hilflos der Mensch doch ist‹, dachte Ramwilas. ›Er ist voller Begehrlichkeiten, und dabei weiß er kaum, wie er sein Leben gestalten soll. Was er nicht bekommen kann, danach sehnt er sich. Was er aber hat, das kann er nicht loslassen, denn er befürchtet, er könnte diesen Schritt einmal bereuen. Solche Ängste sind genauso schlimm wie eine tödliche Lähmung.‹

Es war Ramwilas seit einiger Zeit zur Gewohnheit geworden, Hamilton Sahib jeden Sonnabend nachmittag in seinem Haus zu besuchen. Nur sehr wenige Inder haben solche Beziehungen zu Engländern. Zwar werden viele reiche Inder zu den Partys der Engländer eingeladen, aber daß ein Untergebener im Hause seines englischen Herrn verkehrte, das war etwas vollkommen anderes. So fragte sich Ramwilas immer wieder, ob Hamilton Sahib ihn als seinen Freund ansah oder nicht. Warum wollte er denn stets selbst Kleinigkeiten von ihm wissen? Warum interessierte er sich über die Maßen für alles, was ihn betraf? Bei jeder Angelegenheit fragte er ihn nach seiner Meinung, sogar über seinen Freund Basantlal wollte er alles ganz genau wissen.

Basantlals Schwiegervater hatte durch Opiumspekulationen eine Menge Geld verdient und eine große Summe dem Lady Dufferin-Hospital geschenkt, wofür ihm der Titel ›Ray Bahadur‹[1] verliehen wurde. Lord Curzon organisierte ein großes Fest zu Ehren des hundertjährigen Bestehens des ›Governor's House‹, zu dem alle reichen einheimischen Kauf- und Handelsleute eingeladen werden sollten. Basantlal sollte seinen Schwiegervater dorthin begleiten und hatte sich deshalb schon besondere Kleider für diesen Anlaß anfertigen lassen.

Der neueste Schrei waren in Kalkutta Partys, auf denen man in ›Capkans‹ erschien, einer Abwandlung der ›Ackans‹ (eng anliegende, lange Jacken, die bis zum Stehkragen zugeknöpft werden). Anstelle der Dhotis bevorzugte man jetzt enge schwarze oder weiße Hosen, die man zu schwarzen Capkans trägt. Seitlich hängt eine dicke goldene Kette, an deren Ende sich eine goldene Taschenuhr befindet, die in der linken Brusttasche steckt. So ist das Aussehen unten englisch schick und oben indisch traditionell. »Basantlal hat sogar importierte Glaskid-Schuhe bestellt!« Ramwilas konnte ein wenig Neid in seiner Stimme nicht unterdrücken. »Soll ich dir auch ein Paar bestellen?« fragte Hamilton Sahib lachend.

Um der Antwort auf diese Frage auszuweichen, flüchtete sich Ramwilas in eine ausführliche Beschreibung einer solchen Capkan-Party: »Die Capkan-Party-Leute würden nur allzu gern die Gemeinschaft der Marwaris anführen. Sie haben große Pläne für die Marwaris, möchten Schulen und Krankenhäuser für sie bauen. Aber die meisten sind äußerst orthodox, obwohl andererseits die Zahl der Reformwilligen wächst, die sich mit diesen Capkan-Leuten streiten.«

Hamilton Sahib fragte nun: »Und auf welcher Seite stehst du?«

---

1 Ray Bahadur: Ehrentitel, der von den Engländern an indische Persönlichkeiten verliehen wurde.

Ramwilas lächelte. Im Geiste träumte er davon, Kedar mit der Tochter eines reformwilligen Marwaris zu verheiraten, denn nur so konnte sein alter Traum verwirklicht werden, in dem sein Sohn Kedar zusammen mit seiner Frau in einem kleinen Austin spazierenfuhr und das Paar durch die Straßen schritt, als sei es von Rang und Stand.

Die Konservativen luden immer wieder so brillante Redner wie Dindayal und manchmal auch Maharaj Malawiya nach Kalkutta ein. Ramwilas hatte sich alle angehört und war nun zu der Meinung gekommen, daß die Reformer mit der Zeit gingen. »Ja«, erklärte er Hamilton Sahib, »und dann gibt es in Kalkutta noch eine sehr aktive Gruppe von Arya-Samaj-Leuten, die ja auch zu den Reformern zu zählen sind. Die meisten wollen allerdings nichts mit ihnen zu tun haben und denken gar nicht daran, mit ihnen familiäre Beziehungen einzugehen. Die Konservativen haben Angst, von den Ideen des Arya-Samaj angesteckt zu werden.«

»Und was denkst du über die Arya-Samaj-Leute?« wollte Hamilton Sahib wissen.

Ramwilas wurde ernst: »Um ehrlich zu sein, einige Riten der Arya-Samaj-Leute sind sehr schön und religiös wie zum Beispiel das Feueropfer am Abend, doch bin ich mehr für Krishna und Radha. Für mich gibt es keine Religion ohne sie. Im großen und ganzen ist das, was die Arya-Samaj-Leute sagen, schon richtig, doch das Widersprüchliche daran ist, daß sie genau die *Weden* und *Upanishaden* verehren, zu deren Schutz die Tempel und in den Tempeln die Idole errichtet wurden, die sie ablehnen. Allein schon das Wort ›Krishna‹ macht in mir viele Gestalten Krishnas lebendig: den Butterdieb Krishna, den Flöte spielenden Krishna, den mit Radha den Reigen tanzenden Krishna, den Krishna, der Arjun belehrt. Das ist eine Tradition, deren Wurzeln schon vor wer weiß wie vielen Generationen gelegt wurden. Wie sollte ich mich von all dem lösen?«

Ramwilas wunderte sich darüber, daß Hamilton Sahib offenbar alles, was er sagte, verstand. Schließlich war er weder ein Hindu noch ein Muslim, von denen schon viele Generationen in diesem Land gelebt hatten. »Mir kommt es so vor, als ob Sie im vorigen Leben ein Hindu gewesen sind. Deshalb hat es Sie hierher gezogen, in dieses Ihrer Heimat so ferne Land.« Da wurde Hamilton Sahib ganz ernst und nickte zustimmend mit dem Kopf.

Manchmal fand Ramwilas Hamilton Sahibs Verhalten recht seltsam. Er wirkte irgendwie bedrückt, als ob ihm etwas auf dem Herzen läge, was er ihm sagen wollte, aber nicht konnte. Und nun war es diese beiläufige Bemerkung von Ramwilas, er sei in seinem vorhergehenden Leben wohl ein Hindu gewesen, die ihm die Zunge löste. Ramwilas hatte damit an ein Geheimnis gerührt.

»Ich möchte dir etwas anvertrauen, das niemand außer mir und meiner Mutter in England weiß. Niemand hat das Recht, es zu erfahren, doch dir möchte ich es jetzt sagen. Kann ich dir vertrauen?« fragte Hamilton Sahib und blickte Ramwilas tief in die Augen.

»Ganz und gar«, erwiderte Ramwilas mit klopfendem Herzen. ›Ob das alles wohl mit meinem Vater zusammenhängt?‹ fragte er sich und ahnte dunkel, daß dies wohl so sein müsse. ›Weshalb ist Hamilton Sahib stets so ausnehmend freundlich zu mir?‹ Diese Gedanken waren ihm schon Hunderte Male durch den Kopf gegangen.

»Ich muß dir diese Geschichte erzählen, und zwar aus einem ganz besonderen Grund. Du bist für mich wie ein Freund, deshalb muß ich dir endlich die ganze Wahrheit über mich sagen. Solange du diese nicht kennst, können wir uns nicht so nahe sein, wie ich es gerne möchte. Vielleicht finde ich dann eher die Ruhe und den Frieden, den ihr als ›Shanti‹ bezeichnet. Dieses Wort drückt das besser aus als unser ›Frieden‹. Ich möchte, daß wir beide trotz aller Unterschiede echte Freunde werden. Nur so kann ich meine Dankbarkeit bis zu einem gewissen Maß abtragen, die ich deinem Vater schulde.«

›Worauf laufen diese Vorreden von Hamilton Sahib wohl hinaus?‹ fragte sich Ramwilas verwirrt und bat: »So erzählen Sie schon, Hamilton Sahib. Ich kann es kaum erwarten.«

»Sag nicht mehr Sahib zu mir, Ramwilas. Von heute an nennst du mich ›John‹. Niemand redet seinen Freund mit ›Sahib‹ an«, erwiderte Hamilton Sahib und sah ihn freundlich an. ›Es ist schon erstaunlich‹, dachte Ramwilas, ›der Mensch kann alle Hürden überwinden, wenn er sich zu jemandem hingezogen fühlt. Überall lodern Flammen des Hasses gegen die Engländer durch den Plan von Lord Curzon, Bengalen zu teilen, und hier finde ich eine solche Zuneigung.‹ Er bezweifelte, ob ihm jemals solche Liebe von seinem leiblichen Bruder zuteil werden konnte.

»Ich bin zur Hälfte ein Hindu, Ramwilas. Meine Mutter war eine Hindu-Frau. Sie lebte im Bahubazar neben dem Firangee-Kali-Tempel. Meine andere Mutter in England hat mich adoptiert. Sie tat es unwillig, doch sie folgte immerhin dem Wunsch meines Vaters.« Hier hielt Hamilton Sahib inne.

Ramwilas stand da wie erstarrt. Sein Vater hatte den Firangee-Kali-Tempel häufig aufgesucht, das hatte er durch Zufall von dem Pandit am Kali-Ghat erfahren. Die Geschichte hört wohl niemals auf, sie entsteigt stets aufs neue ihrer Asche ... Sie hinterläßt unauslöschliche Spuren. Wer weiß, was er noch alles über den Aufenthalt seines Vaters in Kalkutta erfahren würde! Dinge, die der Vater ihm niemals erzählt hatte! In welcher Beziehung stand sein Vater wohl zur Mutter von Hamilton Sahib? Ramwilas ahnte die Wahrheit bereits, bevor sie ihm zu Ohren kam.

»Es war dein Vater, der meinen Vater zu meiner Mutter führte. Damals herrschte in Kalkutta die Pest, die auch meine Großeltern, die Eltern meiner Mutter, dahinraffte, und so blieb meine Mutter als Waise allein zurück. Dein Vater fand sie eines Tages weinend neben der Totenverbrennungsstätte, als er von seinem morgendlichen Bad im Ganges zurückkam. Dein Vater erbarmte sich ihrer und brachte sie zu meinem Vater, der ihm keine Bitte abschlagen konnte. Mein Vater brachte sie in seinem damaligen Haus unter. Niemand weiß, wann mein Vater, eine Stütze für meine Mutter, schließlich selbst ihre Stütze brauchte. Vielleicht war mein Vater sehr einsam, denn meine englische Mutter hatte einen recht lieblosen Charakter und haßte das Klima in Indien. So wurde mein Vater schließlich nicht nur von der Schönheit meiner indischen Mutter gefangengenommen, sondern auch von ihrer warmherzigen Art. Dein Vater war das Bindeglied zwischen den beiden, und er erfüllte seine Pflicht bis zum letzten Atemzug meiner Mutter.«

Ramwilas hörte zu und stellte bei sich die verschiedensten Vermutungen an, ob sein Vater vielleicht nicht nur wegen seiner Spekulationsverluste Kalkutta verlassen und zum Asketen geworden war? Vielleicht steckte da doch noch ein anderer Grund dahinter?

»Wie hieß Ihre Mutter?« wollte er nun wissen, eigentlich eine sinnlose und törichte Frage.

»Jayanti«, gab Hamilton Sahib zur Antwort. Ramwilas war wie vom Donner gerührt. Kam in den Rezitationen seines Vaters bei seinen täglichen Pujas nicht immer wieder der Name ›Jayanti‹ vor? Und hatte Vater nicht häufig den Namen ›Jayanti‹ wiederholt, danach innegehalten und den Rest des Mantras nur noch vor sich hingemurmelt? Er erinnerte sich: ›Om! Siegreiche, glückbringende Kali, gnädige Kali, Schädelträgerin! Durga, geduldige, freundliche Mutter, Heil, Lust, Verehrung sei dir!‹.[1] Verbarg sich hinter diesem Mantra etwa noch eine Erinnerung? Möglich war das – oder auch nicht. Es war sinnlos, darüber nachzugrübeln, das hatte weder Hand noch Fuß.

»Dein Vater muß meine Mutter auch sehr geschätzt haben. Niemand anderes hätte so viel für sie getan wie er. Ich habe darüber im Tagebuch meines Vaters gelesen. Er hat es selber geschrieben.«

Hamilton Sahibs Worte berührten Ramwilas schmerzlich. Aber warum taten sie ihm weh? Warum nur? Wegen der Nöte, die sein Vater hatte? Wegen der Qualen, die seine Mutter Bimli durchmachen mußte?

»Seit meiner Geburt hat sich mein Vater große Sorgen um meine Zukunft gemacht. Er sah ja ringsum, wie das Leben für ein halb indisches, halb englisches Kind aussieht. Es gehört weder hierhin noch dorthin. Sie werden mit vielen Namen bedacht wie ›schwarzer Europäer‹, ›Eurasier‹, spöttisch ruft man sie

1 Text des Mantras, wie ihn die Autorin aufgeschrieben hat: ›Om jayant / manglȧ kȧl / bhadrakȧl / kapȧlin /. durga k,amȧ ƒivȧ dhȧtr / svȧhȧ svadhȧ namostute‹; Übersetzung aus dem Sanskrit: Klaus Mylius.

›Tshi-tshi‹, andere Namen für sie sind ›Mischling‹, ›Bastard‹ und, wer weiß, was nicht noch für welche. Ein europäisches Mädchen würde niemals einen solchen Eurasier oder Anglo-Inder heiraten wollen. Gewiß gibt es arme Europäer, die eurasische Mädchen heiraten, aber nur, weil sie auf das Vermögen aus sind, das diese Mädchen von ihren europäischen Vätern geerbt haben. Schließlich, als mein Vater es nicht mehr aushalten konnte, teilte er meiner englischen Mutter das Geheimnis meiner Geburt mit und bat sie, mich anzunehmen. Sie selbst war kinderlos. Nach vielem Jammern und Klagen war sie schließlich dazu bereit, doch unter der Bedingung, daß sich mein Vater nie wieder mit meiner leiblichen Mutter träfe. Glücklicherweise hatte meine Mutter eine sehr helle Haut, weshalb ich ganz wie ein Engländer aussehe. Mrs. Hamilton hielt sich dann anderthalb Jahre in Darjiling auf, um eine Schwangerschaft glaubhaft vortäuschen zu können. Danach wurde ich in dieses Haus gebracht, und so hegte niemand auch nur den geringsten Verdacht, in mir könnte vielleicht gemischtes Blut fließen.« Damit schloß Hamilton Sahib seinen Bericht. Er sah, wie blaß Ramwilas geworden war.

Ramwilas feuchtete seine trocken gewordenen Lippen an, ehe er fragte: »Und was ist aus Ihrer leiblichen Mutter geworden?« Hamilton Sahibs Miene verdüsterte sich.

»Meine Mutter hat mich zwar hergegeben, weil sie das für das beste für mich hielt, doch die Trennung von mir und meinem Vater konnte sie nicht verwinden. Sie stand nicht mehr aus ihrem Bett auf. Fünf Jahre lebte sie noch. Dein Vater brachte mich einige Male zu ihr. Ehe er Kalkutta verließ, nahm er meinem Vater zwei Versprechen ab. Er sollte mir alles erzählen, und ich sollte die Totenzeremonien für meine Mutter vollziehen.«

›Die ewige Anziehung zwischen Frau und Mann, das gegenseitige Begehren – was war so neu an dieser Geschichte?‹ dachte Ramwilas. Er fand keine Antwort. Das Neue besteht vielleicht nur darin, daß die handelnden Personen immer andere sind. Er hatte in einer Zeitung gelesen, daß es damals sechzehntausend Eurasier in Kalkutta gab und vierzehntausend Engländer, also zweitausend weniger. Jeder dieser sechzehntausend Mischlinge hatte sicher ganz ähnliche Geschichten zu erzählen – mal war die Mutter eine Hindu-Frau, mal eine Muslimin. In welcher Beziehung standen all diese gemischten Paare wohl zueinander?

Diese Eurasier lebten zwischen der ›schwarzen Stadt‹ in Nord-Kalkutta und der ›weißen Stadt‹ in Süd-Kalkutta. Das war der Bahubazar und das Gebiet hinter der Chowringhee Road, in denen es wimmelte von Frauen mit Vermögen, die ihnen ihre englischen Liebhaber hinterlassen hatten. Die meisten ihrer Nachkommen arbeiteten bei der Eisenbahn, im Telegraphenwesen, in kleinen Fabriken. Aber wie viele dieser Eurasier liebten Indien wohl in dem Maße wie Hamilton Sahib oder wie Derozio[1], der große eurasische Dichter vor hundert Jahren? Ramwilas wußte nur, daß sich diese Menschen nur zu gern von ihrem schwarzen Blut befreit hätten.

›Wenn es in der Familie einen sehr gewöhnlichen oder armen Verwandten gibt, erwähnen wir das nicht gern gegenüber anderen‹, sagte sich Ramwilas, ›aber das ist ganz normal. Was mußte der alte Hamilton Sahib nicht alles unternommen haben, um zu verschleiern, daß sein Sohn zur Hälfte ein Inder war! Und der Sohn selbst?‹

Ramwilas betrachtete nachdenklich John Hamiltons bewegtes Gesicht und spürte plötzlich eine seltsame Regung in seinem Herzen. Er wollte etwas sagen, damit die Bedrückung, die zwischen ihnen beiden stand, wieder wich. Er lächelte: »So sag schon John Lala-ji, ist dir nun leichter ums Herz, nachdem du mir dein Geheimnis anvertraut hast? Du mußt wissen, bei uns spricht man den jüngeren Bruder und den Sohn liebevoll auch mit Lala-ji an. Sehen Sie, Lala-ji, weil Sie zur Hälfte ein Inder sind, deshalb kommen Sie mir vor wie einer von uns. Und für Sie ist das Ganze doch auch ein Vorteil – Sie sind sowohl den Indern als auch den Engländern verbunden. Sie sind alle Ihresgleichen. Da gibt es doch gar nichts zu verlieren – ganz im Gegenteil, das ist ein doppelter Gewinn!

---

1 Derozio, Henry Louis Vivian (1809-1831): war von portugiesisch-indischer Herkunft, lebte in Kalkutta.

Und was das Geheimnis betrifft, so gibt es bei uns eine Redensart: ›Laß die Toten ruhen, grabe sie nicht aus!‹ Und sehen Sie, die Hindus verbrennen ihre Toten und übergeben sie dem Wind. So kann niemand, beim besten Willen nicht, einen Toten zurückholen. Was bedeutet Ihr Geheimnis schon für andere? Sie bleiben für andere der, der Sie schon immer waren. Wozu also darüber rechten? Und wenn Sie die Totenriten jedes Jahr für Ihre Mutter vollziehen, bleibt sie Ihnen ein Leben lang lebendig. Vielleicht war es Ihr Schicksal, nicht mehr als das mit ihr teilen zu können. Denken Sie nur an Krishna! Ihm war es auch nicht bestimmt, lange mit seiner Mutter Dewki[1] zusammenbleiben zu können.« Ramwilas Worte brachten ein Lächeln auf Hamilton Sahibs Lippen, ein Zeichen, daß es ihm nun leichter ums Herz geworden war.

Die sechzehn Jahre, die jenem Tag folgten – das heißt, vom Tag der Teilung Bengalens bis zum Tod seines Sohnes Kedar –, flossen für Ramwilas gleich den Wassern des Ganges dahin, deren Kraft alle Hindernisse mühelos fortspülte. John Hamilton, den er nun Lala-ji nannte, hielt wie Shiw seine schützende Hand über ihn und bestimmte, in welche Richtung sein Leben zu verlaufen hatte. Ramwilas war besessen von der Vorstellung, seine Geschäfte von Tag zu Tag zu vergrößern, so daß er nur noch daran und an Hamilton Sahib dachte.

Das war zur Zeit der Aufstände gegen die Teilung Bengalens.[2] Kedar, Ramwilas' fünfzehnjähriger Sohn, nahm an einer Massenversammlung in der Town Hall von Kalkutta teil, die sich gegen die Politik von Lord Curzon richtete. Das versetzte Ramwilas in helle Aufregung. Auf Anraten von Hamilton Sahib schickte

---

1 Dewki: In der Krishna-Legende von Surdas war Dewki die Mutter von Krishna, Krishna ihr achter Sohn, gezeugt aus einem schwarzen Haar von Wishnu.

2 Teilung Bengalens: wurde 1905 vom britischen Parlament beschlossen und unter Lord Curzon (s. Verzeichnis) ausgeführt; 1911 von König Georg V. anäßlich seines Besuches in Indien wieder annulliert. 1947 wurde Bengalen dann mit der Entlassung Indiens aus dem britischen Kolonialreich endgültig geteilt. Westbengalen blieb bei Indien und Ost-Bengalen ging an Pakistan, das sich dann 1971 seine Souveränität erkämpfte und jetzt der selbständige Staat Bangladesh ist.

er seinen Sohn von Kalkutta nach Bhiwani zurück, gewissermaßen ins Exil, und hielt ihn so wenigstens fern von seinem Leben und seinen Geschäften.

Vierzehn Jahre später starb Kedar in Kalkutta, er war wieder zurückgekommen, um den Herausgeber einer Hindi-Zeitschrift zu treffen. Ramwilas hatte ihn damals scharf gerügt, weil er in der Marwari-Zeitung *Marwari-Sudhar* (Marwari-Reform) einen Artikel unter der Überschrift ›Gekaufte Heirat‹ veröffentlicht hatte, in dem er die Heirat älterer Marwaris mit zwanzig bis dreißig Jahre jüngeren Mädchen anprangerte. Dieser Artikel richtete sich direkt gegen Basantlal, Ramwilas' Freund.

Balmukund Gupta, ein alter Freund von Ramwilas aus Bhiwani, war der Herausgeber der Zeitung *Bharat-Mitra* (Freund Indiens), dessen Artikel Kedar begeisterten, weshalb er darauf bestanden hatte, nach Kalkutta kommen zu dürfen. Das hatte Ramwilas stutzig gemacht, und er begriff, daß der Junge einen völlig anderen Weg gehen wollte und sich niemals mit Handelsgeschäften würde abgeben wollen. Ramwilas bestellte die Zeitung seines alten Schulfreundes Balmukund Gupta und las dessen gegen Lord Curzon gerichtete Artikel unter dem Titel ›Shiwshumbhu ke citthe‹ (Shiwshumbhus Rechnung). Er mußte unbedingt herausfinden, mit welchen Dingen sich sein Sohn da beschäftigte.

Vierzehn Jahre lang hatte Ramwilas alle Briefe seines Sohnes aus Bhiwani zerrissen, nur weil dieser immer die nationalistische Losung ›Bande Mataram‹ ans Ende setzte. Später, als Kedar tot war, bereute er das sehr. Denn nun konnte er nicht einmal mehr die Briefe seines Sohnes lesen.

Hamilton Sahib hatte ihm damals zugeredet: »Du kannst den Jungen nicht ändern! Als er das erste Mal zu mir kam, sah ich in seinen Augen einen solchen Haß, wie ich es bis heute bei keinem anderen bemerkt habe. Besser, du mischst dich da nicht ein. Laß ihn tun, was er will – studieren oder sinnlose Artikel schreiben. Je mehr du ihn daran zu hindern suchst, um so größer ist die Gefahr, daß er zum Terroristen wird. Du willst doch in Bhiwani ein Haus bauen! Du bist in den besten Jahren! Du brauchst den Jungen doch gar nicht! Verheirate ihn und laß ihn in Bhiwani tun und lassen, was er will! Kümmere du dich in Kalkutta um deine eigene Arbeit!«

Alles, was Hamilton Sahib ihm damals sagte, leuchtete Ramwilas ein, er dachte: ›Er wird schon selber den rechten Weg finden, wenn er sich um eine Familie kümmern muß! Ich habe doch sowieso keine Zeit, ihn zurechtzustutzen! Es stimmt schon, wenn ich mich zu sehr einmische, greift er vielleicht wirklich zum Gewehr und wirft Bomben! Bleibt er in Kalkutta, ist diese Gefahr besonders groß. Hier werden doch in jeder Gasse Bomben gebaut. Seit die Bengalen in einem fort ›Mutter Indien! Mutter Indien!‹ rufen, sind sie völlig außer Rand und Band geraten. Wer weiß schon, in wessen Klauen Kedar hier geraten würde?‹

Er entschied über die Zukunft seines Sohnes Kedar so: ›Soll er sich doch alle Bücher kaufen, die er will und sie lesen! Was geht mich das an?‹ Er hatte sich eine Liste der englischen Bücher Kedars kopieren lassen und sie Hamilton Sahib gezeigt. Die Hindi-Zeitungen und -Zeitschriften sah er selber gründlich durch. Hamilton Sahib erzählte ihm, daß unter den Büchern auf alle Fälle zwei seien, die die Polizei bei Studenten der Universität Kalkutta konfisziert hatte, und zwar: *Krieg und Frieden* von Tolstoi und *Grundlegende Prinzipien der modernen Gesetzgebung* von Jethro Brown.

»Vielleicht hat er sich in Bhiwani mit einem Terroristen angefreundet, oder mit jemandem, der mit den Terroristen sympathisiert? Soweit ich das beurteilen kann, hat dieser Junge alle diese Bücher nur für diese Person gekauft. Mach dir keine Sorgen, seit meiner Kindheit bin ich mit dem hiesigen Polizeichef befreundet. Er wird seinem Amtskollegen in Bhiwani schreiben, daß er den Guru deines Sohnes entfernen soll. Vielleicht solltest du versuchen, deinem Sohn klarzumachen, daß er besser der Gesellschaft dienen soll, als sich in politische Angelegenheiten einzumischen. Gib ihm etwas Geld, damit er eine Bücherei eröffnen kann. Man kann einen Fluß nicht aus seiner Bahn bringen, doch ihn zu begradigen ist gar nicht so schwer.«

Es kam so, wie Hamilton Sahib es gesagt hatte. Es erwies sich als recht leicht, Kedars Rebellion in eine andere Richtung zu lenken. Sehr hilfreich dabei war auch die Versetzung von Kedars Englischlehrer. Ramwilas übergab Kedar, wie Hamilton Sahib es ihm geraten hatte, eine große Summe aus seinem Spendenfonds – angelegt aus Geschäftsgewinnen – für die Eröffnung einer Marwari-Schule mit vier Zweigstellen in der Nähe von Bhiwani. Kedar bekam auch Geld, um eine Spinnereiwerkstatt für verwitwete und obdachlose Frauen einzurichten, in dem der vierfache Lohn – als sonst üblich – bezahlt wurde. Auf Kedars Wunsch hin legte er auch für seine schon als Kind zur Witwe gewordene Schwester Cunia eine größere Summe an, damit sie von den Zinsen nach Gutdünken ihren Lebensunterhalt bestreiten und sich wohltätigen Zwecken zuwenden konnte.

Nichtsdestoweniger schrieb Kedar seinem Vater Ramwilas einen barschen Brief, in dem er ihn mit Schmähungen überhäufte, weil dieser den Feierlichkeiten anläßlich des Besuchs des Königs von England, George V.,[1] beiwohnen wollte. Da verlor Ramwilas zum ersten Mal seine Beherrschung vor Hamilton Sahib und machte seiner Empörung Luft: »Nun sehen Sie sich bloß mal an, was dieser undankbare Nichtsnutz mir, seinem Vater, geschrieben hat! ›Ich schäme mich für Sie, weil Sie zu den Feiglingen gehören, die den Engländern die Stiefel lecken!‹ Er schämt sich also für mich! Soll er sich doch zum Teufel scheren! Schämen sollte er sich dafür, daß er das Geld seines großzügigen Vaters zum Fenster hinauswirft. Ist ihm eigentlich klar, daß er selber die Glaubwürdigkeit dieses Vaters zugrunde richtet? Und dann setzt er auch noch ›Bande Mataram‹ unter seinen Brief! Er provoziert mich absichtlich! Ich werde ihm meine Zuwendungen entziehen! Dann wird er schon merken, daß man mit unnützen Artikeln keine Familie ernähren kann!«

Hamilton Sahib verschlug es die Sprache, den sonst so ruhigen und gelassenen Ramwilas derart in Rage zu sehen. Nach einer Weile meinte er: »Komm, Ramwilas! Laß uns zum Ganges gehen und dem Spiel seiner Wellen zusehen!«

»Ich möchte dir etwas sagen, Wilas. Die Trauer um den Verlust

1 König Georg V. und Königin Mary besuchten Indien als erste Mitglieder des englischen Königshauses im Dezember 1911.

eines Menschen nagt ein Leben lang an dir. Mach keinen solchen Fehler, Wilas! Kedar ist dein einziges Kind. Wenn ihm einmal etwas zustoßen sollte, wirst du dich ewig grämen. Versprich mir, daß du ihm auf diesen Brief nicht antworten wirst! Tu so, als hättest du ihn nie erhalten! Kedar hat sich da unüberlegt etwas von der Seele geschrieben, und vielleicht bereut er diesen Brief ja bereits.« Welch tiefe Wahrheit diese Worte Hamilton Sahibs enthielten, das kam Ramwilas erst nach Kedars Tod in den Sinn, immer, wenn er wieder einmal am Ufer des Ganges saß und dem Spiel seiner Wellen zusah. Doch bis es soweit war, sollten noch einige Jahre vergehen, Jahre voller Unruhe für die ganze Welt, Jahre, in denen Ramwilas Reichtum anhäufte wie ein Besessener und keine Zeit hatte, Gedanken an andere Dinge zu verschwenden.

Während des Ersten Weltkriegs waren die Kurse derart gestiegen, daß Hamilton Sahib seine liebe Not hatte, das Geld zu bilanzieren, das er auf die Aktien bekam, die er für Ramwilas gekauft hatte. Hamilton Sahibs Freund von der Mackenzie-Companie schickte, um über den voraussichtlichen Gewinn beim Kauf von Jute zu informieren, einen Umschlag, der nur einen Zettel mit zwei Worten enthielt: ›Zweihunderttausend Rupien‹. Hamilton Sahib lachte herzlich über diese Vorsicht seines Freundes, warnte aber auch, nicht zu gierig vorzugehen. Der Wert der Aktien von Dunbar Cotton Mills stieg schlagartig von zehn auf siebenhundertfünfundsechzig Rupien. Allein an diesen Aktien verdienten Hamilton Sahib und Ramwilas Hunderttausende.

Kedar überwachte den Bau eines Hauses mit drei Innenhöfen und einem Garten in Bhiwani. Hamilton Sahib litt an einer Hepatitis, sein Zustand verschlechterte sich von Tag zu Tag, so daß Ramwilas nicht daran denken konnte, ihn auch nur ein einziges Mal zu verlassen und nach Bhiwani zu gehen. In Kalkutta entwarf er die Pläne für das Haus, schickte sie Kedar, und ab und zu auch einen Ingenieur, der nach dem Rechten sehen sollte. Auch die rituelle Einweihung des Hauses wurde wegen Hamilton Sahibs Krankheit in aller Eile vorgenommen. Inzwischen war Ramwilas der Gedanke gekommen, sich direkt in Kalkutta ein Haus bauen zu lassen, und so erschien ihm der Bau des großen Hauses in Bhiwani in zunehmendem Maße als unsinnig.

Zwei tragische Ereignisse suchten Ramwilas zur gleichen Zeit heim: der Tod von Hamilton Sahib und der zähe Streit mit Kedar wegen seiner Freundschaft mit Teggart, dem Polizeichef. Kedar war in irgendeiner Angelegenheit nach Kalkutta gekommen und hatte von seinen ›Freunden‹ von den engen Beziehungen seines Vaters mit dem grausamsten aller Engländer, mit dem Polizeichef Teggart gehört, der auch ›der Schlächter‹ genannt wurde. Ramwilas wollte gerade auf die alljährliche Weihnachtsparty des Gouverneurs gehen. Bekleidet mit einer schwarzen, engen Hose, blank gewichsten ausländischen Glaskid-Schuhen, einem Capkan aus schwarzem importiertem Stoff, mit einer dicken Goldkette darüber, an der eine goldene Uhr, in die Brusttasche gesteckt, hing, mit weißem Schnurrbart und gelbem Turban machte er einen imposanten Eindruck. Vor ihm stand Kedar in selbstgewebter Kleidung: »Jetzt haben Sie Ihre Seele wohl endgültig verkauft? Haben Sie denn vollkommen vergessen, daß die Engländer uns wie Tiere behandelten, damals, als ich zwölf war und Sie mich zum ersten Mal mit der Eisenbahn nach Kalkutta mitnahmen? Haben Sie diese Schmach denn ganz vergessen? Ihr Freund, dieser Teggart, der ist doch kein menschliches Wesen, das ist ein Dämon, ein blutsaugender Rakshas, ein Rakshas! Entscheiden Sie sich! Ich oder Teggart!«

Ramwilas blickte verächtlich auf seinen Sohn und dessen Kleidung: »Du bist nun auch Vater zweier Söhne. Wenn sie sich einmal dir gegenüber so benehmen sollten, wie du es jetzt tust, wirst du schon merken, was sich seinem Vater gegenüber gehört. Geh mir aus dem Weg! Mein Kutscher wartet.«

Kedar gab den Weg frei. Zwei Jahre später, als seine Mutter starb, kam es zu einer Begegnung zwischen Vater und Sohn. Diese zwei Jahre hatte Ramwilas durch den Tod von Hamilton Sahib in Einsamkeit und durch den Bruch mit Kedar in sich gekehrt verbracht.

Plötzlich fielen ihm allerhand Dinge auf, auf die er vorher überhaupt nicht geachtet hatte. In der Börse durften die Inder den Fahrstuhl nicht benutzen. Wollten sie ein Büro aufsuchen und mußten warten, war es ihnen nicht erlaubt, sich auf eine Bank zu setzen. Sie mußten stehen. Auch in manchen Straßen durften sie sich nicht aufhalten. Es gab Klubs und Lebensmittelgeschäfte, in die sie nicht gehen durften. Vor allem das Gemetzel im Jallianwala Bagh[1] erschütterte Ramwilas zutiefst. Im Alter von sechzig Jahren fühlte er sich unversehens ganz allein. Es gab niemanden, der ihm nahestand. Oft dachte er daran, nach Bhiwani zu fahren, um Kedar und seine beiden Enkelsöhne zu sehen. Der Sinn stand ihm nicht mehr danach, seinen Geschäften nachzugehen. Ruhe und Frieden fand er nur noch beim Bad im Ganges. Er setzte sich dann ans Ufer und beobachtete das Spiel der Wellen, die Wolken am Himmel, die Bäume ringsum. Immer häufiger dachte er an seinen Vater, seine Mutter. Ihm schien, als habe er viele Jahre lang in einem Nebel verbracht, aus dem die Dinge erst jetzt klar und deutlich hervortraten.

Zu seiner Frau hatte er sich nie besonders hingezogen gefühlt. Sie hatte sich immer nur ein großes Haus, eine Kutsche und Geld gewünscht. All das hatte sie bekommen. Ihr Sohn lebte bei ihr, die Schwiegertochter auch. Zwei Enkelsöhne machten ihr Freude. Selbst ihr größter Wunsch, vor ihrem Mann zu sterben, wurde ihr erfüllt: Sie starb als eine glückliche Frau, deren Ehemann noch am Leben war, und so wurde sie mit Nasenring, Tuch auf dem Kopf, zinnoberrot gefärbtem Scheitel und Armreifen geschmückt sowie in einen roten Sari gekleidet zum Totenplatz getragen. Stets hatte sie größte Angst davor gehabt, Witwe zu werden, denn dann hätte sie ihre mit echten Gold- und Silberfäden durchwirkten Saris nicht mehr anziehen können, ohne die sie nie aus dem Haus ging, wovon keiner sie jemals abhalten konnte. Sie war nie nach Kalkutta gekommen und hatte Ramwilas auch nie darum gebeten, sie einmal dahin mitzunehmen. Ihre Wünsche beschränkten sich auf gewöhnliche einfache Dinge, denn schon als Kind hatte sie gelernt, daß das Glück nur in solchen Sachen liege. So starb sie glücklich. In kaum einem anderen Haus in Bhiwani mochte so viel Gold zu finden sein wie in

---

1 s. Dyer, R. E. H. im Verzeichnis.

ihrem, nicht einmal der Bruder in Bombay besaß so viel. Sie hatte alten und neumodischen Schmuck für jeden Teil ihres Körpers, Zehen- und Fußringe, Glöckchen, Armreifen und Armbänder, Finger-, Nasen- und Ohrringe, Hals- und Kopfschmuck aller Art. Alles, was sie sich wünschte, hatte sie bekommen. Aber wie stand es um Ramwilas? Was hatte er sich gewünscht, und was hatte er bekommen? Er wußte es selber nicht.

Der Tod von Kedars Mutter markierte den Anfang vom Ende. Denn dann starb auch noch Kedar. Vor seinem Tod hatten sie sich heftig gestritten, weil Kedar in einem Artikel die ungleiche Heirat von Ramwilas' Freund Basantlal angeprangert hatte. Das war ihr letztes Gespräch gewesen. Dabei hatte Ramwilas seinem Sohn noch so viel sagen wollen. Daß er die Freundschaft mit Teggart aufgeben wollte. Wie unglücklich er über das Massaker im Jallianwala Bagh sei. Aber sie wußten so wenig voneinander, daß sie sich mit der Zeit völlig fremd geworden waren. War der Sohn nicht ein Teil des Vaters und schmerzte ihn der Tod des Sohnes also nicht wie sein eigener? Ramwilas wollte nun alle Artikel lesen, die sein Sohn veröffentlicht hatte. Er wollte wissen, womit sich sein Sohn beschäftigt, was er gedacht und was er geschrieben hatte. Doch er mußte feststellen, daß Kedar nichts hinterlassen hatte, was darüber Aufschluß hätte geben können. Vielleicht hatte er nichts aufgehoben, weil er genau wußte, daß ihm die Familie keinerlei Achtung entgegenbrachte.

Ramwilas stöberte in Kedars Büchern, durchsuchte seinen Schreibtisch, doch er konnte nichts finden, was ihm da hätte helfen können. Einzig seine beiden Söhne, Ramwilas' Enkel, fünfzehn und vierzehn Jahre alt, kamen und stellten sich hinter ihren Großvater. Zum ersten Mal betrachtete Ramwilas seine beiden Enkel mit großer Aufmerksamkeit. Nächstes Jahr würde man den ältesten verheiraten müssen. Er mußte sie in alle Praktiken des Geschäftslebens einweihen. Wie sollte er das schaffen? Müde sank er auf Kedars Stuhl.

Am liebsten hätte Ramwilas die letzten fünf Jahre seines Lebens in Kalkutta so verbracht wie die ersten fünf – seinen Geschäften nachjagend, um auf die Beine zu kommen. Doch er wußte nur zu gut, daß man die Zeit nicht zurückdrehen und das Alter nicht aufhalten kann. Jetzt hatte er keine Persönlichkeit vom Schlage eines Hamilton Sahib mehr hinter sich, und von Teggart hatte er sich abgewandt, als dieser kam, um ihm sein Beileid zum Tod Kedars zu bezeugen.

Schließlich suchte er Rat bei Astrologen. Die Frau seines ältesten Enkels stammte aus Kalkutta. Sie war sehr intelligent und einfühlsam. Sie brauchte nicht lange, als sie nach Bhiwani kam, um dahinterzukommen, daß auf dem großen Haus, der Kutsche und allem anderen Hypotheken lasteten. Hinter ihrem Schleier verborgen, riet sie Ramwilas: »Dada-ji! Hören Sie auf, zu den Pandits zu laufen. Suchen Sie lieber Ihre alten einflußreichen Bekannten auf. Nehmen Sie Ihre Enkel mit und führen Sie sie bei ihnen ein. Dann wird alles gut werden.« Aber Ramwilas hatte keine Lust, sich wieder mit den Sahibs zu treffen, geschweige denn mit ihnen wieder in Geschäftsbeziehungen zu treten.

Immer noch klangen ihm Kedars Worte in den Ohren: ›Haben Sie denn vollkommen vergessen, daß die Engländer uns wie Tiere behandelten, damals, als ich zwölf war und Sie mich zum ersten Mal mit der Eisenbahn nach Kalkutta mitnahmen? Haben Sie diese Schmach denn ganz vergessen?‹ Manchmal fielen ihm auch Dinge ein, die er bei seinem Vater gehört hatte. So hatte dieser erzählt, daß Hamilton Sahibs Frau den alten Diener, der den mit Fransen besetzten Wedel mit einem Strick hin und her bewegte, um ihr Luft zuzufächeln, mit ihrem Schuh traktierte und ihn anfauchte: ›Nun mach schon, du träges, nichtsnutziges, altes Schwein!‹ Und seltsamerweise stand diese Szene stets vor Ramwilas' Augen, klangen diese häßlichen Worte in seinen Ohren nach, wenn der jüngere Hamilton Sahib über seine Mutter in England sprach. Auch eine andere Geschichte, die er vom Hörensagen kannte, hatte sich unauslöschlich in sein Gedächtnis eingeprägt. Ein Engländer hatte seinen Diener zu Tode geprügelt, weil er ein paar Paisas gestohlen hatte.

So verspürte Ramwilas plötzlich eine tiefe Abneigung gegen die englischen Herren. Er verstand nicht mehr, wie er sich einmal diesen Leuten hatte so nahe fühlen, sie als seinesgleichen hatte ansehen können, weil sie wie er selbst Immigranten, also aus weiter Ferne hierhergekommen waren. Nein, er würde bei keinem dieser Leute an die Tür klopfen und sie um ihre Hilfe bitten! Als Kedar noch lebte, hatte er ihm keine solche Zusicherung geben können, aber im Tod wollte er ihm das nicht versagen. Er hatte ja nicht einmal vermutet, welch tiefe Wunde Kedars unschuldigem Herzen während dieser ersten Eisenbahnfahrt zugefügt worden war.

Heute, das heißt einundsiebzig Jahre nach dem Tod seines Urgroßvaters Ramwilas, wußte Kishor Babu die Antwort auf dessen Frage, warum sich im Herzen seines Großvaters Kedarnath, als dieser gerade mal zwölf Jahre alt war, eine solche Wunde eingegraben hatte, daß dieser sein Leben völlig anders als sein Vater ausrichtete. Kishor Babu besaß auch eine chronologische Liste aller Artikel seines verehrten Großvaters Kedarnath, die seinerzeit in allen bedeutenden Zeitungen und Zeitschriften veröffentlicht worden waren. Damals, als Urgroßvater Ramwilas nach dem Tod seines Sohnes nach Dingen suchte, die ihm hätten helfen können, mehr über ihn zu erfahren, hatte er nie daran gedacht, daß sich das Tagebuch seines Sohnes Kedar vielleicht bei seinem ältesten Enkel, also bei Kishor Babus Vater befinden könnte. So ist das manchmal im Leben! Die Wahrheit ist uns so nahe, doch sie zeigt sich uns nicht. Wie dem auch sei, im Tagebuch von Kishor Babus Großvater Kedarnath befindet sich eine ausführliche Beschreibung dieser ersten Eisenbahnfahrt von Delhi nach Kalkutta, die hier wörtlich wiedergegeben wird, da es dem Erzähler unmöglich war, Kishor Babu davon zu überzeugen, daß moderne Erzählungen heutzutage nicht mehr so geschrieben werden:

*10.-12. Januar 1902*

*In der Nacht vom 10. Januar fuhren mein Vater und ich im Zug von Delhi nach Kalkutta, nachdem wir Fahrkarten für die zweite Klasse gekauft hatten. Als der Zug am Bahnsteig einfuhr, sahen wir, daß er nur einen einzigen Wagen zweiter Klasse hatte. Zwei der Abteile darin waren für die europäischen Herren und Damen reserviert, während sich in die anderen drei die Inder wie Schafe und Ziegen zusammendrängen sollten. Wegen der bitteren Kälte schleppten alle entsprechend viele und große Bündel mit sich. Unbeschreiblich, was sich da abspielte! Einige Leute hielten das Gedränge nicht aus und stiegen in Abteile der dritten Klasse um, für die es zwei Waggons gab. In den fünf Waggons der ersten und zweiten Klasse saßen nur ganz wenige Sahibs mit ihren Damen, so daß diese fast leer waren.*

*Vater und ich blieben im Waggon zweiter Klasse, denn wir hatten ja schließlich dafür bezahlt und wollten nicht in die schlechtere dritte Klasse wechseln. Es herrschte eine solche Enge, dazu das Rütteln und Stoßen des Zuges, daß uns bald jeder einzelne Knochen im Leib wehtat. An jeder Station stiegen viele Leute zu. Es war nicht daran zu denken, seine Notdurft zu verrichten, so daß man sie stundenlang zurückhalten mußte, und mir richtig elend zumute wurde. In Prayag (Allahabad) wollten besonders viele Pilger, die dort aus Anlaß der Wintersonnenwende im Zusammenfluß von Ganges und Jamuna gebadet hatten, in dem Zug mitfahren. Einige College-Studenten, die in Prayag eine Prüfung abgelegt hatten und nun nach Hause zurückkehren wollten, versuchten, als sie das Gedränge sahen, in einen Wagen der zweiten Klasse einzusteigen. Ein weißer Sahib schlug mit seinem Stock auf sie ein und versetzte einem der Studenten einen derartigen Stoß, daß er auf den Bahnsteig hinunterfiel. Ich werde den Haß und die Wut in den Augen dieses Studenten nie vergessen.*

*Am Abend hielt der Zug in Causa. Polizisten kamen herbeigerannt und forderten dazu auf, alle Waggonfenster zu schließen. Sie stellten sich in die Abteiltüren, als ob wir Gefangene wären, die darauf aus sind zu fliehen. Dann öffnete man ein Fenster, und alle Insassen unseres Waggons wurden aufgefordert auszusteigen. Wir mußten uns in einer Reihe aufstellen, an den Waggonfenstern befestigte Seile wurden um uns herumgelegt, als ob wir Tiere wären, die jeden Augenblick weglaufen könnten. Zwei weiße Sahibs kamen und suchten bei allen, die mager aussahen, nach Pestbeulen am Hals. Vater und auch ich waren schon immer sehr mager. Also nahm man uns beiseite, wo schon zwei Karren standen, in die die Abgemagerten geladen und ins Pestlager von Causa ge-*

*bracht wurden. Sie versicherten alle lautstark, daß sie nicht krank seien, doch niemand hörte auf sie.*

*Vater und ich gerieten in Panik. Was hatte man mit uns vor? Würde der Zug ohne uns abfahren? Vater wandte sich eilig an einen weißen Polizisten und wollte ihm etwas sagen. Der Polizist nahm aber wohl an, daß Vater fliehen wollte, und versetzte ihm mit seinem Stiefel einen heftigen Stoß in den Unterleib. Vater fiel, sich vor Schmerz windend, zu Boden, sein Turban ging auf und rollte weit weg, seine Brille brach entzwei. Ohne die Brille konnte er nichts sehen.*

*Ich zitterte vor Schmerz und vor lauter Angst. Ich weiß nicht, wie ich es fertigbrachte, zu dem Polizisten zu laufen, seine Hand mit dem Stock zu ergreifen und ihn auf Englisch zu fragen: ›Warum schlagen Sie ihn?‹ Als Antwort gab er mir eine so heftige Ohrfeige, daß ich glaubte, ein Hammer habe mich getroffen. Mir wurde schwarz vor Augen. Da stand Vater ungeachtet seiner Schmerzen auf und fing an zu stammeln: ›Sahib, Sahib, ein Kind, Mister Hamilton – mein Freund.‹*

*Was uns schließlich half, wissen wir nicht, aber wir konnten wieder in den Zug einsteigen. Die ganze Nacht stöhnte Vater vor Schmerzen, und in meiner Backe hörte es nicht auf zu pochen. Wir erreichten Kalkutta erst spät, denn der Zug hielt überall, wo die Sahibs etwas essen wollten. Ich werde diese Ohrfeige nie vergessen. Vaters Schmerzen waren sehr heftig, die Stelle am Unterleib, wo ihn der Stiefel getroffen hatte, schwoll an und wurde ganz blau. Auch die Haut unter meinen Augen lief blau an.*

## 6
## Das Leben ist sinnlos

Kishor Babus Frau bereitete es große Sorgen, als sie sah, in welchem Zustand sich ihr Mann nach der Bypass-Operation befand.

Kishor Babu bestand darauf, daß hier in dieser Geschichte die Wendung ›Sorgen bereiten‹ nicht durch eine andere wie ›unglücklich sein‹ oder ›schmerzen‹ ersetzt werde. Aber wie kann Sorge ›bereitet‹ werden? Vielleicht bezeichnet man etwas als ›Sorge‹, wenn einem etwas schmerzt, man aber nicht die geringste Kraft in sich spürt, es zu beseitigen.

In diesen Tagen streifte Kishor Babu nicht nur in den Straßen umher, sondern zerbrach sich auch den Kopf über die Tagebücher seines Groß- und seines Urgroßvaters, als verberge sich hinter den von Insekten angefressenen gelben Blättern das Mysterium des Lebens. Die Operation an seinem Herzen hatte gleichsam bis dahin verschlossene Kanäle geöffnet und dieses Verlangen geschürt.

Es ist schon seltsam, daß dieser Mann, der sein ganzes Leben lang davon besessen war, allen alten Sachen eine neue Form zu geben, nun aus alten Schachteln im Keller diese gelben, muffigen Blätter hervorsuchte und Tag und Nacht in ihnen blätterte. Wenn ›Amma-ji‹ – Kishor Babus Mutter – nicht dagegen gewesen wäre, hätte Kishor Babu diese nutzlosen Bücher schon längst in den Ganges geworfen. Zu sehen, wie die Fluten des Stromes sie hinwegtrugen, hätte ihn tatsächlich mit solcher Befriedigung erfüllt, als ob er diesem heiligen Fluß die Urne mit den Überresten seines nie gesehenen Urgroßvaters und seines in Vergessenheit geratenen Großvaters (der ja starb, als er erst ein Jahr alt war) anvertraute. Hinzu kam die Freude über den Platz, der im Haus nun für andere Dinge frei geworden war.

Kishor Babu war sein ganzes Leben damit beschäftigt gewesen, sein altes, von einem Bengalen gekauftes Haus in Süd-Kalkutta zu modernisieren. Seit er das Haus gekauft hatte, waren die Handwerker dort fast ohne Unterlaß ein und aus gegangen. Zwischendurch hatte es wohl einmal eine Unterbrechung von etwa einem Jahr gegeben, aber das auch nur aus irgendwelchen anderen zwingenden Gründen. Von dem alten Haus war nunmehr nur noch das Skelett übriggeblieben.

Damit man von der Straße aus nicht sehen konnte, wer auf der Veranda saß, befand sich dort anstelle des früheren Eisengitters nun eine Mauer, die oben ein modernes Gitterwerk zierte. Die grünen Fensterrolläden, durch deren Spalten man ähnlich wie in Satyajit Rays Film *Carulata* hindurchspähen konnte, wenn man den Stock in der Mitte hochzog, wurden durch moderne Fensterflügel mit Glas ersetzt. Zweiflügelige Doppeltüren mußten ebenfalls her. Den Sockel des Hauses schmückte nun ein im Ziegelmuster angelegter Putz. Überhaupt war der ganze alte Kalkputz von den Hausmauern abgekratzt worden, um einem modernen, temperafarbenen Zementputz Platz zu machen. Das alte Gerippe erhielt so neuen Glanz. Alle Fenster der rechten Außenwand wurden zugemauert, um der daneben wohnenden armen bengalischen Familie die Sicht ins Haus zu nehmen. Die Mauer an der Straße wurde um das Doppelte hochgezogen. Und danach war der rote Zementfußboden dran. Zunächst wurde in zwei Zimmern blaugrünes Linoleum verlegt, zwei bis drei Jahre später wurden die anderen mit Mosaik ausgelegt. Ein paar Marmorplatten schmückten den Durchgang im Haus. Doch nach zwanzig Jahren des Wartens sollte jetzt endlich ein echter Marmorfußboden her.

Dieser edle Marmor mußte die Wurzel allen Übels sein, dachte Kishor Babus Frau. Man sagt doch auch, daß man bescheiden bleiben soll, und daß es nichts bringt, zuviel Wohlstand zur Schau zu stellen. Doch, wann schon hätte Kishor Babu jemals auf sie gehört? Sie hatten die Hochzeit von fünf Mädchen ausgestattet, dazu der völlige Umbau des Hauses, und jetzt wollte er noch diesen Marmor haben. Da war es nicht verwunderlich, wenn sich die Leute das Maul zerrissen und sich fragten, woher denn bei ihnen das Geld komme. Da steckte bestimmt jemand mit dem ›bösen Blick‹ dahinter! Was sollte denn sonst die Ursache von all dem Unheil sein? Das Ergebnis lag doch klar auf der Hand: Die Bypass-Operation war erfolgreich verlaufen, doch der Kopf hatte Schaden genommen. Da mußte doch der ›böse Blick‹ der Leute dahinter stecken! Wie ein Verrückter stromerte er da Tag und Nacht durch die Straßen.

Anscheinend hatte das den Leuten noch nicht gereicht, und nun brach das zweite Unheil herein. Wer weiß, was er alles so schrieb und schreiben ließ, nachdem er diese wurmstichigen Bücher und Tagebücher ausgekramt hatte? Wenn er seine Vorfahren so sehr liebte, warum kümmerte er sich dann nicht um das Haus und den Garten in Bhiwani? Den Garten hatte die Regierung fast umsonst an sich gebracht, und das Haus hatten sie vor einem Jahr für ein Butterbrot verkauft. Als sie Kishor Babu fragte, warum der Besitz seiner Vorfahren für so wenig Geld weggegeben wurde, hatte er sie angefahren: »Wenn die Frauen klug wären, würden sie ihren Männern keine Löcher in den Bauch fragen! Was sollen wir denn mit diesem trostlosen Ort? Denkst du denn, dort will jemand von uns hin und da auch noch wohnen? Deine Kinder oder etwa du selbst?«

Jetzt, nachdem er sich den Nachlaß von Groß- und Urgroßvater vorgenommen hatte, holte er auch noch die alten Briefe, Unterlagen und Bücher seiner Schwägerin hervor und stöberte in ihnen herum. Der Sohn meinte: »Anscheinend will er alle Toten auf einmal ausgraben.« Wer könnte ihn wohl zur Vernunft bringen? Er hatte nie auf jemanden gehört, stets getan, was er wollte. Einzig auf Amma-ji, seine Mutter, hatte er manchmal gehört. Na ja, früher auch mal auf seine Schwägerin, aber das war lange her. Damals, als sie geheiratet hatten und sie als junge Frau ins Haus kam, mußte sie feststellen, daß ihr Mann nichts ohne die Meinung seiner Schwägerin tat. Doch mit der Zeit änderte sich das. Am Anfang hatte der Einfluß ihrer Schwägerin sie ziemlich gestört. Was sollte das denn auch! Tag und Nacht hieß es nur: ›Bhabhi! Bhabhi!‹ Das einzig Gute war, daß sie eine sehr angenehme Frau war. Die Arme war ja schon in ihrer Jugend Witwe geworden. Aber alles hat seine Grenzen. Gingen sie ins Kino, dann natürlich nicht ohne die Schwägerin. Kein Picknick im Victoria Maidan ohne sie. Eines Tages faßte sie Mut und sagte leise zu Kishor Babu: »Die Leute werden über uns reden.« Da brüllte er derart los, daß sie meinte, er schreie sich die Seele aus dem Hals. Die Schwägerin selber sagte lachend: »Das scheint in dieser Familie so Tradition zu sein. Als ich in diese Familie einheiratete, machte sein Bruder[1] auch immer viel Gewese um ›Bari Mami‹ (Tante, Ehefrau des älteren Bruders der Mutter). Wenn wir uns unterhielten, dann nur über sie. Kishor Babus ›Bhabhi, Bhabhi‹ stört dich doch hoffentlich nicht?« Die Schwägerin versuchte auch immer wieder, ihr beizubringen, wie sie Kishor Babu für sich gewinnen könnte: »Tu dies! Mach jenes! Kishor Babu hat das gern! Ihm gefällt so was!« Die arme gute Seele! Auch den Kindern hatte sie Anstand und Manieren beigebracht.

Amma-ji und Bhabhi! Beide hatten sie geliebt und verwöhnt. Aber manchmal kann einem zuviel Liebe auch auf die Nerven gehen. Sie war nie sie selbst. Manchmal war sie traurig und wußte doch gar nicht weswegen. Alle waren lieb und freundlich zu ihr, brachten ihr so viel Aufmerksamkeit entgegen. Bei wem hätte sie sich also beschweren können? Sie befürchtete, man würde es ihr sehr übelnehmen, wenn sie auch nur die leiseste Andeutung machte. Erst blieb sie still und sprach kaum noch, dann verschloß sie sich in sich selbst. So war sie von Schweigen umgeben, innerlich wie äußerlich.

Auch die fünf Töchter und der Sohn wandten sich in allen Dingen an ihre Großmutter und die Tante. Sie sahen ihre Mutter stets ruhig und still, so daß sie meinten, alle Mütter seien wohl so. Nur die jüngste, als sie groß geworden war und in manchen Dingen nicht mit ihrem Vater einer Meinung war, fragte sie einmal: »Ma, warum sagst du nie etwas? Sag doch, was du denkst! Warum nimmst du alles hin?« Doch als sie die Unruhe im Gesicht ihrer Mutter sah, der diese Fragen sichtlich unangenehm waren, begriff auch sie, daß die Mutter sich schon weit von sich selbst, von ihren eigenen Wünschen und Vorstellungen entfernt hatte, wie von einem Freund aus der Kindheit, den man früher einmal gekannt und dann verloren hatte. Dies bedeutete, daß

---

1 In Indien spricht eine Frau von ihrem Mann stets umschreibend, z. B. ›Vater von Kedar‹, ›Bruder von Lala‹ u. ä.

die Mutter ihr in ihrem Kampf mit dem Vater keine Hilfe sein würde. Also wandte sie sich an ihre Tante: »Bari Ma, sag mir doch, warum Vater solch überkommene Vorstellungen von den Mädchen hat? Warum dürfen wir nicht mit den Mädchen aus dem Nachbarhaus spielen? Warum dürfen wir nicht auf der Veranda sein? Warum dürfen wir unsere Freundinnen nicht besuchen? Warum hält man uns gefangen wie Vögel im Käfig? Warum bist du gefangen, Bari Ma? Was hast du von solch einem Leben? Für wen hast du dein Leben gelebt? Warum läßt du zu, daß Papa dir seinen Willen aufzwingt?«

Die Tante, deren Augen vom vielen Lesen alt und trübe geworden waren, schüttelte ihren vorzeitig weiß gewordenen Kopf und zitierte aus Maithilisharan Guptas Poem ›Yashodhara‹: »O Frau, traurig ist die Geschichte deines Lebens. Es besteht aus der Milch in deiner Brust und den Tränen in deinen Augen.« Sie fügte hinzu: »Mädchen, so ist das nun einmal! Wir Frauen müssen alles im Leben hinnehmen und ertragen, unsere Wünsche müssen wir unterdrücken. Aber dein Vater war nicht immer so. Das Leben hat ihn so verändert. Er hatte viele Sorgen. Ausgaben über Ausgaben, und er ganz allein brachte das Geld ins Haus. Was sollte er denn tun? Fünf Töchter wollten ernährt werden. Wohin sollte ich denn jetzt gehen, mein Kind? Ich habe nur noch den Wunsch, daß Kishor Babu meine Totenbahre zum Verbrennungsplatz geleitet. Wenn eine Frau nur ein einziges Mal ihr Heim verläßt, gibt es keinen Platz mehr für sie auf dieser Erde. Dein Vater hat sich all die Jahre um mich gekümmert, mir ein Zuhause gegeben. Warum sollte ich mich nun, wo er sich verändert hat, auch verändern? Außer ihm habe ich niemanden auf dieser Welt.«

Da wandte sich Kishor Babus jüngste Tochter an ihre Großmutter: »Dadi, warum hast du es zugelassen, daß Papa so geworden ist? Es sieht so aus, als ob wir unter militärischer Zucht leben. Wir dürfen schlafen, wachen, lesen, lachen, aber nur, wenn er es will. Doch auf gar keinen Fall dürfen wir uns ihm widersetzen oder gar weinen. Warum ist das so?« Die Großmutter sah mit ihren großen Kohinoor-Augen auf die Enkelin und erwiderte: »Er ist nun mal so geworden, dein Vater. Was hätte ich denn da tun können? Stur war er schon immer. Im Haus gab es doch nur Frauen. Es gab weder einen Vater noch einen Bruder, der ihn hätte stutzen können. Ringsum die Mutter, die Schwägerin, die Frau und dann euch fünf Mädchen. Nur er allein bestimmte über alles. Und so ist es ihm zur Gewohnheit geworden.«

Der Prozeß der Veränderung von Kishor Babu in einen völlig anderen Menschen, sagen wir sogar in eine Art ›Hitler‹, vollzog sich nicht auf einmal, sondern durch einige Ereignisse, die sich tief in die Seele seiner Mutter, seiner Schwägerin und seiner Frau eingegraben hatten. Schließlich nimmt jede Sache ja auch irgendwo ihren Anfang.

Jetzt, wo Kishor Babu diese Geschichte aufschreiben läßt, möchte er vor allem eine Frage klären: Kann ein Mensch, der die Möglichkeit hat, anderen seinen Willen aufzuzwingen, sich vollständig von seinen alten Gedanken, Vorstellungen und Prinzipien lösen und ein völlig anderer werden?

Die tiefe Zuneigung, die Kishor Babu und seine Schwägerin füreinander hegten, hatte sie eine neue gemeinsame Sprache erfinden lassen, in der sie sich miteinander unterhielten. Das Spaßige an der Sache war, daß Kishor Babu diese Sprache zwar gut sprechen, aber nicht richtig verstehen konnte, wenn jemand anders zu ihm in ihr sprach. Mit der Schwägerin verhielt es sich genau umgekehrt: Sie konnte diese Sprache gut verstehen, aber nicht sprechen. So bedeutete ›Inerf wierfvierflen Tarfgen korfemmst durf nacherf Haurfese?‹ ›In wieviel Tagen kommst du nach Hause?‹ In dieser Sprache fügt man einfach die Lautkombination ›erf‹ oder ›rf‹ in jedes Wort ein. Kishor Babu unternahm keine private Reise an einen anderen Ort ohne seine Schwägerin. Als seine Töchter groß geworden waren und sich seine finanzielle Lage verbessert hatte, plante er, mit der ganzen Familie in die Berge zu fahren. Natürlich nahm er auch die Schwägerin mit und erklärte seiner Familie: »Sie würde sonst nie in die Berge kommen. Wer sonst soll sie ihr denn zeigen?« Doch als dieser Kishor Babu anfing, sich zu verändern, und noch dazu auf diese merkwürdige Art und Weise, staunte anfangs sogar seine Frau und erkannte ihn nicht wieder.

Kishor Babu war Mitglied einer renommierten kulturellen Vereinigung von Kalkutta geworden. Immer wieder schlug er dort vor, die monatlichen Treffen in seinem Haus abzuhalten, und schließlich willigte man ein. Sein Leben lang hatte Kishor Babu hart kämpfen müssen, und nun wurde ihm endlich eine für alle sichtbare Auszeichnung zuteil. Das Haus sah nun wirklich ganz respektabel aus, am Eingang prangte sein Name in schwarzen Buchstaben auf einer Marmorplatte. Der Treppenaufgang aus rotem Zement war zwar schon etwas ramponiert, doch von oben bis unten renoviert, konnte man sich auch mit ihm sehen lassen und die Leute beeindrucken. Bei einem chinesischen Tischler ließ er eine neue Speisetafel und passende Stühle anfertigen. Auch eine Anrichte mußte her, schließlich war das heutzutage so üblich. Ein gebraucht gekauftes Sofa bekam einen neuen Bezug, den Stoff dazu hatte seine Mutter schon vor langer Zeit gekauft und aufbewahrt.

Kishor Babu hatte der Einrichtung so weit als möglich ein neues, dem Zeitgeschmack entsprechendes Aussehen gegeben. Die Neugestaltung und Modernisierung des Hauses von innen und außen faszinierte ihn mehr als irgendwen sonst. Den größten Anteil daran hatte seine Schwägerin. Für das Essen wurden neue Gerichte ausgewählt, bei deren Zubereitung sich Kishor Babus Frau als sehr geschickt erwies (obwohl es damals noch kein Fernsehen gab, in denen modernes Kochen vorgestellt wird).

Alles in allem gerieten die Vorbereitungen voll und ganz zur Zufriedenheit Kishor Babus. Er hatte sogar ein altes Heft mit Ghaseln und Gedichten hervorgeholt, um, falls sich die Gelegenheit dazu ergab, die Mitglieder der Kulturvereinigung damit in Erstaunen zu versetzen. »Ihr denkt wohl, die kennen sich alle in Literatur und Kultur aus? Für diese Neureichen ist doch alles nur Schein! Ich habe früher in der Schule beim Rezitieren von Gedichten alle Preise gewonnen. Alle Gedichte von Maithilisharan Gupta bis hin zu denen von Jayshankar Prasad konnte ich auswendig. Habe ich nicht recht, Bhabhi-ji?« Kishor Babu erzählte nun seinen beiden ältesten Töchtern eine Geschichte nach der anderen aus früheren Zeiten. Die Freude der Schwägerin über die nach vielen Jahrzehnten wieder aufkeimende Liebe Kishor Babus zur Literatur kannte keine Grenzen. Sie war es doch gewesen, die damals immer wieder neue Gedichte für ihn ausgesucht und ihn zum Auswendiglernen animiert hatte. Sie hatte ihm auch viele Bücher zum Lesen gegeben. Doch jetzt wollte sie ihm nicht die Laune verderben, indem sie ihn daran erinnerte.

Die Schwägerin freute sich dermaßen, daß sie im Überschwang ihrer Gefühle einen Sari mit einer wunderschönen Borte auswählte, von dem sie wußte, daß er Kishor Babu gut gefiel. Sie hatte ihn damals gekauft, als sie in die Berge gefahren waren und hatte ihn dort in Nainital bestimmt mindestens fünfmal getragen, doch in Kalkutta dann nicht wieder. Ein bißchen genierte sie sich, diesen Sari nun anzuziehen. War die rosa Borte nicht doch etwas zu auffällig? Aber heute kamen doch sehr aufgeschlossene Leute! Wenn sie heute diesen Sari anzog, konnte niemand Anstoß daran nehmen! Sie war es leid, immer nur diese weißen, schmucklosen Saris tragen zu müssen. Frohgemut, aber auch etwas scheu trat sie, mit diesem Sari bekleidet, aus ihrem Zimmer.

»Oh! Oh! Bari Ma! Siehst du aber heute schön aus!« rief die älteste Tochter aus, als sie sie erblickte. Da betrat Kishor Babu den Raum. Beim Anblick seiner Schwägerin wurde sein Gesicht bleich und kurz darauf dunkelrot: »Bist du denn völlig verrückt geworden, Bhabhi? Die meisten Menschen werden mit zunehmendem Alter klüger, doch mir scheint, bei denen aus Uttar Pradesh ist es umgekehrt. Was fällt dir ein, einen Sari von solch auffälliger Farbe anzulegen? Was sollen denn die Leute sagen? Schließlich gibt es noch Regeln in dieser Gesellschaft!«

Jedes Wort drang wie ein glühend heißer Tropfen in die Ohren der Schwägerin. Schon immer hatte Kishor Babu die verschiedensten Scherze über ihr Elternhaus und den Bundesstaat Uttar Pradesh, aus dem sie stammte, gemacht, aber heute hatte sie diese verächtliche Anspielung auf Uttar Pradesh regelrecht ins Herz getroffen. Sie suchte die Blicke von Amma-ji und ihrer Schwägerin, aber die wandten sich ab, um sie nicht anzusehen. Nur Kishor Babus älteste Tochter blickte sie unverwandt an.

Die Schwägerin ging ihren Sari wechseln und schaute dann, die immer wieder aufsteigenden Tränen unterdrückend, zu, wie der erste kulturelle Beitrag Kishor Babus verlief. Ungeübt seit vielen Jahren, rezitierte er Gedichte, mal in falschem, mal in gar keinem Zusammenhang. Manchmal waren auch die Zeilen falsch oder der Name des Dichters. Doch nicht nur das! Er zeigte diesen Leuten, die alle, schon in ihren Windeln reich und mit Marmorfußböden und belgischen Kronleuchtern groß geworden waren, immer wieder seinen Mosaik-Fußboden und pries, fasziniert wie er davon war, in einem fort seine Lampenschirme aus Plastik. Kishor Babu schämte sich nicht im geringsten für das, was er seiner Schwägerin an diesem Tag angetan hatte. Ja, er bekam nicht einmal mit, was für einen Fehler er da begangen hatte. Im Gegenteil, vielleicht nahm er diesen Vorfall nun zum Anlaß, bei jeder passenden und unpassenden Gelegenheit zu beweisen, daß seine Schwägerin vorzeitig senil geworden und nicht mehr richtig im Kopfe sei.

Allmählich wurde diese unausgesprochene Behauptung zur unwiderlegbaren Wahrheit. Nachdem Kishor Babus Frau dieselbe Behauptung einige Jahre lang immer wieder gehört hatte, sah sie sie nun auch für unumstößlich wahr an. Sogar die Schwägerin selber glaubte schließlich, daß dem wirklich so sei. Wenn Kishor Babus Töchter sich mit einer Frage zur Hindi-Literatur an sie wandten, gab sie ihnen niedergeschlagen zur Antwort: »Ich kann mich an nichts mehr erinnern. Mein Kopf ist völlig durcheinander. Alles, was ich früher gelesen habe, ist mir entfallen.« Nur die jüngste der Töchter widersprach ihr: »Du hast gar nichts vergessen! Du weißt alles noch! Und dein Kopf ist auch völlig in Ordnung!« Doch auch sie konnte das, was die Tante für sich selbst als wahr angenommen hatte, nicht widerlegen.

Kishor Babus Frau konnte sich an all das nicht mehr erinnern. Weder wußte sie noch, wie alles begonnen hatte, wie sich alles entwickelt hatte, und auch sonst war ihr nichts bewußt. Sie wußte einzig und allein, daß Kishor Babu seine Schwägerin einst derart geachtet und geliebt hatte, wie es wohl sonst kein Schwager auf der ganzen Welt getan hätte. Auch hatte sie die leichten Schläge, die ihrem Herzen dadurch versetzt worden waren, noch in verschwommener Erinnerung. Aber schließlich war sie damals fast noch ein Kind gewesen. Sie erinnerte sich natürlich, daß die Schwägerin später nicht mehr ganz richtig im Kopf und Kishor Babu gereizt und nervös geworden war. Schließlich kam es so weit, daß Kishor Babu bei jeder Äußerung seiner Schwägerin ärgerlich wurde und ihr laut und deutlich das Wort abschnitt. Die Schwägerin hatte seit eh und je die Gewohnheit, sich zu jeder Angelegenheit zu äußern und Ratschläge zu erteilen, was sie auch mit den sich ändernden Zeiten nicht aufgab. Deshalb verspürte Kishor Babus Frau einen leichten Schmerz. Heute wußte sie, daß kein Mensch aus seiner Haut heraus kann. Wer hätte schon jemanden deswegen tadeln können? Die Schwägerin besaß so viele gute Eigenschaften. Sie verstand es, sich gut zu kleiden und gut zu benehmen. Doch später verwandelten sich all ihre Tugenden in tadelnswerte Laster. Alles nur eine Frage des Schicksals. Wer kann schon etwas dagegen tun?

Am Abend, als Kishor Babus Frau mit dem Tee ins Zimmer trat, klappte er sofort sein Tagebuch zu, in das er bis dahin geschrieben hatte. Es war klar, daß er etwas vor ihr verbergen wollte. Sonst wagte sie es nicht, in seinen Papieren herumzustöbern, ohne ihn zu fragen, und sie hatte auch gar kein Interesse daran. Doch heute wollte sie unbedingt lesen, was er da geschrieben hatte, sobald er seinen Tee getrunken und sich dann auf seinen üblichen Spaziergang begeben hatte. Vielleicht interessierte sich ja auch der Arzt für die Gedanken ihres Mannes? Neben Kishor Babu lag ein von der Schwägerin beschriebenes Heft. Sie setzte sich neben ihren Mann und reichte ihm den Tee.

»Unsere Bhabhi muß sich in ihren letzten Lebenstagen sehr einsam gefühlt haben, nicht wahr ...?« Bei dieser unerwarteten Frage zuckte seine Frau erschrocken zusammen. Was sollte sie darauf sagen? Gab es eine Antwort? Sie verstand überhaupt nichts mehr. Da Kishor Babu sie weiterhin ansah, als warte er auf eine Antwort, sagte sie nichts, sondern nickte nur zustimmend. Er fragte weiter: »Hast du das Tagebuch schon einmal gesehen?« Ja, sie hatte es nach dem Tod ihrer Schwägerin zwar gesehen, aber nicht hineingeschaut.

Kishor Babu schlug das Heft auf, als seine Frau verneinend den Kopf schüttelte, und zeigte ihr die erste Seite: »Schau!« Als sie hinsah, erblickte sie in der Mitte des leeren Blattes eine einzige Zeile, die wie ein winziges Boot in der unendlichen Weite des Ozeans zu schaukeln schien: »Auf der Reise des Lebens sind wir allein.« Umgehend füllten sich ihre Augen mit Tränen.

Ja, wie allein die Schwägerin doch gewesen war! Und wie sehr allein, wer konnte das wohl erahnen? Sie erinnerte sich, wie die Schwägerin einmal bitterlich geweint hatte, als sie in einem Fernsehfilm – damals noch schwarzweiß – das Lied ›Jeder braucht eine Handvoll Himmel‹ hörte.

»Und jetzt lies das!« forderte Kishor Babu sie auf. Abermals fuhr sie zusammen. Schwang da in seiner Stimme eine gewisse Wehmut mit? Sie las: »Weshalb, für wen, und im Glauben woran habe ich dieses Leben gelebt? Etwa für dieses Bild, dessen Anblick mich all die Jahre eingelullt hat? Ein Trugbild ist es, in eine Sackgasse hat es mich geführt, dieses Bild, das sich damals bei unserer ersten Begegnung in Patna unauslöschlich in mein Herz eingebrannt hat – nun ist auch die Erinnerung an diese einstige Offenbarung nichts als Trug. Im Spiegel sehe ich eine Frau mit weißem Haar, dieses Bild aber zeigt einen schönen Jüngling von achtzehn Jahren. Was habe ich denn mit ihm zu tun? Auch er hat mich verlassen, er auch. Bari Mami (Ehefrau des älteren Bruders der Mutter) war da wesentlich besser dran. Sie hat ihr Leben weggeben und damit doch etwas bewiesen. Was habe ich denn schon bewiesen? Welchen Sinn hat mein Leben denn schon gehabt?«

Kishor Babus Frau hob den Kopf und sah ihren Mann an. Das Herz war ihr schwer. Aber wem nützte es denn, jetzt in dieses Heft zu schauen? Kishor Babu blickte unverwandt zu ihr hin: »Kannst du mir sagen, warum sie dieses ›auch‹ so hervorgehoben hat? Sogar gleich zweimal?« Ihr fiel nichts ein, was sie hätte antworten können. Das Herz klopfte ihr heftig in der Brust. Was sie dann endlich hervorbrachte, hatte nichts mit dieser Frage zu tun: »Sah dein Bruder Lalit wirklich so gut aus wie auf dem Bild? Amma-ji sagte, daß er ihre Augen geerbt hat, sein Herz aber so schwach wie das seines Vaters war. Er hat den Tod von Mami-ji nie verwunden. Etwas in seinem Innern war von da an zerbrochen. Ist Lalit Bhaiya tatsächlich deswegen gestorben?«

»Nein, Lalit Bhaiya wollte nicht sterben, das weiß ich. Wegen Bhabhi wollte er am Leben bleiben.« Kishor Babu stellte seine Tasse Tee auf dem Tisch ab und schloß die Augen. Erst heute, nach so vielen Jahren, erinnerte er sich wieder an seinen Vater, diesen Vater, der in seinem Leben keine Rolle gespielt hatte und einzig und allein der Mann seiner Mutter und sein Erzeuger gewesen war. Welchen Sinn hatte denn eigentlich das Leben seines Vaters gehabt?

# 7
# Und wieder Kali-katha: 1940

Kishor hatte seine Mutter niemals nach der Zeit gefragt, die zwischen der Rückkehr von Bhiwani nach Kalkutta und dem Tod seines Vaters lag. Von da an, das wußte er, hörte die Welt der Träume auf, begann das Leben danach. Er hatte gesehen, wie der Vater starb. Damals, er war gerade elf Jahre alt, fing er an, viele Dinge zu verstehen. Der Vater, stets traurig und bedrückt, verfiel in Angstzustände, wenn seine Arme und Beine sich in Eis verwandelten. Die Mutter meinte, daß das alles der vorzeitige Tod seines Vaters Kedar und der Weggang von Großvater Ramwilas Babu hervorgerufen haben. Kishor entging auch nicht, daß, sobald sein Vater wegen irgendeiner Angelegenheit aus dem Haus ging, Harihar Maharaj kam und Mutter Geld gab, das aus dem Erlös im Stoffhandel stammte. Er arbeitete schon viele Jahre als Makler für Mutters Elternhaus, und sie hatte mit seiner Hilfe ein paar Geschäfte arrangiert. Sie wollte nicht, daß irgend jemand davon erfuhr, weder ihre Angehörigen im Elternhaus noch ihr Mann. Doch Vater wußte davon. Eines Tages trug er ihr vor, was Suryamukhis Gatte in einem Roman von Bankim Candra sagte: »Du bist alles für mich – zärtlich wie eine Mutter, respektvoll wie eine Tochter, Gefährtin im Glück, Lehrerin, Dienerin – du bist mein ein und alles.« Mutter schlug beschämt die Augen nieder.

Mutter hielt eine peinliche Ordnung im Haus, die ihresgleichen suchte. Das Haus ihrer Eltern war sehr groß, aber so sauber wie bei uns war es dort nicht. Mutter saß keine Stunde lang müßig oder wie Vater besorgt grübelnd herum. Sie machte auch immer wieder Pläne für unsere Freizeit, zur Chowringhee oder zum Victoria Maidan zu gehen. Obwohl Lalit Bhaiya ihr sagte, sie solle sich doch von Nana-ji den Morris geben lassen, ging sie nie darauf ein. Sie drückte Vater stets das Geld für die Fahrt in einem Phaeton in die Hand.

In jeder Vollmondnacht begaben wir uns zum Victoria Maidan, breiteten dort ein schneeweißes Tuch auf dem Gras aus und aßen Reispudding, Puris, Kartoffeln und Gemüse, die wir mitgebracht hatten. Kishors Freunde staunten nicht schlecht, wenn er ihnen davon erzählte. Ihre Mütter konnten selbst im Traum nicht daran denken, zur Chowringhee zu gehen. Die Chowringhee war schon eine Attraktion mit ihren noblen Geschäften wie ›The Army and Navy Stores‹, ›Hall and Anderson‹, ›Whiteway Laidlaw‹. Es war großartig, auf dem Rasen vor dem Victoria Memorial zu sitzen und das Treiben auf der Chowringhee zu beobachten. Der Lärm, den Autos, Taxis, Busse, Straßenbahnen und Pferdefuhrwerke machten, hatte etwas Faszinierendes. Dazu die blinkenden Lichter am Abend, die süßen Klänge von Musik aus dem Bristol-Hotel, das Grammophon, das in einem Geschäft gespielt wurde, all das hatten die wenigsten Freunde Kishors selbst erlebt. Nur bei Shantanu war das anders. Er wohnte auf der Chowringhee. Ab und zu war der Vater auch mit ihm und Lalit Bhaiya auf Bitten der Mutter hin in einer Straßenbahn von der Harrison Road zur Chowringhee gefahren, wenn sie nicht mitfahren konnte.

Manchmal fragte sich Kishor, warum die Mutter alles organisierte und der Vater niemals eigene Pläne schmiedete. Aber den Vater bedrückten allzeit irgendwelche Sorgen, während die Mutter ihm stets Mut zuzusprechen suchte. Kishor hatte einige Male mitbekommen, wie sie dem Vater gut zuredete.

Er hatte nur wenige Erinnerungen an seinen Vater, während ihm die Welt seiner Mutter ständig vor Augen stand. Noch in den letzten Tagen des Vaters hatte sie ihm den klugen Rat gegeben, doch endlich zu einem guten Arzt zu gehen und ihm das Geschwür am Hintern zu zeigen, anstatt den Quacksalber aufzusuchen, der in der Nähe in der Muktaram Babu Street seine Praxis hatte. Aber der Vater hörte nicht auf sie. Er ging nicht zu Dr. Sharad Babu, dem Hausarzt von Mutters Eltern, weil er sich wegen einer geschäftlichen Angelegenheit über seinen Schwiegervater geärgert hatte und diesen Ärger auch auf dessen Arzt übertrug. Also konnte Mutter diesmal nichts bei ihm ausrichten. Kishor erinnerte sich, wie schnell und plötzlich sein Vater gestorben war, so schnell, daß Mutters roter, mit Gold- und Silberfäden bestickter Umhang, den sie stets umgelegt hatte, wenn sie aus dem Haus ging, nun am Haken hing und nie wieder benutzt wurde.

Lalit Bhaiya hatte dieser Schicksalsschlag derart getroffen, daß er viele Tage lang weder weinen noch reden konnte. Die Mutter in einem weißen Sari zu sehen, fiel ihm so schwer, daß er jedesmal, wenn er sie so sah, innerlich erneut zusammenbrach. Mutter schluckte ihre Tränen hinunter und suchte, Lalit Bhaiya zu trösten. Er legte seinen Kopf in ihren Schoß, und alles, worum man sich nun zu kümmern hatte, blieb an Kishor hängen.

Seitdem war es ihm immer mehr zur Gewohnheit geworden, die häuslichen Angelegenheiten zu regeln. Obwohl Lalit Bhaiya drei Jahre älter war als Kishor, überließ er dies seinem kleinen Bruder, denn der war schon immer ein sehr aufgeweckter Junge.

Mutters ältester Bruder hatte sich eines Tages von seinen beiden Neffen die Beine massieren lassen und war dabei laut schnarchend eingeschlafen. Allmählich wurden sie es müde, dem Onkel die Beine zu massieren. Lalit Bhaiya sah seinen Bruder Kishor an, der ihm etwas ins Ohr flüsterte, und sie fingen an, sich zu balgen. Durch den Lärm, den sie dabei verursachten, wachte der Onkel auf und schrie los: »Meint ihr, das ist hier der rechte Ort zum Herumbalgen? Los, macht euch raus, balgt euch draußen weiter!« Kishor wandte ein: »Onkel, wir sollten Ihnen doch die Beine massieren.« – »Nun schert euch endlich raus! Es reicht mit dem Massieren!« schrie der Onkel wütend. Die beiden gingen aus dem Zimmer und hatten Mühe, ihr Lachen zu unterdrükken. Erst draußen lachten sie schallend los. Ihre Tante begriff natürlich schnell, daß die beiden etwas angestellt hatten: »Was ist los, Lala? Was gibt es zu lachen?« Der Onkel hielt ein strenges Regime in seiner Familie. Alle fürchteten ihn und zitterten wie Espenlaub in seiner Gegenwart. Die Tante wagte kaum, in seinem Beisein zu atmen. Lalit Bhaiya liebte seine Tante sehr, deshalb erzählte er ihr die ganze Geschichte. Da lachte auch sie und meinte: »Das kann ja was werden, wenn ihr erst groß seid!«

Lalit Bhaiya stimmte jedes Ungemach traurig, das der Tante widerfuhr. Selbst Kishor hatte einige Male mit ansehen müssen, wie der Onkel das Tablett mit Speisen, die die Tante selbst zubereitet hatte, auf den Boden warf. Gleich danach verließ der Onkel auch schon das Haus und blieb die ganze Nacht fort. Die Tante wischte sich mit dem Sarizipfel die Tränen von ihren mit Kajal umrandeten Augen und ihrer edel geformten Nase, sammelte dann die leeren Metallschüsselchen wieder auf und trug alles in die Küche. Ihr klassisch schönes, milchfarbenes Gesicht war auf einmal puterrot. Raghu, der Diener, kam dann herein und wischte mit zusammengepreßten Lippen das ringsum verstreute Essen auf.

»Die Tante stammt aus einer angesehenen Familie in Kanpur«, sagte Lalit Bhaiya zu Kishor. Manchmal teilte er ihm mit, was er hier und dort gehört hatte. »Du siehst doch, wie schön sie ist! Sie könnte ohne weiteres die Frau eines Rajas sein. Aber die Arme hat einen Mann abbekommen, der den Wert dieses Juwels nicht zu schätzen weiß. Sind die anderen Weiber, zu denen er immer wieder geht, vielleicht schöner?«

»Wohin geht er denn?« fragte Kishor, den es langweilte, immer wieder den Lobgesang auf die Schönheit der Tante zu hören, und spitzte die Ohren.

»Das weißt du nicht? Na ja, wie könntest du das denn auch wissen! Du bist doch noch ein Kind. Er geht zum Bahubazar zu einer gewissen Maina Thakurani. Keiner weiß, ob sie eine Hindu-Frau oder eine Muslimin ist. Sie lebt sehr luxuriös, hat sogar ein eigenes Haus, in dem sich eine alte Moschee befindet. Aber bei solchen Leuten ist das ganz einerlei, ob sie nun Hindu oder Muslim sind. Man sagt aber, ihre Stimme sei so lieblich und so süß, fast wie die einer Nachtigall, daß selbst der Wind zu wehen vergißt, wenn sie singt.« Lalit Bhaiya unterbrach sich. Er merkte, daß er dabei war, ein Loblied auf diese Frau anzustimmen, anstatt auf sie zu schimpfen, wie er es hätte tun sollen.

»Lalit, wieso weißt du soviel über sie? Du warst wohl auch schon mal dort?« konnte Kishor sich nicht enthalten zu fragen.

»Bist du verrückt? Ich und dorthin gehen! An einen solchen Ort!« Lalit Bhaiyas Gesicht war ganz rot geworden. »In meiner Klasse ist ein Junge names Madan, dessen Onkel, Jwala Babu, ist ein Freund unseres Onkels. Du kennst ihn. Das ist der, der jeden Morgen in seinem großen Austin zum Victoria Maidan fährt. Jwala Babu lädt seine Dame vom Bahubazar jedes Jahr zur Janmashtami-Feier[1] in sein Haus ein. Da sitzt sie dann im Innenhof vor dem Altar mit der Krishna-Statue und singt fromme Lieder. Dort hat Madan sie gesehen. Sie hat Blumen im Haar und trägt viel Schmuck. Madans Tante verhüllt am Abend alle Spiegel im Haus mit weißen Tüchern. Sie sagt, nach Einbruch der Dunkelheit dürften sich tugendhafte Frauen nicht im Spiegel betrachten. Abends und nachts brauchten sie keinen Putz und Schmuck. Um diese Tageszeit würden sich nur lasterhafte Frauen herausputzen.«

Kishor schlug vor: »Los, wir gehen auch mal dorthin und sehen uns so eine Frau an!«

Lalit Bhaiya erschrak: »Nein, nein! Kishor! Das dürfen wir auf gar keinen Fall tun! Es war falsch von mir, dir das alles zu erzählen. Du weißt nicht, daß diese Frauen die schwarze Magie Bengalens beherrschen. Wenn sie dich einmal mit ihrem knielangen Haar berührt haben, verfällst du ihnen. Stell dir bloß einmal vor, unser Onkel erfährt davon, was dann passiert! Der zieht uns die Haut bei lebendigem Leibe ab. Und wenn Mutter davon erfährt? Unsere Ma ist doch so schon unglücklich. Versprich mir, an so etwas nicht einmal zu denken!«

»Schon gut! Ist ja schon gut! Aber wer hat dir denn erzählt, daß sie Zauberinnen sind?«

»Die Tante. Wer denn sonst?« erwiderte Lalit Bhaiya. »Sie hat einmal bitterlich geweint. Großmutter muß ihr irgend etwas über den Onkel gesagt haben. So etwas wie, daß er ihrer Kontrolle entglitten sei. Da war die Tante sehr traurig. Sie sagte zu mir: ›Sieh sie dir an. Wie kann sie, seine Mutter, so etwas sagen! Diese Weiber dort sind Zauberinnen. Hätte ihn dieser verfluchte Jwala Prasad bloß nicht mitgenommen! Nun ist er ihrem Gesang verfallen und findet aus diesem Zauber nicht mehr heraus! Nun ist er gefangen und kann nichts dagegen tun.‹ Siehst du nun, Kishor, wie gut unsere Tante ist? Sie sagt kein böses Wort über den Onkel. Erträgt lieber alles still und sagt noch: ›Wer

1 Janmashtami-Feier: Feier aus Anlaß des Geburtstages des Gottes Krishna.

könnte mir denn schon das Glück geben, wenn es mir vom Schicksal nicht bestimmt ist?‹« Lalit Bhaiya schnürte es die Kehle zu, er konnte nicht weitersprechen.

»Warum hat Großvater denn nichts dagegen getan? Das begreife ich nicht«, empörte sich Kishor.

»Großvater liebt seinen ältesten Sohn so sehr, daß er ihm nichts verbieten oder abschlagen kann. Er meint: ›Es ist doch nichts Schlechtes daran, wenn mein Sohn eine Vorliebe für die Musik hat. Und die Frauen, das weiß man doch, weinen und klagen gern. Wir haben den Fehler gemacht, ihm eine Frau aus einem vornehmen Haus zu geben. Wenn der Mann sich für etwas interessiert, muß seine Frau Verständnis dafür haben.‹ Die Tante hat nur eine Hilfe. Nebenan wohnt doch die Mutter von Radheshyam Barman. Sie kennt ein Mittel, wie man sich einem Zauber entziehen kann. Die Tante geht jeden Tag über die Terrasse zu ihr, um einen Trick zu probieren, mit dessen Hilfe sie den Onkel von diesem Zauber befreien kann. Hoffentlich hilft das auch!«

Kishor hatte Barman Babus Mutter schon einige Male gesehen. Er hatte gehört, daß sie einen Dieb stellte, indem sie ein Sieb, das zum Verlesen von Reis benutzt wird, in eine Zange einklemmte, die zwei Männer festhielten. Wenn man dann den Namen des Diebes aussprach, drehte sich das Sieb in eine bestimmte Richtung. Sie wußte dann, wer der Dieb war. Auf diese Weise hatte Barman Babus Mutter schon einmal für eine Nachbarin herausgefunden, daß deren eigener Diener den Schmuck gestohlen hatte. Barman Babus Mutter sah jedoch derart imposant aus, daß sich jeder Dieb gleich von selbst durch sein bleich gewordenes Gesicht zu erkennen gab, sobald er vor ihr stand. Außerdem hatte sich ihr Ruf ringsum verbreitet, so daß keiner auch nur auf den Gedanken kam, sie könnte sich geirrt haben. Kishor glaubte felsenfest, daß Barman Babus Mutter schon vorher wußte, ehe sie zu dem Mittel mit dem Sieb griff, wer der Schuldige war. Der glänzende Diamantenstecker in ihrer Nase, die vom Betelkauen roten Lippen, ihre scharfen schwarzen Augen verschaffen ihr selbst bei Barman Babu den größten Respekt.

Barman Babus Familie gehörte zu den reichen oberen Khatri-Familien Kalkuttas. Shantanu hatte Kishor anvertraut, daß selbst so treue Anhänger der Kongreß-Partei wie Deshbandhu Chittaranjan Das und Subhash Babu bei Barman Babu ein und aus gingen. In den letzten Jahren des vorigen Jahrhunderts hatten die Engländer die Harrison Road als Verbindungsweg zwischen Howrah und Sealdah gebaut und viel Land zu beiden Seiten für den Bau von Häusern verkauft. Da hatte auch die Familie von Barman Babu zugegriffen und gekauft. Ihrem Haus gegenüber befand sich ein Khadi-Geschäft. Wenn dieses einer der großen Kongreß-Führer besuchte, traf er sich ganz bestimmt auch mit Barman Babu entweder in dessen Haus, oder Barman Babu kam in das Geschäft. Barman Babus Mutter war eine typische Khatri-Frau, hochgewachsen, mit heller Haut und großen, mit Kajal umrandeten, glänzenden Augen. Kishor kam sie wie eine Zauberin vor. Doch alles, was sie versuchte, half der Tante nicht. Keines ihrer Mittel konnte den Onkel davon abhalten, diese Frau im Bahubazar aufzusuchen.

Schließlich, vielleicht auch weil der Kummer zu sehr an ihr zehrte, bekam die Tante Tuberkulose. Sie magerte zum Skelett ab, ihre helle Haut wurde wächsern, doch der Schönheit ihres Gesichts tat dies keinen Abbruch. Aus Angst vor einer Ansteckung ließ Großmutter sie nun nichts mehr in der Küche tun. Sie durfte kein Geschirr berühren, was auch zur Folge hatte, daß sie für den Onkel kein Essen mehr anrichtete, weshalb dieser nun auch das Tablett nicht mehr nach ihr warf. Dem Onkel wurde sogar verboten, in ihr Zimmer zu gehen. Man konnte die Tante nur noch sehen, wenn sie auf der kleinen Veranda vor ihrem Zimmer stand. Eine Krankenschwester kümmerte sich um sie.

Die Tante selbst hatte Lalit Bhaiya verboten, sie zu besuchen, was ihn sehr deprimierte. Sogar der Onkel war nun viel ruhiger geworden. Das Haus erdröhnte nicht mehr wie früher von seiner lauten Stentorstimme, wenn er die Dienerschaft verfluchte und beschimpfte. Er hatte gänzlich damit aufgehört. Er ließ sogar einen bekannten englischen Arzt, einen Tuberkulosespezialisten aus einem anderen Fürstentum Indiens holen, aber der Tante konnte keine Arznei mehr helfen. Der Onkel gab seine Besuche im Bahubazar völlig auf. Es schien, als ob das ganze Haus darauf wartete, daß Yam, der Gott des Todes, kam.

Einige Wochen später sah Kishor die Tante einmal auf der Veranda stehen. Aller Glanz in ihrem Gesicht war erloschen, aber sie lächelte. Kishor konnte ganz klar erkennen, daß sie lächelte. Sie hob ihre Hand, als ob sie damit andeutete, Kishor fragen zu wollen, ob es Lalit gutgehe. Kishor nickte als Antwort nur mit dem Kopf. Darauf gab sie ihm wieder ein Zeichen, indem sie auf sich selbst wies, und damit ausdrücken wollte, daß sie nun schlafen gehe und sie sich wohlfühle. Dann ging sie in ihr Zimmer zurück.

Am selben Tag starb sie.

Nach ihrem Tod ging Lalit Bhaiya nicht mehr in das Haus, in dem sein Großvater und sein Onkel wohnten. Schon als die Tante es ihm verboten hatte, sie zu besuchen, war er kaum zu bewegen gewesen, sich wenigstens ab und zu im großelterlichen Haus sehen zu lassen. Ein paar Monate nach dem Tod der Tante bat der Onkel unsere Mutter, sie möchte Lalit doch zu ihm schikken. Er strich meinem Bruder mit der Hand über den Kopf, und dicke Tränen rannen ihm über das Gesicht.

Eines Tages hörte Kishor, wie die Großmutter zu seiner Mutter, ihrer Tochter, sagte: »Der Zauber, den sie an meinem Sohn ausprobiert hat, hat sich gegen sie gewendet. Deshalb mußte sie sterben.«

Kishor sah, daß sich Mutters Gesicht daraufhin mißbilligend verzog. Es war ihr immer schon schwergefallen zu verstehen, wie ihre Mutter ihre Schwiegertochter behandelte. Das mochte vielleicht auch daran liegen, daß Lalit Bhaiya seine Tante so sehr liebte. Für einen Jungen von fünfzehn Jahren, der schon den Vater verloren hatte, war dies ein weiterer harter Schlag, den er nur schwer verwinden konnte. Als Mutter sah, daß Kishor ihnen zuhörte, schickte sie ihn aus dem Zimmer.

Kishor stellte sich hinter die Tür und lauschte. Er hörte, wie die Mutter sagte: »Wie oft hatte ich dich schon gebeten, Ma, doch den Kummer dieser armen Frau zu verstehen. Aber du hast niemals auf mich gehört. Du hast niemals auch nur versucht, meinen Bruder zurechtzuweisen. Dich hat immer nur gestört, daß deine Schwiegertochter stolz darauf war, aus einem vornehmen Haus zu sein. Und jetzt kannst du sehen, welches Wunder sie vollbracht hat! Sie hat ihr Leben hingegeben, um meinen Bruder dazu zu bringen, seine Besuche im Bahubazar aufzugeben. Das ist ihr Sieg, Ma!«

Die Mutter konnte nicht weitersprechen, dicke Tränen liefen ihr über die Wangen, entlang der Falten, die das Leben dort eingegraben hatte. Und Kishor hinter der Tür merkte auf einmal an dem salzigen Geschmack auf den Lippen, daß auch er weinte. Die Mutter hörte auf zu weinen, wischte sich die Tränen vom Gesicht und fuhr entschlossen fort: »Sie hat überhaupt keinen Zauber ausprobiert. Barman Babus Mutter hatte ihr gesagt, sie wisse von ihrer Großmutter, daß eine Frau für immer die Macht über ihren Mann erlangt, wenn sie sich mit Henna einen Pfau und eine Lotosblume zwischen die Brüste malt. Das hat deine Schwiegertochter ausprobiert, aber es hat nicht geholfen, meinen Bruder von seinen Gängen abzuhalten. Daraufhin hat sie diesen Weg gewählt. Sie hat keine Arznei eingenommen, um gesund zu werden, Ma! Hörst du, was ich sage? Sie wollte nicht gesund werden! Da hat sich kein Zauber ins Gegenteil verkehrt! Sie hat einfach gesiegt, Ma. Sage in meiner Gegenwart nie wieder etwas Böses über sie! Ich will das nicht hören!«

Kishor stockte das Herz. Wieso hatte die Tante gesiegt? Welchen Sinn hatte es, von Sieg und Niederlage zu reden, wenn der Sieger tot war? Er erzählte seinem Bruder Lalit nicht, was er da gehört hatte, denn er wußte, der könnte das nicht ertragen. Lalit lief lange Zeit stumm und in sich gekehrt herum. Sein Freund Madan hatte auch angefangen, den Bahubazar aufzusuchen. Allmählich fand Kishor heraus, daß viele angesehene und bekannte Leute regelmäßig zu Prostituierten gingen und daß ihr Ruf deshalb weder in ihren Familien noch in der Gesellschaft darunter litt. Kurz und gut, alle wußten um diese Sache.

Amolak hatte Kishor erzählt, daß einer seiner Onkel sich jede Nacht Jasminblüten um das Handgelenk bindet, eine blütenweiße Kurta anzieht, sich parfümiert, um dann aus dem Haus zu gehen. Zur bestimmten Zeit steht eine Kutsche bereit, mit der er zum Bahubazar fährt, seine Geliebte abholt, mit der er dann in der Gegend von Victora Maidan und Chowringhee spazierenfährt. Die Tante wiederum, seine Frau also, bringt jedes Jahr ein Kind zur Welt, weshalb sie ständig entweder schwanger ist oder im Wochenbett liegt.

›Was haben unsere Frauen nur für ein Leben in ihren Familien!‹ hatte Kishor schon mehrere Male gedacht. ›Den lieben langen Tag sind sie im Haus eingesperrt, und wenn sie dann schon mal aus dem Haus gehen, müssen sie sich von Kopf bis Fuß in einen schweren Brokatumhang hüllen.‹ Amolak hatte ihm erzählt, daß in Hathras, wo die Eltern seiner Mutter lebten, die Dächer der Häuser miteinander verbunden seien. Dort müssen sich die Frauen nicht verhüllen, wenn sie sich besuchen wollen. Sie können über mehrere Terrassendächer hinweg bis in weit entfernte Häuser gelangen. Für sie sind diese Dächer wie Straßen. Wenn sie etwas in dem Geschäft unten kaufen möchten, lassen sie einen Sari von oben herunterhängen, rufen den Händler, der bindet die Ware in den Sari, und die Frauen ziehen diesen wieder nach oben. Es kommt vor, daß manche Frauen monatelang keinen Fuß auf die Straße setzen.

Amolak hatte ihm auch von einem Buch erzählt, das ein gewisser Dwarkadas über die Prostituierten von Kalkutta geschrieben hatte. Es war ihm zufällig in der College Street in die Hände gefallen. Darin steht geschrieben, daß die Prostitution in Kalkutta schon so alt sei wie die Stadt selbst. Bereits vor hundertfünfzig Jahren gab es in Kalkutta große Bordelle mit mehr als fünfzig Räumen. Kalkutta war stets eine Handelsstadt gewesen, in die viele Kaufleute und Händler von außerhalb kamen. Deshalb gab es hier neben europäischen Prostituierten und Huren aus Benares schon immer auch muslimische Hetären, die sehr reich wurden. Ganze Stadtbezirke waren dafür bekannt, daß in ihnen viele Prostituierte wohnten.

Amolak wußte viele Dinge zu berichten, da bei ihm zu Hause sehr frei über alle Übel und Mißstände im Lande und in der Gesellschaft gesprochen wurde. Sein Vater war ein aktiver Anhänger der Kongreß-Partei. Amolak konnte ihn alles fragen und durfte bei allen Diskussionen zugegen sein, man dachte gar nicht daran, ihn wegzuschicken. Amolak wunderte sich, daß sich die Männer in den Häusern der Marwaris alles erlauben durften, was ihnen gefiel, während die Frauen allen erdenklichen Restriktionen unterworfen waren. Daraus erwuchsen doch gerade die verschiedensten Mißstände innerhalb der menschlichen Beziehungen. Er hatte gehört, daß in einem Haus im Burra Bazar ein fünfzehnjähriges unverheiratetes Mädchen schwanger geworden war und, ohne jemandem etwas zu sagen, ihren sechs Monate alten Fötus hinter die Abortgrube geworfen hatte. Hinterher, als alles entdeckt wurde, gab es großes Geschrei.

»Wie rückständig doch die Marwari-Frauen sogar in Bengalen sind!« klagte Amolak Kishor gegenüber bei jeder Gelegenheit. »Mir kommen die Tränen, wenn ich Mädchen mit langen Haaren, in Saris mit roten Bordüren auf Versammlungen der Kongreß-Partei patriotische Lieder singen höre. Wann endlich werden wir aufwachen und frei sein? Es ist schon richtig, wenn die Bengalen uns als ›Meros‹ und ›Khottas‹[1] bezeichnen. Unsere Lage ist in der Tat ziemlich deprimierend.«

Amolak wohnte in einer von Bengalen besiedelten Gegend auf der Lake Road. Er meinte, daß die Jungen dieser Gegend von allein aufhören würden, ihn ›Mero-Khotta‹ zu rufen, sobald erst die Unabhängigkeit und Freiheit errungen sei. Vor zehn Jahren hatten Marwaris, also Leute ihrer eigenen Volksgruppe, seine Mutter als Hure beschimpft, weil sie im Burra Bazar vor einem Geschäft mit ausländischer Kleidung als Streikposten gestanden hatte.

Allein bei dem Gedanken daran empfand Amolak bis heute heftigen Schmerz. Innerlich grollte er ihr sogar ein wenig. Er hatte sie einmal gefragt: »Jetzt sind ja solche Dinge möglich. Doch mußtest du das damals tun? Konntest du dir denn nicht denken, daß die Leute so was zu dir sagen werden?« Seine Mutter hatte ihm erwidert: »Welchen Unterschied hätte das denn gemacht? Was auch immer eine Frau aus eigenem freien Willen unternehmen möchte, es kommt stets dasselbe dabei heraus. Ist das denn der Sinn ihres Lebens?«

---

1 Mero, Khotta: abschätzige Bezeichnungen für die als rückständig und dem Aberglauben verhaftet geltenden Marwaris in Bengalen, denen auch gemeine Gewinnsucht und Kollaboration mit den Engländern zugeschrieben wird.

## 8
## Prasanna Kumar Tagore Street Nr. 7

Kishor hörte sich alles mögliche an, was andere ihm sagten, und fühlte sich zwischen all den Meinungen und Ansichten seltsam hin- und hergerissen. Sei es Shantanu, sei es Amolak, jeder von ihnen stieß sich auf seine Weise an den allgemein vorherrschenden Ansichten über die Gesellschaft, das Land und das Leben selbst. Aber sein eigenes Leben spielte sich nur in den zwei Zimmern dieses Hauses auf der Central Avenue ab. Manchmal kam es ihm so vor, als hätte man ihm die Flügel beschnitten. Es war ihm nicht möglich, an irgend etwas teilzunehmen. Die beiden vorzeitigen Todesfälle in der Familie hatten einen so dunklen Schatten auf sein Leben geworfen, daß er ganz auf sich zurückgeworfen war. Um sich mit Angelegenheiten wie der Befreiung des Landes, der Rückständigkeit der Marwaris, der Lage der Frauen auseinanderzusetzen, mußte man sich zunächst selber frei fühlen. Aber kam er nur ein klein wenig zu spät nach Hause, regte sich Ma ungeheuer auf, hatte eiskalte Hände und Herzrasen. Ja, er war anderen eine Stütze, doch er selbst hatte keine. An Träume war da nicht zu denken. Während die Menschen ringsum sich krümmten und wanden, um alte Vorstellungen und Anschauungen loszuwerden, war sein Leben in ihnen gefangen. Wem hätte er da beipflichten können? Wem nicht?

In seinem Innern lagen verschiedene Welten im Widerstreit miteinander. Als er auf Shantanus Welt hörte, hatte ihm das die Beule am Hinterkopf eingebracht, die hin und wieder schmerzte. Jetzt zog es ihn zu Amolaks Welt hin. Irgendwie hätte er sich befreien wollen von den Gaben an den Planeten Shani, von Häusern, in denen es spukte, von unerklärlichen Todesfällen, aber das wollte ihm einfach nicht gelingen. Selbst in seinen Träumen setzten sie ihm zu.

In jener Zeit hatte er jede Nacht sonderbare Träume. Manchmal träumte er, einen Punkt erreicht zu haben, an dem alle Probleme gelöst waren. Beim Aufwachen konnte er sich jedoch nicht mehr an die Lösung erinnern, die er im Traum gefunden hatte. Im Traum hielt er manchmal Shantanu lange Vorträge oder saß in der Bibliothek und erzählte Satyapal dies und jenes. Ein andermal wanderte er durch verwinkelte Gassen auf der Suche nach Amolaks Haus. Doch immer wieder gelangte er an einen viereckigen Teich, in dem mit Jutestroh ausgestopfte Statuen der Göttin Kali schwammen, wie man sie nach einer Opferzeremonie auf das Wasser setzt. Doch Amolaks Haus fand er nicht. Dann fiel ihm ein, daß er ja nach diesem Haus in der Gegend westlich der Amherst Street suchte, aber Amolak wohnte doch in der Lake Temple Road. Er verstand nicht, weshalb er statt nach Süden in den Norden von Kalkutta gegangen war. Das beunruhigte ihn so sehr, daß er erwachte und noch lange Zeit darüber nachdachte.

Was hatte er denn heute im Traum zu Shantanu gesagt? Shantanu hatte ihm sogar zugestimmt, denn seine Argumente waren nicht zu widerlegen gewesen. Worüber hatten sie eigentlich gesprochen? Angestrengt dachte er nach. Ja, er hatte Shantanu erzählt, daß er jeden Samstag vor dem Ram-Tempel viereckige Münzen, runde Münzen mit einem Loch in der Mitte und Senföl in den Messingbecher von Shani Maharaj legte. Er erinnerte sich auch, wie sehr sich Shantanu darüber gewundert hatte. Er hatte Shantanu auch erzählt, daß sein Vater das letzte Mal, als er von Bhiwani nach Kalkutta kam, die Stadt an einem Dienstag betrat. Danach war er ernstlich erkrankt und hatte sich nie wieder richtig erholt. Der Vater hatte bis zu seinem Lebensende bedauert, daß er das getan hatte. Er wollte sogar Kalkutta wieder verlassen, um, wenn er an einem anderen Wochentag zurückkehrte, den Fluch ungültig zu machen, den seine letzte Ankunft an einem Dienstag ausgelöst hatte. Doch das war nicht möglich. Kalkutta gehört Kali Ma, der Göttin mit der Kette aus Totenschädeln um den Hals, der Göttin, die nach Blut dürstet. An einem Dienstag in Kalkutta anzukommen bürdet dem Reisenden eine schwere Last auf, und Vater hatte das, obwohl er darüber Bescheid wußte, getan. Wer weiß schon, was richtig ist und was nicht!

Kishor schwirrte schon der Kopf, wenn er sich an die Einzelheiten seiner Träume auch nur erinnerte. Zwar verbarg er all das vor Shantanu, aber aus seinem Kopf brachte er es nicht heraus. Er glaubte nicht, daß das alles wahr war, doch befreien konnte er sich auch nicht davon. Aber er wußte, daß er Shantanu auf gar keinen Fall davon erzählen durfte! Denn der würde diese Schwächen und Ängste nie verstehen! Und ihm helfen, sie loszuwerden, konnte er auch nicht! Für Shantanu gab es da keinen Kompromiß. Entweder war ein Mensch abergläubisch, oder er war es nicht.

Die Welt, in der sich Kishor in der Nacht bewegte, unterschied sich grundlegend von der, die seinen Tag bestimmte. In der Nacht war sein Gehirn ausgeschaltet, und alle seine Ängste erwachten zum Leben. Obwohl er mit aller Kraft gegen sie ankämpfte, konnte er sie nicht überwinden. Die Mutter sagte ihm, daß nach Meinung ihres Schwiegervaters alle Schuld dafür bei dem Haus in Bhiwani zu suchen sei. Die Hauseinweihung war zu einem ungünstigen Zeitpunkt vorgenommen worden, weshalb das Haus nie lange bewohnt wurde und diejenigen, die in ihm gewohnt hatten, nie vom Glück begünstigt waren. ›Aber wohin hätte man gehen können? Und dieses Haus hier? War es günstig für sie?‹ Kishor beschäftigte diese Frage die ganze Nacht im Traum. Sollte er vielleicht mit Mutter darüber reden? Doch wohin hätten sie denn gehen sollen, wenn dem nicht so war?

Schließlich sprach Kishor doch mit der Mutter darüber. So viele Dinge brachten nachts sein Gehirn durcheinander: Shani, Mangal, Glück und Unglück und wer weiß, was nicht noch alles. Er konnte nachts einfach nicht schlafen. Die Mutter erzählte ihm, wie sie sich selbst von ihren Ängsten befreit hatte, und Kishor hörte ihr mit klopfendem Herzen zu. »Ehe ich dich und Lalit bekam, brachte ich ein Mädchen zur Welt. Es starb, als es drei Monate alt war. Dieses Unglück brachte mich fast vor Kummer um den Verstand. Das Kind war so lieblich, daß wir befürchteten, jeden Tag könnte es von einem bösen Blick getroffen werden. Also mußte jeden Tag ein Tantrik kommen, um es gegen den bösen Blick zu schützen. Er brach jedesmal einen dünnen Stock in zwei gleiche Teile, sprach einige Zauberformeln über sie, wedelte mit ihnen herum, und dann war auf einmal ein Teil länger als der andere. Der Tantrik brach dann ein Stück von dem größeren ab, um beide Teile wieder gleich lang zu machen. Er zeigte auf das abgebrochene Stück und erklärte: ›Seht! So groß und mächtig ist der böse Blick!‹ Aber letzten Endes half das alles nicht. Wenn das Kind gestillt wurde, gab sein Herz seltsame Geräusche von sich. Wir stellten es einem Arzt vor, der meinte, es müsse ein Loch im Herzen haben. Kein Mittel brachte Besserung. Eines Tages starb unser Mädchen, als ich es gerade stillte. Wir hüllten es in weiße Laken und begruben es. Ich wurde fast verrückt vor Kummer und konnte überhaupt nicht mehr aufhören zu weinen. Wenn mir doch jemand mein Baby zurückgegeben hätte, mein kleines Püppchen.

Eine alte Frau aus der Nai-Kaste[1] kam immer in unser Haus, rieb uns allen Öl ins Haar und massierte unsere Beine. Ihre Familie arbeitete schon seit Generationen für uns. Sie erzählte mir, daß nach dem Tod eines Kindes die Tantriks zur Verbrennungsstätte gehen und sich die Leiche eines Kindes aussuchen. Wenn genau zu dieser Zeit sich ihnen jemand von hinten nähert und sie an den Haaren zieht, kann er das Kind lebendig nach Hause tragen. Ich war damals zu allem bereit, wenn ich nur mein Kind zurückbekäme.

Ich ließ mir von unserer Waschfrau ein paar Kleidungsstücke geben, hüllte mich von oben bis unten darin ein und begab mich in der Nacht zum Verbrennungsplatz, der sich an einem ausgetrockneten Fluß befand. Heute weiß ich nicht mehr, woher ich den Mut nahm, einen solchen Ort aufzusuchen. Meine Familie geht nur ab und zu zum Fluß, um dort Puja zu verrichten. Ich hatte gehört, daß sich die Verbrennungsstätte auf einem Hügel befindet. Als ich dort hinkam, herrschte ringsum Totenstille. Es befand sich keine Leiche dort, die hätte verbrannt werden sollen. In einer Hütte brannte Licht. Als ich auf diese Hütte zuging, sah ich vor ihr ein mit achtzehn Totenschädeln ausgelegtes Viereck. Plötzlich begriff ich, daß es sich dabei um Schädel von toten Kindern handeln mußte, denn sie waren sehr klein. Das

1 Nai-Kaste: Kaste der Haarschneider, Barbiere, Masseure u. ä.

mußte tatsächlich ein Ort sein, an dem die Tantriks ihre Magie betrieben. Es war aber niemand zu sehen. Der Anblick der kleinen Totenschädel brachte mich zur Besinnung. Ich rannte, so schnell ich konnte, den Hügel hinab.

Irgendwie gelangte ich nach Hause. Gott sei Dank, daß mich niemand gesehen hatte! Doch seit diesem Tag sind Angst und Furcht aus meinem Herzen verschwunden. Was auch immer geschieht, laß es geschehen! Der Mensch ist schwach, deshalb kann er die Wahrheit nicht ertragen. Deshalb finden sich auch immer Leute, die von seiner Schwäche profitieren wollen oder selbst an solche Dinge glauben.

Ich will jetzt mit solchen Dingen nichts mehr zu tun haben. Was geschieht, muß man hinnehmen. Das ist der beste Weg. Zu fragen, warum es geschehen ist, hat keinen Sinn. Du brauchst Shani Maharaj von jetzt ab nichts mehr zu geben. Es ist gut, daß du mir alles gesagt hast. Nun geh!«

Seitdem hatte Kishor keine Träume mehr.

Träume, ja Träume, sie bleiben, was sie sind. Sie verschwinden, wenn man aufwacht, aber mit der Wirklichkeit sieht es da ganz anders aus. Wie hätte Kishor jemals die Adresse dieses Hauses und sein Aussehen vergessen können!!

Prasanna Kumar Tagore Street Nr. 7. Nach dem Tod der Tante war die Familie des Onkels von der Harrison Road hierhergezogen. Die letzten Tage seines Bruders Lalit in jenem Haus liefen wie ein Film vor Kishors Augen ab. Jedesmal, wenn er sich daran erinnerte, drückte es ihm die Kehle genauso zusammen, so wie damals, als ihn in jenem Haus einmal im Traum ein Gespenst erdrosselt hatte. Die Barthaare dieses Gespenstes, die aussahen wie bei einem Ziegenbock, stachen ihm in die Wangen. Wie sehr er sich auch mühte, das Gespenst von sich zu stoßen und seine Kehle freizubekommen oder die nebenan schlafende Mutter oder Lalit Bhaiya zu rufen, es gelang ihm nicht. Er konnte sich überhaupt nicht rühren.

Sein ganzer Körper schien wie gelähmt, nur innerlich schrie jemand mit ganzer Kraft, aber ohne Worte um Hilfe. Dieser lautlose Schrei drang irgendwoher aus den Tiefen seines Körpers bis in seine Ohren vor, wo er sich in ein schwirrendes Geräusch verwandelte. Kishor war sich all dieser Vorgänge voll bewußt, denn er erinnerte sich sogar daran, daß er seinen toten Vater anflehte, ihn zu retten. Er hatte sogar zu Hanuman gebetet, dem Gott, von dem er wußte, daß er die Menschen vor Geistern und Gespenstern beschützte. Und siehe da, auf einmal verschwand der böse Geist, der bis dahin auf seiner Brust gesessen und seine Kehle mit beiden Händen zusammengedrückt hatte. Kishor schüttelte seine Hände, die wie abgestorben waren, drehte sich auf die andere Seite und sah nach seiner Mutter, die tief und fest schlief.

Hatte er tatsächlich ein Gespenst gesehen oder war das alles nur ein schrecklicher Alptraum gewesen? Aber wie hätte denn ein Traum auf einmal Wirklichkeit werden können, wo er doch damals, er erinnerte sich ganz genau, gar keine Träume hatte? Er grübelte lange Zeit darüber nach, brachte es aber nicht fertig, jemandem davon zu erzählen. Ein Wort zu Lalit Bhaiya oder Shantanu hätte nur dazu geführt, daß die sich ganz sicher über ihn lustig machten und ihn als kompletten Bauerntölpel aus dem 16. Jahrhundert oder als abergläubischen Trottel hinstellten. Shantanu würde ihm vielleicht sogar eine Szene aus einem Schauspiel rezitieren: »Was erzählst du da, Kishor? Wach auf aus diesem jahrtausendealten Traum! Die Zeit ist gekommen, daß das Volk von Indien endlich erwacht, mein Freund. Trenne dich von Geistern und Gespenstern, Heiligen und Fakiren und von Hanuman! Es reicht! Sie haben uns genug belogen und betrogen. Es ist Zeit, uns ein für allemal von ihnen zu befreien.«

Nur ganz allmählich verblaßte Kishors Erinnerung an dieses seltsame nächtliche Erlebnis. Ein paar Tage später fand Lalit Bhaiyas Verlobung statt. Mutter, Lalit Bhaiya und Kishor, alle freuten sich auf ein neues Mitglied in ihrer Familie, und diese Freude vertrieb die Schatten, die der Tod des Vaters über sie geworfen hatte. Aber sechs Monate nach der Hochzeit befiel Lalit Bhaiya wieder jener fürchterliche Schmerz im Unterleib, den er schon vier Monate vorher gehabt hatte. Dieses Mal jedoch schien er ein untrügliches Zeichen für den nahenden Tod zu sein.

Sharad Babu, eigentlich Doktor Sharad Mukherjee, kam und besah sich Lalit Bhaiya. Als aus seinem Gesicht das Lächeln, das man stets an ihm kannte, verschwand, begriffen alle, daß die Lage sehr ernst sein mußte. Nun richtete sich alle Hoffnung auf den bengalischen Arzt Doktor Bidhan Candra Ray, der in seinem großen Austin vorfuhr und vierundsechzig Rupien Honorar verlangte. Tiefernst nahm Dr. Ray die Atmosphäre in sich auf, die er hier vorfand: die eigenartige Schönheit des Patienten, den heißen Wunsch nach Leben in seinen Augen, die Angst seiner in einen weißen Sari gekleideten verwitweten Mutter und das inständige stumme Flehen seiner makellos sauber gekleideten Onkel und seines Großvaters. Er ließ sich nichts anmerken, setzte sich in sein Auto, nickte in alle Richtungen und flüsterte Sharad Babu etwas zu. Dann fuhr er weg.

Sharad Babu kam zurück, sagte Großvater, er möchte die Schwägerin holen lassen, und brach in lautes Schluchzen aus. Großvater setzte sich mit gekreuzten Beinen gleich dort auf der Straße hin. Kishor hatte oft gesehen, daß dies sonst nur die Diener oder Botenjungen vor ihm taten, wenn sie mit Großvater eine lange Unterredung führten. Der Großvater ging nicht wieder in das Zimmer, in dem Lalit Bhaiya lag, sondern begab sich, taumelnd und auf den Arm seines ältesten Sohnes gestützt, in sein Zimmer. Keiner hatte etwas gesagt, doch alle begriffen, was los war.

Wer weiß, ob Lalit Bhaiya den ganzen Ernst seiner Lage begriffen hatte, doch in der kurzen Frist von zweiundsiebzig Stunden, die die Ärzte ihm noch gaben, wiederholte er nur immerfort: »Ma, gehen wir zurück nach Hause! Ich werde hier nicht wieder gesund.« Mit einem stummen Blick versuchte die Mutter dies dem Onkel verständlich zu machen, doch der Onkel wandte sich nur ab. Jetzt setzte er Himmel und Hölle in Bewegung, um einen berühmten englischen Arzt herbeizuholen. Er schien sich geschworen zu haben, den Kampf mit Yam aufzunehmen, dem Gott des Todes. Er wollte sich einfach nicht mit dem Befund abfinden, daß es schon zu spät war. Der Blinddarm war geplatzt, und das Gift hatte sich schon im ganzen Körper ausgebreitet. Aber wenn sich das Gift in Lalit ausbreitete, wie konnte es da sein, daß sein Gesicht noch so strahlte? Als der englische Arzt eine Operation vorschlug, obwohl die Hoffnung, daß sie glücklich ausging, nicht einmal zehn Prozent betrug, war der Onkel sogleich einverstanden. Aber Sharad Babu konnte ihn noch rechtzeitig davon abhalten.

Sehnsüchtig wartete Lalit Bhaiya darauf, daß Shanta Bhabhi, seine Frau, endlich käme. Ungeachtet all der schrecklichen Schmerzen und Leiden blieben seine Augen und Ohren unverwandt auf die Tür gerichtet. Das war wohl auch der Grund, warum der Onkel sich schließlich geschlagen gab. Der englische Arzt entfernte sich, etwas vor sich hin murmelnd und ohne ein Honorar verlangt zu haben, aber innerlich verfluchte er die Dummheit und Rückständigkeit der Inder.

Der Onkel schickte den Diener hinaus und übernahm nun selbst die Aufgabe, Lalit Bhaiya mit dem Handfächer Luft zuzuwedeln. Der Ventilator an der Decke reichte nicht, um Lalit Bhaiya ein wenig Erleichterung zu verschaffen. Sobald der Onkel aufhörte zu wedeln, öffnete Lalit Bhaiya die Augen. Er wurde auch unruhig, wenn ein anderer den Fächer in die Hand nahm, und verlangte mit Worten und Gesten nach Wasser. Der Arzt aber hatte es strikt untersagt, dem Patienten Wasser zu geben. Er durfte nur wenige Tropfen zu sich nehmen, weshalb man ihm einen Eiswürfel zu lutschen gab. Der Onkel saß die ganze Nacht neben Lalit Bhaiyas Bett, wedelte ihm abwechselnd mal mit der Linken und mal mit der Rechten Luft zu, während ihm ein Diener die Hand massierte, mit der er gerade den Fächer bewegt hatte.

Kishor war in der Nacht einige Male aufgestanden und hatte alles beobachtet. Einmal hatte Lalit Bhaiya die Mutter gefragt: »Ma, wirst auch du mir kein Wasser geben?« Da entrang sich Mutters Kehle ein seltsames Röcheln. Im Zimmer herrschte Totenstille. Großvater saß ganz still auf einem Stuhl, den man ihm gebracht hatte. Alle waren stumm und wie erstarrt, als ob sie darauf warteten, die gedämpften Schritte des Todes zu hören.

Am Morgen verlangte Lalit Bhaiya wieder: »Ich will zurück nach Hause.« Dann schwieg er. Da überkam Kishor, er wußte nicht wie und warum, die Erinnerung an jenen Traum, in dem ihm das Gespenst mit dem Ziegenbart erschienen war. Vielleicht hatte Lalit Bhaiya diesen Traum auch gesehen und wollte deshalb nicht hierbleiben? Kishor wußte von einem Hausierer, der mit Geschirr handelte, daß in dem Haus früher ein bärtiger Bengale gewohnt und sich mit einem Strick aufgehängt hatte.

Am Morgen traf Kishors Schwägerin mit ihrem Vater und ihrem Bruder ein. Lalit Bhaiya und seine Frau nahmen unter Tränen voneinander Abschied. Nur Kishor war im Zimmer und Zeuge dieser Szene. Alle anderen hatten den Raum verlassen. Die Mutter hatte ihrer Schwiegertochter nichts gesagt. Lalit Bhaiyas Blick blieb unverwandt auf Kishor gerichtet, der hinter dem Stuhl stand, auf dem seine Schwägerin saß, sprach aber kein Wort. Kishor wollte seinem Bruder sagen, daß er nicht weggehen solle, brachte es aber nicht fertig.

Lalit Bhaiya würde doch nicht sterben und seine Frau, Kishors Schwägerin, allein zurücklassen, wenn es in seiner Macht stünde! Kishor und die Mutter wußten beide, daß er seiner Frau jeden Tag einen Brief schrieb.

Danach wurde Bhabhi von ihrem Vater zu einem Verwandten in der Stadt gebracht. Ehe sie ging, griff sie nach Mutters Sarizipfel, und Mutter drückte ihre Schwiegertochter fest an ihre Brust. Dann nahm sie ihr ganz sacht den Sarizipfel aus der Hand und setzte sich neben das Bett ihres todkranken Sohnes.

Lalit Bhaiyas Augen waren nun nicht mehr auf die Tür gerichtet. Er drehte der Tür den Rücken zu und sagte: »Ma, überall erfüllt man den letzten Wunsch eines Sterbenden. Gib mir Wasser zu trinken, Ma, sonst wirst du es dein ganzes Leben lang bereuen!« Mutter erschrak. Der Teil des Saris, der stets ihren Kopf bedeckte, rutschte herunter, und sie blickte mit ihren großen Augen zu ihrem ältesten Bruder hin. Der sprang auf einmal auf und rief mit furchterregender Stimme: »Nein, mein Sohn! Du wirst nicht durstig sterben! Bringt Wasser her! Einen ganzen Eimer voll! Trink, mein Sohn, trink, soviel du willst!« Kaum hatte Lalit Bhaiya ein Glas Wasser getrunken, spuckte er auch schon dunkles Blut, was ihm jedoch Erleichterung verschaffte. Dann bedeutete er Kishor, an sein Bett zu treten, ergriff die Hand seiner Mutter und legte sie in die Kishors.

Für Kishor war die Erinnerung an das langsame Sterben seines

Bruders Lalit schrecklicher als der quälendste Alptraum. Nur tiefer Schlaf konnte ihn von dieser Erinnerung befreien, weshalb er, so oft es ging, darin Zuflucht suchte. Doch auch in der Welt der Träume bleibt die Wirklichkeit des Lebens erhalten, sie nimmt nur eine andere Gestalt an. Und beim Erwachen drängt sie sich einem wieder in unveränderter Form auf. Sein Leben zwischen zwei Witwen glich einer Wüste. Wollte er lachen, kam ihm das selber wie ein Verbrechen vor. Die Mutter sprach niemals mehr zu ihm über seinen Bruder, nicht einmal sein Name kam ihr über die Lippen. Er staunte oft, wie sie so hart sein konnte. Hatte sie etwa Lalit Bhaiya und den Vater vergessen? In anderen Familien hingen die Bilder ihrer verstorbenen Lieben an der Wand. Aber die Mutter hängte weder ein Bild des Vaters noch eins von Lalit Bhaiya auf. Würde die Mutter ihn etwa auch so vergessen, wenn ihm einmal etwas zustoßen sollte?

Lalit Bhaiya wollte nicht sterben, das hatte er auch seinem Onkel, dem Bruder seines Vaters gesagt, als der ihn besuchen kam. Doch, was hätte der Onkel denn schon tun können? Er brach in Schluchzen aus. Wenn jemand die ihm noch verbleibenden Lebensjahre hätte an Lalit weitergeben können, dann hätten das alle getan – die Mutter, ihr ältester Bruder, ihr Vater, der Bruder des Vaters. Man sagt, der Mogulkaiser Babar habe den Rest seines Lebens an seinen Sohn Humayun[1] gegeben, doch das ist nur eine Legende. Shantanu würde sicher sagen, daß der Mensch dabei eben machtlos ist.

Wie glücklich Lalit Bhaiya doch gewesen war, als er geheiratet hatte! Auch Shanta, Kishors Schwägerin, hatte er sofort gefallen, als sie sich auf der Hochzeit von Jagdish, einem Freund Lalits, in Patna kennenlernten. Shanta, eine Cousine mütterlicherseits von Jagdish, war extra aus Kanpur zu dieser Hochzeit nach Patna gekommen. Eigentlich war sie schon mit jemandem aus Agra verlobt. Sie sang wundervoll, doch ihr Aussehen konnte sich nicht mit Lalits Schönheit messen. Wahrscheinlich zogen

1 Babar, auch Baber und Babur (1483-1530): begründete 1526 in Delhi die Dynastie der Mogulkaiser.
Humayun: Mogulkaiser (1508-1556): Sohn von Babar.

ihre schöne Stimme und ihre Herkunft – sie kam wie Lalits geliebte Tante aus Kanpur – Lalit in ihren Bann. Jagdish kümmerte sich dann darum, daß alle Probleme geklärt wurden. Er brachte Shantas Vater dazu, die Verlobung in Agra zu lösen, um Lalit Bhaiya die Hand seiner Tochter zu geben.

Nach der Hochzeit hatten die beiden gerade mal zwei gemeinsame Monate. Als Shanta zum zweiten Mal von Kanpur zurückkam, lag Lalit Bhaiya bereits auf dem Sterbebett. Wenn ihr nicht vorherbestimmt war, Witwe zu werden, weshalb wurde dann die Verlobung in Agra gelöst, damit sie mit Lalit Bhaiya verlobt werden konnte? Hatte Shantanu darauf etwa eine Antwort?

Für Kishor waren diese beiden Monate die schönsten seines Lebens. Seine Schwägerin brachte ihm viel Achtung und Zuneigung entgegen. Lalit Bhaiya saß gewöhnlich in Mutters großem Zimmer und gab vor, daß er es nicht eilig hatte, in sein kleines Zimmer zu gehen. Er tat, als läse er in einem Buch, doch Kishor wußte ganz genau, daß er nicht las, denn jedesmal, wenn er sich das Buch anschaute, lag es auf derselben Seite aufgeschlagen da. Schließlich schickte die Mutter Lalit Bhaiya aus dem Zimmer, indem sie die Lichter löschte und erklärte, sie sei müde.

Mutter sah zufrieden und glücklich aus, wenn Lalit Bhaiya gegangen war. Auf ihrem Gesicht lag ein kleines Lächeln. Es gefiel ihr, wie geschmackvoll sich ihre Schwiegertochter kleidete und mit wieviel Liebe und Respekt sie mit ihr sprach. Kishor blieb die ganze Zeit bei seiner Schwägerin, bis sein Bruder Lalit in das kleine Zimmer kam. Dieses Zimmer hatte seit der Ankunft der Schwägerin etwas Geheimnisvolles an sich. Stets lag dort ein leichter Duft in der Luft, vielleicht weil die Schwägerin Rosenwasser benutzte. Die Schwägerin sah sich seine Bücher an, denn sie liebte es zu lesen. Auch mit Lalit sprach sie über die Bücher, die sie gelesen hatte. Sie sagte ihm, daß er ihr Bengali beibringen solle, damit sie die Bücher von Bankim Babu und Sarat Candra im Original lesen könne. Doch Lalit Bhaiya lächelte nur, denn er selber beherrschte Bengali nicht gut. Kishor schlug vor, daß er das übernehmen wolle; da lächelten beide, sein Bruder und die Schwägerin, über seinen Eifer.

In der Vollmondnacht, als sie zum ersten Mal zum Victoria Maidan fuhren, um spazierenzugehen, nahmen sie auf Bitten der Mutter auch Kishor mit. Er erinnerte sich, wie die Schwägerin vom Grün des Victoria Maidan entzückt war, wie sie über das rege Treiben auf der Chowringhee gestaunt hatte und wie sie sich mühte, den Zipfel ihres Saris festzuhalten, den ihr der Wind am Gangesufer immer wieder von der Schulter wehte. Für die Schwägerin war Kalkutta eine wunderschöne Stadt. Dann hatten sie alle drei, wie von früher gewohnt, auf dem Rasen des Victoria Maidan ein Tuch ausgebreitet und dort ein Picknick veranstaltet. Sie beobachteten, wie im Osten der Mond auf- und im Westen die Sonne unterging. Für Lalit und Kishor kehrten alte, längst vergessene Tage zurück. Lalit Bhaiya schlug vor: »Das nächste Mal nehmen wir Mutter mit.«

# 9
# Abmachung für den 1. Januar 2000

Kishor Babu öffnete die Augen, weil ihn ein kalter Luftzug ins Gesicht traf, und blickte in zwei schwarze, glänzende Augen, die er nicht kannte. Zwischen diesen beiden Augen befanden sich drei mit Sandelholzpaste gezogene Striche, über denen ein mit Zinnoberrot gemalter Kreis von der Größe einer Acht-Ana-Münze glänzte. Unter der gekrümmten spitzen Nase sah Kishor Babu einen dichten, graumelierten Schnurrbart, und jedes einzelne Haar auf dem Kopf glänzte vor Öl.

»Nun, Babu, wie geht es Ihnen jetzt?« fragte der Pandit mit gebieterischer Stimme und blickte verstohlen auf Kishor Babus Frau. Auch Kishor Babu blickte seine Frau unverwandt an. Für einen Augenblick erschien auf deren Gesicht der seit Jahren gewohnte alte ängstliche Ausdruck. Schließlich hatte sie bis zu diesem Tag nichts im Leben getan, ohne ihren Mann zu fragen. Doch sie fing sich gleich wieder. Da Kishor Babu jetzt krank war, mußte sie die Entscheidungen treffen.

»Er ist der Pandit aus Dumdum. Wir haben ihn sehr bitten und überzeugen müssen, denn er besucht sonst niemanden«, brachte sie in einem Atemzug heraus.

»Sie haben sechsunddreißig Stunden lang ununterbrochen geschlafen. Kein Arzt konnte Sie aufwecken. Das liegt an Shani, und diese Konstellation dauert sieben und ein halbes Jahr. Ich habe mir Ihr Horoskop angesehen. Ein Grund zur Sorge besteht nicht. Ich habe alles im Griff«, erklärte der Pandit, fest davon überzeugt, daß er das ganze Problem nun gelöst habe, und sah sich im Kreise um. Dann wandte er sich an Kishor Babus Frau: »Vergessen Sie nicht, aus den Hufeisen eines schwarzen Pferdes einen Ring anfertigen zu lassen und streifen Sie ihm diesen über den Mittelfinger der linken Hand. Damit nehmen alle Ärgernisse ein Ende. Es lebe Bhutnath![1] Besiege, Herr der Wesen, den Tod! Sieg soll uns schützen jederzeit!«[2]

»Wieviel Hufeisen werden gebraucht? Meinem Freund gehören etliche Rennpferde«, fragte Kishor Babus Sohn und hob dabei seine Hand, damit alle die Ringe an seinen Fingern sehen konnten.

Der Pandit blickte ihn mit seinen glänzenden Augen an und erwiderte: »Beim letzten Rennen hat mein bester Schüler gewonnen.«

»Wer? Sie kennen wohl Newar-ji?« fragte der junge Mann verwundert. Der Pandit lachte und sagte nichts. Kishor Babus Sohn blieb verblüfft.

Kishor Babu selber staunte nicht schlecht. Sechsunddreißig Stunden! Das heißt einen ganzen und einen halben Tag! Und in dieser Zeit hatte er den Film seines Lebens nicht bis zu Ende abspulen können! Also mußte er noch weiterschlafen! Er warf einen Blick auf seinen Sohn und seine fünf Töchter. Sie blickten alle voller Vertrauen und Hochachtung auf den Pandit.

»Ich werde jetzt gleich von hier aus zu Goenka-ji gehen. Seit drei Tagen kommt er täglich zu mir in mein Haus. Sie kennen doch Goenka-ji aus Alipur?« fragte der Pandit, zu Kishor Babus Sohn gewandt.

»Ja, natürlich! Wir liefern für eine seiner Jutefabriken die Maschinen«, erwiderte der Sohn unterwürfig.

Kishor Babu hätte den Pandit am liebsten gefragt, welches neue Unglück denn diesen Goenka heimgesucht habe, daß er ihn seit drei Tagen immer wieder aufsuchen mußte. Doch da setzte sich seine jüngste Tochter neben ihn hin und legte ihren Kopf neben den seinen auf das Kissen.

»Paaa, Paaa«, klagte sie weinerlich.

Kishor Babu hatte seinen Kindern niemals erlaubt, ihren Tränen freien Lauf zu lassen, und sie wußten auch von klein auf, daß sie bei ihrem Vater nichts erreichen konnten, wenn sie vor ihm losheulten. Deshalb hatten sie es schon seit vielen Jahren

---

1 Bhutnath: ›Herr der Wesen‹, ein Name des Gottes Shiw(a).
2 Übersetzung aus dem Sanskrit: Klaus Mylius.

nicht mehr getan. Aber jetzt, als seine jüngste Tochter in Weinen ausbrach, spürte er, daß sich etwas in ihm rührte. Und das machte ihm angst. Was ging in ihm und in seiner Umgebung vor?

Kishor Babu war kein Atheist. Allen Bemühungen zum Trotz war er es nicht geworden. Der Umgang mit Shantanu und Amolak in der Schulzeit, die beide antireligiös waren, hatte natürlich auf ihn abgefärbt, so daß er sich von Pandits, Priestern und Brahmanen meilenweit entfernt hielt und selbst ihren Schatten scheute. Er hielt seinen Glauben frei von nutzlosen Katzbuckeleien, genauso wie er auch unnötige Ausgaben vermied, und es reichte ihm, ehe er ins Büro ging, ein paar Mantren vor sich hin zu murmeln. Oft kam es sogar vor, daß er sich noch anzog, während er dieser Verpflichtung vor seinem Hausaltar nachkam. So sprach er einige Mantren und knöpfte dabei seine Kleider zu. Wenn er allerdings von Gott etwas erbitten wollte, blieb er natürlich ein paar Minuten länger mit geschlossenen Augen stehen und opferte auch eine Kleinigkeit.

Nachdem er die Zügel des Haushalts in die Hände genommen hatte, erlaubte er selbst seiner Mutter nicht, auch nur einen Blick in eine Versammlung zu werfen, wo religiöse Lieder gesungen, fromme Texte vorgetragen oder ausgelegt wurden, und seiner Schwägerin und seiner Frau erst recht nicht. Eine Ausnahme fand nur einmal im Jahr statt, und zwar im Januar, dann besuchte ein Sadhu aus Meerut die Mutter, wenn er auf seiner Pilgerfahrt zum Ganga-Sagar, wo er in diesem breiten Mündungsgebiet des heiligen Flußes ein religiöses Bad nahm, in Kalkutta haltmachte. Kishor Babus Frau berichtete ihm, wie dieser Sadhu einem Büschel grüner Korianderblätter nur durch eine Handbewegung einen süßen Geschmack verlieh, wie er durch bloßes Heben der Hand eine Mandarine zum Vorschein brachte, deren einzelne Scheibchen Rosinen enthielten, wie sich beim Schälen der Frucht herausstellte. Kishor Babu glaubte das alles natürlich nicht und sagte: »Wehe, er macht das mal vor meinen Augen! Dann breche ich ihm alle Knochen im Leib! Hält die Frauen zum Besten! Die Frauen so hereinzulegen!« Mit Ausnahme dieses Sadhu ließ er niemanden dieses Schlages einen Fuß in sein Haus setzen.

Den Sadhu, der alljährlich auf seiner Pilgerfahrt zum Ganga-

Sagar in sein Haus kam, duldete er, weil das eben nur einmal im Jahr geschah. Zwar hoffte er jedesmal, daß dieser Sadhu inzwischen gestorben sein könnte, weshalb ihn die Nachricht, daß er wieder kommen wolle, immer wieder zutiefst enttäuschte. Er sah diese Leute, die von sich behaupteten, göttliche Kraft in den Händen zu haben, stets wie Rivalen an, die ihm sein Revier, in dem er allein herrschte, streitig machen wollten, weshalb er es für richtig hielt, sie gar nicht erst einzulassen.

Wie hatte sich dieser neue Pandit aus Dumdum eigentlich bei ihm einschleichen können? Kishor Babu wollte sich aber jetzt, wo er sah, mit welcher Inbrunst sein Sohn an diesen Pandit oder an Pandits überhaupt glaubte, auf keinen Streit einlassen. Ganz andere Sorgen schwirrten ihm im Kopf herum.

Als er am Abend des 31. Dezember wie gewohnt durch die Straßen von Kalkutta streifte, war ihm etwas Außergewöhnliches begegnet, etwas, das ihm nicht ganz klar war, und das er nun bis zu Ende durchdenken wollte.

Kishor Babu blickte in die Gesichter seiner Frau und seiner Kinder, und was er darin sah, ließ einen tiefen Schmerz in ihm aufsteigen. Wie eng ihre Welt doch war! Wie beschränkt ihre Vorstellungen vom Leben! Da gab es keinen Weg, über den ein außerordentliches Ereignis hätte an sie herankommen können! Wie oberflächlich und langweilig ihre Einstellung zum Leben doch war! Wie altbacken und ranzig! Aber, hatte er sie nicht selber dazu gemacht? Wie hätte er sie jetzt an der Welt, die ihn innerlich bewegte, teilhaben lassen können, wenn sie diese Welt doch so ansahen, als liege sie völlig außerhalb der gewöhnlichen Umgangsnormen? Für sie war das die Welt der Spinner und Verrückten. Wie sollte er ihnen jetzt plötzlich klarmachen, wieviel sie verloren, wenn sie sich weiter an die Maßstäbe hielten, die ihre Welt beherrschten? Wieviel es zu sehen und zu erleben gab, was ihnen auf diese Weise entging?

Kishor Babu war jenen Leuten, die ihm nach der Operation den Schlag auf den Hinterkopf versetzt hatten, von Herzen dankbar. Sie hatten es ihm damit ermöglicht, wenigstens am Ende seines Lebens, noch vor seinem Tod, die Tiefe und den ganzen Reichtum des Lebens in seiner ganzen Fülle zu erkennen.

Kishor Babu winkte nach kurzem Nachdenken seine Frau zu sich heran. »Wann ist Vollmond, weißt du das?« fragte er sanft, mit einem Blick in ihr müdes, abgespannt wirkendes Gesicht. Sie erblaßte: »Warum? Was ist los? Soll zu Vollmond etwas Besonderes stattfinden? Ein Opfer dargebracht werden?«

»Nein, nein! Was redest du da! Mir ist doch nichts zugestoßen. Mir geht es doch gut. Du hast diese Pandits völlig umsonst hierhergeholt! Und höre! Ich brauche keine weiteren Pandits und Ärzte! Was soll diese sinnlose Geldverschwendung?« Als Kishor Babu versuchte, seiner Frau all dies in sanftem Ton klarzumachen, merkte er auf einmal, daß sie schon längst die Fähigkeit verloren hatte, diese Sprache zu verstehen. Er mußte diese Dinge zornig und als Befehl vorbringen, dann erst würde sie seine Worte begreifen.

Kishor Babu holte tief Luft. »Na gut, Saroj. Weißt du noch, wie wir einige Male nach unserer Hochzeit zusammen mit Mutter und unserer Schwägerin bei Vollmond zum Victoria Maidan gefahren sind, dort ein Tuch auf dem Gras ausgebreitet und mitgebrachten Reispudding und Puris gegessen haben? Das weißt du doch noch?«

Wieder zeigte sich auf dem Gesicht seiner Frau dieser erschrockene Ausdruck, und sie erwiderte mit Argwohn in der Stimme: »Na ja, ganz blaß erinnere ich mich schon.«

»Erkundige dich, wann wieder Vollmond ist. Dann werden wir alle zusammen dort im Victoria Maidan ein Picknick veranstalten. Wir nehmen alle mit, unseren Sohn mit seiner Frau, unsere Töchter mit den Schwiegersöhnen, einfach alle. Früher hatten wir kein Auto und mußten ein Taxi nehmen. Es tat weh, so viel Geld für ein Taxi auszugeben! Erinnerst du dich? Erst zehn Jahre nach unserer Hochzeit konnten wir uns ein eigenes Auto leisten. Doch, wer weiß warum, von da an sind wir niemals wieder wie früher bei Vollmond zum Victoria Maidan und zur Chowringhee gefahren.«

Kishor Babus Frau war wie vor den Kopf geschlagen, als sie das hörte. Wie dem auch sei, ein böser Geist mußte in ihren Mann gefahren sein. Ein Mensch mit gesundem Verstand konnte unmöglich solche Dinge sagen! Sollten sie jetzt alle zusammen, der Sohn mit seiner Frau, die Töchter und die Schwiegersöhne bei Vollmond tatsächlich ein Picknick veranstalten? Begriff Kishor Babu denn nicht, daß die Kinder sich um ihren Cholesterinspiegel sorgten und deshalb keinen Reispudding und keine Puris mehr aßen? Und nun dieses Picknick, wo sie solche Dinge in aller Öffentlichkeit essen sollten! Allein der Gedanke daran machte sie unglücklich. Sie konnten doch auf der Chowringhee in das neue Restaurant ›Zarang‹ gehen, wo es Speisen aus Peshawar gab, und sich dort jeder ein Menü für drei- bis vierhundert Rupien bestellen! Aber wer sollte ihm das jetzt beibringen?

So meinte sie nur: »Ich glaube, der nächste Vollmond ist erst in etwa einem Monat. Der letzte war doch gerade erst vor zwei bis drei Tagen.«

Enttäuscht gab sich Kishor Babu geschlagen: »Na gut. Dann eben erst in einem Monat.«

Seine Frau atmete erleichtert auf. Gott sei Dank, einen Monat blieb noch Zeit! Sie beschloß, niemandem etwas von dieser Vollmondgeschichte zu erzählen, den Pandit ausgenommen.

Kaum war Kishor Babu wieder allein, kehrten seine Gedanken zu den Erlebnissen zurück, die er am 31. Dezember um vier Uhr nachmittags gehabt hatte. Um diese Zeit waren alle seine Kinder damit beschäftigt, sich auf die Neujahrsfeiern vorzubereiten, für die sie sich extra neue Kleider hatten anfertigen lassen. Natürlich kamen für diesen Anlaß nur die vornehmen alten Klubs in Frage, die die Engländer beim Verlassen des Landes für die zukünftige einheimische Elite zurückgelassen hatten. Denn diese Klubs waren in prächtigen Gebäuden mit großen Swimmingpools, und weiß gekleidete Bedienung legte dort weiße Tücher auf die Tische.

Und an diesem Tag um vier Uhr nachmittags erlebte Kishor Babu bei seinen üblichen Streifzügen durch Kalkutta auf der Camac Street etwas Seltsames. Ein junges hübsches bengalisches Mädchen versuchte, einem jungen Mann etwas zu entreißen, was dieser gerade in seine Tasche stecken wollte. Erstaunt über ihren lauten Wortwechsel, der zu einem Handgemenge wurde, blieb Kishor Babu stehen und fragte den jungen Mann in Bengali, was er da mache, warum er denn dem Mädchen den Gegenstand nicht geben, sondern vor ihr verstecken wolle. Da schrie das Mädchen: »Es ist Gift, was er da hat. Gift! Er will sich damit das Leben nehmen! O Babu, nehmen Sie ihm doch bitte dieses Fläschchen weg!«

Ein anderer Passant, der beobachtet hatte, wie Kishor Babu stehenblieb und sich in den Streit einmischte, trat herzu, packte die Hand des jungen Mannes und zog die Metallphiole aus dessen Tasche. Er zerschlug den Verschluß der Phiole mit einem Ziegelstein und schüttete den ganzen Inhalt neben einem Müllhaufen auf den Fußweg in der Camac Street.

Der junge Mann blickte Kishor Babu wütend an. »Fünfundvierzig Rupien habe ich Ihretwegen verloren! In der Phiole war überhaupt kein Gift, sondern Metacin, ein Insektenvernichtungsmittel für Pflanzen. Ich bin Gärtner. Hier sehen Sie die Quittung von der Gartenbaugesellschaft!« Kishor Babu schaute erschrocken und bestürzt auf das Mädchen.

Sie bat erneut: »Babu, er hat mir doch gesagt, daß er nicht mehr leben will. Er will sich vergiften. Was, meinen Sie, hätte ich denn da tun sollen?« Kishor Babu begriff, daß es sich hier um eine Liebesangelegenheit handelte. Das Mädchen fuhr fort: »Babu, Sie haben so viel für mich getan. Bringen Sie ihn doch noch nach Hause, bitte! Er wohnt im Shyam Bazar. Ich finde sonst keine Ruhe. Bitte, haben Sie Mitleid und tun Sie das noch für mich!« Kishor Babu sah, daß ihr die Tränen übers Gesicht liefen. Zwar würde er da einige Mühe auf sich nehmen müssen, doch das konnte er schon für sie tun. Er würde am Rabindra Bhavan die Metro nehmen. Bis zum Shyam Bazar waren es höchstens zwanzig Minuten. Ja, das war wohl zu machen.

In der Metro saß der junge Mann tief deprimiert und mit niedergeschlagenen Augen da. Kishor Babu sagte zu ihm: »Sieh mal, ich könnte dein Vater sein. Wenn mein Junge heute so etwas machen würde, wäre das schrecklich für mich. Ich habe gerade eine Operation hinter mir und weiß, wie kostbar das Leben ist. Man sollte es nicht einfach so wegwerfen!«

Unter dem Rattern des Metrozuges blickte der Jüngling mit ausdruckslosen Augen auf Kishor Babu. »Warum laufen Sie mir nach? Gehen Sie doch lieber nach Hause! Wieso kümmern Sie sich um mich? Ich wollte nicht sterben. Ich hatte das doch bloß so zu ihr gesagt, um sie zu erschrecken.«

Kishor Babu schwieg. Er würde halten, was er der jungen Frau versprochen hatte, ganz gleich, was der junge Mann auch sagen würde. Wie sehr er seinem Jugendfreund Shantanu ähnelte! Dieselben Augen, dieselben lockigen Haare, dieselbe Art zu sprechen! »Heißt dein Vater etwa Shantanu?« fragte er schließlich zögernd, denn die Chance, daß das vielleicht zutreffen könnte, betrug weniger als ein Prozent.

Der junge Mann blickte ihn an, als ob er einen Verrückten vor sich hätte. »Nein, mein Vater heißt Girish Das.«

»Oh«, brachte Kishor Babu nur heraus, dann schwieg er.

Kaum hielt der Zug in der Metrostation Shyam Bazar, ergriff er die Hand des Jünglings und stieg mit ihm zusammen aus. Als sie die Treppe nach oben stiegen, riß sich der junge Mann los, sprang flink die Stufen hoch und verschwand. Kishor Babu blieb sprachlos stehen.

»Was für ein Lümmel! Er verdient eine ordentliche Tracht Prügel! Keine Achtung vor den Älteren! Die heutige Jugend hat keine Manieren! Was nun? Soll ich nun die Treppe nach oben steigen oder umkehren und mich in den nächsten Zug setzen und zurückfahren?« Kishor Babu blieb eine Weile nachdenklich auf der Treppe stehen. Dann stiegen seine Beine wie von selbst nach oben. Am Ausgang überquerte er die Straße und sah sich um. Von dem jungen Mann war nichts zu sehen. Sollte er sich nun ein Taxi nehmen und nach Hause fahren? Kishor Babu fühlte sich plötzlich müde vom Treppensteigen. Das war doch etwas zu viel gewesen in seinem Alter.

Kishor Babu trat vom Bürgersteig und stellte sich an den Straßenrand. Es war gerade Büroschluß, kein einziges leeres Taxi in Sicht. Kishor Babu bereute, daß er auf die junge Frau hereingefallen war. Der junge Mann war doch kein verlorener Sohn, den er zu den Eltern zurückzubringen hatte. So etwas war ihm zum ersten Mal in seinem Leben passiert. Nun stand er nervös an der Straße und schluckte die Abgase der Busse und Autos.

Aber was nun? Doch den Teil seines Herzens, den er mit einer

Schicht nach der anderen schon völlig verschüttet zu haben schien, hatten ja bereits die Ärzte wieder freigelegt, so daß er sein Herz nicht mehr in der Gewalt hatte. Die geringste Kleinigkeit ließ es vor Mitgefühl schmelzen wie Butter in der Sonne. Er hatte die Tränen jener Frau einfach nicht ertragen können.

Als Kishor Babu sich umdrehte, um mit der Metro nach Hause zu fahren, weil er es schließlich als hoffnungslos ansah, noch ein Taxi zu bekommen, sah er den jungen Mann genau hinter sich stehen. Auf seinem Gesicht lag ein verlegenes Lächeln, und seine Augen baten um Verzeihung. Kishor Babu kam aus dem Staunen nicht heraus. Genau wie Shantanu! Der hatte es genauso gemacht, ihn erst hereingelegt und dann verlegen lächelnd, ohne etwas zu sagen, um Verzeihung gebeten. Mit Sicherheit war er nicht der Sohn eines Girish Das oder eines anderen, er war einzig und allein Shantanus Sohn.

»Also, was möchtest du?« fragte Kishor Babu freundlich. »Shantanu war mein Jugendfreund. Willst du mich zu ihm bringen?«

Auf dem Gesicht des jungen Mannes erschien wieder dieser Ausdruck, als ob er einen Verrückten vor sich habe. »Wie oft soll ich Ihnen noch sagen, daß mein Vater nicht Shantanu heißt, sondern Girish Das. Kommen Sie mit und überzeugen Sie sich selbst! Sie bekommen jetzt sowieso kein Taxi. Also gehen wir und trinken einen Tee bei mir zu Hause. Sie haben sich meinetwegen ganz umsonst soviel Mühe gemacht, das möchte ich nicht einfach so hingehen lassen.« Der Jüngling faßte ihn unter, drehte sich um und half ihm über die Straße.

Kishor Babu stellte zu seinem Entsetzen fest, daß der alte rote Kali-Tempel in der Mitte der Straße und die vorbeifahrenden Autos auf einmal vor seinen Augen verschwammen. Er weinte ja! Aber warum? Scham überkam ihn. Während er über die Straße ging, wischte er sich die Tränen mit dem linken Ärmel seines weißen T-Shirts ab, damit der junge Mann nicht bemerkte, daß er geweint hatte.

Sie gingen neben dem roten Tempel über die Straße und betraten die engen Gassen des Shyam Bazars. Sie kamen an dem großen Süßwarenladen Cittaranjan Mishtanna Bhandar vorbei, der durch seine Rassgullas wahnsinnig reich geworden war, weil die Marwaris bei feierlichen Anlässen, wie der Geburt eines Sohnes Rasgullas an Verwandte und Freunde verschickten, und drangen dann in noch viel engere Gäßchen ein. Sie kamen an mit prächtigen Säulen versehenen, aber langsam verfallenden alten bengalischen Häusern vorbei und blieben dann vor einem ziemlich baufälligen Haus stehen. Sie durchquerten einen winzigen, mit Kürbispflanzen umrankten Hof und stiegen eine Treppe zur ersten Etage hinauf. Dann schritten sie durch einen großen Raum, in dem altes Gerümpel und verrostete Maschinenteile herumlagen. Von dort führte ihn der junge Mann auf eine schmale Galerie, die das Haus auf drei Seiten umgab und von der man in den Hof blickte. »Baba, Baba, komm doch mal raus! Wir haben einen Gast. Ma, mach doch bitte zwei Tassen Tee!« rief der Jüngling laut, kaum als sie die Galerie betreten hatten. »Wer ist da, Sumit?« fragte ein Mann, der aus einem der Räume trat. Er mochte um die fünfundsechzig sein und trug nur eine Lungi über dem nackten, äußerst mageren Körper.

»Das ist mein Vater, Girish Das«, stellte der Jüngling ihn Kishor Babu vor. Dann wies er auf Kishor Babu und sagte: »Seinen Namen kenne ich nicht, aber er ist ein sehr guter Mensch.«

Girish Das und Kishor Babu starrten einander verblüfft an. Als mehr als eine Minute vergangen war und sich die beiden immer noch anstarrten, merkte der Sohn von Girish Das, daß da etwas nicht stimmte, und fragte erstaunt: »Ihr kennt euch wohl gar?«

»Warum bist du hierhergekommen, Kishor? Was willst du von mir?« fragte Girish Das – er war ein Cousin von Kishor Babu und hieß eigentlich Banwari – ärgerlich und in herausforderndem Ton und blickte seinen Cousin haßerfüllt an. Der wußte nicht, was er sagen sollte, und brachte keinen Ton heraus. Also sah Sumit doch nicht Shantanu ähnlich, sondern seinem Cousin Banwari. Deshalb hatte er sich so sehr von Sumits Äußerem angesprochen gefühlt, als er ihm begegnet war. Er war ihm also irgendwie bekannt vorgekommen. Kishor Babus Augen füllten sich mit Tränen.

Sumit sah das, und das brachte ihn dazu, seinen Vater ärgerlich zurechtzuweisen: »Was machst du da, Baba? Das ist zuviel! Er ist mein Gast, nicht deiner. Verstehst du? Wenn ihr früher mal Streit hattet, dann tragt das später miteinander aus. Er hat mir heute das Leben gerettet, als ich in großer Not war.«

Banwari blickte besorgt und liebevoll zugleich auf seinen Sohn, der fortfuhr: »Ich werde später alles erklären. Jetzt trinken wir erst einmal Tee. Kommen Sie, Kishor Babu. Heute haben sich die Sterne anscheinend gegen Sie gewandt. Ich habe Ihnen genug Scherereien bereitet.« In seiner Stimme lag großer Respekt für Kishor Babu. Inzwischen kam Banwaris Frau, das Gesicht bedeckt, wie es die Sitte verlangte, und brachte den Tee. Sie war eine gewöhnliche bengalische Frau, etwas dicklich, von tiefdunkler Hautfarbe, mit alten Pockennarben im Gesicht, die sich mit der Zeit verwischt hatten. Ihre Gesichtszüge waren hier eingesunken, dort traten sie leicht hervor. Sie trug eine billige Brille. Kishor Babu war enttäuscht. Wegen dieser Frau hatte Banwari mit der ganzen Familie gebrochen? Was hatte er bloß an dieser Frau gefunden?

Als Banwaris Mutter gestorben war, hatten sein Vater und seine älteren Brüder ihm keine Aufmerksamkeit geschenkt. Zu jener Zeit brachten ihre Geschäfte nur Verluste ein. Wer hatte da schon Zeit, sich um diesen häßlichen, klapperdürren und immer kränklichen Banwari zu kümmern und eine Heirat für ihn zu arrangieren? Er mußte sich also auf die Suche nach einer Arbeit machen. Eines Tages schreckten alle auf, als sie erfuhren, daß er sich, ohne jemandem vorher etwas zu sagen, mit einem bengalischen Mädchen verheiratet hatte. Als er sie, das ganze Gesicht nach Brauch der Marwaris mit dem Sarizipfel bedeckt, zu seinem Vater brachte, warf dieser sie aus dem Haus, beschimpfte die junge Frau als ›Fischfresserin‹ und ›Familienzerstörerin‹ und erklärte, daß Banwari von nun an für ihn so gut wie tot wäre.

›Das ist also diese Frau‹, dachte Kishor Babu. Er blickte auf Sumit und begriff, daß sie eine gute Seele haben mußte, die dem ohne Liebe aufgewachsenen Banwari Zärtlichkeit und Halt gab.

Einige Jahre nach seiner Heirat war Banwari einmal zu Kishor

Babu gekommen, der es damals schon weit nach oben gebracht und sich das Haus in Ballygunge gekauft hatte. Der Portier trat ein und meldete, daß ihn ein Mann namens Banwari sprechen wolle. Kishor Babu vermutete sogleich, daß dieser ihn um Geld bitten wollte. Er war aber auch neugierig zu erfahren, ob er noch mit der Bengalin zusammen war. Dann aber sagte er sich, daß es besser wäre, wie sonst zu verfahren. Es brachte nichts, wenn er Banwari vorließ. Er würde ihm sowieso kein Geld geben! Wozu auch? Wenn er ihn aber einfach so abwimmelte, würde es seine Mutter kränken. Also ließ er den Pförtner ausrichten, er sei krank und könne niemanden empfangen.

Wie nicht anders zu erwarten, verstand Banwari den Wink und machte kehrt. Doch Kishor Babu konnte es sich nicht verkneifen, wenigstens einen Blick auf ihn zu werfen. Von einer Ecke seiner Veranda aus blickte er in den Hof, wo Banwari stand und wartete. Er hatte seine Cappals ausgezogen, stand barfuß mit dem Rücken zum Haus und blickte auf die Straße. Er trug eine schwarze Hose mit einem darübergezogenen verschmutzten Hemd. Sein Haar war, wie man es bei ihm gewohnt war, naß nach hinten gekämmt. Der Anblick der ausgezogenen Cappals verschlug Kishor Babu die Sprache. Irgendwann einmal hatten sie sicher die Größe von Banwaris Füßen gehabt, doch jetzt hatte der eine nur noch die Hälfte seiner ursprünglichen Länge und der andere vielleicht zwei Drittel.

Heute nun, als er Banwari gegenüberstand, fielen ihm diese Cappals wieder ein. Einige Monate nach diesem Vorfall erzählte ihm die Mutter von der Bemerkung eines alten Pandits aus Bhiwani, daß Banwari in Kalkutta als Busschaffner arbeitete. Die Mutter hatte dem Pandit nicht glauben wollen. Da erzählte Kishor Babu ihr von Banwaris Besuch und von dessen Cappals, die sich bestimmt durch das Hin- und Herlaufen im Bus von der Ferse an so abgenutzt hatten. Billige Schuhe halten eben nicht lange!

Nachdem sie das alles von ihm gehört hatte, weinte die Mutter ununterbrochen drei Tage lang, was wiederum Kishor Babu in Aufregung versetzte. Alles in der Welt konnte er ertragen, nur nicht das Weinen seiner Mutter. Das hatte sich bei ihm nie geändert. Bei seiner Mutter war mit zunehmendem Alter allerdings eine Veränderung eingetreten. Früher hatte selbst all der Kummer, den ihr das Leben bereitete, ihr keine Tränen entlokken können, doch jetzt genügte ein einziges trauriges Ereignis, um sie tagelang weinen zu lassen, ein Weinen, in dem alles Leid lag, das ihr jemals widerfahren war. Kishor Babu hätte nie damit gerechnet, daß die Geschichte mit Banwari sie so erschüttern würde. Mutter plagte der Gedanke an Banwaris tote Mutter, wie die sich wohl grämen würde, wenn sie wüßte, wie elend es ihrem Sohn ging. Was sollte sie Ramwilas und Kedarnath denn auch sagen, wenn sie ›oben‹ einmal Rechenschaft von ihr verlangten, warum es mit ihrem Fleisch und Blut so weit gekommen war.

Kishor Babu hielt den zerbrochenen Henkel der Tasse in der Hand und dachte, während er schlückchenweise Tee daraus trank: ›Was soll ich ihm denn heute wegen damals sagen? Und was soll das mit Girish Das? Warum hat er diesen Namen angenommen? Er ist ein Marwari, kann er etwa als solcher nicht in dieser Gegend leben? Weiß Sumit von all diesen Dingen?‹ Er warf einen Blick auf Sumit, da sagte Banwari: »Er ist mein älterer Bruder, dein Onkel.«

Als Banwaris Frau hinter der Tür dies hörte, kam sie schnell herbeigelaufen, berührte mit den Händen Kishor Babus Füße und griff sich an die Stirn, wie es bei den Bengalen üblich ist. Kishor Babu segnete sie von ganzem Herzen. Als er sah, daß Sumit sich ihm näherte, um dasselbe zu tun, sagte er: »Die Bande des Blutes mögen in unserer Generation schwach geworden sein, doch die kommenden Generationen spüren sie wieder. Als ich Sumit das erste Mal sah, hatte ich den Eindruck, er gehöre irgendwie zu mir. Zunächst dachte ich, er sei der Sohn meines bengalischen Freundes Shantanu. Erinnerst du dich noch an meinen Schulfreund Shantanu?«

Banwari nickte zustimmend mit dem Kopf. »Das ist doch der, der Subhash Babu blindlings folgte!« Beide brachen in lautes Gelächter aus, und dieses gemeinsame Lachen ließ sie all die Jahre, die dazwischen lagen, vergessen und versetzte sie zurück in die Welt der Schulzeit. »Du, mein Lieber, warst aber auch nicht besser! Auch du bist ihm blindlings hinterhergelaufen. Was haben wir uns alle für Sorgen deinetwegen gemacht! Erinnerst du dich noch daran, als 1945 eine Begrüßungszeremonie für Shahnawaz, Dhillon und Sahgal, Offiziere der Azad Hind Fauj, im Deshbandhu-Park stattfinden sollte und du ein ganzes Bataillon von Schülern unserer Schule ausgewählt hast und mit ihnen dorthin marschiert bist? Das weißt du doch noch, nicht wahr?« fragte Banwari.

»Sind wir zum Deshbandhu-Park oder zum Deshpriya-Park marschiert? Ich kann mich nicht mehr erinnern. Damals fanden doch solche Meetings weder am Octerlony's Monument noch im Brigade Parade Ground statt, sie waren entweder in Nord-Kalkutta im Deshbandhu-Park oder in Süd-Kalkutta im Deshpriya-Park. Was waren das doch für Zeiten! Was für großartige Momente! Das war für uns das Leben. Jetzt kommt es einem so vor, als würden wir das Leben nur als eine tote Last mit uns herumtragen. Wie in Trance durchleben wir die Zeit. All die Jahre, die inzwischen vergangen sind, erscheinen mir manchmal wie im Nebel. Seitdem mir der Bypass gelegt wurde, kehre ich, ich weiß nicht warum, in jene alten Zeiten zurück. Wie schlecht ich dich damals behandelt habe, als du zu mir gekommen bist! Aber damals war ich wohl nicht ganz bei Sinnen, mein Lieber. Jetzt, wo ich das begriffen habe, bitte ich dich um Vergebung.«

Welch seltsamer Zufall! Wie verwirrend die Spiele doch sind, die das Schicksal mit einem treibt! Kishor Babu hatte das Gefühl, daß all das, was ihm widerfuhr, nach einem großartigen, ihm unbekannten Plan ablief. ›Aber‹, dachte er, ›Ereignisse wie diese treten nur ein, wenn der Mensch sich ganz bestimmten Forderungen des Lebens stellt. Nur wenn er ja zu diesen Forderungen sagt, ist es möglich, daß so etwas geschieht.‹ Nachdem der Pandit aus Dumdum gegangen war, lag Kishor Babu noch lange wach und hing solchen Gedanken nach.

Er wollte sich nun noch einmal mit Banwari treffen. Sumit sollte nicht länger als Gärtner arbeiten müssen, er wollte für ihn eine bessere Arbeit finden. Aber er mußte zu Banwaris Haus gehen, er konnte ihn und seine Frau doch nicht gut zu sich einladen. Er würde es nicht ertragen, wenn man ihnen nicht die gebührende Ehrerbietung erwiese. Doch wenn Banwari zu ihm sagen würde: »Willst du denn immer nur Tee aus einer kaputten Tasse trinken? Du könntest uns doch auch mal zu dir nach Hause einladen und Tee aus einer feinen Porzellantasse anbieten, den deine Frau zubereitet hat.« Was sollte er Banwari denn da zur Antwort geben? Vielleicht: »Mein Lieber, mein Haus ist deiner nicht würdig genug. Und auch vorher war ich deiner nicht würdig und so bin ich auch nie zu dir gekommen. Den Tee mußt du mir schon vorsetzen.« Aber vielleicht sollte er Banwari ein schönes Teeservice zum Geschenk machen? Doch dann besann er sich. Nein, so etwas war zwischen ihm und Banwari nicht angebracht. Ein Teeservice mußte Sumit kaufen, sobald er eigenes Geld verdiente.

»Ma, bist du nun zufrieden?« fragte Kishor Babu seine Mutter, die, obwohl schon längst im Himmel, in seinem tiefsten Innern stets gegenwärtig war. Er drehte sich sogar, wenn er im Bett lag, zu ihrem Bild an der Wand. Und Shantanu! Wo mochte Shantanu sein? Er mußte auch ihn unbedingt wiederfinden! Seit jenem Abend des 31. Dezember ging ihm Shantanu nicht mehr aus dem Sinn. Er mußte zuerst Shantanu ausfindig machen und dann Amolak. Damals hätte doch keiner der drei im Traum daran gedacht, daß jemals ein Tag kommen würde, an dem sie voneinander nicht einmal wußten, ob sie noch am Leben waren oder nicht!

Diese reuevollen und nostalgischen Gedanken hatten in Kishor Babus Kopf etwas ausgelöst, und der Erzähler befürchtete, daß er jetzt weitschweifiges unnützes Fabulieren in dieses Buch aufnehmen müsse. Doch Kishor Babu war vollkommen gegenwärtig. Urplötzlich kam ihm die Erinnerung, die er im Schlaf und im Wachen in dieser Nacht des 1. Januar beständig gesucht und die sich nun endlich durch die Schichten seines Gehirns gebohrt und gegraben hatte. Wie hatte er das nur vergessen können! Dieses Versprechen, das sich die drei Freunde gegeben hatten, das war doch unvergeßlich! Diese Abmachung, die sie drei – Kishor, Shantanu und Amolak – am 1. Januar 1940 getroffen hatten! Alle drei waren nämlich zufällig am 1. Januar 1925 geboren worden, und vielleicht war das von Anfang an auch die Grundlage ihrer Freundschaft gewesen.

Im Alter von fünfzehn Jahren hatte jeder von ihnen die Geschichte *Zwanzig Jahre später* des amerikanischen Schriftstellers O. Henry gelesen. In dieser Erzählung hatten zwei Freunde einander versprochen, daß sie, wenn sie dann noch am Leben sein sollten, sich in zwanzig Jahren, ganz gleich, wo sie sich auch befinden werden, wieder im selben Restaurant treffen und gemeinsam essen werden, in dem sie das letzte Mal zusammen waren. Als dann nach zwanzig Jahren einer der beiden zur ausgemachten Zeit und am festgelegten Ort eintrifft, wo der andere bereits auf ihn wartet, erkennt er, inzwischen Polizist, im Licht der brennenden Zigarre in seinem Freund einen schon lange von der Polizei gesuchten, berüchtigten Verbrecher. Er schickt nun einen anderen Polizeioffizier in Zivil, durch den er seinen ehemaligen Freund verhaften läßt. Er gibt diesem aber auch einen Zettel mit, in dem er seinem Freund die Situation erklärt, die ihn zwingt, von seiner damaligen Abmachung Abstand zu nehmen.

Wie von den anderen Erzählungen dieses Schriftstellers waren die drei Freunde von dem erstaunlichen Ende der Geschichte und ihrem Stil so fasziniert, daß Shantanu auf eine Idee kam, die sich darauf gründete, daß sie alle drei am 1. Januar 2000 fünfundsiebzig Jahre alt wurden. Also sollten sie doch eine Abmachung treffen, derzufolge sie sich, vorausgesetzt sie waren dann noch am Leben, an diesem Tag treffen und der indischen Tradition entsprechend einen Ashram aufsuchen sollten. In der Erzählung von O. Henry war der Treffpunkt der beiden Freunde ein Restaurant, in dem sich allerdings nach zwanzig Jahren ein Eisenwarengeschäft befand. Kishor schlug deshalb vor, daß sie sich in sechzig Jahren am Denkmal der Königin Victoria im Victoria Memorial treffen sollten, und, wenn es das nicht mehr geben sollte, dann trotzdem an derselben Stelle.

Ja, tatsächlich, an der Stelle des Denkmals für die Königin Victoria befand sich heute ein Denkmal des berühmten bengalischen Yogi Aurobindo, fiel Kishor Babu ein. Wie so viele Ideale, Vorstellungen und Pläne der Kinder- und Jugendzeit war Kishor

Babus Gedächtnis auch diese Abmachung entfallen. Vielleicht entsprach der Schlag auf den Kopf genau dem Plan des Schöpfers, um ihn an das Versprechen zu erinnern, das er seinen Freunden gegeben hatte? Aber würden denn Shantanu und Amolak auch daran denken? Ganz gewiß! Davon war Kishor Babu überzeugt. Es konnte gar nicht anders sein. Der Schöpfer, an den Shantanu und Amolak nicht glaubten – doch vielleicht hatten sie in der Zwischenzeit ja zum Glauben gefunden –, der würde sie sicher genau wie ihn daran erinnert haben! Auf irgendeine Weise, ganz bestimmt! Und schließlich hing es ja auch vom Willen eines Menschen ab, ob er etwas vergaß oder es in Erinnerung behielt! Kishor Babu konnte sich nun auch an jenen Tag plötzlich genau erinnern, als sei es gestern gewesen, sogar das genaue Datum wußte er, als er wegen Shantanu die ganze Nacht kein Auge zugetan hatte, weil der in höchst komplizierte Verwicklungen verstrickt zu sein schien. Das war doch am zweiten Tag im Juli 1940 gewesen, oder?

# 10
# 2. Juli 1940

2. Juli 1940. Heute nacht schmerzte die Beule an Kishors Hinterkopf besonders stark. Obwohl er sich den ganzen Tag in den Straßen der Stadt müde gelaufen hatte, konnte er keinen Schlaf finden. Immer wieder fuhr er mit der Hand über die Beule. Ob es wohl eine Verbindung zwischen ihr und seinen verschiedenen Gedankengängen gab? Je länger er so dalag und nachdachte, um so mehr schmerzte die Beule. Solange er ziellos umherlief oder sich mit irgend etwas beschäftigte, ging es ihm gut. Es war, als ob diese Beule ungeheure Energien entwickelte, die einen Ausweg suchten. Deshalb streifte Kishor in diesen Tagen jeden Abend wie ein Fakir oder ein Hausierer durch die Stadt, während seine Mutter glaubte, er sei in die Bücherei gegangen. Er hoffte, auf diese Weise von seinen quälenden Gedanken loszukommen.

Seine neuen Cappals waren schon ganz abgetragen, er hatte sie schon zweimal flicken lassen. Irgend etwas in ihm trieb ihn an. Solange er zu Fuß unterwegs war, verspürte er weder Erschöpfung noch Einsamkeit. Mittlerweile kannte er etliche Menschen vom Sehen, und viele Leute kannten ihn nun ebenso, besonders die Leute, die auf den Straßen etwas zum Verkauf anboten oder mit ihrer Ware von Haus zu Haus zogen. So gab es welche, die Süßigkeiten verkauften, wieder andere boten Geschirr an, welche, die alten Trödel wie Papier und Büchsen aufkauften, solche, die Gemüse aus einem Korb anboten, Affenvorführer, Puppenspieler oder einfach solche, die wie er ziellos umherwanderten. Lauter solche Leute lernte er kennen. Darunter waren auch Angloinder, muslimische Fakire, Yogis mit durchbohrten Ohren, ein Mann, der sang und den Takt dazu auf einer zerbrochenen Teetasse schlug, auch ein paar Verrückte und ein Fakir mit seiner Trikolore, der die Einheit zwischen Hindus und Muslimen predigte.

Manchmal meinte Kishor, die Beule am Hinterkopf sei nur ein Vorwand für ihn. Eigentlich bereitete ihm das Umherziehen und das Beobachten anderer Leute, wie sie arbeiteten oder einfach so umherliefen, ein ungeahntes Vergnügen. Doch mit Shantanu wollte er nirgendwohin mehr gehen, auf keinen Fall.

Am nächsten Tag wollte Subhash Babu einen Marsch zum Holwell Monument veranstalten, um es zu stürzen. Shantanu hatte ihn heute in der Schule gefragt, ob er mitkäme, doch Kishor war einer Antwort ausgewichen, hatte weder ja noch nein gesagt. Die Wahrheit war, daß er gar nicht mitgehen konnte. Das Unglück, das ihm beim letzten Mal widerfahren war, saß ihm ja jetzt noch im Nacken. Wer wußte schon, ob sich die Beule nicht zu einer tödlichen Krankheit entwickelte? Das war ihm schon einige Male durch den Kopf gegangen, während er sich die Haare kämmte und dabei mit der Hand an diese Beule kam. Doch seine größte Sorge galt dabei einzig und allein seiner Mutter. Was sollte denn mit ihr werden, wenn er starb? Der bloße Gedanke daran ließ ihn erzittern. Auch wenn Shantanu weiterhin die Marwaris als Duckmäuser und Feiglinge beschimpfen würde, er würde ihm nicht folgen, nein! Jetzt bereute er sogar, bereits einmal mitgegangen zu sein. Doch was hätte er denn tun sollen? Einerseits wurde sein Zuhause offenbar von einer bösen Planetenkonstellation beherrscht, der er sich nur entziehen konnte, indem er in die Schule ging, in der Schule wiederum fühlte er sich minderwertig, da war er ein Nichts.

Shantanu und Amolak waren beide längst nicht so gut in der Schule wie er, doch was sie alles über die Welt da draußen wußten! In ihren Augen lagen so viele Träume über das Land, die Gesellschaft von morgen! Und wovon träumte er? Auf irgendeine Art und Weise von der Gnade seiner Onkel loszukommen und selber für seine Familie zu sorgen. Mutters ältester Bruder, sein Onkel, hatte ihm geheißen, an schulfreien Tagen im Geschäft auf der Harrison Road zu arbeiten, wo er doch jetzt am liebsten von früh bis spät in den Straßen herumlaufen wollte!

Der Onkel hatte zu seiner Schwester gesagt: »Wenn Kishor jetzt etwas zu tun bekommt, gerät er nicht auf Abwege. Die Umstände sind ihm nicht besonders hold. Ihm fehlen Vater und Bruder, die ihn leiten könnten. Ist er erst einmal auf die schiefe Bahn geraten, kriegen wir ihn nicht wieder zurück auf den rechten Weg.«

Kishor wußte nur zu gut, daß er sich den Anordnungen seines Onkels nicht widersetzen konnte, genausowenig wie die Mutter. Der Onkel, auch ›der Schreckliche‹ genannt, war eine regelrechte Inkarnation von Muni Durwasa[1]. Seinem jüngeren Bruder ließ er kein Versehen durchgehen. Wie würde ihm es da erst ergehen? Im Geschäft säße ihm der Onkel den ganzen Tag lang ununterbrochen im Nacken. Aber er hatte keine andere Wahl. Was hätte er schon tun können, um dieser Arbeit im Geschäft zu entgehen?

Aber jetzt mußte er erst einmal entscheiden, was morgen zu tun war. Um acht Uhr morgens wollte Shantanu zum Ram-Tempel kommen. Fand sich denn gar kein Vorwand, um nicht mitgehen zu müssen? Warum hatte er ihm bloß nicht schon gestern abgesagt? Er war doch schon beim letzten Mal nur mitgekommen, weil er Shantanu beweisen wollte, daß ihm sehr wohl an der Befreiung seines unterjochten Heimatlandes, Mutter Indien, gelegen war, und daß er nicht etwa so selbstsüchtig war, keinen Gedanken daran zu verschwenden.

Nach dem Schlag auf den Kopf zog es ihn mehr zu Amolak hin. Amolak erzählte ihm, daß der Revolutionär Ramprasad Bismil, bevor man ihn zum Galgen schaffte, sich an die Jugend gewandt und erklärt habe, daß der revolutionäre Weg nicht der richtige sei. Amolak meinte auch, daß Gandhi-jis Weg der Gewaltlosigkeit und des Beharrens in Wahrheit durchaus keine Politik von Duckmäusern sei, die nur ihre Feigheit dahinter verbargen, wie Gandhi-jis Gegner behaupteten. Nein, dies sei vielmehr ein zutiefst humaner Weg.

Shantanus Eifer war entzündet. Während der Sitzung der Kongreß-Partei 1928 hatte Subhash Babu, bekleidet mit der Uni-

---

1 Muni Durwasa: ein Weiser, der Shakuntala im gleichnamigen Schauspiel von Kalidas(a) verfluchte, weil sie vergaß, ihm die nötige Ehrerbietung zu erweisen.

form und den Stiefeln der bengalischen Freiwilligen, ein braun-weißes Pferd geritten. Dieses Bild lebte so fest in Shantanus Vorstellungen, daß er bereits bei der Nennung von Subhash Babus Namen in helle Begeisterung ausbrach. »Auf dem Weg der Gewaltlosigkeit werden wir die Freiheit niemals erringen können. Wie kann Gandhi-ji im Jahrhundert der modernen Wissenschaften bloß diese alten, längst abgenutzten Prinzipien ausgraben, gerade die sind doch schuld an der jahrhundertelangen Versklavung Indiens! Ganz richtig, was Wiwekanand gesagt hat: ›Buddha ist verantwortlich für den Niedergang Indiens, so wie Christus für den Verfall der griechischen und römischen Kulturen. Nur die *Weden* zeigen uns den richtigen Weg mit den vier Lebenszielen, die sie uns lehren: Glaube, Wohlstand, Fruchtbarkeit, Erlösung aus dem Geburtenkreislauf.‹ Jetzt kann nur Subhash Candra Bose unser Land auf dem Weg der Keuschheit und der Aufgabe weltlicher Dinge in die Freiheit führen, so wie es Bankim Candra in seinem Roman *Kloster der Seligkeit* für die Sannyasis beschreibt.«

Shantanus Worte beeindruckten Kishor sehr. Auch sein Herz sagte ihm, daß es besser wäre, all diese guten humanistischen Ideen von der Gewaltlosigkeit über Bord zu werfen. Was brachte denn all dieses Beharren in der Wahrheit? Einzig die Gefängnisse füllten sich dadurch! Immer wieder hatte Gandhi-ji einen Vorwand gefunden, eine Bewegung nochmals zu verschieben und zu bremsen. Kann man die Freiheit etwa erlangen, indem man meilenweit marschiert, bis an die Meeresküste, nur um Salz zu gewinnen? Würde sich Kishor auf der Harrison Road vor dem Geschäft hinsetzen und den Hungerstreik ausrufen, brächte ihm das auch keine Befreiung von der Arbeit im Geschäft seines Onkels!

Die Freiheit konnte nur durch Entfaltung der eigenen Kraft errungen werden. Es war völlig naiv zu denken, daß ihnen jemand die Freiheit geben werde, wenn sie hungerten oder sich widerstandslos ins Gefängnis führen ließen. Andererseits, waren es nicht Millionen, die an Gandhi-ji glaubten? Was dachten die sich denn dabei? Lag es vielleicht daran, daß wir alle Angst vor dem Sterben haben? Haben wir denn keinen Mumm in den Knochen, so wie Italiens Mazzini[1] oder die irischen Revolutionäre? Aber wir hatten doch auch Shiwaji und Rana Pratap[2]?

Lakshmicand kam jeden Tag in khakifarbenen Shorts zur Schule, wie sie die Hindu-Fanatiker tragen. Kishor hatte einmal bei ihren morgendlichen Übungen zugesehen. Dieser Anblick sowie der Klang ihres gemeinsamen Gebetes ›Sei gegrüßt stets geliebtes Vaterland‹ hatten schon eine gewisse Faszination auf ihn ausgeübt. Sein Onkel, Mutters jüngerer Bruder, hatte auch ein paarmal eine ihrer Gruppen besucht, es aber bald wieder aufgegeben. Mutter meinte: »Die Hindus sind nicht anders als die Muslime. Die Hindus folgen ihrer Religion, die Muslime der ihrigen. Als Kind bist du einmal sehr krank geworden, da haben dich der Segen und der Atem eines Fakirs, der vor der Nakhoda-Moschee saß und dich nur anhauchte, wieder gesund gemacht. Also verdankst du dein Leben jenem Fakir. Die Muslime stehen mehr zu ihrer Religion als die Hindus. Sie fasten einen ganzen Monat lang. Wozu sollten wir uns auf einen Kampf mit ihnen einlassen?« Sicher hatte Mutter auch ihrem Bruder gegenüber ein paar solcher Bemerkungen gemacht, weshalb er die Gruppe jener Hindus nicht länger aufsuchte.

Wenn Kishor Shantanu zuhörte, erschien ihm alles richtig, was dieser sagte. Doch er empfand genauso, wenn er mit Amolak sprach. Was war schon so falsch daran, daß Subhash Babu Hitler und Mussolini die Hand reichte? Der Feind der Engländer konnte doch nur unser Freund sein. Aber Amolak argumentierte, daß Subhash Babu Hilfe von den Faschisten annehmen wolle, also recht schnell vergessen habe, daß das Ziel mitnichten die Mittel rechtfertige.

Anläßlich der Jahresfeier des Wohnheimes der Marwari-Schüler organisierte man eine Diskussion zum Thema ›Ahimsa: Pro und Kontra der Gewaltlosigkeit‹. Shantanu und Amolak wollten beide daran teilnehmen und hatten sich eingetragen. Kishor hatte

---

1 Mazzini, Guiseppe (1805-1872): bürgerlich-demokratischer Revolutionär.

2 Shiwaji (1627-1680): Gründer der Maratha-Konföderation, kämpfte gegen den Mogulkaiser Aurangzeb.
Rana (eigtl. Maharana) Pratap (1540-1597): Herrscher von Mewar, kämpfte gegen den Mogulkaiser Akbar.

oft den Eindruck, beide debattierten nur mit ihm, um sich auf diese Diskussion vorzubereiten. Er hörte sich beide an und widerlegte die Argumente des einen mit denen, die er aus dem Munde des anderen gehört hatte. Auf diese Weise erfuhren alle beide die Argumente, die der andere vorzubringen gedachte.

Eines Tages wurde Kishor von Amolak gefragt: »Würdest du es für richtig halten, wenn Shantanu das Mikrofon manipuliert, während ich spreche, um mich verlieren zu lassen?« Kishor begriff sogleich, daß Amolak mit dieser Frage auf die Reinheit der Mittel anspielte. Als er Shantanu daraufhin dieselbe Frage stellte, erwiderte der empört: »Du hast wohl gar keinen eigenen Verstand! Wie ein Papagei wiederholst du alles, was Amolak dir sagt!«

Wie dem auch sei, die Bengalen sind heißblütig, und niemand konnte sie besser anführen als Subhash Babu. Kishor hatte den Eindruck, daß jedes Land seine Eigenheiten hatte und seine Menschen, jeden einzelnen, entsprechend prägte. Er selber war zutiefst beeindruckt von Subhash Babus Auftreten, voller mitreißender Begeisterung und Kampfesmut. Er konnte sich einfach nicht vorstellen, in aller Ruhe Garn zu spinnen, wie Amolak und Mohan Mundhra es taten. Die beiden brachten ihr Spinnrad sogar in die Schule mit. Die Engländer mit Gewalt aus dem Land zu jagen, das war schon besser. Kishor machte sich nun daran, seine Muskeln durch Kniebeugen und andere gymnastische Übungen zu stärken. Er dachte sogar daran, Arjun Thakurs Gymnastikschule zu besuchen. Man konnte ja auch eine Art der japanischen Selbstverteidigung erlernen, Jiu-Jitsu oder wie das heißen mochte. Abends, wenn er durch die Straßen streifte, hielt er nun Ausschau nach Gelegenheiten, wo er so etwas erlernen konnte. In der Schule trug er sich auch für Basketball ein. Er wollte alles tun, um seinen Körper entsprechend zu trainieren.

Als Amolak versuchte, ihm das Spinnen beizubringen, hatte sich Kishor mit seinem Onkel herausgeredet. Schließlich hatten sie ja ein Textilwarengeschäft, in dem ausschließlich englische Waren verkauft wurden. Der Onkel sagte stets: »Man kann den Ast nicht absägen, auf dem man sitzt. Damit erweist man seinem

Land keinen Dienst. Aus diesem Grund haben wir Marwaris unsere Heimat nicht verlassen, um uns hier niederzulassen. Es gibt nur ein einziges wirksames Mittel, um diese Engländer zu verjagen. Jeder Inder sollte einen Engländer totschlagen, dann gäbe es mit einem Schlag keinen einzigen mehr in unserem Land.«

Derlei Äußerungen seines Onkels brachten Kishor furchtbar auf, aber er mußte sie wohl oder übel über sich ergehen lassen. Von den Seinen kommt man eben nicht los. Der Onkel spuckte zwar große Töne, machte für sein Land aber keinen Finger krumm. Ja, er hängte gerade mal Bilder von Gandhi, Nehru und Bose in seinem Geschäft auf. Eines Tages nahm Kishor all seinen Mut zusammen und sagte: »Onkel, mein Freund Amolak sagt, daß unser Land wegen seiner kunstvoll gesponnenen und gewebten Stoffe früher einmal als ›goldener Vogel‹ bezeichnet wurde. Unsere feinen Stoffe waren so sehr gefragt, daß europäische Kaufleute Silber und Gold für sie eintauschten. Deshalb hat Gandhi-ji schon recht, wenn er uns wieder ans Spinnrad schickt.« Zum ersten Mal hatte er es gewagt, seinem Onkel so viele Dinge auf einmal zu sagen. Der Onkel brachte nur ein erstauntes ›soso‹ heraus und versank ins Grübeln. Doch Kishor glaubte ja selber nicht daran, daß sie bloß durch das Spinnen die Freiheit gewinnen würden oder eine von den Engländern eingesetzte Regierung ihnen auch tatsächlich die Freiheit bringen könne.

Die Zeit verlangte nach einer Revolution. Kishor summte die Zeilen des Dichters Balkrishna Sharma ›Navin‹ vor sich hin, der bei seinem Geschichtslehrer Raghunandan Mishra so beliebt war:

Komm, Revolution,
ich drücke dich an mein Herz.
Komme ungerufen,
du bist willkommen.
Laß dich in meinem Haus nieder,
tanze in jeder Gasse.

Ein Sprichwort sagt, daß der Pfau tanzt, doch wirft er einen Blick auf seine Füße, muß er weinen. Es ist leicht, von der Revolution zu reden, doch sie in die Tat umzusetzen erschien Kishor unmöglich. Was sollte er Shantanu sagen, wenn er käme, um ihn abzuholen? Vielleicht, daß Mutter krank sei und er sie nicht allein lassen könne? Irgend etwas in der Art würde er sich wohl ausdenken müssen. Mit diesem Entschluß, Shantanu nicht zu begleiten, schlief Kishor endlich ein.

Er wachte auf, als ihn Shantanu am nächsten Morgen um neun Uhr weckte. Er wurde ganz blaß, als er seinen Freund erblickte. Nun konnte er ihm nicht mehr damit kommen, seine Mutter sei krank. »Ich konnte die ganze Nacht nicht schlafen, Shantanu, deshalb bin ich heute früh nicht recht hochgekommen. Ich bin in zehn Minuten fertig«, brachte Kishor als Entschuldigung vor. Doch Shantanu machte eine ernste Miene. »Nicht nötig. Wir gehen nirgendwohin. Auch ich habe die ganze Nacht kein Auge zugetan. Ehe ich losging, habe ich erfahren, daß Subhash Babu in seinem Haus verhaftet wurde. In der Welt ist ein Krieg ausgebrochen, nun wollen die Engländer kein Risiko mehr eingehen.« Das Herz hüpfte Kishor vor Freude. Also hatten Gottes und Mutters Segen ihm das Leben gerettet! Wer weiß, was sonst passiert wäre. Die Mutter brachte einen Imbiß und ein Glas Milch für Shantanu. »Nimm, mein Sohn! Du bist sicher von zu Hause weg und hast noch nichts gegessen.« Shantanu griff dankbar nach dem Glas. Als die Mutter wieder gegangen war, sagte er: »Kishor, ich würde alles auf der Welt für eine Mutter wie die deine hingeben. Sie ist die Göttin Durga in Person.«

Shantanu hatte keine Mutter mehr. Sein Vater, Dr. Ray, war Zahnarzt. Kishor hätte zu gern einen Vater wie diesen Mann gehabt. In ihrem Haus in der Chowringhee trafen sich Literaten und Politiker. Shantanu kannte sie dadurch alle. Kishor beneidete ihn nur zu oft, wenn er ihn besuchen ging, und hatte das auch schon zu Shantanu gesagt. Doch Shantanu schüttelte nur den Kopf, denn er war mit den Ansichten seines Vaters ganz und gar nicht einverstanden. Mit Verachtung blickte er auf all die verschiedenen Leute, die zu ihnen ins Haus kamen. »Die haben alle keinen eigenen Kopf. Sie gleichen Töpfen ohne Boden. Einmal reden sie dem einen nach dem Mund, das nächste Mal einem anderem. Solche Leute sind die größte Gefahr für die Freiheit des Landes. Alles, was gegen das britische Imperium vorgebracht wird, plappern sie nach. Mal berufen sie sich auf die *Gita*, mal auf die Bibel. Manchmal sind sie für Gandhi-ji, mal auf der Seite des faschistischen Italien und dann wieder mal auf seiten des kommunistischen Rußland. Sie stehen auf jedermanns Seite, auch auf der des Gegners.«

Kishor glaubte, daß die größten Meinungsverschiedenheiten zwischen Shantanu und seinem Vater sich um Subhash Babu drehten. Einmal, als er gerade bei seinem Freund zu Besuch war, hörte er Dr. Ray sagen: »Ich zweifle in keiner Weise am Patriotismus von Subhash Babu, aber er ist ein sehr machtgieriger Mann. Er stemmt sich doch nur gegen Gandhi-ji, weil er selbst die Zügel in der Hand halten möchte.«

Shantanu fuhr hoch, als er das hörte, und fing an, sich zu ereifern: » Zugunsten unseres Landes hat Subhash Babu auf eine große Karriere beim Civil Service verzichtet, obwohl er dort schon die Nummer vier geworden war. Er hat den Zölibatseid abgelegt, nur für Mutter Indien. Und da sagen Sie, daß er persönlich machthungrig sei! Da kann ich nur sagen, ihr seid alle bloß Stiefellecker, Lakaien der Engländer!«

Dr. Ray blieb ruhig und lächelte nur. Kishor staunte, daß er nicht in Wut geriet. »Weißt du«, sagte er zu Shantanu, »wenn man sich aufregt, gereicht einem das nur zum Schaden, und die Wahrheit erfährt man dadurch nie. Wenn ich dir ein Geheimnis verrate, wirst auch du mir zustimmen. Gandhi-ji hat Subhash Babu nur deshalb 1938 zum Präsidenten des Haripura-Kongresses gemacht, weil ihm Subhash Babus Mutter in einem Brief geschrieben hatte, ihr Sohn werde zerbrechen, wenn er nicht Präsident werde. Sardar Patel hat daraufhin zu einigen Leuten auf dem Haripura-Kongreß gesagt: ›So hat der Mahatma den ›Rasgulla‹ von Bengalen nun zum Präsidenten gemacht!‹«

Shantanu hatte bis dahin schweigend zugehört, denn jetzt schämte er sich, seinen Vater als einen Lakaien der Engländer beschimpft zu haben. Doch nicht lange, und er empörte sich erneut: »Das ist alles Lüge und leeres Geschwätz! Gandhi-ji diktiert dem Kongreß seinen Willen. Weil Subhash Babu sich dem widersetzt, ist Gandhi-ji verärgert und hat ihn aus allen Ämtern entfernt. Und nur, weil Subhash Babu jetzt vollkommen isoliert dasteht, sagen Sie über ihn Dinge, die Sie bloß vom Hörensagen kennen.« Damit stand Shantanu auf und ging aus dem Zimmer.

Dr. Ray holte tief Luft und sagte: »Unser Shantanu hat einen typisch bengalischen Charakter. Er kann es nicht hören, wenn gegen seinen Helden etwas gesagt wird. Ich bin auch kein Anhänger von Gandhi-ji. Man muß doch aber alles Für und Wider abwägen, um eine Entscheidung treffen zu können. Subhash Babu ist ein Bengale, aber deshalb können wir doch seine Fehler nicht ignorieren! So kann doch unsere Liebe zum Vaterland nicht aussehen! Mein Freund Nirad Babu würde da seinen Onkel, einen stellvertretenden Richter, zitieren, der meint, auch Kalidas sei ein Bengale gewesen. Sein Name ›Das‹ ist doch in Bengalen als Familienname weit verbreitet. Und so meint er, daß kein Mensch mit dem Namen ›Mero‹ oder ›Khotto‹ solch exzellente Dichtung hervorgebracht haben könne. Und nun sagen Sie, was man davon halten soll! Ohne Sinn und Verstand Ärger bereiten, sich in sinnlose Streitigkeiten stürzen, Haarspalterei betreiben und sich dann in Sentimentalitäten ergehen – damit vergeuden wir unsere geistigen Kräfte und unsere Talente. Darin besteht jetzt unsere nationale Eigenart.«

Kishor staunte nicht schlecht über die Ansichten, die er da zu hören bekam. Die Bengalen genossen große Hochachtung in allen anderen Provinzen. Wenn ein Bengale seine Landsleute derart kritisierte, war das keine Kleinigkeit. Dazu gehörte schon Mut. Kishor wußte jedoch, daß sich hinter dieser Selbstkritik von Dr. Ray die Geschichte vieler Generationen verbarg. Shantanu hatte ihm viel davon erzählt. Einiges wußte er auch von Satyapal aus der Bücherei im Burra Bazar, einiges hatte er auch in Büchern gelesen.

Dr. Rays Familie gehörte zu den ältesten in Kalkutta, die auch als ›Dschungel-Roder-Zamindare‹ bekannt waren. Vor dreihundert Jahren, als die Engländer sich die am höchsten gelegenen Plätze am Ufer des Ganges in den Dörfern Sutanati, Gobindapur und Kalikata für ihre ersten Siedlungen auswählten, aus denen später Kalkutta entstand, bestand das meiste Land ringsum aus Sumpf und Dschungel. Aus diesen Gebieten trug der Wind Krankheitserreger bis zum Fort William[1]. Bald bereitete den Engländern die Zahl der Toten große Sorgen, die an Krankheiten wie Malaria und Denguefieber starben. Deshalb ließen sie die Sümpfe austrocknen und die Dschungel in ihrer Nähe roden. In der Mitte des 18. Jahrhunderts lebten auf einer Fläche von zweihundertfünfzig Morgen im Fort William europäische, armenische und portugiesische Christen. Sie wurde als ›Weiße Stadt‹ bezeichnet. Außerhalb dieses Gebietes erstreckte sich ungefähr dreieinhalb Meilen von der Gangesmündung aus nach Norden die ›Schwarze Stadt‹, in der die Einheimischen wohnten. Beide Städte umgab der ›Maratha-Graben‹, der zum Schutz Kalkuttas vor dem Angriff der Marathen ausgehoben worden war.

Unter den Grund und Boden besitzenden Rajas, die im Norden die Dschungelparzellen der ›Schwarzen Stadt‹ kauften, waren vor allem auch reiche Kaufleute aus der Wanik-Kaste, die die Engländer mit feinen, handgesponnenen Stoffen belieferten. Zu ihnen gehörte auch die Familie von Dr. Ray. Diese Familien hatten dann auf diesem Boden dicht an dicht kleine Häuser gebaut, die ihnen beträchtliche Summen aus den Mieteinnahmen einbrachten, um damit später ihre Paläste in der Mitte dieser Siedlungen zu errichten. So sammelten sie große Reichtümer an, wie auch aus folgendem Beispiel zu ersehen ist: 1780 starb das Oberhaupt einer solchen bengalischen Familie, Shobharam Baisakh, und hinterließ neben siebenunddreißig Häusern im Burra Bazar in Kalkutta Tausende von Perlen, Diamanten, Edelsteine, Goldmünzen sowie ganze Lagerhäuser voller Stoffe, Gewürze und Opium. Seine Handelsbeziehungen reichten bis nach Suez, Bombay und Basra. Satyapal hatte Kishor erzählt, daß alle diese Familien durch Fehden untereinander, durch Faulheit und extravagante Lebensweise nach und nach verarmten, so daß sie schließlich zu ›Miethaien‹ wurden, die nur noch von Mieten lebten. Die Engländer bezeichnen solche Leute als ›Rentiers‹.

---

1 Fort William: 1696 erstmals von den Engländern in Kalkutta errichtet, später zerstört und 1773 wieder aufgebaut.

Die Geschichte der Vorfahren von Shantanus Familie ist auch die Geschichte ihres Niedergangs, von unermeßlichem Reichtum und dem Fall in die Bedeutungslosigkeit. Shantanus Ahnen wetteiferten miteinander bei der Ausgestaltung von Totenfeiern in der Familie und gaben nicht selten Hunderttausende Rupien dafür aus. Wegen der riesigen Summe, die Shantanus Urgroßvater für die Feiern beim Tod seiner Mutter Kanupriya Dewi verschwendete, gingen seine Brüder vor Gericht – der Prozeß wurde sogar im Privy Council in London geführt. Man erzählt, daß in den Dörfern dreißig Meilen im Umkreis von Kalkutta in keinem einzigen Haus der Herd zum Essenkochen angezündet wurde, denn sie waren alle zum Totenschmaus von Kanupriya Dewi geladen. Kein Wunder, daß Shantanus Familie ihrem Ruin entgegenging.

Beim Lesen all dieser erstaunlichen Dinge kam Kishor auch der Gedanke an ihr Haus in Bhiwani. Stimmte es, daß sich das Rad der Schöpfung in der Welt drehte und auf den Aufstieg der Niedergang folgte und darauf wiederum eine neuer Aufstieg? Die älteren Generationen überlieferten wer weiß was für Geschichten, mit denen die neuen Generationen zu leben hatten, sie konnten dem Schatten der Vergangenheit niemals ganz entfliehen. Hinter der Kritik Dr. Rays an den Bengalen steckte die Geschichte seiner eigenen Familie.

Für die Totenfeier von Kanupriya Dewi hatte man in Nord-Kalkutta hinter dem Palast der Familie einen Brunnen für das benötigte Butterschmalz graben lassen. Diesen Teich gibt es heute noch, bedeckt mit den Blüten der blauen Wasserhyazinthe und grünen Blättern, während der Palast völlig verfallen ist. Geschichten, wie ganze Familien Besitz und Reichtum an Wein, Frauen, Brahmanen, Verwandte und Rechtsanwälte verschwendeten und sich so ruinierten, gibt es unzählige in Bengalen. Viele Namen wie ›Hari Ghosh‹ oder ›Gauri Sen‹ stehen nun für Freigebigkeit und werden in anderen Redensarten verwendet wie: ›Du denkst wohl, das ist Hari Ghoshs Haus, daß du kommst und um Geld bittest?‹ oder: ›Wenn du Geld brauchst, Bruderherz, dann mußt du zu einem Gauri Sen gehen!‹ Shantanus Großvater, obwohl ein Nachkomme von Kanupriya Dewi, wurde von der ganzen Stadt schwer getadelt, weil er die Totenrituale für seinen Vater nicht wie vorgeschrieben vollzogen hatte. Daraufhin zog er zu einem Cousin, einem Bruder seiner Mutter, der in einem der Fürstentümer von Rajputana lebte, und schwor, sein Lebtag nie wieder einen Fuß auf die Erde Bengalens zu setzen. Er wurde später zum obersten Minister des Fürstentums ernannt.

Nachdem Kishor seinen Freund Shantanu inständig gebeten hatte, nahm ihn der eines Tages mit nach Nord-Kalkutta, um ihm den verfallenen Palast seiner Ahnen zu zeigen. Kishor konnte sich eines romantischen Gefühls nicht erwehren, als er die majestätische Ruine hinter dem hohen Eisentor am Ende einer beiderseits von hohen Palmenreihen bestandenen Auffahrt erblickte. Trotz des Unkrauts, das neben den Stuckverzierungen und Marmortreppen emporwuchs, war es ein prächtiges Gebäude auf großen Säulen mit Terrassen, Dächern und Türmchen im indisch-viktorianischen Stil.

»Shantanu, hättest du denn nicht Lust, wie ein Maharaja in diesem Palast zu wohnen?« fragte Kishor.

»Auf gar keinen Fall! Ich werde niemals in diesem Palast wohnen und auch nie meinen Anteil daran beanspruchen. Vater will nicht auf sein Erbteil verzichten, aber ich werde nie auch nur eine Rupie ausgeben, die dieses Haus abwirft. Ich hasse dieses Haus«, erregte sich Shantanu.

»Aber warum denn?« wunderte sich Kishor.

»Weißt du denn nicht, wie wir zu diesem Reichtum gekommen sind? Nur durch die Engländer. Wir haben uns an dem bereichert, was sie uns übriggelassen haben. Solches Geld ist für mich wie eine schwarze Giftschlange, die ich nicht anfassen möchte. Mein Großvater hat das auch so gesehen.« Shantanu schwieg. Kishor kam sich immer nichtiger vor beim Gedanken an seine Lage und seine gewöhnlichen Ideen angesichts dieses Idealismus.

Doch Kishor war neugierig geworden: »Wie weit könnt ihr die Geschichte eurer Familie eigentlich zurückverfolgen? Bitte erzähle mir mehr, das interessiert mich brennend. Und soll ich dir sagen, was meine Mutter so über Geschichte und historische

Ereignisse denkt?« Als Kishor seine Mutter erwähnte, veränderte sich der Ausdruck in Shantanus Gesicht sogleich, er wurde weich und sanft. Kishor wußte genau, was in ihm vorging: Wenn einem ein Mensch wie die eigene Mutter genommen worden war, sah die Welt schlagartig anders aus. Da war nichts mehr, wie es sein sollte. Da tat sich ein Abgrund auf, der mit jeder Sekunde größer wurde, und die Leere im Herzen schmerzte, als hätte man ihm ein Stück herausgeschnitten.

»Erzähle! Ich höre gern, was deine Mutter sagt. Sie urteilt stets sehr richtig und mit großem Verstand.« Shantanu ergriff dabei Kishors Hand, und sie setzten sich auf die Trümmer einer Terrasse aus rotem Zement vor dem Palast.

»Ma sagt, daß wir unsere Vergangenheit nicht auslöschen können. Deshalb brauchen wir uns ihrer auch nicht zu schämen oder deswegen Reue zu empfinden. Unsere Vorfahren haben getan, was sie für richtig hielten. Und wir werden tun, was wir für richtig halten. Nur wenn wir uns von der Geschichte freimachen, können wir das Richtige tun.« Kishor sah, daß die Worte seiner Mutter auf Shantanu einen großen Eindruck machten.

Shantanu war zwar hochintelligent, doch wie hätte er sehen können, daß sein Großvater, ehe er starb, ihm all die Wut und all den Haß eingeflößt hatte, was ihm bei seinem Sohn, Shantanus Vater, nicht gelungen war? Jetzt stand dieser Haß wie eine Wand zwischen Dr. Ray und seinem Sohn. Shantanu sah in allem, was sein Vater sagte und tat, nur Heuchelei. In ihm brannte gleichsam ein Feuer, das stets darauf aus war, etwas zu vernichten. Wenn es nichts anderes fand, legte es Shantanus Liebe zu seinem Vater in Schutt und Asche.

Kishor warf Shantanu einen ernsten Blick zu. »Ich möchte dir noch etwas sagen. Einmal, wenn dein Vater nicht mehr unter den Lebenden weilt, wirst du vieles bereuen, was du ihm vorgeworfen hast. Du wirst dann aber auch vieles verstehen, was er dir gesagt hat. Und diese Reue wird dir bis zum letzten Tag deines Lebens keine Ruhe geben, sie wird dich verfolgen bis zur Verbrennungsstätte am Neemtalla-Ghat.«

»Was ist aber, wenn ich in einem Fluß ertrinke oder mich von einem Berg zu Tode stürze?« Shantanu lachte lauthals los. »Da kann ich ja wohl schlecht alles bereuen, bis ich auf der Totenbahre zum Neemtalla-Ghat getragen werde, oder?« Da mußte auch Kishor lachen.

Shantanus Vater war ein ernsthafter Mensch. Warum wohl hatte er nach dem Tod von Shantanus Mutter nicht wieder geheiratet? Darüber hatte Kishor schon oft nachgedacht. Sein Onkel, Mutters ältester Bruder, war doch auch wieder eine Ehe eingegangen! Das war schon etwas seltsam, denn eigentlich brauchte er doch gar nicht wieder zu heiraten! Er ging doch wieder zu der Frau im Bahubazar. Es machte doch keinen Sinn, das Leben einer weiteren Frau zu ruinieren. Die neue Frau aber zog ihm sogar eigenhändig die Schuhe an, damit er zum Bahubazar gehen konnte. Das wußte Kishor von Raghu, dem alten Diener. Und wenn der Onkel mal nicht zum Bahubazar ging, dann setzte sie ihm selber den Wein zum Trinken vor. Raghu meinte, sie sei eine verständige Frau. Warum aber hatten ihre Eltern sie einem Witwer zur Frau gegeben? Auch die neue Tante war eine Schönheit, fast wie die erste. Ma meint, daß sie doppelt ›Mangalik‹ sei, was bedeutet, daß sie bald nach der Hochzeit zur Witwe werden würde, weil der Mars in ihrem Horoskop so schlecht stand. Das einzige Mittel dagegen sei die Heirat mit einem Witwer. Diese Welt der Marwaris, sie ist schon seltsam! Shantanu hatte schon recht, wenn er sagte, daß wir in einer ständigen Furcht leben.

Kishor empfand große Hochachtung für Dr. Ray, weil er nicht noch einmal geheiratet hatte. Heute wollte er hier auf dieser Terrasse die Gelegenheit nutzen und Shantanu seinen Vater näherbringen. Er war richtig enthusiastisch bei dieser Idee.

»Shantanu, hast du eigentlich mal bedacht, daß dein Vater deinetwegen nicht wieder geheiratet hat?« fragte Kishor leicht verlegen. Auf einem Baum neben ihnen fing ein Kupferschmiedvogel sein eigenartig hämmerndes Rufen ›hunk-hunk‹ an. Kishors Herz schlug im gleichen Rhythmus und Takt wie ein Echo. Shantanu lachte schallend los. Der Vogel erschrak und flog davon.

»Du hast wohl nicht alle beisammen? Er soll meinetwegen nicht wieder geheiratet haben? Mein lieber Freund, du mußt wissen, mein Vater hatte schon keine Zeit für meine Mutter, als sie noch lebte. Neben seiner Zahnarztpraxis befaßt er sich mit zahlreichen Hobbys und hat auch viele andere Interessen. Zeit bleibt da keine übrig für seinen alten Vater, seine Frau und seinen Sohn. Weißt du, daß Dr. Ray die Geschichte unserer Familie aufschreibt? Eine zweihundertfünfzig Jahre alte Geschichte, eng verbunden mit der Geschichte dieser Stadt Kalkutta, die mein Großvater so sehr haßte. Vater hat damit noch zu Lebzeiten meiner Mutter angefangen. Diese Geschichte fängt eigentlich noch vor der Besiedelung Kalkuttas mit Job Charnock[1] an. Willst du noch mehr hören? Als Job Charnock damals, ohne eine Bleibe zu haben, geschlagen und heruntergekommen durch Bengalen zog, nahm ihn der hiesige Feudalherr Ray ›Mazumdar‹, das war mein Urgroßvater, bei sich auf. Job Charnock bewahrte auch seine Papiere bei uns auf. Er saß gewöhnlich in der Nähe von Siyaldah unter dem berühmten ›Sitzungsplatz‹, einem riesigen Pipalbaum, rauchte seine Hukka und beriet sich mit dem Oberhaupt der Ray-Familie, an welchem geeigneten Ort die Engländer ihre Niederlassung gründen sollten. Wahrscheinlich war es die Liebe zu diesem Baum, die ihn Kalkutta genau an dieser Stelle gründen ließ.«

»Tatsächlich? Nur aus Liebe zu einem Baum? Das muß ein wunderlicher Mensch gewesen sein! Und er hat auch Hukka geraucht wie die Einheimischen?«

Shantanu lächelte ironisch: »Natürlich. Er hatte sogar eine Einheimische zur Frau. Für einen Christen völlig ungewöhnlich, hat er ein Huhn auf ihrem Grab geopfert, was ihm nicht wenig Kritik einbrachte. Zu guter Letzt brachten ihn all die Schwierigkeiten, mit denen er sich hier herumschlagen mußte, derart in Rage, daß er seine Diener schon beim kleinsten Vergehen auspeitschen ließ. Das passierte dann stets am Abend, wenn er sich zum Dinner an den Tisch setzte, denn dann ersetzten ihm die Schreie der Gepeinigten die Musik.«

»Woher weißt du das? Ich glaube dir nicht. Du erfindest das alles bloß!« meinte Kishor ungläubig.

---

1 Charnock, Job: kam 1655 nach Indien, gründete 1690 Kalkutta und starb 1693 in dieser Stadt.

»Du bist schon ein komischer Mensch! Redest eben wie ein ›Mero‹! Ich habe es im Buch des Engländers Evan Cotton gelesen, das 1909 veröffentlicht wurde. Borge es dir doch von Dr. Ray. Er besitzt es. Dann kannst du das alles auf Seite 9 nachlesen«, erwiderte Shantanu behaglich lächelnd.

Kishor begriff, daß Shantanu seine Einstellung zu seinem Vater nicht so schnell ändern würde. Er nannte ihn ja nicht einmal ›Vater‹, sondern sprach von ihm als ›Dr. Ray‹. Die Familiengeschichte würde wohl noch lange Zeit wie ein zweischneidiges Schwert zwischen den beiden stehen. Kishor bedrückte das alles sehr.

»Was ist, Kishor? Bist du böse auf mich, weil ich dich einen ›Mero‹ genannt habe? Laß es gut sein! Ich habe dich doch nur so genannt, weil ich weiß, daß du niemals ärgerlich wirst. Na gut, ich erzähle dir zur Versöhnung noch etwas Ungewöhnliches. Mein Vater besitzt das Tagebuch eines unserer Vorfahren, der vor hundert Jahren gelebt hat. Sein Tagesablauf sah folgendermaßen aus: Am Vormittag traf sich Raja Shiwcandra Ray mit seinen Priestern, Brahmanen, Hausgurus und Wishnuiten, die er alle sehr zuvorkommend behandelte. Sie diskutierten, und er machte ihnen Geschenke. Nach dem Mittagessen pflegte er eine Stunde mit seinen Angestellten zu verbringen, um seine Vermögensangelegenheiten zu regeln. Danach hatte er Zeit für seine Freunde und Verwandten. Am Abend spielte der feine Herr dann Schach oder Caupar und amüsierte sich mit Zauberern, Spaßmachern, Speichelleckern und Musikern. Für all das war er allein verantwortlich. Er kam für alles allein auf.«

»Was? Er arbeitete nur eine Stunde am Tag? Die ganze übrige Zeit diente nur seinem Vergnügen?« Kishor kam aus dem Staunen nicht heraus.

»Arbeit? So kann man das wohl auch nicht nennen! Es ging doch nur um das Einholen der Bodenpacht und das Eintreiben der Zinsen auf verliehene Kredite. Manchmal denke ich, Großvater und Vater arbeiten wie Verrückte Tag und Nacht, um für die Vergnügungssucht unserer Vorfahren Buße zu tun. Stell dir vor, einmal hat einer meiner Urgroßväter fünftausend Rupien in Waren investiert, die auf dem Seeweg außer Landes gingen.

Bei diesem Handel winkten ihm siebenhundert Rupien Profit. Er war aber derart in Unruhe, bis die Sache abgeschlossen war, daß er beschloß, sein Geld niemals wieder auf diese riskante Weise anzulegen.«

Kishor fragte sich, wie wohl Shantanus Zukunft aussehen würde. Shantanu hatte eine gewisse Wankelmütigkeit an sich, was ihn daran hinderte, eine Sache bis zum Schluß durchzuführen. Es schien, als ob er sich in der Welt nicht zurechtfände, eine Art ›Mensch ohne Richtung‹ sei. Er hatte das sogar schon einmal zu Kishor gesagt. Ob er wohl einst Medizin wie sein Vater studieren würde? Nein, es sah nicht so aus, als würde er seinem Vater folgen, war doch nichts, was dieser tat, nach seinem Geschmack. Wegen Subhash Babu kümmerte er sich überhaupt nicht mehr darum, sich durch ein Studium auf einen guten Beruf vorzubereiten. Subhash Babu hatte alle Bengalen als ›Eunuchen‹ bezeichnet, deren einziges Lebensziel darin bestand, durch eine englische Bildung eine Anstellung im Civil Service zu erlangen. Andererseits hatte der bedeutende bengalische Wissenschaftler P. C. Ray die Bengalen kritisiert, er hatte sie mit den Marwaris verglichen und ihnen mangelnde Aktivität und fehlenden Sinn für die Praxis vorgeworfen.

Shantanu meinte, die Bengalen befänden sich im Hinblick auf ihre Zukunft derzeit in einer Art Wettlauf zwischen Aufruhr und Selbstprüfung. Einer seiner Cousins hatte nach einem Ingenieur-Praktikum in Japan eine Fabrik für Deckenventilatoren aufgemacht. Andere Bengalen suchten auf anderen Gebieten – Arzneimittel, Seifenerzeugnisse, Chemikalien, Glühbirnen – vorwärtszukommen. Kishor konnte sich nicht vorstellen, daß Shantanu einen ähnlichen Weg gehen würde. Ihn hielt es nicht lange bei einer Sache. Vielleicht würde er ein Dichter? Nicht so einer wie Rabindranath Tagore, aber vielleicht einer wie Samar Sen? Oder würde er vielleicht Jura studieren? Die Bengalen hatten schon sehr bedeutende Rechtsanwälte hervorgebracht. Kishor konnte sich aber nicht so recht auf eine Meinung festlegen.

»Wenn meine Mutter noch am Leben wäre, würde ich sicherlich das machen, wozu sie mir raten würde. Dann bräuchte ich gar nicht erst nachzudenken«, meinte Shantanu zu diesem Thema. Doch Kishor wußte, daß sich Shantanu nur etwas vormachte. In jenen Tagen streiften Shantanu und Kishor gemeinsam jeden Abend durch die Straßen, als ob sie beide auf diese Weise, zu Fuß durch die Gegend laufend, ihren Weg durchs Leben suchten. Manchmal nach der Schule stiegen sie in der Harrison Road vor dem ›Madho-Gebäude‹ auch in die Straßenbahn und fuhren bis zur letzten Station, dem Behala-Depot, um dort im Dschungel umherzulaufen. Auf dem Rückweg stieg Shantanu in der Nähe der Chowringhee aus, und Kishor fuhr zurück bis zum ›Madho-Gebäude‹. Amolak saß in jener Zeit Tag und Nacht über seinen Büchern. Was hielt die Zukunft wohl für ihn bereit?

Mit Kishor verhielt sich alles ganz anders. Während die Zukunft von Shantanu und Amolak nach dem Schulabschluß noch ungewiß war, hatte Kishor gar keine andere Wahl, als im Geschäft seiner Onkel zu sitzen und dort zu arbeiten. Mutter erhielt von ihren Brüdern zweihundert Rupien im Monat für ihre Ausgaben. Kishor wußte, wie schwer es ihr fiel, dieses Geld anzunehmen. Als Lalit Bhaiya noch lebte und dort im Geschäft arbeitete, freute sich Mutter jedesmal, wenn sie das Geld bekam. Doch wenn ihr jetzt der Buchhalter das Geld brachte, schämte sie sich, denn sie sah es als ein Almosen an, das sie nur zu gern ausgeschlagen hätte, aber ihre Lage erlaubte das nicht. Zwar besaß sie auch fünf Kilo Gold, doch das wollte sie nicht für ihre täglichen Ausgaben verwenden. Schließlich war das ihr einziges Vermögen, das ihnen als eine gewisse Sicherheit für die Zukunft blieb. Alles, was sie an Geld gespart hatten, war während der Krankheit von Lalit Bhaiya ausgegeben worden. Für Mutter würde es um vieles leichter werden, wenn Kishor die Arbeit im Geschäft aufnahm. Sie wußte genau, daß ihr Sohn mit seinem Fleiß und seinem Eifer die Schuld abtragen würde, in der sie bei ihren Brüdern standen.

Bis zu den Prüfungen allerdings hielt er sich unter dem Vorwand, sich in der Bücherei vorbereiten zu müssen, von der Arbeit im Geschäft fern, letzten Endes aber würde er tun müssen, wozu er so gar keine Lust hatte, nämlich im Geschäft in der Harrison Road zu sitzen und Textilien der Marke ›Lal Imli‹ zu verkaufen, die die Firma British India Corporation herstellte.

In das Geschäft des Onkels kam ein Jude namens Cohen, der dort Stoff von drei bis dreieinhalb Meter Länge kaufte und sie zu Bündeln band. Kishor hatte während seines Umherstreifens durch die Straßen der Stadt gesehen, wie dieser Mann Büros und Häuser aufsuchte, um dort diese Bündel zu verkaufen. Kishor fand, daß das gar nicht so schlecht war. Auch er hätte sein Leben unabhängig von der Fuchtel eines Chefs führen mögen. Zweihundert Rupien bekam man auf diese Weise bestimmt zusammen. Bloß hätte er mit dieser Tätigkeit dem Ruf seines Onkels geschadet, der hätte ihm das auch gar nicht erlaubt. Es gab auch Chinesen, die, Bettlaken, Tischtücher und ähnliche Sachen auf die Schultern geladen und ihre Waren laut ausrufend, umherzogen. Alle konnten tun und lassen, was sie wollten, nur bei den Marwaris gab es immer Ärger. In allen möglichen Tätigkeiten sahen sie Schande und Unehre. Welcher Unsinn! Doch wer sollte sie vom Gegenteil überzeugen?

Einmal hatte er bloß ganz beiläufig von diesem Juden namens Cohen erzählt, um zu sehen, wie seine Mutter reagierte. Sie hatte sofort verstanden, ohne daß er gesagt hatte, was er eigentlich wollte. Sie lachte: »Stell dir vor, ich hatte mir schon mal gedacht, ich könnte ja eigentlich Pasteten und ähnliche Snacks zu Hause zubereiten und einen Jungen anstellen, der sie dann auf der Straße verkauft. Wie findest du das?« Kishor schwieg. Er hatte sehr wohl gesehen, daß ihre Schwestern und Schwägerinnen ihre Saris zum Ausbessern schickten. Mutter erzählte den Leuten: »Ich gebe das alles zu einer armen Brahmanenfrau. Die hat sehr geschickte Hände.« Doch Kishor wußte, daß seine Mutter das alles selber machte, er war ja nicht blind, aber er tat, als ob er es nicht sähe. Mutter bat nie jemanden um irgend etwas. Um keinen Preis der Welt zeigte sie ihre Armut. Wenn ihr ältester Bruder sie besuchen kam, holte sie sogleich Geld aus dem Schrank, als ob der voll davon wäre, gab es Kishor und beauftragte ihn, die besten Süßigkeiten und Snacks aus einem Geschäft in der Nähe zu holen. Sie freute sich über alle Maßen, ihren

Bruder beköstigen zu können, und das Geld, das sie dafür ausgeben mußte, tat ihr nicht im geringsten leid.

Kishor wollte, sobald er Geld verdiente, die Mutter nie mehr arbeiten lassen und sich Tag und Nacht um sie kümmern. Wie glücklich war er doch, eine solche Mutter zu haben.

Kishor verfolgte nun noch ein anderes Ziel, wenn er in der Stadt umherwanderte. Er sah sich nach einer Möglichkeit um, wie er Geld verdienen konnte. Stundenlang stand er neben dem Zeitungsstand von Makhuram in der Chowringhee und fragte sich, wieviel wohl beim Zeitungsverkauf zu verdienen sei. Ihm kam diese Tätigkeit ungeheuer interessant vor. Man konnte die Welt um sich her beobachten und die neuesten Meldungen in den Zeitungen lesen, wann immer man Lust hatte.

Der Zweite Weltkrieg hatte begonnen, und die verschiedensten Nachrichten machten die Runde. Würde Indien die Freiheit erlangen, wenn England den Krieg verlor? Unter den Freunden seines Onkels waren einige, die offen auf der Seite der Engländer standen. Einer von ihnen, hatte Kishor gehört, versorgte die englische Armee sogar mit Rindfleisch. Für Amolak waren das Kollaborateure, er bezeichnete sie alle als ›Speichellecker der Engländer‹. Er las sehr viele Zeitungen, und Kishor fand es gut, daß Amolak später, wenn er groß geworden war, Zeitungen herausgeben wollte. Vielleicht sollte er das auch tun? Jede Tätigkeit war besser als die Arbeit im Geschäft auf der Harrison Road.

Kishor bedrängten jetzt neue Schwierigkeiten. Gerade mal fünfzehn Jahre alt, war er fast einen Meter achtzig groß, er war im Stimmbruch, und sein Bart glich dem eines Zwanzigjährigen. Kein Wunder, daß der Onkel darauf drängte, er möge endlich in sein Geschäft kommen und dort arbeiten. Shantanu und Amolak wirkten im Vergleich zu ihm zurückgeblieben. Sie waren wesentlich kleiner, von einem Bart zeigte sich bei ihnen nur ein spärlicher Flaum, und Amolak hatte den Stimmbruch noch vor sich. Nur Kishor war mit einem Mal so gewachsen. Shantanu und Amolak zeigten auch noch kein Interesse an Mädchen und jungen Frauen, während er sich doch schon irgendwie zu ihnen hingezogen fühlte. Einer seiner Schulkameraden, Madanmohan Singhania, hatte schon geheiratet, und Kishor sah ihn oft von den anderen Jungen umringt, die ihm alle möglichen Fragen stellten. Auch Kishor blickte jetzt lächelnd zu Madanmohan hin, dem er früher keinerlei Aufmerksamkeit geschenkt hatte.

Während Kishor durch die Stadt streifte, hätte er manchmal ganz gern etwas unternommen, was die Welt auf den Kopf stellte. Die seltsamsten Gedanken gingen ihm durch den Kopf. Dann betastete er die Beule an seinem Hinterkopf und fragte sich besorgt, ob er nicht auf dem besten Wege sei, verrückt zu werden. Auf den Straßen von Kalkutta hatte er einige Male einen Verrückten getroffen, der einen mit vielen Bündeln behangenen Stock trug, an dessen Spitze eine dreifarbige Fahne befestigt war. Die Leute meinten, er sei ein Marwari, dem während der Non-Cooperation-Bewegung 1921 ein Polizist einen Schlag mit seinem Stock auf den Kopf versetzt habe. Jetzt konnte niemand mehr so richtig feststellen, zu welcher Gemeinschaft er eigentlich gehörte. Von oben bis unten war er von Schmutz bedeckt, nur die drei Farben grün, weiß und safran seiner Fahne strahlten in der Sonne. Kishor hatte manchmal nicht übel Lust, sich ein Aussehen wie dieser Verrückte zu geben und sich verrückt zu stellen. Dann könnte er zu seinem Onkel gehen und ihm erklären, er habe so gar keine Lust, in seinem Geschäft zu sitzen. Ja, und als Verrückter konnte er ja auch wie dieser Cohen umherziehen und Waren anbieten. Später konnte er ja so tun, als ginge es ihm langsam wieder besser, und allmählich zur Normalität zurückkehren. Aber was, wenn er mit seiner gespielten Verrücktheit seine Mutter wirklich in den Wahnsinn trieb? Erklären konnte er ihr seine Idee aber auch nicht, sie wäre niemals damit einverstanden. Außerdem würde sie sogleich begreifen, daß er alles das nur tun wollte, um nicht in das Geschäft seines Onkels gehen zu müssen. Das würde sie noch mehr beunruhigen.

Wegen seiner Größe und seiner tiefen Stimme wählte man ihn in der Schule für die Rolle des Canakya im gleichnamigen Schauspiel aus, in dem es um patriotische Ideen ging. Seither machte er sich immer häufiger Gedanken um politische Fragen. Seine Darstellung dieser Rolle hatte ihm von allen Seiten Beifall eingebracht, sogar die Darsteller der ›Hindi-Natya-Parishad‹, die ja Auftritte auf der Bühne gewohnt waren, sparten nicht mit ihrem Lob. Kishor hatte schon einige ihrer Vorstellungen wie *Der Patriotismus von Bhama Shah*, *Candragupta*, *Shiwaji* und *Chatrasal* gesehen und wäre nur zu gern Mitglied dieser Schauspieltruppe geworden, doch die Angst vor dem Onkel hielt ihn, wie bei allen anderen Dingen auch, zurück. Nirgends sah er einen erlösenden Ausweg. Diese Angst schnürte ihm wie ein Strick um den Hals die Luft zum Atmen ab. Konnte er sein Geld denn nicht auch als Lehrer verdienen? Doch Kishor wußte, was auch immer er sich ausdachte, gegen seinen Onkel würde er sich nicht durchsetzen.

Mit Subhash Babus Inhaftierung ging Kishors Wunsch in Erfüllung, die Welt möge auf den Kopf gestellt werden, wenngleich nur für kurze Zeit. Shantanus Trübsinn war kaum noch zu ertragen. Er hatte Kishor gesagt, daß er nicht mehr zur Schule gehen wolle, also brachte dieser ihn fast gewaltsam dorthin. Einer der Schüler hatte mit seinem Spott über Shantanu nicht hinter dem Berg gehalten und gestichelt: »He, Shantanu! Dein Subhash Babu sitzt im Gefängnis, und du bringst es nicht einmal fertig, dir einen schulfreien Tag zu genehmigen?« Diese Spitze traf Shantanu so empfindlich, daß er sich den schmächtigen Jungen griff und ihn anbrüllte: »Das wirst du gleich sehen! Du nämlich wirst uns heute zu einem Streik verhelfen!« Der Plan sah vor, daß der Junge während der nächsten Stunde unter dem Vorwand, austreten zu müssen, zum Zimmer des Direktors gehen und die sich davor befindende Glocke schlagen sollte. Ein anderer Junge sollte schon vorher zum Pförtner gehen und zum Schein fragen, ob denn heute nicht schulfrei sei, weil doch wegen der Inhaftierung von Subhash Babu demonstriert werde. Die Nachricht, daß heute schulfrei sei, sollte in allen Klassen verbreitet werden. Weil man aber sicherlich Shantanu und Kishor am nächsten Tag deswegen verdächtigen würde, sollten sie beide die Stunde von Pandit Raghunandan Mishra besuchen.

Der Junge schlug, wie geplant, die Glocke und machte sich gleich danach aus dem Staub. Aus allen Klassen strömten die Schüler und liefen lärmend zum Schulausgang. Der Pförtner glaubte, der Direktor habe aus irgendeinem Grund schulfrei gegeben, öffnete die Tore, und die Schüler rannten aus der Schule. Bis der Direktor kam und sich bemühte, die wilde Horde zurückzuhalten, war die Hälfte bereits auf und davon. Am nächsten Tag bezeugte Pandit Raghunandan Mishra, daß Shantanu und Kishor in seiner Stunde anwesend waren, und mangels Beweisen verlief die ganze Untersuchung des Vorfalls im Sand. Shantanu freute sich so sehr über diesen Coup, daß er seinen Kummer wegen Subhash Babu fast vergaß. Und die Freundschaft der beiden Jungen erhielt durch diesen Streich neuen Auftrieb.

## 11
# Hitler und Nehru

*Weshalb wollte Kishor Babu seine Geschichte eigentlich aufschreiben lassen? – Er wußte natürlich, daß man diese Frage sicherlich stellen würde. Das Leben von Millionen Menschen in aller Welt gleicht schließlich dem seinen. Was sollte da schon Ungewöhnliches daran sein? Sobald ein Mensch das Licht der Welt erblickt, ist er mit der Geschichte seiner Familie und der Geschichte der ganzen Gesellschaft verbunden. Genauso verhält es sich mit den Menschen, denen er im Verlauf seines Lebens noch begegnen wird. Auch die Geschichte der Stadt Kalkutta, in der Kishor Babu zur Welt kam und sein ganzes Leben verbrachte, ist bereits in unzähligen Büchern beschrieben, die in vielen Bibliotheken zu finden sind. Was ist es also, was Kishor Babu glaubt, der Welt unbedingt mitteilen zu müssen?*

*Natürlich gibt es nichts Bedeutendes in Kishor Babus Leben, was sich mit irgendeiner großen Leistung in der Welt oder in der Gesellschaft messen könnte. Doch Kishor Babu ist davon überzeugt, daß jedes einzelne Menschenleben auch die Geschichte aller anderen Individuen birgt. Im Grunde genommen kann jeder Mensch nur über sein eigenes Leben nachdenken oder es zumindest versuchen. Wenn er deshalb in einer Erzählung auch nur einen Bruchteil findet, worin er sein eigenes wahres, imaginäres oder geträumtes Leben wiedererkennt, so findet er sogleich, daß genau dieser Teil der Geschichte, ob nun erzählt oder aufgeschrieben, auf jeden Fall verbreitet werden muß. Allein dieses als Geschichte greifbare Fragment seines Lebens befreit den Leser, solange er liest, von der Erdanziehungskraft: Er hebt vom Boden ab und schwebt, jenseits von Raum und Zeit, über seinem winzig kleinen Selbst. Und genau darin findet er seine Befreiung.*

*Befreiung – welches andere Wort der Sprache könnte diese Bedeutung besser zum Ausdruck bringen? Ein solches Wort, mit dem der Mensch bis zu seinem letzten Atemzug immer neue Be-*

*deutungen verbindet? Wenn Worte wie Liebe, Begierde, Verlokkung, Wohlstand, mit denen der Mensch ein Leben lang verbunden war, zu Schall und Rauch werden, dann bekommt das Wort Befreiung immer wieder einen neuen und genauso notwendigen Sinn. Kishor Babu meint, der Mensch mache mehrere Befreiungen durch und eine Art der Befreiung liege darin, daß kein Mensch nur ein einziger Mensch ist. Man sagt, daß Eigenschaften von sieben Generationen, die vor den Eltern lebten, in einen Menschen eingehen. Auf diese Weise leben in jedem Menschen die Eigenschaften von vierzehn Generationen der Eltern weiter, und in jedem Elternteil dieser Generationen sind die Eigenschaften von weiteren vierzehn Generationen lebendig. So ist es möglich, daß sich viele Leben in einem einzigen vereinen. Manchmal überwiegt der eine Anteil, manchmal ein anderer. Kishor Babu wird ganz wirr von all diesen Überlegungen und ihrer Darstellung in Worten, aber er fühlt, daß sich der wahre Grund, warum er die Geschichte seines Lebens aufschreiben läßt, irgendwo in dieser Verwirrung verbirgt.*

Im Leben von Kishor Babu vereinigen sich drei Leben. Das erste währte bis zur Befreiung des Landes, das heißt bis zu seinem zweiundzwanzigsten Lebensjahr. Danach begann sein zweites Leben, das ganze fünfzig Jahre währte. In diesem zweiten Leben findet sich nicht einmal ein Schatten seines ersten. Jetzt sieht Kishor Babu darin so etwas wie eine Wiedergeburt. Man könnte fast sagen, daß diese fünfzig Jahre im Leben von Kishor Babu den fünfzig Jahren des ›demokratischen‹ Indien gleichen, in denen von den Idealen des Kampfes um die Freiheit auch nicht die geringste Spur geblieben ist.

Wenn überhaupt jemand jemals seiner Verwunderung über die Veränderung in Kishor Babus Charakter Ausdruck gegeben hat, dann war es Shanta Bhabhi, Lalit Bhaiyas Frau. Doch wie hätte sie das mit der Veränderung im Charakter des ganzen Landes in Verbindung bringen können, oder wie hätte sie erkennen oder es damit verbinden können, daß nach der Erringung der Unabhängigkeit Kishor Babu nun in Nehru seinen ›Helden‹ sah.

Seine Schwägerin mußte gemerkt haben, daß Kishor Babu in

der Zeit um 1942, als die Menschen aus Angst vor den Japanern aus Kalkutta flohen, im Radio ausnehmend viele Reden Hitlers angehört hatte. Die schienen ihn zutiefst beeinflußt zu haben. Sicher hatte sie sich auch gesagt, daß der Mensch mit der Zeit allmählich genau die Eigenschaften in sein Leben übernimmt, die ihn vorher bei anderen am meisten gestört haben, das sieht man schließlich häufiger. Früher war Kishor Babu über seinen Onkel, den ›Muni Durwasa‹, entsetzt gewesen, als er in dessen Geschäft in der Harrison Road gearbeitet hatte. Als dann der andere Onkel, sein jüngerer Bruder, diesen Onkel entthront und das Geschäft übernommen hatte, stellte Kishor Babu fest, daß auch in diesem Onkel diese Familieneigenschaft fest verankert war, nämlich über jeden Atemzug der anderen zu bestimmen.

Seit der Erringung der Unabhängigkeit des Landes trat Kishor Babu in die Fußstapfen seiner Onkel und bestimmte über das Leben all derer, die um ihn waren, soweit als möglich nach seinen Vorstellungen. Nein, wir werden jetzt nicht sagen, daß Nehru zu seinen Lebzeiten als ›gewählter‹ Diktator das Land regierte und nach ihm seine Tochter und sein Enkel dasselbe taten, so wie es vielleicht ein Verrückter auf der Straße laut verkündet hätte. Ein Verrückter darf alles sagen, denn Furcht und Scham kennt er nicht. In Kalkutta gab es immer solche Leute, in deren Reden sich Wahrheit, Wahn und Irrsinn mischten, was sie wohl nur selbst auseinanderhalten konnten. Kishor Babu traf bei seinen jetzigen Wanderungen durch die Stadt auch einen solchen Verrückten, der sogar einen Limerick dichtete:

Da war mal einer,
Nehru hieß er,
nach Hitler kam er,
sich wählen ließ er,
Herr über alle wurd er.

Kishor Babu beobachtete, daß dieser Verrückte einige alte Zeitungen besaß, in denen er las. So entdeckte er zum Beispiel bei ihm die Abendausgabe des *Statesman* vom 30. Januar 1948, die in einer in fetten schwarzen Buchstaben gedruckten Schlagzeile in Englisch verkündete: ›Mahatma Gandhi erschossen‹. Man muß dazu sagen, daß es in Delhi, der Hauptstadt des Landes, sicher nicht so viele politisch interessierte Verrückte gab wie in Kalkutta. Kishor Babu meint, daß der Grund dafür darin zu suchen ist, daß Kalkutta schon immer eine Stadt aufgeklärter Leute war, die großes Interesse an politischen Vorgängen hegten. Seitdem er diesem Verrückten begegnet war, entwickelte sich auch bei ihm eine Vorliebe für das Sammeln alter Zeitungsausschnitte. Er holte sich alte Zeitungen und Zeitschriften bei den Altpapierhändlern und setzte sich gleich am Straßenrand auf einen kleinen Schemel, um darin zu lesen. Sobald er etwas fand, was ihn interessierte, zog er eine kleine Schere aus der Tasche und schnitt den betreffenden Abschnitt aus. Manche Leute, die ihn dabei antrafen, hielten ihn für verrückt, doch die Altpapierhändler freuten sich, ihn zu sehen, denn er gab ihnen für jeden Ausschnitt eine Rupie. Auf diese Weise sammelte sich bei Kishor Babu eine beeindruckende Menge alter Zeitungsausschnitte an.

Kishor Babus Frau war natürlich darüber im Bilde, aber sie gab sich alle Mühe, daß ihre Kinder ja nichts davon erfuhren. Die Kinder bemerkten allerdings, daß sich ihr Vater mehr als früher für Zeitungen interessierte. Doch am Abend, wenn Kishor Babu das Haus verließ und sich auf seine übliche Tour begab, holte seine Frau alle Umschläge mit den sorgfältig sortierten Ausschnitten hervor, breitete sie auf dem Bett aus und mühte sich herauszufinden, was ihr Mann denn darin suchte. Aber sie begriff einfach nichts. So lag in einem großen Umschlag eine Liste mit den Namen von Harshad Mehta, Narasinha Rao, Candraswami, Sukharam, Laluprasad Yadaw, Jaylalita[1] und verschiedenen Artikeln über diese. In einem anderen steckten Bilder über den Krieg in Bosnien, über den Krieg zwischen dem Iran und Irak, Bilder mit einer langen Schlange von Leuten in Rußland, die sich dort nach Brot angestellt hatten, mit Kindern in Äthiopien, die vor Hunger starben. In einem dritten Umschlag fand sie Mitteilungen über die Wahl der ›Miss World‹ in Banga-

1 Namen verschiedener führender Politiker in Indien, die z. T. auch hohe Regierungsämter bekleideten.

lore, über Michael Jackson, über den Freispruch der Schuldigen im Deorala Sati-Prozeß[1].

Allmählich verlor Kishor Babus Frau die Geduld. Was tun? Was sollte denn dieses Sammeln von Zeitungsausschnitten, schön in Umschlägen sortiert, bloß bedeuten? Was ging denn Kishor Babu dieses ganze Durcheinander an? Wollte er sich vielleicht wie Bagrodiya-ji in die Politik stürzen und Parlamentsmitglied werden? Weshalb sonst zerbrach er sich den Kopf über all diese Dinge? Es wäre besser, wenn er seinem Sohn helfen würde, der sich mit Umsatzsteuer, Einkommensteuer und wer weiß was noch für komplizierten Dingen herumschlug. Der arme Junge war ganz allein auf sich gestellt. Dann war da noch etwas, was ihm Sorge bereitete. Auf dem Markt gab es jetzt so viele neue Autos. Jedermann ringsum fuhr jetzt Auto, eines prächtiger als das andere. Sein Maruti 800 war da doch nur noch ein Mittelklassewagen. Wie sehr sich der Junge ein großes Auto wünschte! »Wenn ich einen Opel oder einen Ford hätte, würde das Leben richtig Spaß machen!« hatte er ihr einmal gesagt. Aber was hätte er tun können? Er hatte noch keine Kinder, obwohl seine Heirat schon fünf Jahre zurücklag. Die Medikamente gegen die Unfruchtbarkeit waren einfach zu teuer! Dazu die Krankheit des Vaters, die Arzneien für die Mutter, die Wünsche seiner Frau, die Geschenke für die Schwestern – was das alles kostete! Wenn sie die Lage ihres Sohnes bedachte, bekam sie richtig Wut auf Kishor Babu. Er sortierte Zeitungsausschnitte, als ob es Bündel von Banknoten wären!

Auf einmal hatte Kishor Babus Frau eine Erleuchtung. Sie wußte jetzt, wie dem abzuhelfen war. Wie dem auch sei, es hatte ganz bestimmt mit dem Bau ihres Hauses zu tun. Khetan-ji, einer ihrer Verwandten, hatte seine nagelneue Wohnung komplett abreißen lassen. Ein Pandit aus Hyderabad, ein Experte in architektonischen Fragen, hatte ihm geraten, alle Türen in der richtigen Richtung anzubringen, sonst würde er den Verstand verlieren. Da war es doch besser, etwas Geld für eine Umgestal-

---

1 Deorala-Sati-Prozeß: Gerichtsverhandlung wegen einer Witwenverbrennung, in der die Schuldigen freigesprochen wurden.

tung der Wohnung auszugeben, als um den Verstand zu kommen! Als Khetan-ji dann einmal zu ihnen zu Besuch kam, hatte er sich etwas von oben herab mit seinem neuen Wissen gebrüstet: »Schwägerin, die Kokosnußpalme dort in der Nordost-Ecke steht falsch. Sie müßte eigentlich in der Südwest-Ecke stehen.«

»Aber, aber«, brachte Kishor Babus Frau, nervös geworden, hervor, »an diesem Platz im Haus steht doch schon immer ein Baum. Einen Baum kann man doch nicht einfach so an einen anderen Platz stellen wie einen Schrank!« Khetan-ji lachte nur.

»Das stimmt schon, Bhabhi-ji. Aber der Baum kann doch gefällt werden. Na gut, machen Sie, was Sie wollen! Aber eines sollten Sie wenigstens tun: Nehmen Sie ein großes Tongefäß mit einer breiten Öffnung, füllen es mit Wasser und stellen es in die Nordost-Ecke, dann wird Ihr Haus stets mit Reichtum gesegnet sein.«

Das erste, was Kishor Babus Frau am nächsten Morgen tat, war, ein Gefäß mit Wasser in jene Ecke zu stellen. Den Baum zu fällen, ohne Kishor Babu zu fragen, wagte sie aber nicht. Heute nun beschloß sie, sich unbedingt bei Khetan-ji nach jenem Pandit, dem Experten in architektonischen Fragen, zu erkundigen. Ihr Sohn hatte zwar einmal erzählt, daß die Zeitungen jetzt voll wären mit Namen von Architekten dieser Art, doch wie sollte man wissen, welcher der beste war?

An jenem Sonntagmorgen begab sich Kishor Babu schon sehr früh auf seine Tour. Als seine Frau aufstand, erfuhr sie, daß er mit dem Auto weggefahren war und selber fuhr. Sie atmete erleichtert auf. Ein bißchen schien sein Kopf ja doch in Ordnung gekommen zu sein. Da hatten die Medikamente des Psychiaters endlich mal etwas bewirkt!

Als Kishor Babu zurückkam, sah er sehr zufrieden und glücklich aus. Er holte sogleich seinen Briefblock hervor und setzte sich hin, um einen Brief zu schreiben. Er fertigte einige Entwürfe nacheinander an, die er einen nach dem anderen zerknüllte und in den Papierkorb warf. Beim fünften Mal hielt es seine Frau nicht mehr aus und fragte: »Wem schreibst du denn da einen Brief?«

»Jyoti Basu.«

Irgend jemand aus dem Stadtviertel hatte, wer weiß warum, dem stets faul herumlungernden, Opium rauchenden Chauffeur, der schon viele Jahre für Kishor Babus Familie arbeitete, den Namen ›Jyoti Basu‹ gegeben, und seitdem hieß er nur noch so. Jyoti Basu hatte Urlaub genommen, um nach Hause zu fahren, und das lag nun schon mehr als einen Monat zurück.

Besorgt fragte Kishor Babus Frau: »Wie lange ist er eigentlich schon weg? Hast du Schwierigkeiten, das Auto zu fahren? Es ist doch schon lange her, daß du das letzte Mal selbst gefahren bist. Wozu mußt du denn so viele Briefe zerreißen? Das hast du doch noch nie gemacht.«

Kishor Babu knüllte gerade wieder ein Blatt Papier zusammen, formte daraus eine Kugel, um sie sogleich in den Papierkorb zu werfen: »Ich schreibe nicht unserem Chauffeur, sondern dem Chauffeur von Bengalen, unserem Premierminister Jyoti Babu.«

Vor Schreck blieb ihr das Herz für einen Moment stehen: ›Du lieber Gott! Was ist das nun schon wieder für ein neues Unheil? O Hanuman-ji, Maharaj! Ich opfere dir in deinem Tempel in Salasar fünfzig Kilo Curma, wenn er geheilt ist, jedes Jahr!‹ Das war zuviel des Guten, schlimmer konnte es nun wohl nicht mehr kommen. War ihr Mann nun verrückt oder nicht, sie jedenfalls war auf dem besten Wege, es zu werden. Ihre Augen füllten sich mit Tränen. Das mußte sie ihren Kindern sagen. Wenn sich diese neue Manie bei Kishor Babu festsetzte, würde er bald anfangen, in Zukunft auch den ständig wechselnden Ministerpräsidenten in Delhi Briefe zu schreiben.

Sie riß sich zusammen und fragte: »Was schreibst du denn Jyoti Babu?«

»Weißt du, Saroj, letzten Sonntag bin ich mit der Straßenbahn von Dalhousie über Dharmatala nach Ballygunge gefahren, dieselbe Strecke wie in meiner Kindheit. Als die Bahn vor dem Governor's House die Richtung nach Dharmatala einschlug, fiel mein Blick auf die große Statue des Revolutionärs Rashbehari Bose, und ich entdeckte einen langen weißen Tilak auf seiner Stirn. Das verblüffte mich doch sehr. Wer hat denn das fertiggebracht, auf der Stirn einer solch hohen Statue einen Tilak anzubringen? Weißt du, woran mich dieser weiße Tilak erinnerte? An Swami Ramanand Krishna. Ich fühlte mich auf einmal um fünfzig Jahre zurückversetzt.

Es war während der ›Quit India-Bewegung‹ 1942. Subhash Babu hatte 1941 Indien verlassen und war über Kabul nach Deutschland gegangen, um dann nach Singapur zu fliegen. Gandhi, Nehru und alle anderen Führer waren inhaftiert. Shantanu und Amolak wußten nicht, was sie nun tun sollten. Sie gingen damals in die zwölfte Klasse, und ich hatte im Geschäft meines Onkels angefangen zu arbeiten. Mohan Mundhra, der wie Amolak ein begeisterter Anhänger von Gandhi-ji war, hörte auf einmal mit dem Spinnen von Garn auf und fing an, Emile Burns Buch *Was ist Marxismus* zu lesen. Er wurde zum unerschütterlichen Kommunisten, der in Lakshmicand einen Gefährten fand, und der kam immer in khakifarbenen kurzen Hosen in die Schule und besuchte täglich die Veranstaltungen einer Gruppe der Rashtriya Swayam Sewak Sangh. Alle Leute waren desorientiert und zutiefst enttäuscht. Da begegnete mir in Murshidabad Swami Ramanand Krishna mit einem weißen Tilak auf der Stirn. Er verhalf mir und Shantanu nicht nur zu einem richtigen Blick auf unser persönliches Leben, sondern auch auf unsere Pflicht dem Land gegenüber ...«

Kishor Babus Frau hielt es nicht länger aus. Bis dahin hatte sie ihr Unbehagen unterdrückt und zugehört. Doch nun unterbrach sie Kishor Babu brüsk und fragte: »Was hat denn Jyoti Basu damit zu tun? Weshalb schreibst du ihm denn? Was geht es uns denn an, wenn man Rashbehari Bose einen Tilak aufmalt?«

Kishor Babu staunte nicht schlecht, wie schnell seine Frau auf einmal nicht nur mit ihrem eigenen Gehirn denken, sondern ihre Gedanken auch so furchtlos vor ihm aussprechen konnte. In der Tat, die Demokratie konnte nicht untergehen auf dieser Welt! Wenn sie nur ein kleines Löchlein findet, drängt sie nach draußen, gleich einem Pipal- oder Banyanbaum, der selbst in einen Stein seine Wurzeln treibt und durch ein Loch nach draußen dringt.

»Hör doch erst mal die ganze Geschichte, Saroj! Als die Bahn dann etwas weiter das Lenin-Denkmal erreichte, erkannte ich durch die weißen Streifen, die über das Gesicht Lenins liefen, daß es sich nicht um einen weißen Tilak handelte, sondern daß es der Kot von Tauben und anderen Vögeln war. Ich war fassungslos. Am Montag bin ich dann die ganze Stadt abgefahren und habe festgestellt, daß sich die Denkmäler von Gandhi, Subhash, Wiwekanand, Nehru, Ambedkar, Matangini Hazra, Rani Rasmani, Khaudiram, Sharat Bose in demselben Zustand befinden. Nun schreibe ich Jyoti Babu, daß ich die Statue von Gandhi-ji für zwanzig Rupien von einem Jungen habe säubern lassen, den ich noch vor Tagesanbruch in meinem Auto dorthin gefahren habe. Doch wieviel Statuen kann ich denn auf diese Weise säubern lassen, ich kann mich doch nicht um alle kümmern? Deshalb ersuche ich Jyoti Babu, dieser öffentlichen Schande, die den großen Führern unseres Landes in Kalkutta widerfährt, schleunigst ein Ende zu setzen, und über ihren Köpfen einen Schirm oder irgendeinen anderen Schutz anbringen zu lassen. Schließlich ist Jyoti Babu auch schon ganz schön alt. Er geht auf die dreiundachtzig zu. Seiner eigenen Statue wird es bald ganz genauso ergehen.«

## 12
## 1942: Eine Liebesgeschichte?

Kishor Babu saß nun im Geschäft. Dem zu entgehen half kein Mittel, nachdem er die Abschlußprüfungen der zehnten Klasse bestanden hatte. Schon Lalit Bhaiya war nichts anderes übriggeblieben, und auch für ihn gab es nur diese eine Möglichkeit: arbeiten gehen. Durch den Krieg in Europa waren die Preise für alle Waren, wie Hefte, Stifte, Milch, Tee, Arzneimittel, Getreide und anderes in schwindelnde Höhen gestiegen. Mutter machte sich die allergrößten Sorgen. Shanti Bhabhi, ihre Schwägerin, lebte nun auch bei ihnen in Kalkutta, weswegen sich ihre Ausgaben beträchtlich vermehrt hatten. Mutter fiel es mit jedem Tag schwerer, ihre Not zu verbergen. Dieses Mal, als ihr älterer Bruder sie besuchen kam, ließ sie für ihn keinen Imbiß holen. Sie redete sich heraus, indem sie vorgab, der Schrankschlüssel sei nicht aufzufinden. Er sei spurlos verschwunden. Solche Vorfälle erhöhten den Druck auf Kishor, so schnell als möglich die Arbeit im Geschäft seines Onkels aufzunehmen. Nur dann wäre es möglich, den Onkel um etwas mehr Geld zu bitten.

Jetzt konnte sich Kishor nicht mehr so oft wie früher mit Shantanu und Amolak treffen. Das Leben führte sie nun auf verschiedene Wege. Doch die beiden Freunde schauten von Zeit zu Zeit bei ihm im Geschäft vorbei, was seinem Onkel überhaupt nicht gefiel. Besonders störte ihn, daß Shantanu ein Bengale war. Beide Freunde setzten Kishor zu, am Sonntag zu Shantanu nach Hause zu kommen.

Anfangs waren Kishor ihre Besuche im Geschäft sehr peinlich. Er hatte das Gefühl, nackt auf der Straße und allen Blicken ausgesetzt zu sein, wenn er hinter dem Ladentisch stand. Er wollte nicht, daß Shantanu und Amolak ihn so sahen. Allmählich gewöhnte er sich an ihr Kommen, und es machte ihm weniger aus. In ihrer Gegenwart tat er, als ginge ihn das ganze Geschäft überhaupt nichts an. Natürlich durchschauten das alle, vom Buchhalter bis hin zum Verkäufer, die insgeheim darüber lächelten.

Seine Onkel hatten sich im ersten Stock über dem Geschäft ein Büro eingerichtet, in dem sie sich die meiste Zeit aufhielten. Für Kishor war das eine gewisse Erleichterung, denn so konnten sie ihn nicht ständig im Auge haben. Ansonsten hatte er schon mehrmals mit dem Gedanken gespielt, sich auf der Harrison Road unter eine Straßenbahn zu werfen.

Manchmal kam einer der Händler von den Obst- und Gemüseläden nebenan in das Geschäft, sah sich an die zehn Stoffballen an, um dann zu erklären: »Das, was ich gern möchte, haben Sie nicht.« Dann hätte Kishor ihn am liebsten am Schlafittchen gepackt, hinter den Ladentisch gezerrt und gründlich durchgeprügelt. Er beherrschte inzwischen auch das ganze Arsenal an Flüchen seines älteren Onkels, das er bei solchen Vorfällen wie eine Beschwörung wiederholend vor sich hin zu brabbeln pflegte: »Mistkerl, Schuft, Arschficker, Schweinehund!« Das verschaffte ihm einige Erleichterung.

Je besser Kishor sich mit dem Geschäft auskannte, um so deutlicher stand ihm die ganze Gemeinheit und Niedertracht der Händler vor Augen. Wie recht Shantanu doch hatte! Diese Leute interessierten Begriffe wie Land, Gesellschaft, Religion nicht im geringsten. Diese Gauner dachten nur an ihren Profit und mischten deswegen sogar Talg ins Butterschmalz. Er mußte auch feststellen, daß die Händler das Ende des Krieges in Europa auf gar keinen Fall herbeiwünschten und sich große Gewinne erhofften, wenn er sich noch einige Jahre hinzog. Schon das Gerücht, der Krieg ginge zu Ende oder die Niederlage der Engländer stünde bevor, hätte die Marktgeschäfte arg zurückgehen lassen. Zu gern hätte sich Kishor auf die Straße gestellt und laut gebrüllt: ›Ihr raffgierigen Hunde, nicht einmal die Generation eurer eigenen Kinder wird von euren Geschäften profitieren können! Ihr steuert schon jetzt in den Ruin!‹ Hörte er, daß eine Firma pleite gegangen war, konnte er eine insgeheime Freude kaum unterdrücken: Wenigstens einem hatte es mal wieder das Genick gebrochen! Hinterher bereute er, sich am Unglück anderer geweidet und sich gefreut zu haben. Schadenfreude war doch gar nicht seine Art! Aber dennoch, bei jedem weiteren Bankrott fühlte er sich wie zuvor.

Auf dem Aktienmarkt mußten viele Leute hohe Verluste hinnehmen, wenn sie ihre Aktien bei Marktflaute verkauften und der Kurs durch den Krieg auf einmal wieder unversehens in die Höhe schnellte. Die Makler nahmen große Risiken auf sich. Kishor wußte, daß sein Onkel heimlich ein bißchen an der Börse spekulierte. An seiner Stimmung ließ sich ablesen, ob er verloren oder Glück gehabt hatte, und bei Verlusten überschüttete der Onkel jeden, der ihm in den Weg kam, mit einem Schwall von Flüchen. Einige Male befürchtete Kishor schon, daß die Firma seiner Onkel am Ende wäre. Was sollte dann aus ihm, Mutter und der Bhabhi werden? Diese Vorstellung trieb seinen Eifer an, im Geschäft sein Bestes zu geben.

Plötzlich wurde aus dieser langweiligen Arbeit im Geschäft eine Art Spiel für Kishor: Er lernte, die wechselnden Launen des Onkels zu verstehen und für sich auszunutzen. So verhielt sich der alte Buchhalter jetzt Kishor gegenüber etwas nachgiebiger. Kishor hatte ihn einige Male, wenn der Onkel das Geschäft betrat, auf irgendeinen Fehler aufmerksam gemacht, den der Buchhalter begangen hatte. Das brachte ihm zwei Vorteile ein: Zum einen zeigte er seinem Onkel, daß er, wie es sich für ein Mitglied der Familie gehörte, peinlich genau auf alle Dinge im Geschäft achtete. Zum anderen hütete sich der Buchhalter jetzt, ihm einen Anlaß zur Beschwerde zu geben. Vorher, wenn Kishor ihn um Geld für Tee und Samosas gebeten hatte, damit er sich welche bringen lassen konnte, hatte der Buchhalter so getan, als würde er dazu gezwungen werden, ein Almosen rauszurücken. Kishor mißfiel das und schluckte deshalb seine Samosas lieber mit Wasser hinunter. Jetzt rückte der Alte ganz schnell das Geld für Kishors Imbiß heraus.

›Der Buchhalter tat gerade so, als wäre es sein eigenes Geld! Der Onkel kontrolliert doch die Bücher! Mal sehen, ob er etwas sagt! Aber länger kusche ich nicht mehr vor ihm. Der Mensch kann doch nicht arbeiten und gleichzeitig vor Hunger umkommen!‹ dachte Kishor. Er wußte aber wohl, daß der Onkel niemals so denken würde. Das so zu sehen, würde er niemals dulden. Jedenfalls wollten der Buchhalter und die anderen Angestellten im Geschäft, daß er auf der gleichen Stufe wie sie stand und sich nicht wie ihr Vorgesetzter aufspielte. Sie unternahmen deshalb alles, um ihm das beizubringen.

Oft hatte Kishor das Gefühl, als wäre er inmitten eines Meeres von Gemeinheit und Gewalt, in dem ihn jemand an den Beinen festhielt und nach unten zu ziehen suchte. Das Leben im Geschäft war ganz anders als das in der Schule. Betrachtete er sich im Spiegel, meinte er, einen ganz anderen Menschen zu sehen. Eine bittere Gereiztheit lag jetzt um die Augen, die Nase und den Mund und hatte seine Züge völlig verändert. Nur bei seiner Mutter verspürte er eine gewisse Erleichterung. Er hätte sie gern umarmt und gefragt: ›Ma, wie kommt es, daß dich diese häßliche Welt in keiner Weise befleckt hat?‹ Zwar sprach er das nicht aus, doch die Mutter antwortete ihm auf diese Frage, als ob sie in sein Innerstes blicken und seine Gedanken lesen konnte: »Der Mensch muß sich in Geduld üben. Man kann über Nacht nicht alles erreichen. Wer auf halber Strecke die Geduld verliert, begeht eine große Dummheit. Man muß warten können, denn die Zeit hat eine große Bedeutung ...«

›Zeit!‹ – das stimmte schon, doch Kishors Träume liefen der Zeit weit voraus. Er rannte, sprang dabei über Dschungel, Berge, Flüsse, und die Erde, mit trockenem Laub bedeckt, knirschte unter seinen Leinenschuhen. Er rannte und rannte, und plötzlich hielt er eine Trikolore in der Hand, die er weit weg ganz oben auf der Mauer einer Festung hissen sollte. Er war so müde, daß ihm die Fahne in seiner Hand wie ein zentnerschwerer Stein vorkam. Er schüttelte die Schweißtropfen ab, die auf seiner Stirn perlten, und starrte auf die Fahne. Nein, stehenbleiben konnte er nicht. Der bittere Geschmack von Schweiß lag ihm auf der Zunge. Er war so erschöpft, daß er glaubte, jeden Moment ohnmächtig zusammenzubrechen. Plötzlich tauchte Shantanu von irgendwoher auf und wischte ihm den Schweiß mit einem weißen Tuch ab, klopfte ihm freundschaftlich auf den Rücken und nahm ihm die Fahne aus der Hand. Genau in diesem Augenblick fing Subhash Babu an zu sprechen, er hielt eine Rede auf englisch im Radio Berlin. Shantanu schaute ihm in die Augen und lächelte.

Als Kishor aufwachte, fühlte er sich so müde, als hätte er tatsächlich einen langen wahnwitzigen Lauf hinter sich. So realistisch waren Kishors Träume.

In diesen Tagen kam es Kishor so vor, als ob Amolaks Begeisterung für Gandhi-ji und die von Shantanu für Subhash Babu etwas nachgelassen hatte. Vielleicht täuschte er sich aber auch. Doch der Wind der Zeit tauchte alles in leicht getrübtes Licht. Der Zweifel hatte sich in den Herzen eingenistet, und keiner traute mehr dem anderen. Amolaks Glaube an Gandhi-ji war nicht so bedingungslos wie der seines Vaters. Zu viele Dinge, die andere Leute sagten, verunsicherten ihn.

Die Leute stellten den zu Beginn des Krieges gefaßten Beschluß der Kongreß-Partei, sich aus den Provinzregierungen zurückzuziehen, in Frage. Was hatte das denn gebracht? Das hatte die Kraft des Kongresses doch nur geschwächt, oder? Wenn der Kongreß den Kampf gegen die Nazis für richtig hielt, dann hätte er doch auch das britische Empire unterstützen können? Wer weiß, das hätte doch sicher beträchtliche politische Vorteile gebracht. Nicht genug damit, Gandhi-ji hatte ja das Volk darauf eingeschworen, ›individuelle Non-Cooperation‹ zu üben, um den Engländern in dieser Zeit nicht noch mehr Probleme zu schaffen. Was sollte denn das alles? Es gab genug Leute, die über solche Fragen stritten. Skeptiker gab es genug im Land. Durch all diese Dinge geriet Amolaks Glaube ins Wanken. Er konnte nicht wie sein Vater alles gutheißen, was Gandhi-ji sagte oder tat, nur weil man ihn für einen ›Mahatma‹ hielt. Die Lust am Garnspinnen war ihm inzwischen vergangen.

Seit dem Verschwinden von Subhash Babu aus Kalkutta hatte Shantanus Begeisterung für ihn nachgelassen. Anfänglich stellte man die verschiedensten Vermutungen über sein Verschwinden an: In einem Anfall von Wut habe er Selbstmord begangen, eine Krankheit habe sein Gehirn angegriffen oder er sei in den Himalaja gegangen, um Asket zu werden. Später erhielt Dr. Ray eine Kopie seiner Rede, die er in Kabul gehalten hatte. Nachdem er diese Rede gelesen hatte, berichtete er die konfusesten Dinge darüber. Doch dieses Mal stellte sich Shantanu nicht wie sonst gegen seinen Vater. In dieser Rede hatte Subhash Babu erklärt: »Nach dem Ende der englischen Herrschaft muß erst einmal für einige Jahre eine Diktatur errichtet werden. Eine Verfassung kann hier noch nicht von Nutzen sein.«

Subhash Babu meinte also, die Lösung aller Probleme der indischen Gesellschaft lägen in einer Diktatur, und das sah Shantanu nicht ein. Aber letzten Endes hatte ihm sein Vater, Dr. Ray, stets die Freiheit gelassen, sich eine eigene Meinung zu bilden. Ob Shantanu recht hatte oder nicht, Dr. Ray hatte niemals versucht, ihm seine Meinung aufzuzwingen. Jetzt begriff Shantanu nach und nach, daß das, was er bei seinem Vater für Unentschlossenheit gehalten hatte, in Wahrheit geistige Aufgeschlossenheit war. Er entdeckte, daß sein Vater sich den Dialog mit allen möglichen Leuten offengehalten hatte, egal welch widersprüchliche Meinungen sie hatten.

Der Weggang von Subhash Babu im Januar 1941 war gleichsam der Beginn einer Massenflucht aus Kalkutta. Je näher der Krieg der Stadt kam, um so chaotischer wurde die Situation, da alle aus der Stadt hinaus wollten. Schlimmer als bei einer Epidemie. Im Juni, mit dem Einsetzen des Monsuns, begannen die Verdunkelungen in Kalkutta. Die Angst vor den Bombern des Feindes ließ das Blut in den Adern der Stadt gleichsam erstarren. An manchen Stellen wurden vor den Häusern kleine Mauern errichtet, um bei einem Bombenabwurf die schlimmsten Zerstörungen im Haus zu verhüten. Hier und dort schichtete man auch Sandsäcke auf. Gräben wurden ausgehoben, um beim ersten Sirenengeheul in ihnen Zuflucht suchen zu können. Die Angst vor Bombenangriffen schwebte über der Stadt wie ein Baldachin dichter Monsunwolken. Die Atmosphäre war bedrückend und nicht mehr auszuhalten.

Ungeachtet dessen, daß ihm der Schweiß am ganzen Körper nur so herunterlief, streifte Kishor am Sonntag zusammen mit Shantanu und Amolak mit der Straßenbahn und zu Fuß durch die Stadt, um sich das traurige Spektakel anzusehen. Auch bei ihnen zu Hause sprach man davon, die Stadt zu verlassen. Wenn die Bomben erst fielen, konnte man ja immer noch weitersehen, und so beschlossen die drei Freunde, erst einmal zu bleiben.

Die Jugend ignoriert gewöhnlich eine nahende Gefahr, während ältere Leute sie überall lauern sehen, auch wenn sie noch gar nicht da war. Nachts, wenn es durch die Verdunkelung stockfinster war, blieben sie hellwach und taten kein Auge zu, sie spitzten die Ohren, um die Gefahr rechtzeitig zu erkennen. So warteten sie mit angehaltenem Atem Nacht für Nacht auf das Geräusch fallender Bomben, doch nichts dergleichen geschah. So fingen sie zu reden an, nutzten die Nächte zum Diskutieren, stritten sich darüber, welche Seite welche Siege errungen hatte.

Kishor streifte nun des Nachts durch die dunklen leeren Straßen der umliegenden Stadtviertel. Es schien, als ob die Leute in jedem Haus redeten. Keiner wollte schweigend dasitzen, alle besprachen als wichtigstes Thema, wer wohin gehen konnte, wenn er die Stadt verließ, wer welche Bekannten oder Verwandten außerhalb von Kalkutta hatte, die für kurze Zeit eine Zuflucht bieten konnten. Kishor würde mit seiner Mutter nach Farrukhabad gehen, wo die Eltern der zweiten Frau seines ältesten Onkels wohnten, Bhabhi zu ihren Eltern nach Kanpur, Shantanu nach Murshidabad, Amolak nach Wardha. Viele Marwaris flohen nach Rajputana, in ihre alte Heimat. Kishor fand, je länger man den Weggang hinauszögern konnte, um so besser wäre das. Dr. Ray meinte, die Japaner würden Kalkutta wohl kaum aus der Luft angreifen, sie würden wohl eher den Seeweg nehmen. In der Hoffnung, damit den Weggang aus Kalkutta abzuwenden, erzählte Kishor seinem Onkel davon.

Es war um die Zeit, als Deutschland Rußland überfiel. Das brachte neue Aufregung in die politische Atmosphäre Kalkuttas und erregte heftige Debatten. Die Kommunisten der Stadt sprachen nun davon, sich auf die Seite des britischen Empire zu stellen, und wollten die Engländer durch einen ›Volkskrieg‹ gegen den Faschismus unterstützen. Der Kongreß wiederum, obwohl er gegen die Nazis war, hatte beschlossen, dem britischen Empire so lange keine Unterstützung in diesem Krieg zu geben, bis Indien seine Freiheit erlangt hatte. Amolaks Vater übte scharfe Kritik an den Kommunisten, doch Amolak war unschlüssig, wem er glauben sollte und wem nicht. Er stellte mit seinen Reden bei Kishor alles auf den Kopf: »Ist nicht jeder Mensch, der mit den Armen und Unterdrückten fühlt, gewissermaßen ein Kommunist? In diesem Sinne sind wir alle Kommunisten.«

Kishor vergaß nicht, welche Armut und Unwissenheit er ringsum gesehen hatte, als er durch die Stadt streifte, ehe er die Arbeit im Geschäft aufnahm. Kalkutta war eine Stadt der Bettler. Amolak meinte, daß die Engländer all diese Bettler hervorgebracht hätten. Sie hatten die Weber von Bengalen und die Arbeiter anderer Heimindustrien entwurzelt, weshalb es auf dem Dorf keine Arbeit mehr gab und sich die Straßen Kalkuttas mit Bettlern füllten. Jetzt haben die Engländer das ›Landstreicher-Gesetz von Bengalen von 1938‹ beschlossen, das ihnen erlaubte, Bettler wie räudige Hunde einzufangen und aus der Stadt hinauszubringen. Kishor hatte mehrere Male gesehen, wie Amolak lange Gespräche mit Bettlern auf der Straße führte. Seit Kishor im Geschäft arbeitete, hatte er eine andere Welt kennengelernt. Blieb ein Bettler vor dem Geschäft stehen, ging der Onkel mit seiner Donnerstimme auf ihn los, daß dem Armen fast das Herz stehenbleiben mußte. Vielleicht hatte sich das inzwischen unter allen Bettlern in dieser Gegend herumgesprochen, und sie zogen es vor, das Betteln vor diesem Geschäft zu unterlassen.

Der Onkel wiederum regte sich darüber auf, daß Amolaks Vater auf dem Bazar herumlief und die Händler um Spenden bat: »Nun sieh dir bloß mal diese Leute an! Kümmern sich nicht mehr ums Geldverdienen, sondern bringen Schande über unsere Händlerkaste, indem sie herumlaufen und um Spenden bitten! Das nennen sie Dienst am Vaterland! Sie sind ein Makel für den guten Namen der Marwaris! Sie haben sie nicht mehr alle beisammen, deshalb rennen sie umher wie Bettler! Am Morgen schon ziehen sie los und singen nationale Lieder. Propagieren das Spinnen von Garnen! Schönen Ruhm bringen sie da dem Namen ihrer Ahnen!«

Kishor tat es weh, solche Dinge zu hören. Am liebsten hätte er etwas unternommen, um seinem Onkel Einhalt zu gebieten, oder hätte ihm wenigstens gesagt: »Es müßte Ihnen doch klar sein, daß diese Leute keine Schande über die Marwaris bringen, sondern sie eher von Schande reinwaschen.«

Wenn er sah, wie diese Leute am Morgen durch die Straßen

zogen, wurde ihm das Herz weit. Er hörte sie singen: »Färbe meine Kleider in heiliges Orange ...!« Kishor konnte seine Kleider nicht in dieses Orange färben, doch dankte er diesen Menschen und dieser Erde, die solche Menschen hervorgebracht hatte. ›Unser Leben gleicht dem der Würmer und Insekten, es ist ohne Sinn und Ziel. Es ist voller Egoismus und Eigennutz‹, dachte er.

Durch die Angriffe der Japaner auf Amerika und England war die Panik gegen Ende des Jahres 1941 derart gestiegen, daß den Bewohnern von Kalkutta nichts anderes übrigblieb, als die Stadt zu verlassen. Der Mensch fühlt sich seiner Stadt verbunden wie ein Kind durch die Nabelschnur mit seiner Mutter. Es fällt ungeheuer schwer, aus ihr wegzugehen, was Kishor zum ersten Mal spürte. Er empfand mit seinen Vorvätern, mit seinem Urgroßvater Ramwilas, mit dessen Bruder, mit seinem Großvater und Vater, die alle diesen Schmerz durchgemacht hatten, als sie ihre Heimat verließen, um hierherzukommen. Vielleicht hatten sie deswegen ihre Frauen nicht mitgenommen. Später kamen die Frauen nach, doch bei größeren Festen und um ein Kind zur Welt zu bringen, gingen sie wieder in ihre Heimat zurück. So war auch Lalit Bhaiya in Bhiwani geboren worden. Sie hielten es ebenso: die Männer hier, die Frauen dort. Kishor kamen die Worte eines Marwari-Liedes in den Sinn, das er zur Hochzeit seines Bruders Lalit gehört hatte:

Henna kaufte ich für meine Hand,
nun ist sie geschmückt.
Doch Freundin, wer hat sie angeblickt?
Mein Liebster weilt in fernem Land.

Der jüngere Onkel, Mutters zweiter Bruder, hatte im vergangenen Monat geheiratet. Aber seine Frau wird zu ihren Eltern nach Ramgarh ziehen, und der Onkel wird in Kalkutta seinen Geschäften nachgehen. Die Hennaornamente, mit denen ihre Hände zur Hochzeit, wie es Brauch ist, geschmückt wurden, sind noch nicht einmal verblaßt. Aber das hilft nichts, sie kann nicht bleiben.

Die Japaner haben rings um Singapur Bomben abgeworfen und viele moderne Kriegsschiffe der Engländer versenkt, was die Panik unter den Leuten vergrößerte. Der Markt brach zusammen, Schulen, Colleges, alle öffentlichen Institutionen wurden geschlossen. Die Leute sprachen davon, daß die Sonne des britischen Empire im Untergehen sei. Es gab etliche, die ihre Sympathie für die Japaner nicht verbargen und Vorbereitungen für ihren Empfang trafen. Andererseits hatte Nehru gedroht, daß er selbst ein Schwert in die Hand nehmen und gegen Subhash Bose kämpfen werde, sollte er zusammen mit den Japanern zurückkommen. Die Kommunisten nannten Subhash Bose einen ›Kollaborateur‹. Ringsum herrschten Chaos und Panik, wer hätte da auf mit Henna geschmückte Hände achten können?

Am 16. Dezember 1941, als die Nachricht vom Bombardement auf Rangun kam, nahmen Kishor und seine Mutter, begleitet von Mutters ältestem Bruder, den Zug nach Farrukhabad. Nur der jüngere Onkel blieb in Kalkutta zurück. Die Lage auf dem Markt war äußerst kritisch, denn die Preise waren ins Bodenlose gefallen. Kishor wußte nur zu gut, daß sein Onkel hohe Verluste an der Börse erlitten hatte. Ehe sie wegfuhren, gab es im Büro über dem Geschäft laute und heftige Auseinandersetzungen. Kishor hörte, wie der jüngere Onkel zu dem älteren sagte: »Du hast uns ruiniert! Wir werden deinen Luxus und deine Torheiten nicht mehr hinnehmen. Du brauchst dich ab jetzt nicht mehr um die Geschäfte zu kümmern! Bleib zu Hause und überlaß das alles mir!« Kishor staunte, daß der Onkel nicht protestierte. Er hatte erwartet, daß der große Onkel gleich losdonnern und der kleine sich wie zur Kinderzeit vor Angst in die Hosen machen würde. Aber nichts dergleichen geschah. Es war schon so, der große Onkel gab sich geschlagen. Vor drei Monaten hatte es im Haus wegen mit Spinat gefüllter Pakauris einen fürchterlichen Streit gegeben, und der Onkel mußte erleben, daß sich keiner, von Mutter angefangen über seine Schwestern bis hin zum jüngsten Bruder, auf seine Seite stellte.

Wie jeden Sonntag versammelte sich der Freundeskreis des Onkels bei ihm zu Hause, um Karten zu spielen. Da Kalkutta fast leer geworden war, hatten sie sich vor einiger Zeit recht billig ein verlassenes Haus auf der Lake Road kaufen können. Man wollte das Ereignis feiern, und einen von Onkels Freunden verlangte es nach mit Spinat gefüllten Pakauris. Aber Spinat gab es zu dieser Jahreszeit nicht, also konnte man auch keinen bekommen. Aber ein anderer der Freunde war überzeugt, daß auf dem Machua Bazar ganz bestimmt welcher zu holen sei. Sogleich wurde das Auto zum Machua Bazar am anderen Ende der Stadt geschickt. Wegen des Krieges war das Benzin rationiert, es gab nur sechs Gallonen pro Auto. Deshalb sah man nur wenige Autos auf den Straßen, die meisten Autobesitzer benutzten jetzt Bus und Straßenbahn. Der jüngere Bruder erhob nun wegen dieser Spinat-Pakauris ein Riesengeschrei, wodurch alle von den Geschäftsverlusten erfuhren. Schon damals hatte der große Onkel nichts gesagt, um sich zu rechtfertigen. Er kam erst am nächsten Tag wieder aus seinem Zimmer, als es Zeit war, in das Geschäft zu gehen. Danach verhielt er sich sehr schweigsam. Seine Freunde setzten nie wieder einen Fuß in sein Haus.

Der jüngere Onkel machte die Geschäftsverluste mit großem Geschick wieder wett, wobei ihm das von seinen Schwiegereltern erhaltene Geld eine große Hilfe war. Er beglich alle Schulden und machte sich mit großem Eifer an die Arbeit. Gleich am Tag nach seiner Hochzeit begab er sich in das Geschäft. Für ihn stellte sich die Frage, ob er nach Farrukhabad gehen solle oder nicht, erst gar nicht. Kishor kam gerade in die Küche, als die Tante mit ihren noch mit Henna verzierten Händen den Teig für die Puris knetete, die sie auf die Zugfahrt mitnehmen sollten, und sah, wie ihr die Tränen statt auf ihren Sari auf eine Puri tropften. Da wischte sie die Puri mit einem Tuch ab und legte sie in einen breiten Korb, der neben ihr stand. Sie mußte ja am nächsten Tag auch mit dem Zug zu ihren Eltern nach Ramgarh fahren.

Auf der Fahrt nach Farrukhabad brachte Kishor keine einzige Puri hinunter. Puris voller Tränen! Warum nur geschah so etwas immer wieder in der Welt? Das Leben war doch so kurz, warum konnte man nicht mit demjenigen zusammen sein, mit dem man gern wollte! Warum kam manchmal der Tod dazwischen und manchmal etwas anderes?

Kishor konnte niemals vergessen, was er auf dem Weg zum Bahnhof in Howrah sah. Es schien, als ob sich viele, viele Leute gleichzeitig durch eine schmale Tür zu drängen suchten. Auf der Straße wimmelte es nur so von Rikschas, Phaetons, Autos. In den Bussen und Straßenbahnen standen die Menschen dicht gedrängt. Den Bahnsteig hielten Hunderte und Aberhunderte Menschen besetzt in der Hoffnung, eine Fahrkarte zu ergattern oder in einen Waggon einsteigen zu können, um so dem drohenden Tod zu entrinnen. Schließlich konnte der Tod jeden Moment am Himmel erscheinen! Man zahlte ohne weiteres hundert Rupien Bestechungsgeld, um einen Platz im Zug zu bekommen. Wenn eine Warnsirene versuchsweise losheulte, erzitterten die Menschen in maßloser Furcht.

Als der jüngere Onkel sie alle zum Bahnhof brachte, fragte Kishor ihn, ob sie denn nach einiger Zeit in Farrukhabad wieder nach Kalkutta zurückkommen konnten, wenn sich die Lage in der Stadt verbesserte. Das wäre doch auch für den Onkel bequemer, und er, Kishor liebte doch Kalkutta mehr als jede andere Stadt. Der Onkel sagte dazu nicht nein, und Kishor beschloß, so bald als möglich zurückzukommen.

Kishor kehrte zurück, aber nicht, um sich der neuen Diktatur des jüngeren Onkels auszusetzen. Er kehrte zurück und begab sich unverzüglich zu Swami Ramanand Krishna, um einen weiteren Aspekt des Lebens kennenzulernen.

*Kishor Babu wünschte, diesen Teil der Geschichte in allen Details zu schildern. Er wollte unbedingt, daß die Erlebnisse, die ihm damals als die endgültige Wahrheit, wie das Salz des Lebens erschienen waren, in denselben Worten und derselben Form, mit demselben Geschmack und demselben Duft wiedergegeben würden. Es war ihm egal, wenn die Geschichte dadurch etwas aus dem Gleis geriet und sogar einen Abstecher bis Murshidabad machte. Was wäre das denn für eine Geschichte, die dem Leser nicht die Gelegenheit gäbe, es Swami Ramanand Krishna gleichzutun und einen Blick in sein Innerstes zu werfen? Mit diesem Gedanken widmete sich Kishor Babu mit ganzer Seele der Aufgabe, diese Erlebnisse nochmals zu durchleben und mit dem Leser zu teilen.*

Sieben unerträgliche Monate verbrachte Kishor in Farrukhabad, in denen die ständige Sorge um sein Leben und seine Zukunft den Schmerz in der Beule am Hinterkopf zu seinem ständigen Begleiter machte. Wieder zurück in Kalkutta, brachte ihn der Anblick der leeren Straßen, geschlossenen Läden und Bazare plötzlich auf eine dreiste Idee. Sein jüngerer Onkel würde es doch gar nicht merken, wenn er einfach zu Shantanu nach Murshidabad führe, ohne sich vorher im Geschäft zu melden.

Ohne Shantanu, Amolak, die Mutter und die Bhabhi fiel Kishor das Leben in Kalkutta recht schwer. Er las den Brief, den ihm Shantanu nach Farrukhabad geschrieben hatte, noch einmal durch: »Inmitten der Mangogärten, gleich neben dem dahinfließenden Ganges und den Feldern, auf denen die Frühjahrsernte heranreift, komme ich mir wie im Paradies vor. Laß einfach alles stehen und liegen, pack deine Sachen und komm so schnell wie möglich her, wenn du das ›Goldene Bengalen‹ erleben willst! Eine solche Gelegenheit bietet sich dir nie wieder. Amolak hat geschrieben, daß er auf dem Rückweg von Wardha auch herkommt. Dann sind wir drei wieder vereint. Außerdem wartet hier ein wunderbares Geschenk auf euch beide. Was es ist, bleibt jetzt noch ein Geheimnis. Ich kann euch aber versichern, daß euer Leben danach in Kalkutta nicht mehr dasselbe wie vorher sein wird.«

In Kishor weckte dieser Brief den Traum von einer Chance. Ein anderes Leben! Wie verlockend das klang! Um so mehr noch, als Kishor in diesen Tagen von einer trostlosen Verzweiflung erfaßt worden war. Er war nun siebzehn, seine Verheiratung konnte bestenfalls noch um zwei bis drei Jahre aufgeschoben werden. Aber zuvor wollte er auf eigenen Beinen stehen. Doch wie? Überall ringsum verschlechterten sich die Dinge. Nichts Gutes zeichnete sich ab, weder in der Welt, noch im Land, noch in seiner Familie.

In Jiyaganj, früher Murshidabad, stand Shantanus Haus direkt am Ufer des Ganges, vom gleichen Geruch einer mehr als hundertfünfzig Jahre zurückreichenden Geschichte behaftet wie der verfallene Palast der Ray-Familie in Nord-Kalkutta. Doch in diesem Haus hier pulsierte das Leben, man konnte es bereits von draußen hören und sehen. Schließlich hat doch jedes Haus ein Gesicht, so wie ein Mensch, oder? Obwohl das Haus alt war, war es von einem starken Lebenswillen beseelt, wie wir ihn von den Menschen in alten Zeiten kennen. Jeden Gast begrüßte es mit einem Lächeln, beim Abschied blickte es dem Scheidenden traurig nach.

Ritt ein Kind auf seinen alten Tigern aus Stein, lachte es, sich an die eigene Kindheit erinnernd. Trank jemand den süßen Saft aus den Kokosnüssen seiner Bäume, glänzten seine alten Augen vor Zufriedenheit. Füllte sich jemand den Magen mit den riesigen, ›Shrikrishna Bansuri‹ (Krishnas Flöte) genannten Bananen, dem allerbesten, was sein Garten zu bieten hatte, kannte seine Freude keine Grenzen. Vier Mangobäume gab es, in jeder Ecke des Gartens einen. Einer davon war ein ›Kohinoor‹, bekannt für die besten und teuersten Mangofrüchte, für die die Nawabs von Murshidabad eine besondere Vorliebe hatten. Dann gab es da noch die ›Ranipasand‹. War das nicht die Sorte, die Lutfnnisa, die wunderschöne Hauptgemahlin von Siraj-ud-daula, bevorzugte? Und glich der leicht herbe Geschmack dieser Mangoart nicht ihrer Persönlichkeit, ähnlich wie der Betelsaft durch ihre zarte Haut schimmerte, wenn er durch ihre Kehle lief? Aber sie liebte auch die Mangoart ›Campa‹, die genauso wie diese Blume duftete, denn diese Frau glich selber einer goldgelben Campablüte. Irgendein Vorfahre Shantanus hatte einen Gärtner der Nawabs mit viel Geld bestochen, um einen Kern der Mangoart ›Shahdulla‹ zu bekommen, denn es gab einen königlichen Befehl, jeden Kern dieser Mangos zu durchbohren und so zu vernichten, damit gewöhnliche Leute keine solchen Mangos anbauen konnten.

Als Kishor in Murshidabad eintraf, staunte er nicht schlecht über Shantanu, der ihm wie verwandelt erschien. Er, der sich früher gar nicht hatte beruhigen können, wenn sein Vater der Geschichte seiner Familie nachspürte und sie aufschrieb, sprach nun die ganze Zeit über nichts anderes als Geschichte. Was für ein Wandel zwischen damals und jetzt! So verhielt es sich auch mit anderen Dingen: Kishor wußte aus der Schulzeit, daß sich

Shantanu für Musik interessierte, doch jetzt verband sich dieses Interesse, wie auch alles andere, mit der Geschichte.

»Hörst du dir mal Kabiyal-Musik an? Kabiyal-Musik von Anthony Firangee? Er war ein Portugiese, der vor zweihundert Jahren unsere Göttin Kali verehrte.«

»Wenn du dir einmal Baul-Lieder anhörst, wirst du sie immer hören wollen. Welche Sanftheit, eingewebt in die Wahrheit des Lebens! In Bengalen ist die Baul-Tradition[1] immer noch lebendig.«

»Weißt du, daß Siraj-ud-daula so für die Schönheit schwärmte, daß er sich eine neue List ausdachte, um Hindu-Frauen in seinen Harem zu bekommen? Aus Furcht vor ihm gingen die Hindu-Frauen kaum noch aus dem Haus. Also schickte er seine Leute mit Booten los, die jede schöne Frau, die zum Ganges baden kam, sogleich entführten. Doch als die Engländer Siraj-ud-daulas Leiche auf einen Elefanten banden und diesen in ganz Murshidabad herumführten, trauerten auch die Hindus zusammen mit allen anderen um ihn und nahmen für den Frieden seiner Seele rituelle Bäder im Ganges. Schließlich war er ihr ›Siraj‹, der gegen die Fremden gekämpft hatte ...«

Die Natur von Jayaganj-Azimganj, Shantanus Reden und Shantanus geistiger Lehrer Swami Ramanand Krishna alias Jogeshcandra Cakrawarti: Waren das nicht alle nur verschiedene Ausdrücke für das Wort ›wunderbar‹? Gleich beim ersten Mal, als Kishor diesem Swami begegnete, begriff er den Grund für Shantanus Verwandlung und den Sinn des rätselhaften Geschenkes für Kishor und Amolak:

»Worüber bist du unglücklich? Weswegen? Die Wurzel all deiner Leiden, all deiner Nöte liegt darin, daß du dich selbst nicht kennst. Weißt du, was du vom Leben erwartest? Oder hast du nur übernommen, was du bei anderen gelesen oder von ihnen gehört hast? Tust du das, was du tust, aus eigenem Antrieb?

---

1 Kabiyal-Musik: eine Art trivialer Unterhaltungsmusik, die durch Wandersänger vorgetragen wird; im 18./19. Jh. entstanden.
Baul-Tradition: Musik, die vor allem in Westbengalen von umherwandernden Sängern gesungen wird. Es sind fromme Liebes- und Tanzlieder, die insbesondere Krishna und Radha gewidmet sind.

Würdest du dasselbe auch tun, wenn auf dich kein Druck, kein Zwang ausgeübt würde?«

Kishor verschlug es die Sprache. Richtete der Swami seine Fragen an alle oder speziell an ihn allein, weil er von Shantanu über ihn Bescheid wußte? Diese Worte machten ihn betroffen: Seine Nöte bestanden doch gerade darin, daß er alles, was er tat, gar nicht tun wollte. Aber gab es denn einen anderen Weg? Er suchte ihn doch! Was wäre denn, wenn er nichts mehr zu tun hätte? So, wie alles war, war es eben! Was hätte er denn anderes tun sollen, als alles zu ertragen und alle Mühen auf sich zu nehmen? Aber ohne einen gewissen Zwang ging ja auch nichts im Leben! Was zu tun war, wußte er genausowenig wie Shantanu und Amolak.

Swami Ramanand Krishna, hellhäutig, hochgewachsen und mit scharf geschnittenem Profil, mit einer ockergelben Lungi und gleichfarbigem langen Tuch bekleidet, umgab eine Art mystische Aura. Auf der Stirn trug er einen langen weißen Tilak. Wie alt mochte er wohl sein? Um die fünfundvierzig? Warum hatte Shantanu vorher nichts gesagt? Er hatte nur erzählt, daß er zur wishnuitischen Sekte der Ramanandis gehöre und ein initiierter Sannyasi sei. Er wohnte jetzt in der Nähe von Shantanu im Haus seiner Eltern, das bis dahin leerstand. Sein jüngerer Bruder war unverheiratet, wohnte in Kalkutta und kam ihn ab und an besuchen.

»Verzeihen Sie meine Dreistigkeit, Swami-ji. Doch ich muß unbedingt wissen, ob Sie Ihr Selbst bereits erkannt haben und ob Sie so leben, wie Sie gern möchten?« wagte Kishor zu fragen.

Zuerst lächelten die Augen des Swami, dann erst seine Lippen: »In etwa.«

Diese Antwort verblüffte Kishor. Er blickte zu Shantanu hin und erkannte an dessen Gesichtsausdruck, daß Shantanu dem Swami dieselbe Frage bereits gestellt hatte. Die Aufrichtigkeit der Antwort zog ihn in ihren Bann. Nie zuvor hatte er erlebt, daß ein einziges gewöhnliches Wort so viel von der Persönlichkeit eines Menschen preisgeben konnte.

Die Gesellschaft des Swami und von Shantanu und dazu die leichte Melodie des Lebens umfingen ihn. Täglich vor Sonnenaufgang aufstehen, eine Stunde lang unter dem Sternenzelt spazierengehen, dabei zusehen, wie es allmählich heller wird, und beobachten, wie die Sonne aufgeht. Zehn Minuten der stillen friedlichen Konzentration. Worauf? Auf irgend etwas. Auf einen Gott oder auf die heilige Silbe ›Om‹. Auf das in den eigenen Adern strömende Blut und seinen pulsierenden Rhythmus. Auf das Zwitschern der Vögel. Auf den ewig dahinströmenden Ganges. Auf irgend etwas, was dem Gemüt das Gefühl der Zufriedenheit verschafft und was erleuchtet. Konzentriere dich! Bete zwei Minuten lang! Danke für irgend etwas! Wofür? Und wem? Für etwas, was dir gefiel, was dir gefällt, dafür. Danke der Quelle, der du das schuldest. Sei es Gott, sei es die Natur oder du selbst. Das ist wertvoller als alles andere. Man sollte nicht beten, um etwas zu bekommen oder zu erreichen, nicht für Körper, Geist oder Geld, nicht für die Familie oder jemand anders. Eine Stunde lang lesen, was einem gefällt. Am Abend eine Stunde spazierengehen. Und diskutieren – ein Strom endloser Worte – über die Zukunft des Landes, über die soziale Lage, über Pflichten, über Verpflichtungen, über Körper, Geist und Seele, über das Individuum und die Gesellschaft, über die Notwendigkeit von Gott, über den Menschen und die Unterschiede zwischen den Menschen, über Brahmanen und Shudras, über Hindus und Muslime, über Gewaltlosigkeit und Gewalt, über Selbsterkenntnis, über Befreiung.

Für Kishor lief die Zeit nun langsamer. Jeder Augenblick des Lebens hier gab ihm das Gefühl unendlicher Zufriedenheit. Die Last auf seiner Seele, diese Schimäre, mit der er hierhergekommen war, fiel von ihm ab. Doch an ihre Stelle war nun ein unbekannter innerer Schmerz getreten, der ihn Tag und Nacht quälte. Es war doch nur geborgte Zeit, die er jetzt erlebte, oder? Was kam danach? Er konnte doch nicht immer ein solches Leben führen! Warum eigentlich nicht? All das fragte er den Swami.

»Warum willst du das Leben festhalten? Warum denkst du, daß alles so bleiben muß, wie es gerade ist? Laß dich nicht durch solch einen Wunsch einengen! Überlaß dich dem Strom des Lebens, laß dich treiben! Er wird dich an den richtigen Ort bringen. Der Wunsch nach Beständigkeit erzeugt immer nur ewiges

Leid. Das Leben ist mal so und mal so, voller Vielfalt. Es gibt kein gutes oder schlechtes Leben. Solche Eigenschaften haften nur unseren Wünschen an. Wenn dir die Arbeit im Geschäft nicht so mißfiele, würdest du dieses Leben hier sicher nicht für immer und ewig führen wollen. Entsagung heißt nicht, vor einer Sache wegzulaufen. Entsagung zu erringen, wird nur möglich, wenn keine andere Wahl als die zwischen Leben und Tod besteht.«

Kishor hatte den Eindruck, als halte ihm der Swami einen Spiegel vors Gesicht. Ja, es stimmte schon, das weltliche Leben lockte ihn mit all seinen Reizen. Das war auch der große Unterschied zwischen Shantanu und ihm. Bevor sein jüngerer Onkel heiratete, hatte Kishor einmal all seinen Mut zusammengenommen und ihn gefragt, ob er denn nicht Shanta Bhabhi heiraten wolle. Der Onkel, schnaubend vor Wut, hatte ihm erwidert: »Warum heiratest du sie nicht selber?« Seitdem schwirrte dieser Gedanke ständig in Kishors Kopf herum.

Seit er in Murshidabad weilte, stellte er fest, daß ihm immer wieder Shanta Bhabhis Bild vor Augen stand, sobald er allein war oder wenn er sich nachts schlafen legte. Erst hier merkte er mit aller Deutlichkeit, daß er sich unwiderstehlich zu ihr hingezogen fühlte. Sein Herz schlug schneller und ihm wurde schwindlig, sobald er nur an sie dachte. Vielleicht lag es daran, daß er sich hier, in dieser unbekannten Umgebung, weit weg von zu Hause, viel freier fühlte, so daß die Angst vor den gesellschaftlichen Zwängen ihn nicht daran hinderte, seine wahren Gefühle in sein Herz einzulassen.

Manchmal erzählte Swami Ramanand Krishna lange und vorbehaltlos von seinem früheren Leben, als er noch Jogeshcandra Cakrawarti war. Er wußte, daß Kishor, auch ohne ihm etwas gesagt zu haben, alles über sein früheres Leben wissen wollte. Einfach alles.

»Man kann einen Menschen nie wirklich kennenlernen, selbst wenn man dessen Autobiographie gelesen hat. Es gibt so vieles, was der Autor über sich selber nicht weiß und was deshalb nicht darin erscheint. Es bleibt verborgen. Außerdem gibt es vieles, was er weiß, aber nicht ausdrücken kann, weil ihm die Worte fehlen. Auch das bleibt verborgen. Anderes streicht er beim Lesen gleich wieder durch. In diesem Leben geschieht so vieles nur ›annähernd‹. Aber es ist doch gerade diese ›Annäherung‹, die den Menschen vorantreibt. Das Leben ist doch eine Reise vom Unvollständigen hin zum Vollständigen, und doch wieder nur zum annähernd Vollständigen. Annähernd eben«, sagte der Swami. Und da begann er zu lachen.

Dieses Wort ›annähernd‹ wurde nun bei ihnen zu einem ständigen Grund des Lachens. Wie wichtig ist das Lachen aber im Leben? Nicht vergleichbar zwar mit der Luft, ohne die der Mensch nicht leben kann, doch Kishor begriff während seines Aufenthaltes beim Swami, wie wichtig das Lachen im Leben ist. Vor allem das Lachen an sich, einfach so, ohne Ursache. Hat es eine Ursache, so ist es kein Lachen mehr, kein Lachen im Urzustand. Dann hat es oft mit Gemeinheit, manchmal auch mit Bosheit, ein andermal mit Anmaßung zu tun. Kishor und Shantanu waren nur allzugern bereit, mit dem Swami zu lachen, einfach so zu lachen. Ein Lachen wie der ständig dahinfließende Fluß Padma.

»Mein Vater hatte sich in Ostbengalen auf einer Anhöhe eine einstöckige Lehmhütte gebaut. Wenn die Padma Hochwasser führte, konnte man dort bequem Fische fangen. Von einem aus Rohrgeflecht gefertigten Hochsitz aus konnte man sich einen Fisch fangen und gleich dort in die Pfanne werfen und braten.«

›Kann der Mensch denn auch über seine Nöte lachen?‹ fragte eine Stimme in Kishor. Aber um wirklich lachen zu lernen, mußte man erst eine Reise tun.

»Das ist eine Reise durch mehrere Leben«, der Swami lachte erneut. »Sie gleicht nicht der Überfahrt auf der Padma von einem Ufer zum anderen, während man dem Gesang der Bootsleute lauscht.«

Der Swami lachte schallend los, als Kishor sagte: »Swami-ji, Sie bringen immer wieder die Padma ins Spiel, ob es nun paßt oder nicht. Ähnlich wie das Wort ›annähernd‹«. Kishor war selbst überrascht, daß sein Gehirn immer wieder nach etwas suchte, was zum Lachen Anlaß gab. Er lachte, lachte viel, aber ein anderer Kishor in ihm wunderte sich über dieses Lachen und fragte sich, worin es seine Ursache hatte. Manchmal war dieser andere Kishor traurig und niedergeschlagen, manchmal war er der Gefangene einer Angst, einer unbestimmten Furcht. Doch dann schalt Kishor diesen anderen Kishor und drängte ihn in den entferntesten Winkel seiner Seele zurück. Diese Ruhe hielt immer nur kurze Zeit an. Warum machte ihm das Lachen bloß Angst? Vielleicht, weil es wieder ein Ende haben würde und dann sein eigentliches Leben wieder begann?

Der Swami sprach über das Leben von ›Jogeshcandra Cakrawarti‹, als ob der eine andere Person wäre, eine Existenz, unabhängig von ihm. Konnte sich denn ein Mensch wirklich auf diese Weise voll und ganz von seiner Vergangenheit trennen? Gab es denn keinen einzigen Kratzer, den man in sein neues Leben mit herübernahm und der einen ab und zu schmerzlich an das alte erinnerte?

Die Geschichten über sein Haus im Dorf Medinimandal im Distrikt Wikrampur in Ostbengalen schienen wie schlafende Samenkörner in dem Swami verborgen zu sein, die, sobald sie günstige Bedingungen finden, anfangen zu sprießen und sich auszubreiten. Tat er das nur, um die beiden zum Lachen zu bringen? Oder um ihnen von Ostbengalen zu erzählen?

»Obwohl unsere Häuser auf hochgelegenen Plätzen errichtet waren, sammelte sich während der Regenzeit zwischen ihnen Wasser an. Die Menschen setzten sich in runde Futtertröge, aus denen sonst die Kühe und Büffel ihr Futter erhielten, und ruderten mit kleinen Paddel zum Schwatzen zu einem anderen Haus. Man wußte nie, wann solch ein rundes ›Boot‹ umkippte. Einmal kam ein entfernter Verwandter, der in unserer Nachbarschaft wohnte, in einem solchen Boot, um sich von uns zwei Rupien zu erbitten. Genau in dem Augenblick, als mein Vater meinte: ›Nimm eine Rupie!‹ kippte das Boot um. Da sagte Vater zum Rücken des Nachbarn: ›Na gut, dann nimm eben zwei!‹ Das Boot kippte wieder um, und wir sahen nur seine gelben Zähne beim Lächeln. Als er mit den zwei Rupien endlich fort war, beschwerte sich mein Vater: ›So ein Halunke! Bloß weil er kein Boot führen kann, mußte ich ihm zwei Rupien geben!‹« Kishor und Shantanu lachten lange über diese Geschichte.

»Das Dorf Medinimandal bewohnten überwiegend Brahmanen. An die Padma, an der das Dorf liegt, erinnert man sich sein Leben lang. Der Wind wehte wispernd und rauschend vom Ufer des Flusses her durch das Dorf. Auf den Feldern grünten die Reispflanzen, und über ihnen zogen weiße Milane ihre Kreise. Tau erfrischte am Morgen. Vom Fluß drang der Gesang der Schiffer auf den vorbeiziehenden Booten herüber. Schöne Hausboote der Zamindare zogen vorbei, manchmal auch englische Dampfschiffe. Zu jedem Haus gehörte ein Boot. Alle Waren wurden in Booten transportiert: verschiedene Reissorten, Melasse ...«

Swami Ramanand Krishna sang mit seiner tiefen Stimme:

Brei aus Arali-Reis, Preßkuchen aus Binni-Reis,
Melasse aus Faridpur, Quark aus Silimpur.
Mein Freund, komm in mein Haus!
Zubereitet wartet auf dich
köstlicher Sirup aus Aa'us-Reis.

»Seht ihr, selbst in den Volksliedern Ostbengalens werden Speisen besungen, zubereitet aus verschiedenen Reisarten. Die Brahmanen aus Jogeshs Dorf waren weithin bekannt für ihren riesigen Appetit. Kein Mensch kann sich vorstellen, welch großen Berg von gekochtem Reis sie auf einmal verdrücken konnten. Jogeshs Großvater leitete eine Schule, in der Sanskrit gelehrt wurde. Die Schüler waren arm, und die Lehrer natürlich auch. Großvater betätigte sich auch als Hauspriester und erhielt von den Leuten als Belohnung in der Regel Messinggeschirr und Kleidungsstücke. Einmal stellte Großmutter fest, daß der Reis alle war, und Großvater zog los, um wieder neuen zu holen. Doch er kehrte mit neuen Kleidern zurück, die er sich, wieder zu Hause angekommen, sogleich vom Leibe riß und sie, dann nur noch mit einem Lendentuch bekleidet, dem Händler als Bezahlung für den Reis überließ.« Der Swami und Shantanu lachten lauthals los. Kishor schwieg. Wie hätte er lachen können, war doch auch seine eigene Familie sehr arm. Der Swami betrachtete ihn mit großem Ernst.

»Armut ist die beste Prüfung für einen Menschen. Jogeshs Urgroßvater war ein hervorragender Kenner der alten Schriften, er kannte sich in den *Weden*, im *Wedanta*, in den *Shastras* und den *Upanishaden* bestens aus. Darüber hinaus war er ein so rechtschaffener Mann, daß seine Zeugenaussage bei den größten Prozessen für eine Urteilsfällung genügte.«

Kishor berührte diese Bemerkung zutiefst. Ihm fiel der Tag ein, als seine Mutter vorgab, der Schrankschlüssel sei verschwunden. In Wirklichkeit aber hatte sie kein Geld, um Pakauris und Halwa für ihren großen Bruder kaufen zu können. Er sollte stolz sein auf seine Mutter. Man brauchte sich doch seiner ärmlichen Verhältnisse nicht zu schämen. Er warf dem Swami einen dankbaren Blick zu. Erzählte der etwa all diese Geschichten nur, damit er sich selbst erkennen und sich von seinen Komplexen befreien konnte? Damit er ein besserer Mensch werden konnte? »Was war eigentlich mit Jogeshs Vater? Leitete der auch eine Schule?« wollte Kishor nun wissen.

»O nein. Jede Generation möchte ein anderes Leben als das der Eltern führen. Jogeshs Vater, Sharatcandra Cakrawarti, wurde Polizeiinspektor. Er hatte keine Lust, eine Schule zu leiten und Opferungen durchzuführen. Davon konnte man doch nicht leben! Selber hatte man schon nichts zu essen und mußte sich obendrein noch um das Essen der Schüler, der Jungen der Brahmanen, kümmern. Er wollte nichts davon wissen und ging deshalb zur Polizei, wo er sich mit vielen bengalischen Revolutionären auseinandersetzen mußte.« Ein Blick auf Shantanus betretenes Gesicht zeigte Kishor, daß sein Freund nichts über diese Geschichte aus der Vergangenheit des Swamis wußte.

»Hast du von Narendranath Banerji gehört, dem berühmten Revolutionär, der einen Zug überfiel, um sich Gewehre zu verschaffen? Er wurde in Jogeshs Haus festgehalten und dort wie ein Mitglied der Familie behandelt. Zwar waren ihm die Hände gefesselt, doch konnte er sich im Hause frei bewegen und an den Mahlzeiten teilnehmen. Jogeshs Vater vertraute ihm, und er durfte sich bewegen, so frei wie ein Vogel in der Luft. Er versuchte auch niemals zu fliehen. Diese familiären Beziehungen hielten bis zum Tod von Jogeshs Vater an.«

»Machte es denn Jogesh nichts aus, daß sein Vater in der britischen Polizei diente?« fragte Shantanu, was auch Kishor brennend interessierte.

»Warum? Weshalb hätte das passieren sollen? Jogeshs Vater erfüllte zwar gewissenhaft seine Pflicht, doch Menschen, die für ihr Vaterland Qualen erduldeten, stellte er niemals auf die gleiche Stufe mit Räubern und Dieben. Im Gegenteil, er hielt das Geld, das er aus der eigenen Tasche für sie ausgab, um ihre Leiden zu lindern, für gesegnet. Jogesh mußte dieses Leben nicht leben. Er war nur ein Zuschauer, ein Beobachter der vielen Facetten des Lebens. Was hätte ihm also das Leben seines Vaters schaden können? Sieh, mein Freund, wer weiß schon, wohin einen das Karma führt? In der *Gita* sagt Krishna, daß die Wege des Karmas unergründlich sind. Es ist nicht leicht, sie zu begreifen. Gerade indem Jogeshs Vater bei der Polizei Dienst tat, diente er seinen Landsleuten.«

Kishor drängte es zu fragen, warum Jogeshcandra zum Sannyasi geworden war. Er wußte aber auch, daß der Swami sich dessen bewußt war, wie ungeduldig er darauf wartete, die Antwort auf diese Frage zu hören. Aber vielleicht würde der Swami eine Antwort auf diese Frage demnächst von allein geben, zu einem Zeitpunkt, den er für richtig hielt. Es mußte doch einen Grund dafür geben, daß ein Mensch, der an der Universität von Dhaka schöne Künste und später am Presidency College in Kalkutta Ökonomie studiert hatte, unter die Sannyasis gegangen war.

Jeden Abend fand sich etwa ein halbes Dutzend junger Männer beim Swami zum Lernen ein, und Kishor wunderte sich, ob sich auf diese Weise nicht der Kreis des Lebens schlösse. Vielleicht zeigte sich dem Swami der Sinn seines Lebens, indem er wie seine Vorfahren eine Schule führte?

Eigentlich war bei ihm nichts offensichtlich Religiöses zu sehen. Da stand keine Statue, einfach nichts, wenn man von einem Bild mit der heiligen Silbe ›Om‹ absah. Der Swami meinte: »Eine Besonderheit Indiens besteht darin, daß man sich von nichts trennen kann. Dies ist Wahrheit, das ist Wahrheit, etwas anderes aber auch. Deshalb hat sich soviel Plunder in unserer Religion angesammelt. Wenn wir einmal eine Form angenommen haben, werfen wir dennoch nichts weg, weil wir nicht wissen, in welcher ›Form‹ sich die Wahrheit verbirgt. Jede Form hat einen

Namen und auch einen Vorzug. Ja, und dann verstricken wir uns in dieser Vielfalt von Formen, doch bedauerlicherweise entzieht sich uns die Seele jeder Form.«

Neben der *Gita*, der *Ramayan*, dem *Mahabharata*, dem *Tripitak* besaß der Swami die verschiedensten Bücher, welche von Bankim Candra, aber auch welche über Geschichte, Ökonomie und andere Wissensgebiete. Kishor sah ihn jedoch niemals religiöse Riten ausüben. Was also hatte ihn dazu gebracht, ein Sannyasi zu werden? Was wollte er damit erreichen? Oder war das ein Versuch, jemandem zu entfliehen?

Wenn der Swami Kishor und Shantanu beobachtete, wie sie die Rosen in seinem Hof gossen, lächelte er und sang:

O mein Freund, du versprachst zu kommen
in meinen duftenden Garten.
Dort blüht der Jasmin, dort blüht die Magnolie.
O mein Freund, so komm, ich werde warten ...

Kishor stutzte über den Schmerz in seiner Stimme. Wartete der Swami auf jemanden? Wer mochte wohl dieser Freund sein? Doch als der Swami die Strophe zu Ende gesungen hatte, lachte er wieder los, einfach so, ohne Grund. Oder wollte er durch dieses Gelächter nur einen Schmerz verbergen? Der Swami trug seine ockergelbe Dhoti bis zu den Knien hochgezogen. Als er sah, daß Kishor ihn deswegen betrachtete, sagte er: »Weißt du, wie Jogesh gekleidet war, als er nach Kalkutta kam, um sich im Presidency College immatrikulieren zu lassen? Er trug eine knielange Dhoti, einen völlig unmodernen, bis zum Hals geschlossenen weiten Mantel, den er von seinem Vater geborgt hatte, ein Zeichen aus Sandelholzpaste auf der Stirn und mit Öl glattgestrichenes Haar. Draußen an der Tür zum Büro des Direktors hing ein Zettel, auf dem stand, daß die Immatrikulation von Studenten abgeschlossen sei und er nicht bereit sei, darüber zu diskutieren. Jogesh schickte ihm eine Nachricht und wartete draußen. Dort befand sich auch der Wochenplan mit den täglichen Lektionen des Direktors. Als Jogesh hereingerufen wurde, musterte ihn dieser wie ein Kuriosum von oben bis unten und sagte dann: ›Hast du gesehen, was draußen angeschlagen ist?‹ Jogesh erwiderte: ›Ja, Sir.‹ Dann trug er ihm den ganzen Wochenplan mit den Stunden des Direktors vor. Dem verschlug es die Sprache. Er überreichte Jogesh das Formular mit seiner Unterschrift, durch die die Immatrikulation bestätigt wurde.« Alle drei schüttelten sich immer wieder vor Lachen bei der Vorstellung aus, wie Jogesh damals ausgesehen hatte.

»Hatte sich Jogesh bewußt derart herausgeputzt?«

»Jogesh hatte doch gar keine andere Möglichkeit, vor dem Direktor seine Eignung zu beweisen, mein Freund.« Das Lachen des Swamis floß dahin wie ein endloser Fluß.

»Nicht wie der Ganges, wie die Padma. Die Padma ist breiter und viel tiefer. Das hast du noch nicht gesehen, deshalb kannst du das nicht wissen, mein Freund.« Aber warum war der Swami dann von der Padma weggegangen und nach Jiyaganj gekommen, um hier zu leben? Warum nicht nach Wikrampur? Kishor wollte das unbedingt jetzt fragen, noch ehe er nach Kalkutta zurückkehrte.

Kalkutta! Wenn Kishor nur daran dachte, stand ihm eine ganz andere Welt, ja, eine ganz andere Zeit vor Augen. Er fürchtete sich nicht mehr vor der Wut seines Onkels, der inzwischen sicher erfahren hatte, daß er in Murshidabad war. Wenn ihn irgendeine Kleinigkeit beunruhigte, schloß er die Augen und stellte sich vor, wie der Ganges dahinströmte. Dann spürte er eine wunderbare Erleichterung, die sein Herz festigte und der Seele Frieden gab. Tatsächlich, das hatte er jetzt begriffen, ein Fluß konnte zu dem Grund werden, auf dem ein Mensch sein Leben aufbaute. Bei der Vorstellung, wie der Ganges unablässig und ununterbrochen dahinfloß, schien ihm, auch die Zeit sei so ein Fluß wie der Ganges, in dessen Strömung sich alles ändert. Nichts ist beständig im Leben. Wir sind alle nur Blätter im Buch der Geschichte, die schnell, viel zu schnell umgeblättert werden.

Vom anderen Ufer des Ganges kamen aus Ajimganj zwei Erben der Jagatseths hierher zum Lernen nach Jiyaganj, in die Edward Coronation High School. Shantanu erzählte Kishor über sie: »Die Jungen in der Schule sticheln immer wieder, daß sie schuld sind an der Niederlage Siraj-ud-daulas. Sie beschimpfen sie als Verräter. Aber sie reagieren nicht darauf. Sie verhalten sich allen gegenüber stets sehr höflich und bescheiden. Vielleicht fühlen sie sich verantwortlich für das, was ihnen die Geschichte mit ins Blut gegeben hat.«

›Wie schwer es doch ist, sich von der Vergangenheit zu befreien!‹ dachte Kishor.

In Jiyaganj begegnete man der Geschichte auf Schritt und Tritt. Die Zeugen vergangener Zeiten hatten überall und gut sichtbar ihre Spuren hinterlassen. Kishor vermittelten sie ein beruhigendes Gefühl der Befriedigung: Alles geht einmal vorüber, alles geht einmal vorbei. In den Häusern, einst für die Bediensteten der Nawabs errichtet, wohnten jetzt einfache Leute. Kishor und Shantanu spielten Fußball mit einem Jungen namens Kalidas Cakrawarti, der den Swami besuchte. Das Haus, in dem er wohnte, war früher einmal ein Postamt. Unter ihnen bewohnte eine Marwari-Oswal-Familie den Hof, deren beide Töchter von atemberaubender Schönheit waren, und die Cand und Pan hießen. Obwohl die Marwaris hier an ihren Sitten und Bräuchen festhielten, hatten einhundertfünfzig Jahre des Lebens in dieser Umgebung abgefärbt und sie bis zu einem gewissen Grad zu Bengalen gemacht. Hörte man sie in Bengali miteinander reden, hätte niemand geglaubt, daß sie keine Bengalen waren.

Cand war vor ein paar Monaten verheiratet worden mit allem, was dazu gehört. Eine Musikband spielte auf wie üblich, und ihre Mitgift wurde in der ganzen Stadt herumgezeigt. Nun mußte sie zu ihrem Mann nach Bikaner in Rajasthan ziehen, weit weg von hier. Kalidas gab, sich vor Lachen schüttelnd, immer wieder in allen Einzelheiten die Feierlichkeiten zum besten und beschrieb, wie sie zusammen mit der Musikband schon eine Woche vor der Hochzeit zum lokalen Tempel und zu den Opfergaben gezogen waren. Als er jedoch von dem schrecklichen Wehklagen bei der Verabschiedung Cands nach der Hochzeit berichtete, konnte auch er seine Tränen nicht zurückhalten. Für einen Moment schloß er sogar die Augen. Cand hatte ihn zu ihrem Bruder erklärt, indem sie ihm eine Rakhi-Schnur[1] um das Handgelenk band.

---

1 Rakhi-Schnur: in der Regel wird die Rakhi-Schnur während des Rakshabandhan-Festes von einem Mädchen ihrem Bruder um das Handgelenk

In Jiyaganj hielten die Marwaris seit fast zweihundert Jahren den Handel mit Textilien und Lebensmitteln fest in ihren Händen und gaben ihn von einer Generation zur anderen weiter. In die Zubereitung der Speisen der Marwaris waren inzwischen auch typische bengalische Spezialitäten eingegangen wie zum Beispiel Patler Dorma, Moca Ghant und Thor[2]. Kalidas meinte, daß sie viele Gerichte sogar besser als die Bengalen zubereiteten, etwa Carcari und Teler-bhaja.[3] »Und ihre Süßigkeiten erst! Ihr Mandeleis, Rajbhog, Halwa, Petha[4] schmecken einfach himmlisch! Stellt euch vor, sie fangen ihre Mahlzeiten sogar mit Süßigkeiten an«, schwärmte er, und das Wasser lief ihm im Mund zusammen. Kishor und Shantanu lachten. »Sogar Dr. Nirens von einem Wellerpferd[5] gezogene Kutsche hält besonders oft bei ihnen an«, fuhr Kalidas fort und lachte mit.

Zwei Kulturen: Die eine entfaltete sich in den Sandwüsten Rajputanas, die andere auf dem fruchtbaren, von Wassern durchtränkten grünen Boden Bengalens. Die Erde mit ihren günstigen Bedingungen nahm auch die Bewohner der weit entfernten Sandwüste gern auf, doch deren Wurzeln reichen Tausende von Jahren zurück, und diese Wurzeln können sie niemals herausreißen. Ihre Gesellschaft gleicht einem nie ermüdenden unsichtbaren Auge, das mit aller Härte und Strenge jedes Übertreten ihrer Regeln und Gesetze ahndet. Also halten sie sich an sie, weisen aber auch die Kultur der hiesigen Erde nicht von sich. Hier laufen die beiden Kulturen nicht wie in Kalkutta parallel nebeneinander her, hier kreuzen sich ihre Wege immer wieder.

Dies ist hauptsächlich das Land der Kirtan singenden Waish-

---

gebunden, wodurch er verpflichtet wird, sie zu schützen. Das Fest wird am Tag des Vollmondes im Monat Sawan (Mitte Juli bis Mitte August) begangen.

2 Patler Dorma: eine Art gefüllter Kürbis.
Moca Ghant: Gemüse aus der Bananenblüte, in Kokosnußmilch gekocht.
Thor: gebratene weiße Wurzeln der Bananenstaude.

3 Carcari: Gemüse aus getrockneten Blättern.
Teler-bhaja: gebratene Gemüsekrapfen.

4 Rajbhog: aus Quark zubereitete Süßigkeit.
Petha: kandierter Kürbis.

5 Wellerpferd: berühmte Pferderasse.

nawas. Es gibt eine große Sekte der Gowindbaris und eine kleine. Die Kirtan-Sänger beider Gruppen besingen seit langem schon die ewig junge Liebe zwischen Krishna und Radha. Doch kann man auch einen riesigen Tempel der Shwetambar-Jains und viele kleine dem Gott Shiw gewidmete Tempel sehen, wenn man auf der Landstraße nach Kalkutta stehenbleibt, die am Ufer des Ganges verläuft. Abends, wenn es dunkel wird, legen die Frachtschiffe, mit den verschiedensten Handelsgütern aus Bihar beladen, am Ufer an, dann hört man in der Stille des Flusses die Trommeln aus dem großen Shiw-Tempel, die zur Abendandacht geschlagen werden.

Der Swami wurde von den verschiedensten Leuten aufgesucht. Kishor und Shantanu sahen ihn manchmal mit Duggar-ji über die Religion der Jains diskutieren, ein andermal im Gespräch mit einem Sadhu der Kanphatas[1], der sich seit einigen Tagen am Ufer des Ganges aufhielt. Ein andermal sahen sie ihn mit Wishnu-Anhängern beiderlei Geschlechts, die, einen langen, bis auf die Nase herabreichenden Tilak aus Sandelholzpaste auf der Stirn und ein Tamburin in der Hand, bettelnd von Dorf zu Dorf zogen, kurze Zeit bei ihm in der Hütte haltmachten. Eines Morgens sagte der Swami beim Morgenspaziergang lachend zu Kishor, als sie einen Wishnuiten erblickten: »Wenn du mich fragst, warum ich ein Asket geworden bin, dann antworte ich dir mit den Worten eines Wishnuiten: ›Mein Lieblingskürbis hat mich zum Asketen gemacht.‹ Weißt du, sie machen den Ektara[2], mit dem sie ihren Gesang begleiten, aus einem ausgehöhlten getrockneten Kürbis.« Kishor lachte kurz und schwieg.

Der Swami besaß beides, sowohl einen Ektara als auch einen Dotara[3]. Er erklärte: »Den einen gab mir ein Baul-Fakir, den anderen ein muslimischer Derwisch. Sie denken alle, ich sei einer der ihren oder würde es in Wahrheit gern werden. Aber

---

1 Kanphatas: shiwaitische Sekte, deren Anhänger sich das Ohrläppchen durchbohren.

2 Ektara: einsaitiges Streichinstrument.

3 Dotara: zweisaitiges Streichinstrument.

was wissen die schon über die Gelüste eines herrenlos umherwandernden Bullen. Für einige Tage bin ich mit einem muslimischen Fakir umhergezogen, der voller Inbrunst sang: ›Es lebe Murshed! Es lebe Murshed!‹ Murshed ist der Name des Schutzpatrons von Murshidabad. Und so sang ich zusammen mit ihm: ›Im Meer der Formen sah ich den einen, den ich verehre, er ist reines Gold.‹ Aber schließlich kam ich zu demselben Schluß wie der Fakir Lalan«:[1]

> Unergründlich tiefe Wasser ohne Ufer
> trennen mich von seinem Dorf.
> Wie ihn erreichen,
> da mir fehlt ein Boot?

›Was will der Swami uns beiden wohl damit sagen?‹ fragte sich Kishor immer wieder. Vielleicht wollte er auf diese Weise Shantanus täglich wachsende Begeisterung für das Asketentum dämpfen? Sicher besaß diese ganze Geschichte über Murshed einen ungewöhnlichen Zauber. Doch Kishor zog es mehr zu den Liedern Widyapatis hin, die alle Schattierungen, alle Würze, alles Lachen, allen Witz des Lebens zum Ausdruck brachten:

> Mein Leben lang blickte ich auf deine Schönheit,
> doch meiner Augen Durst ist noch nicht gestillt.

Kishor war anders als Shantanu, er wollte das Leben genießen. Eine vage Sehnsucht erfaßte ihn, wenn jemand sang:

> Sprich, mein Freund, warum hat er mich vergessen?
> Meine Augen werden zu Flüssen,
> mein Herz zittert und bebt,
> wenn ich seine Flöte spielen höre.

Shantanu dagegen war aus einem anderen Stoff gemacht. Sein Gesicht strahlte voller Seligkeit und Entzücken, wenn ein Baul-Fakir, die Finger der linken Hand mit kleinen Glöckchen geschmückt, sang und dazu das Tamburin schlug und den Ektara strich:

> Wo finde ich den, nach dem ich mich sehne,
> nach dem meine Seele verlangt. Wo . . ., bloß wo?

---

1 Fakir Lalan: Man sagt, er lebte von 1774 bis 1890; einer der bedeutendsten Baul-Dichter (s. Fußnote 1, Seite 180).

Kishor wußte, daß Shantanus Empfindungen dem Swami sehr wohl bekannt waren. Manchmal empfand Kishor regelrechte Angst um Shantanu. Er befürchtete, sein Freund könnte ähnliche Gedanken hegen wie sein Idol Subhash Babu und ein Asket werden wollen. Vielleicht verstand der Swami diese Gedanken und suchte, ihnen auf die verschiedenste Weise, vor allem durch das Erzählen aller möglichen Geschichten, zu erklären, daß es im Asketentum nichts gäbe, was einem das Leben, auch ohne ein Asket zu sein, bieten konnte.

»Einmal begab ich mich mit einem Einsiedler zur Totenverbrennungsstelle Tarapith. Ich vollzog alle Riten mit den Leichen. Nun fragt mal, was ich bekam? Nichts, ihr Lieben. Eigentlich nur, daß ich dadurch die Angst vor Geistern, Dämonen und vor dem Tod für immer verlor. Ja, weiter nichts. Man tut also etwas, um festzustellen, daß es nichts zu tun gibt. Die größte Wahrheit liegt in den Gurken- und Kürbisranken, angelegt in diesen Gehegen hier, in diesen Beeten mit Auberginen, im Fluß Ganges. Doch wir quälen uns mit der Vorstellung, sie könnte irgendwo anders zu finden sein. Die Wahrheit lebt in uns selbst, in jenem Gefühl des Einsseins, das wir nur ab und zu in höchst seltenen Momenten aufblitzen sehen. Wer kennt das nicht? Manchmal erleben wir es beim Anblick einer sich auf einem Teich im Wind wiegenden Lotosblume, manchmal beim Anblick eines inmitten schwarzer Wolken entstehenden Regenbogens, manchmal früh am Morgen, wenn wir noch schlaftrunken den Ruf des Kuckucks hören, ein andermal im Lachen eines Kindes. Alle kennen das, erleben es aber mehr oder weniger deutlich; es kommt wie ein Blitz in einem Augenblick, in dem wir uns selbst nicht bewußt sind. Das ist, als ob in einem leeren Palast ein Licht entzündet wird. Die Wahrheit liegt nicht im Asketen- oder Einsiedlertum verborgen. Das richtige Atmen etwa ist nur ein Hilfsmittel, aber oft wird dieses Hilfsmittel zur Gewohnheit, und dann führt es zu nichts. Dann gelangt keiner irgendwohin.«

Keiner gelangt irgendwohin? Aber was war dann mit dem unschuldigen Vergnügen, das, wie der Swami erzählte, Jogesh empfand, wenn er eine Zwei-Paisa-Kupfermünze mit dem darauf eingeprägten Kopf Georg V. ausgab, um sich an Süßigkeiten wie Camcam und Mohanbhog[1] zu laben? Oder was war dann mit der stillen Freude, die aufkommt, wenn man, am Ufer der Padma unter einem schattigen Banyanbaum sitzt und durch das Schwatzen und Lachen der im Fluß badenden, schwimmenden und Geschirr waschenden Mädchen und Frauen hindurch den Gesang eines Bootsmannes hört: »O Wishnupriya, wie konntest du deinen Liebsten Nimand Cand gehen lassen?« Kann man sich denn nur in der Kindheit freuen? Und nicht, wenn das Herz voller Glück ist? Drehte sich denn das Leben immer nur im Kreis und kehrte wieder zu dem Punkt zurück, wo es begann? Kishor erinnerte sich an das Picknick bei Vollmond, als sie alle im Victoria Maidan auf dem Rasen saßen, Reispudding und Puris aßen und das Leben und Treiben auf der Chowringhee beobachteten. Wie zärtlich der Vater die Mutter angeblickt hatte! Wie zärtlich sein Bruder die Bhabhi betrachtet hatte! Das alles war vorbei! Was wollte der Swami ihnen denn sagen? Manchmal glaubte Kishor, alles verstanden zu haben, doch wenige Augenblicke später begriff er gar nichts mehr.

Kishor blickte auf die Palmen mit Kokos- und Betelnüssen, auf die Scharen von Mainas und Dschungelvögeln und fragte sich, wo denn die Wahrheit war, wo sie sich versteckte ... Er glaubte, auch in der ganzen vibrierenden Natur das Echo eines entschwundenen Glücks zu vernehmen. Oh, mein Herz, mein verrücktes Herz! Was hatte es erreicht und wonach verlangte es? Konnte er sein Leben an der Seite von Shanta Bhabhi verbringen? Aber da stünde doch sicher eine dritte Person stets zwischen ihnen? Konnte er sie mit ganzem Herzen annehmen, obwohl er sich dieser Tatsache bewußt war? Ein Teil von ihr war in Rauch aufgegangen und zu Asche verbrannt auf dem Scheiterhaufen seines Bruders.

Kishor, beunruhigt durch die Wirrnis in seinem Gemüt, ging wieder allein hinunter zu den Wasserfluten des Ganges, die

---

1 Camcam: aus Quark, Zucker und Kardamom hergestellte und in Zuckersirup eingelegte Süßigkeit.
Mohanbhog (wörtlich: Genuß für Krishna): eine Art Milchbrei, aus Hafer- oder Reisflocken mit Zucker und Geschmacksstoffen hergestellt.

den Haarflechten des Gottes Shiw[1] entsprungen waren und wer weiß wie viele Küsten und Gestade passiert hatten, ehe sie hierherkamen. Wieviel Wasserrinnsale, kleine und größere, hatten sich mit diesem Strom vereinigt und flossen nun einträchtig mit ihm dahin. Warum herrschte bloß in ihm keine solche Harmonie? Alles in ihm war verworren und verfilzt wie die Wurzeln und Ranken der Wasserhyazinthe am Grund eines Sees. Wenn er selbst nicht fest davon überzeugt war, Shanta Bhabhi für sich zu gewinnen, woher sollte dann die Kraft kommen, es mit der ganzen Welt aufzunehmen?

In der Tat, das Herz war die Wurzel allen Übels. Dieses Herz, flüchtig wie ein Wimpernschlag. Hinter sich hörte er den Swami singen: »O Padma, trage mein leeres Herz mit deinen Wellen fort, nimm es mit dir mit!« Dazu lachte er sein kristallines Lachen, das dahinplätscherte wie die Wellen des Flusses. Er lachte, stockte und lachte wieder los. Er lachte und lachte. Und Kishor staunte und staunte. Wie konnte man bloß soviel lachen?

»Hat die Padma Ihr leeres Herz weggetragen, Swami-ji?« wagte Kishor zu fragen, froh, den Swami noch einmal zu sehen. Kishor wollte am nächsten Tag nach Kalkutta zurückkehren. Er war nun schon vierzehn Tage in Jiyaganj. Inzwischen war sicher die ganze Stadt über seine kleine Eskapade im Bilde, auch wenn die Post wegen des Krieges mit Verspätung eintraf. Wenn seine Mutter davon erfuhr, brächte sie das fast um den Verstand. Es war höchste Zeit, zurückzukehren, und das sollte der Swami jetzt erfahren. Aufmerksam betrachtete er dessen Gesicht. Er wußte selbst nicht, warum er glaubte, mit der Padma verbinde sich ein Geheimnis des Swamis. Er fühlte auch, daß der Swami ihm von diesem Geheimnis erzählen wollte und nur nach einer passenden Gelegenheit und einem passenden Ort suchte.

»Die Padma hat mir alles genommen, was meinem Leben einen Sinn gab. Also habe ich ihr, dieser ›verrückten‹ Padma, dann auch mein leeres Herz übergeben. Und weißt du, kaum hatte ich ihren Wassern mein Herz geopfert, als mich auch schon eine

1 Laut indischer Mythologie entspringt der Ganges aus den Haarflechten des Gottes Shiw(a).

Welle großer Freude erfaßte. Diese Freude macht sich Luft durch mein Lachen. Kannst du das hören?« fragte ihn der Swami mit seiner tiefen volltönenden Stimme. Kishors ganze Seele lag in seinen beiden Augen. Inbrünstig studierte er jeden einzelnen Zug im Gesicht des Swamis, als ob sein ganzes Leben davon abhänge. Was wollte ihm der Swami sagen? Und warum ausgerechnet ihm?

»Es ist schwer zu sagen, ob es Liebe war oder göttliche Gnade, die sie mir schenkte. Ihre Eltern waren beide Wishnuiten. Die Göttin Saraswati schien in ihr Gestalt angenommen zu haben, Musik und Gesang lagen ihr im Blut. Ich begegnete ihr, Kadambini, zum ersten Mal am Ufer der Padma, als sie versuchte, einem neugeborenen Kätzchen Milch einzuflößen, und dazu mit ihrer göttlichen Stimme sang. Sie erblickte mich und sagte: ›Sieh nur, es trinkt nicht. Vom vielen Singen bin ich schon heiser, aber es will einfach nicht trinken. Meine Eltern sind losgezogen, um das Morgenlied zu singen und Almosen einzusammeln. Was soll ich bloß machen mit diesem 'Gaurang'?‹ Ich staunte über alles, was ich da sah und hörte. Sie sprach mit mir, als ob sie mich schon lange kannte. Doch noch mehr als über ihre Worte staunte ich über ihre göttliche Stimme. Ich war wie verzaubert. Wie lieblich sie klang! Einzigartig! Und dann ihr Anblick! Ein Körper wie aus Sandelholz geschnitzt, ganz wie die Dichter es besingen, zwei große, dicht bewimperte Augen unter kräftigen schwarzen Brauen, und dazwischen ein Tilak, der bis zur Nase reichte. Ich blickte mal auf sie, mal auf ihren ›Gaurang‹. Ich half ihr, ihm Milch einzuflößen. Dann fragte sie mich in derselben einfachen Art: ›Du bist doch Krishna?‹ Ich blickte in ihre tiefen Augen, die schwarz waren wie die Nacht, und nickte zustimmend mit dem Kopf. Sie fiel mir um den Hals, das Kätzchen immer noch auf dem Arm: ›Ich wußte, daß du kommst. Ich habe dich sogleich erkannt.‹«

Kishor kam aus dem Staunen nicht heraus. Der Swami gebrauchte heute für sich selbst das Wort ›ich‹ und nicht wie sonst ›Jogesh‹. »Unsere Liebe erblühte wie eine Blume im Frühling. Sie floß dahin, breit und rhythmisch wie die Padma. Wir waren wie Krishna und Radha, die göttlichen Liebenden.«

»›O Freundin, ich fürchte um mein Herz. Jemand spielt die Flöte unter dem Kadamb-Baum.‹ Zunächst war sie die Radha von Candidas, grazil, anmutig, mit langem, offenem Haar, das ihr bis zu den Knien reichte. Später wurde sie Widyapathis Radha, die langsam zu jugendlicher Reife erblühte, Blatt für Blatt, die mal kokette Blicke aus den Augenwinkeln warf, mal lachend ihre weißen Zähne zeigte, mal vom Duft des Lebens entzückt die Lippen schürzte, manchmal hüpfend dahineilte und plötzlich wie angewurzelt stehenblieb, die manchmal auch verschämt wie ein schüchternes Mädchen an einem Zipfel ihres Saris kaute.«

Kishor stand da, stumm vor Staunen über diese ungewöhnliche Liebesgeschichte, die er da zu hören bekam. Auch der Swami schwieg jetzt. In diese Stille zwischen ihnen drang nur das leise Rauschen des dahinströmenden Ganges.

»Und dann?« fragte Kishor in sanftem Ton.

»Und dann geschah das, was zu erwarten war. Die Geschichte kam Inspektor Sharatcandra Cakrawarti zu Ohren. Der Junge aus einer hochkastigen Brahmanen-Familie und das Mädchen aus einer niedrigen wishnuitischen Kaste, deren Herkunft noch nicht einmal geklärt war. Wer weiß, ob ihre Eltern überhaupt jemals geheiratet hatten. Und dann ihre Lebensweise! Sie zogen doch von Haus zu Haus und bettelten um Almosen. Der Inspektor suchte, seinen Sohn zur Räson zu bringen. Er schlug ihm sogar vor, sie als Geliebte zu behalten, doch dann hätte er schnellstens heiraten müssen, und zwar ein passendes anderes Mädchen. Jogesh aber gab nicht klein bei, weshalb er zu Hause in seinem Zimmer eingesperrt wurde. Radha wiederum konnte diese lange Trennung nicht ertragen:

Unerträglich ist das Mondlicht mir,
gleicht einem spitzen Pfeil.
Wie schwer all mein Schmuck auf mir lastet!
Krishna ist auch heute nicht gekommen,
Gokul Girdhari[1]!

Kadambinis wehmütige Lieder über die Trennung rührten selbst die Blätter an den Bäumen in der ganzen Gegend. Keiner weiß,

1 Gokul Girdhari: ›Träger des Berges Gokul‹, ein Epitheton von Krishna.

ob sie sich zur Padma begab, um das in ihrem Herzen brennende Feuer zu stillen, oder ob der vom Regenwasser überquellende Fluß sie verschlang, um das Feuer in ihrem Herzen auszulöschen. Sie konnte schwimmen wie ein Fisch, wiederholten ihre Eltern, die sie verzweifelt suchten, immer und immer wieder. Doch ihre Tochter wurde nicht gefunden. Jogesh wurde von seinem Vater zum Studium nach Kalkutta geschickt. Als er nach dem Studium zurückkehrte, zeigte ihm die Padma den Weg, den er gehen sollte. Eines Tages beim Baden im Fluß schenkte ihm die Padma einen Ektara, er schwamm geradewegs auf den traurigen Jogesh zu, und der Fluß trug sein leeres Herz mit sich fort. Jogesh brachte die Saite des Ektara zum Klingen, sang dazu Kadambinis Lied und spürte ein nie zuvor gekanntes Glück in sich aufsteigen. In jenem Jahr verschonte die Padma auch sein Haus nicht, ihre Fluten schwemmten alles mit sich fort. Jogeshs Vater trat in den Ruhestand und zog nach Jiyaganj. Doch er konnte die Trennung von der Padma nicht lange ertragen und starb. Nach seinem Tod trat Jogesh, alle Vorschriften und Rituale befolgend, ganz offiziell in den Stand des Asketen.«

Kishor spürte plötzlich ganz deutlich, wie ein Ektara in seinem Herzen erklang. Er hätte nicht sagen können, warum er von Anfang an gewußt hatte, daß sich hinter dem Swami eine solche Geschichte verbarg. Er wußte nun auch, daß er jetzt eine Antwort auf die ihn quälende Frage bekommen würde, ob er Shanta Bhabhi heiraten sollte oder nicht. Der Swami schaute ihm tief in die Augen.

»Wenn sich jemand immer wieder eine solche Frage stellt, heißt das, er ist nicht ganz frei von Zweifeln, mein Freund. Solch eine wichtige Lebensfrage darf man nicht halbherzig entscheiden.

O Freundin, was fragst du mich  
nach meinem Empfinden?  
Was soll ich dir sagen?  
Die Liebe, sie ist immer wieder neu.«

## 13
# Eine Hungersnot kommt nie von allein …

*In den letzten Tagen wirkte Kishor Babu seltsam niedergedrückt und zögerte, seine Geschichte fortschreiben zu lassen. Was den nächsten Halt im Verlauf seiner Geschichte betrifft, so hätte Kishor Babu sich vom Jahr 1942 nun dem Jahr 1943 zuwenden müssen. Doch seine Geschichte schritt nicht vorwärts und manchmal zurück, sie ging nur zurück und immer weiter zurück, als ob jemand die Uhr verkehrt herum aufgezogen hätte. Kishor Babus Frau las ihrem Mann in dieser Zeit aus ›Sukhsagar‹ (Ozean des Glücks), einer Übersetzung der ›Bhagawatkatha‹ ins Hindi, vor. Sie hoffte, damit etwas zur Heilung seines Verstandes tun zu können. Doch Kishor Babu hörte sich diese mit unwahrscheinlichen Erzählungen vollgestopfte Geschichte nur deshalb an, weil er erwartete, in ihr eine überlieferte Schreibweise zu entdecken, die sich zur Wiedergabe seiner eigenen Geschichte eignete. Die Sache verhielt sich nämlich so: Die Ereignisse brodelten nur so in ihm, doch sie fanden den Weg nicht aus ihm heraus, was wiederum dazu führte, daß ihm große Zweifel kamen, ob es denn überhaupt einen Sinn hatte und die Geschichte wertvoll genug sei, um sie aufzuschreiben. Seine Frau las ihm die in der ›Bhagawatkatha‹ beschriebenen Charakteristiken des Kaliyug vor, Kishor Babu aber zählte die dreiundvierzig schwarzen Krähen, die am Rand des Daches auf dem Haus gegenüber saßen.*

Nach seiner Herzoperation beobachtete Kishor Babu bei seinen Streifzügen durch die Straßen der abendlichen Stadt, wie sich die Krähen jeden Abend in Scharen auf den Dächern und den offenen Plätzen der Stadt versammelten und dort schweigend dasaßen, als ob ihr Parlament gerade eine Beileidsresolution verabschiedete. Anders als unter den Menschen war es in ihren Trauerversammlungen nicht üblich, kunstvolles Geschwätz als Lobrede auf den Toten loszulassen. Statt dessen herrschte bei ihnen eine tiefe Stille, als ob sie über die Sinnlosigkeit und die Flüchtigkeit des Lebens nachdachten.

Keinem in der Familie blieb verborgen, daß Kishor Babu in diesen Tagen geradezu beunruhigend schweigsam war. Auch seine Lesegewohnheiten änderten sich mit einem Mal. Homöopathische Bücher wurden beiseitegelegt, alte Tagebücher auch. Es ging soweit, daß Kishor Babu auch kein Interesse mehr an Zeitungen zeigte, und das anderthalb Monate vor dem fünfzigsten Jahrestag der Befreiung des Landes.

In Vorbereitung auf diese große Gedenkfeier wetteiferten alle Zeitungen miteinander, Geschichte und Gegenwart besser als alle anderen ins rechte Licht zu rücken oder sie für den Leser pikanter zu präsentieren. Das Fernsehen hatte eher als alle anderen Medien vorausgesehen, wie gut sich die Unabhängigkeit verkaufen ließ, es hatte rechtzeitig entsprechende Programme für alle Kanäle vorbereitet und zog daraus Gewinn. Die nationale Flagge, der Cakra und die Hymne ›Bande Mataram‹ wurden geradezu in eine Henne verwandelt, die goldene Eier legt, denn die Zeitungen und das Fernsehen zahlten dafür zig Millionen Rupien.

Die Hersteller von Schuhen, Strümpfen, T-Shirts und sogar von Autos versahen alle ihre Waren mit dem Unabhängigkeitssymbol, den drei wehenden Farbstreifen der nationalen Trikolore, in deren Mitte die Zahl ›Fünfzig‹ prangte. Selbst multinationale Firmen trafen Vorbereitungen für die Unabhängigkeitsfeiern, als ob es das Fest ihrer eigenen Befreiung wäre. Schulen, Zeitungen und Zeitschriften, private Institutionen, Wohltätigkeitsvereine, alle bereiteten sich darauf vor, aus diesem Anlaß eine Sondernummer ihrer jeweiligen Publikationsorgane herauszugeben, und rührten zu diesem Zweck derart in der alten Geschichte herum, als gälte es, ihr Amrit[1] oder kostbare Juwelen zu entlocken.

Michael Jackson kam, und er ging wieder. Yanni, der Junge mit dem langen Haar, zeigte sich im Rampenlicht vor dem Tajmahal,

1 Amrit: Trank der Götter, den sie in der altindischen Mythologie beim Quirlen des Ozeans gewannen.

und auch er ging wieder. Nun mußte etwas Neues her. Na gut, da ergab sich eine günstige Gelegenheit für die Medien, ihren Kunden im Countdown bis zum Unabhängigkeitsjubiläum etwas Ruhe zu gönnen, die es nach so vielen Tagen satt hatten, von allen möglichen Skandalen und Affären zu lesen, zu hören oder zu sehen. Kishor Babu verstand das alles. Dennoch zeigte er nur Gleichgültigkeit diesem Countdown gegenüber und mit all dem, was wegen des fünfzigsten Jahrestages der Unabhängigkeit veranstaltet wurde. Ihm war der Artikel eines gewissen Ajit Narayan Bose über ›Die Ökonomie Indiens‹ in die Hände gefallen, und nun zerbrach er sich Tag und Nacht den Kopf darüber. Wer weiß, was er in den Spalten der Tabellen in diesem Artikel fand, denn er las ihn mehrmals, blätterte die Seiten immer wieder vor und zurück. Seine Frau blickte in sein erstauntes Gesicht und fragte ihn schließlich ohne Umschweife, was er denn bloß in diesen Blättern suche.

»Weißt du, Saroj, sogar heute noch haben vierzig Prozent der Menschen in diesem Land jährlich nur vierzig Rupien für Textilien zur Verfügung«, erklärte ihr Kishor Babu.

»Was? Nur vierzig Rupien im Monat?« fragte sie verwundert.

»Vierzig Rupien im Jahr und nicht vierzig Rupien im Monat!« stellte Kishor Babu ärgerlich klar. »Und das nicht allein für Kleidungsstücke, sondern auch für andere Textilien wie Bettlaken, Handtücher – für alles zusammen vierzig Rupien.«

»Das kann doch gar nicht möglich sein! Sicher ist das ein Druckfehler!« wandte seine Frau sogleich ein und bereute schon, sich auf diese völlig sinnlose Diskussion eingelassen zu haben. Sie versuchte sogleich, dem Gespräch eine andere Wendung zu geben: »Chutki kommt dich heute besuchen. Sie hat deswegen angerufen.« Doch Kishor Babu interessierte sich für diese Mitteilung nicht im geringsten.

Er sagte: »Du wirst nicht glauben, was ich dir jetzt erzähle. Vorgestern abend, als ich in die Richtung von Behala ging, kam mir, da ich nun schon bis dahin gekommen war, der Gedanke, die Krankenschwester zu besuchen, die sich während meiner Herzoperation so gut um mich gekümmert hatte. Glücklicherweise fiel mir auch ein, wo sie wohnte. Also kaufte ich eine Schachtel Süßigkeiten und machte mich, immer wieder nach dem richtigen Weg fragend, auf die Suche nach ihrem Haus. Was für ein Viertel, dieses chaotische Wirrwarr von Gassen in Behala, da gibt es ja nicht einmal Hausnummern. Aber schließlich kam ich doch bei ihr an, ich stand vor einem einstöckigen Häuschen mit einer engen kleinen Tür und einem Blechdach. Drinnen herrschte pechschwarze Dunkelheit.

Vor dem Eingang des Hauses saß, in sich zusammengekauert, eine alte, zahnlose Frau. Ihr Kopf wackelte ständig hin und her. Ich fragte sie nach der Krankenschwester Putul. Sie erklärte mir, daß sie Putuls Mutter sei. Als ich sie fragte, ob Putul zu Hause sei, rief sie sogleich nach ihr: ›Putul! Putul!‹ Eine Stimme fragte von drinnen, es war wohl die der Krankenschwester, worum es denn ginge. Die Alte stand auf und verschwand im Haus. Ich hörte, wie sich die beiden drinnen stritten. Dann kam die Alte wieder heraus und erklärte, Putul sei nicht zu Hause. Als sie mein Erstaunen bemerkte, legte sie ihren zahnlosen Mund an mein Ohr und sagte, daß ihre Tochter nicht angezogen sei. Sie habe heute ihre beiden Saris gewaschen und könne deshalb nicht herauskommen. Kannst du dir vorstellen, daß diese blitzsaubere Krankenschwester in solch einem schmutzigen Stadtviertel wohnt und daß sie nur zwei Saris hat? Ich fragte die Alte lieber nicht, wie viele Kinder sie hat. Sicher sind es zwei oder drei, für deren Unterhalt Putul aufkommen muß. Ich habe ihrer Mutter die Süßigkeiten in die Hand gedrückt und bin stehenden Fußes wieder umgekehrt.«

Kishor Babus Frau schlug innerlich die Hände über dem Kopf zusammen. Sie hatte gehört, daß ein Mensch zu allem fähig ist, wenn sich sein Geist verwirrt hat. Jetzt war ihr Mann schon so weit, daß er eine Krankenschwester zu Hause aufsuchte! Während sie sich noch darüber wunderte, fiel ihr eine Geschichte mit einer anderen Krankenschwester ein, die sie bis heute nicht vergessen hatte.

Als Kishor Babus Mutter im Sterben lag, wachte nachts eine Krankenschwester an ihrem Bett. Diese Frau mit Essen zu versorgen, erwies sich als ein sehr großes Problem, denn sie pflegte achtzehn dicke Brotfladen auf einmal zu essen. Der Diener, der damals für die Küche zuständig war, hatte gerade Urlaub, so daß sich Kishor Babus Frau darum kümmern mußte. Nach drei bis vier Tagen hatte sie die Arbeit satt und gab deshalb Kishor Babu den Rat, die Nachtschwester auszuwechseln. Als sich die Frau am nächsten Morgen um acht Uhr fertig machte, um nach Hause zu gehen, staunte Kishor Babus Frau nicht schlecht, weil Kishor Babu die Tasche der Schwester durchsuchen wollte. Diese tat, als ob sie die Aufforderung nicht gehört habe, aber er entriß ihr die Tasche. Und siehe da, was geschah? Im nächsten Augenblick fielen acht bis zehn Fladen heraus, und Kishor Babu regte sich dermaßen auf, daß ihm der Schaum aus dem Mund trat, als er auf die Krankenschwester losschrie: »Ich habe mich schon gewundert, wie eine Frau so viele Fladen auf einmal essen kann! Ich habe es doch gleich geahnt! Sie sind eine Diebin! Schämen Sie sich denn nicht? Da bekommen Sie schon so viel Geld und bestehlen uns auch noch! Ich werde mich bei Ihrem Büro beschweren! Sie sollten sich schämen ...!« Kishor Babus Frau stand da wie erstarrt. Ihr schlug das Herz laut in der Brust. Der bestürzende Anblick der verstreut auf dem Boden herumliegenden gestohlenen Fladen trieb ihr ein Gebet auf die Lippen: ›O Gott, verzeih uns! Bestrafe meine Kinder nicht für diese Schandtat! Verzeih uns, nur dieses eine Mal!‹ Kishor Babu erzählte jedem, der ihn in diesen Tagen aufsuchte, sogar den Ärzten, diese Geschichte. Jedesmal, wenn die Rede auf diese Geschichte kam, stand Kishor Babus Frau die ganze Szene wieder vor Augen, und dann klopfte ihr Herz vor Angst.

Kishor Babu blickte unverwandt in das Gesicht seiner Frau und versuchte zu erraten, woran sie gerade dachte. Ihr jedenfalls wollte es scheinen, als ob ihr Mann ebenfalls über jenen Vorfall nachdachte, doch dann schob sie diesen unwahrscheinlichen Gedanken beiseite.

Kishor Babu saß eine Weile geistesabwesend da. Dann zog er sich die Schuhe an, in denen er umherzustreifen pflegte, und ging die Treppe hinab. Wohin würde es ihn heute ziehen? Kurz darauf fand er sich auf der Ballygunge Circular Road wieder und überlegte, ob er sich auf eine Bank am Ufer des Teiches im

Minto Park setzen sollte. Der Teich war zwar von allen Seiten vom Verkehr umtost, auch befand sich an einer der umliegenden Straßen ein Fünf-Sterne-Krankenhaus, hinter dessen Mauern in jedem Zimmer all die Leiden dieser Welt lagen, doch Kishor Babu empfand in diesen Tagen eine wunderbare Ruhe und einen inneren Frieden, wenn er das Wasser in diesem von Kokospalmen umstandenen Teich betrachtete. Ihm schien, daß sich beim Blick in das Wasser etwas im Menschen veränderte.

Kishor Babu hatte gerade den Minto Park betreten, als ein glänzendes neues Auto vor dem Park hielt, aus dem ein hübsches junges Mädchen und ein gutaussehender junger Mann stiegen. Er meinte, das Mädchen unlängst schon einmal gesehen zu haben, konnte sich aber nicht erinnern, wo das gewesen war, obwohl er sich den Kopf zermarterte. Im Vorbeigehen hörte er das Mädchen mit typisch bengalischem Akzent Hindi sprechen und den jungen Mann mit Hindi-Akzent Bengali. Dann diskutierten die beiden in herkömmlichem Englisch darüber, wohin sie gehen wollten. Das Mädchen bestand die ganze Zeit auf einem bestimmten Ziel, während der junge Mann dem auszuweichen suchte. Die Art, wie das Mädchen sprach, half Kishor Babus Gedächtnis auf die Sprünge, und er erinnerte sich, wo er es schon einmal gesehen hatte. Das war doch die Tochter von Mitra, dem Vorarbeiter in seiner Fabrik! Und die studierte doch an einem College! Sie hatte ihn zusammen mit ihrem Vater nach der Operation im Krankenhaus besucht, und er hatte zu Mitra Sahib gesagt, wie bildschön doch seine Tochter sei, und daß er deshalb keinerlei Schwierigkeiten haben werde, sie mit einem passenden jungen Mann zu verheiraten.

Inzwischen hatte das Mädchen den jungen Mann überzeugt, ihm zu folgen. Beide überquerten nun die Straße und gingen auf das Gebäude an der Ecke zu. Kishor Babu wollte unbedingt wissen, wohin die beiden gingen. Er blieb ihnen auf den Fersen, stieg ihnen hinterher hinauf in den ersten Stock des Gebäudes und stand dann vor einer Boutique für luxuriöse Kleidung. Er erinnerte sich, von seiner ältesten Tochter gehört zu haben, daß sich gegenüber vom Minto Park die teuerste Boutique der Stadt befände. Hinter dem Pärchen öffnete auch er die Glastür und trat in das Geschäft. Der Verkäuferin sagte er, daß er seiner Tochter zum Geburtstag einen Sari schenken wolle.

Beim Ansehen der Saris, die man ihm zeigte, schielte er aus den Augenwinkeln zu dem Pärchen hinüber und beobachtete, wie sich das Mädchen mehr als zwanzig Kleidungsstücke anhielt und dem jungen Mann zeigte. Schließlich wählte sie drei Stücke aus. Die Rechnung belief sich auf achttausend Rupien. Nun eilte Mitras Tochter, dem jungen Mann entzückte Blicke zuwerfend und das Päckchen in der Hand hin- und herschwingend, die Treppe hinab. Wo wird sie jetzt wohl hingehen? Was würde sie dem jungen Mann als Gegenleistung für diese teuren Geschenke geben? Was würde sie ihrem Vater, dem Aufseher Mitra, sagen, woher das Geld für diese Kleider stammte? Wozu brauchte sie sie denn überhaupt? Kishor Babu schwirrte schon der Kopf von all den Fragen, die sich ihm eine nach der anderen stellten. Welche Unzeit war über sie hereingebrochen? War das der Kaliyug? Er strengte sich an, sich an die Charakteristiken des Kaliyug zu erinnern, von dem ihm seine Frau vorgelesen hatte, doch seine Gedanken waren vierundfünfzig Jahre in die Vergangenheit zurück gewandert, er dachte an die aufgequollene Leiche jenes anderen Mädchens, die Selbstmörderin aus dem Park.

An jenem Sonntag schlenderte Kishor zu Amolaks Haus in der Lake Road. Innerhalb eines Jahres waren Kishor und Amolak beide um zehn Jahre gealtert. Durch Shantanus Abwesenheit hatten sie einen Punkt im Leben erreicht, an dem sie erkennen mußten, daß ihnen die jugendliche Kraft der Gefühle und die Unschuld des Herzens abhandengekommen war. Was übrigblieb, war die nackte Realität einer unerbittlichen Welt und das Gewicht auf den Schultern, sich mit ihr auseinandersetzen zu müssen.

Amolaks Vater befand sich seit dem letzten August im Gefängnis, da er an der ›Quit India‹-Bewegung teilgenommen hatte. Shantanus Swami Ramanand Krishna wiederum war von der Polizei als Mitglied einer revolutionären Partei verhaftet worden. In der Verkleidung als Sannyasi hatte er heimlich einen bewaffneten Aufstand vorbereitet. Zusammen mit ihm war auch Shantanu von der Polizei in Murshidabad verhaftet worden, doch seinem Vater, Dr. Ray, war es dank seiner guten Beziehungen zur Polizei gelungen, ihn wieder freizubekommen. Shantanu hatte man beschuldigt, elektrische Leitungen mit einer Zange zerschnitten und Bahngleise herausgerissen zu haben. Dr. Ray erbrachte den Beweis, daß das die Streiche eines Minderjährigen waren. Danach schickte er Shantanu zu einem Freund nach Bombay, damit er dort Medizin studiert.

Kishor brauchte einige Monate, um mit seinem Kummer darüber fertigzuwerden, daß Shantanu nach Bombay gegangen war, ohne sich vorher noch einmal mit ihm zu treffen, und daß er ihm auch nicht auf den Brief antwortete, den er an die von Dr. Ray genannte Adresse geschrieben hatte. Kishor dankte Gott, daß er ihn auch dieses Mal, so wie damals am Tag der Demonstration zum Holwell Monument, um Haaresbreite gerettet hatte. Der ganze Ärger mit Shantanu passierte zwei Wochen nach seiner Abreise aus Murshidabad. Wer weiß, was ihm sonst zugestoßen wäre? Doch Shantanu konnte schließlich nicht seine Gedanken lesen! Weshalb war er dann nur so böse auf Kishor? Kishor begriff rein gar nichts. Konnte sich die Welt denn auf einmal so grundlegend verändern? Er fragte Amolak, was er darüber dachte, aber der hatte anderes im Kopf und schwieg. Amolak äußerte sich eigentlich nie mit einer eigenen Meinung zu einer Sache, und das hatte Kishor schon oft geärgert.

Kishor war an jenem Tag mit Amolak spazierengegangen, um mit ihm über alles, was geschehen war, zu reden. Bleigraue Monsunwolken bedeckten den Himmel, der Wind hatte plötzlich nachgelassen – ein Zeichen für bevorstehende heftige Regenfälle. Schon am Morgen war es so dunkel wie beim Sonnenuntergang am Abend. Die Grünfläche neben dem Teich hatten die amerikanischen Soldaten, die während des Zweiten Weltkrieges in Kalkutta stationiert waren, mit Stacheldraht eingezäunt. Neugierig blieben die beiden stehen und beobachteten die schwarzen und weißen Soldaten hinter dem Stacheldraht. Zwei der amerikanischen Tommys lachten, als sie sie erblickten, und fingen an, ein Lied zu summen. Kishor verstand nicht, was die beiden da sangen, aber die Melodie und der Rhythmus kamen ihm bekannt vor. Amolak fragte angeekelt: »Weißt du, was sie da singen? Es scheint ein Lied aus Kanan Balas Film zu sein: ›Ich bin eine wilde Blume und schwinge hin und her, so wie es mir gefällt.‹ Komm, laß uns gehen! Unseren Platz am Teich haben die ja sowieso schon eingenommen.« Kishor juckten die Hände, am liebsten hätte er einen Stein aufgehoben und nach den beiden geworfen, aber er hielt sich, erregt wie er war, dennoch zurück.

Sie setzten sich unter die alte Akazie, deren runde Äste einen Schirm bildeten, unter dem sie sich wie auf einer ruhigen, friedlichen Insel fühlten. Von hier aus konnten sie die Brücke sehen, die zu dem heiligen Schrein auf der kleinen Insel in der Mitte des Teiches führte. Amolak jedoch war heute besonders düsterer Stimmung, obwohl sie sich an ihrem Lieblingsort befanden. Kishor glaubte, daß er wohl an die Qualen dachte, die sein Vater im Gefängnis zu erdulden hatte.

»Hast du gesehen, Kishor, wieviel Leute aus den Dörfern jetzt auf den Straßen Kalkuttas um Almosen betteln? Jeden Tag sind es mehr. Ein Freund meines Vaters, Onkel Sampat, sagt, daß die Menschen in den Dörfern Bengalens nichts zu essen haben. Sie haben schon Geschirr und Töpfe verkauft, geben noch ihr Allerletztes her, nur für eine Handvoll Reis, und jetzt, wo sie gar nichts mehr besitzen, treibt sie der Hunger aus ihren Dörfern nach Kalkutta. Weiß der Himmel, wie das alles bloß noch werden soll! An der Ecke vor unserem Haus lebt eine Familie schon seit zwei Wochen in einem Zelt. Hast du die schon mal gesehen? Das sind wandelnde Skelette. Vollkommen ausgezehrt. Der Vater und der Sohn machen sich jeden Tag auf, um zu betteln. Die Mutter und die junge Tochter bleiben dort zurück. Vorgestern abend hörte ich, wie Vater und Tochter miteinander stritten. Der Vater verlangte, daß die Tochter auch betteln gehen solle. Aber die Tochter hielt dem entgegen, daß sie keine Kleider habe, um ihren Körper zu bedecken und deshalb nicht betteln gehen könne. Stell dir das mal vor, Kishor! Bei uns liegen so viele Kleider herum, und die haben noch nicht mal das Allernotwendigste. Gestern habe ich meine Mutter gebeten, dem

Mädchen einen Sari zu geben. Sie gibt diesen Leuten ja immer schon etwas zu essen.«

Auch Kishor hatte dieses Mädchen letzten Sonntag tatsächlich gesehen. Trotz ihrer Armut und des ständigen Hungers hatte es einen Charme, dem sich keiner entziehen konnte, man mußte einfach hinschauen. Kishor hatte Angst um dieses Mädchen. Wer weiß, wieviel zweifelhafte Leute es auf sie abgesehen haben mochten.

In der Gegend um die Park Street hatte Kishor gesehen, wie amerikanische Soldaten eng umschlungen mit anglo-indischen Mädchen umherliefen. Diese Männer hielten mit der einen Hand das Mädchen fest und mit der anderen ein in Papier gewickeltes Stück Sikh-Kebab, das sie wie ein gefräßiger Dämon hinunterschlangen. In der ganzen Stadt sprach man über die Schandtaten und das zügellose Treiben dieser Soldaten. Sie sollten sich sogar an vier- bis fünfjährigen Mädchen vergriffen haben. Zwar patrouillierte die Militärpolizei auf Motorrädern durch die Straßen von Kalkutta, um sie im Auge zu behalten, aber die Geschichten über immer neue Untaten rissen nicht ab. Die ›Mac‹-Lastwagen der Armee rasten durch die Stadt, und überall auf den Straßen lagen überfahrene Hunde herum. Aber nicht nur Hunde! Die Soldaten machten in ihrer Trunkenheit auch vor Menschen nicht halt, und so waren ihrer Raserei ziemlich viele Menschen zum Opfer gefallen. Eines Tages hielt auf der Chowringhee vor dem ›Firpo‹-Restaurant ein schwarzer amerikanischer Soldat Kishor seine angebissene Tafel Schokolade hin. Kishor hätte ihn am liebsten vor Wut und Ekel angespuckt, doch aus Angst, Prügel zu beziehen, hielt er sich zurück. Diese üblen Kerle trieben sich nun mit den Mädchen, die sie abgeschleppt hatten, seelenruhig auf der Chowringhee, im Park oder in den Luftschutzgräben auf dem Maidan gegenüber von der Chowringhee herum. Kishor hörte jemanden sagen: »Die werden ganz Kalkutta noch in ein einziges großes Bordell verwandeln.«

Amolaks Blick fiel auf einmal auf die Stelle im Teich neben dem heiligen Schrein, wo üppige Wasserhyazinthen ihre Ranken ausgebreitet hatten. Eine große Schar Krähen hatte sich auf einmal dort versammelt und brach in lautes Krächzen aus. Und da, plötzlich, bot sich auch Kishor dieses entsetzliche Bild: An der Wasseroberfläche trieb eine aufgedunsene Leiche, die sich in den Ranken der Wasserhyazinthen verfangen hatte. Beide stießen einen lauten Schrei aus. Amolak begann am ganzen Körper zu zittern und brachte mit erstickter Stimme hervor: »Das ist doch das Mädchen! Sieh nur, Kishor! Das ist das Mädchen von der Ecke der Straße! Genau, sie ist es, Kishor! Ich erkenne sie an ihrem Sari. Den hatte sie immer an. Es ist das Mädchen, Kishor!«

Kishor vergaß seine eigene Bestürzung und Angst, als er sah, wie heftig Amolak schluchzte und immer wieder dasselbe schrie: »Sie ist es, sie ist es!« Irgendwie gelang es Kishor, ihn nach Hause zu bringen.

»Ma, hättest du ihr gestern bloß den Sari nicht gegeben! Jetzt ist sie tot. Sie ist ins Wasser gegangen. Du hast ihr doch den Sari nicht gegeben, Ma?« Amolak schien völlig durcheinander zu sein, als er seine Mutter erblickte. Seine Mutter begriff gar nichts, und Kishor, der sich nur mühsam zusammennahm, erzählte ihr unter Tränen die ganze Geschichte. Auch Amolaks Mutter stand sogleich wie erstarrt. Ohne eine Minute zu verlieren, ging sie zum Telefon und rief Onkel Sampat an, damit er die Verbrennungszeremonie für das tote Mädchen veranlassen konnte. Wenige Tage nach diesem schrecklichen Vorfall fand man die tote Mutter des Mädchens steif und starr und zum Skelett abgemagert an der Ecke, und Onkel Sampat mußte sich schon wieder um eine Verbrennungszeremonie kümmern.

Einige Zeit später, nachdem Amolak sich wieder gefangen hatte, widmete er sich zusammen mit seinem Onkel Sampat voll und ganz der ehrenamtlichen Arbeit im ›Wohlfahrtskomitee von Bengalen‹. »Jetzt wird allmählich klar«, äußerte er eines Tages, »wie viele Mädchen nur deshalb Selbstmord begangen haben, weil sie nichts hatten, womit sie ihren Körper bedecken konnten. Und wie viele andere haben ihren Körper verkauft, weil der Hunger ihnen die Gedärme zerfraß. Was man so Menschlichkeit nennt, Kishor, das frißt das Feuer im Bauch einfach auf. Und um den quälenden Hunger im Bauch zu stillen, verkauft ein Mann seine Frau, eine Frau ihren Mann, die Kinder ihre alten Eltern und sogar die Eltern ihre Kinder.« Kishor las jeden Tag in der Zeitung, was Amolak mit eigenen Augen sah und ihm erzählte. Er selber hatte auch unzählige Leichen verhungerter Menschen auf den Straßen liegen sehen. Eines Tages entdeckte er die Leiche eines Kindes vor dem Süßwarengeschäft von Putiram in der Central Avenue. Seitdem aß er immer weniger, jeglicher Appetit war ihm auf einmal vergangen, und Süßigkeiten brachte er gleich gar nicht mehr hinunter.

Sechs Tage die Woche arbeitete Kishor im Geschäft wie eine Maschine, denn mit Kopf und Herz war er nicht dabei. Jeden Tag schuftete er von morgens bis abends. Sein jüngerer Onkel hatte einen großen Auftrag ergattert: Sie versorgten nun die Armee mit grünen Uniformen, Zeltplanen und Decken, was ihnen Arbeit über Arbeit einbrachte, aber auch einen Riesengewinn. Innerhalb der Welt, die der Laden darstellte, war an Ideale natürlich nicht zu denken, nicht an Gandhi und an Nehru, die allmählich im Gefängnis verschimmelten, und schon gar nicht daran, daß Hilfe für die Engländer im Krieg Verrat für das eigene Land bedeutete. Im Gegenteil, hier dachte nun jeder nur noch an eines: ans Geldverdienen.

Den jüngeren Onkel schien die Arbeit süchtig zu machen. Im Alter von zwanzig Jahren war er Witwer geworden, und seitdem schien Geldverdienen sein einziges Ziel im Leben zu sein. Als er die Nachricht bekam, daß seine Frau an Typhus erkrankt war und ihr Tod bevorstand, fuhr er sofort nach Ramgarh, um sie noch einmal zu sehen. Sie sagte zu ihm: »Du wirst gleich nach meinem Tod sicher wieder heiraten. Aber um meine Eltern sorge ich mich. Sie werden vor Trauer und Schmerz sterben, sobald ich nicht mehr bin.« Die Worte seiner Frau trafen den Onkel tief ins Herz. Er erwiderte: »Was denkst du denn von mir? Meinst du denn, dein Mann sei solch ein billiger Mensch? Ich schwöre dir, nach deinem Tod nie wieder zu heiraten.« Kishor fielen die tränenbetropften Puris ein, die die Tante für sie zubereitet hatte, als sie damals nach Farrukhabad fuhren. Die Tante und der Onkel hatten sich noch nicht einmal richtig kennenlernen können, und schon wurden sie für immer voneinander getrennt. Aber der Onkel war nun an ein Seil gebunden, zu dem es kein anderes

Ende gab. Kishors Mutter war über diesen Entschluß ihres Bruders unendlich betrübt: »Er wird einmal sehr allein sein. Jeder schafft sich seine eigene Welt, aber für ihn wird niemand da sein, der sich um ihn kümmert.« Doch der Onkel hielt unerschütterlich an seinem Entschluß fest. Kishor meinte oft, daß das eine große Dummheit sei. Der Onkel war allein, und Shanta Bhabhi auch. Wie schön wäre es doch, wenn die beiden einander heirateten. Aber er wagte es nicht, diesen Vorschlag auszusprechen. Schließlich kannten doch alle die Umstände. Vielleicht hatte dieser oder jener aus der Familie auch schon diesen Gedanken gehabt. Aber Kishor wußte, keiner würde es jemals wagen, dieses Thema zur Sprache zu bringen.

Sechs Tage in der Woche arbeitete Kishor und kam dabei nicht zum Nachdenken. Erst am siebenten Tag kehrte er ins Leben zurück und damit auch der Haß auf jenen anderen Kishor mit all seinen Nöten, die ihn zwangen, nur an seinen Lebensunterhalt zu denken. Seit Shantanu aus seinem Leben verschwunden war, hatte sich auch der Schmerz der Beule an seinem Hinterkopf mit einem Mal gelegt, ja, er vergaß sogar völlig, jemals einen Schlag bekommen zu haben. Er erinnerte sich auch nicht mehr an den Swami von Murshidabad. Es war, als ob das alles in einem anderen Leben mit einem Kishor geschehen sei, der als ein anderer geboren worden war. So schön und gut Worte und Ideale sein können, aber man kann der Situation nicht entrinnen, in der man sich befindet. Kishor stellte einen großen Unterschied zwischen Amolak und Shantanu fest: Amolak riß einen Menschen nicht gleich mitsamt der Wurzel aus seinem Leben, so daß er sich nicht mehr den Dingen widmen konnte, die ihm ein Herzensbedürfnis waren.

Amolak verstand Kishors Lage und die Zwänge, denen er unterworfen war. Deshalb sprach er auch nie mit Kishor über diese sechs Tage in der Woche, die seiner Ansicht nach Kishor vorläufig ›verpfändet‹ hatte – ein Teil seines Lebens, verpfändet für die Mutter und die Bhabhi. Doch jeder Mensch hat das Recht, von sieben Tagen in der Woche wenigstens einen Tag so zu leben, wie es ihm gefällt, und wenn ihm das gelingt, dann ist er zumindest kein gekaufter Sklave und kann sich mit der Last seines Daseins abfinden. Davon hatte Amolak Kishor überzeugen können, und so half Kishor nun jeden Sonntag Amolak bei seiner wohltätigen Arbeit. Amolak hatte ja so recht: »Wenn man angesichts so vieler Toter ringsum die Augen verschließt, ist es doch der reine Selbstmord, weiterleben zu wollen.«

›Selbstmord‹? – dieses von Amolak verwendete Wort ging Kishor den ganzen Tag über nicht aus dem Sinn. Amolak wurde mit jedem Tag ernster und trübsinniger. Häufig gebrauchte er die Worte so, daß sich ihr Sinn ins Gegenteil verkehrte. Wie konnte er denn sonst ›weiterleben‹ mit ›Selbstmord‹ gleichsetzen? Das schloß sich doch beides gegenseitig aus!

Doch nicht lange, und er verstand, was Amolak damit meinte, als er den Bettler Nimai Haldar, einen sechzigjährigen Mann aus Midnapur, auf der Straße traf, der ihm erzählte: »Im vergangenen Jahr kam erst ein Orkan und dann das Hochwasser. Alles, was wir hatten, ging dabei verloren, Babu: Haus und Hof, die Ernte, die Lebensmittel, die Ziegen und alles Geschirr. Auf dem Markt gab es keinen Reis, und wenn es welchen gab, war er sechsmal so teuer wie früher. Woher hätten wir denn das Geld dafür nehmen sollen? Der eine sagte, die Regierung habe den ganzen Reis für die Armee nach Kalkutta geschickt. Ein anderer meinte, wir hätten nicht wie sonst jedes Jahr Reis aus Birma bekommen, weil dort die Japaner seien. Wir haben Gras gegessen. Einer meiner Söhne konnte das Gras nicht vertragen, er bekam davon Durchfall und Erbrechen und starb schließlich. Dann aßen wir Blätter, wilde Wurzeln und Schnekken. Die Regierung nahm uns die Boote weg. Wenn das nicht gewesen wäre, hätten wir wenigstens Fische fangen können. Sie erklärten, daß die Japaner keine Boote vorfinden sollten, wenn sie bis hierher vordrängen. Mein zweiter Sohn erwürgte sein Kind, meinen einzigen Enkel, weil der immerzu vor Hunger schrie. Das konnte ich nicht ertragen. Ich konnte nicht mehr mit ihnen zusammensein. In der Nacht bin ich weggelaufen. Wir sind alle zu Dämonen geworden.« Kishor erschütterte dieser Bericht bis ins Mark. Er sah, daß der alte Mann weinte, doch aus seinen Augen quoll keine einzige Träne, nur sein Gesicht verzog sich zu einer weinerlichen Grimasse.

Auf einmal verstand Kishor, was Amolak mit seiner Äußerung zum Selbstmord gemeint hatte. Wir sind alle lebende Tote, und nur deshalb können wir essen, lachen, reden, einkaufen, Pläne für die Zukunft machen.

Am Sonntag sah einer der Angestellten seines Onkels, wie er in Bhawanipur zusammen mit Amolaks Schwester aus einem Handkarren Brote an eine hungrige Menschenmenge verteilte. Am nächsten Morgen ließ ihn der Onkel in aller Frühe zusammen mit seiner Mutter zu sich rufen. Aber die Mutter sagte geradeheraus zu ihrem Bruder: »Ja, Kishor macht so etwas, und das wird er auch weiter machen. Da ist nichts Schlechtes dabei. Bruder, seit wann ist es ein Verbrechen, Hungrigen zu essen zu geben? Kishor hatte mir zwar nichts davon erzählt, doch wenn ich es gewußt hätte, hätte ich selber Brot gebacken und es ihm mitgegeben.« Kishor schwieg und staunte über seine Mutter. Der Onkel zeigte sich leicht verwirrt: »Nein, Schwester! Ich sage doch nicht, daß Kishor etwas Böses getan hat. Ich bin nur der Meinung, daß sein Freund nicht der richtige Umgang für ihn ist. Sein Vater sitzt im Gefängnis. Sollten die Engländer, unsere Auftraggeber, davon erfahren, mit wem mein Neffe verkehrt, dann könnten sie ihren Auftrag zurückziehen, und das wäre ein riesiger Verlust für unsere Firma. Ich habe der Hindu Mahasabha auch Geld für eine öffentliche Armenküche gespendet. Ich tue doch auch etwas für die an Hunger leidenden Menschen! Ich würde mich aber nie auf die Straße stellen und selber Brot verteilen, wenn die Mahasabha-Leute mich dazu aufforderten. Jeder Mensch muß sich schon seines Ranges in der Gesellschaft bewußt sein. Sag selber, wo wir sonst hinkämen!« Mutter sagte nichts darauf. Sie lächelte nur. Kishor sah, daß ihr Lächeln seinen Onkel in Wut versetzte. Mit diesem Lächeln mokierte sie sich über die Autorität des jüngeren Onkels, mit der er sich nach dem Sturz seines älteren Bruders immer mehr aufblähte. Kishor verstand, daß sie mit ihrem Lächeln versuchte, ihren Bruder zu fragen, wie es denn heutzutage um die Autorität seines großen Bruders bestellt sei. Der hatte sich nämlich von der Familie getrennt und seinen eigenen Haushalt gegründet. Kishor hatte sogar schon zu seinem größten Erstaunen gesehen, wie er mit einem Beutel Gemüse zu Fuß nach Hause ging. Er hatte sich vor seinem Onkel versteckt, weil er diesem ersparen wollte, sich zu schämen.

Amolak war verzweifelt: »Welchen Wert hat denn ein Mensch? Die Leute sterben wie die Fliegen! Wenn Menschen eine Lage herbeiführen, wo Menschen vor Hunger und Krankheit sterben, dann muß man das wohl nur so erklären, daß einige wenige Begriffe, die im Namen der Menschheit verwendet werden, bedeutender sind als der Mensch selbst: Land, Nation, Regierung, Prinzip, Pflicht, Recht. Aber das alles sind schließlich nur Worte! Was bedeuten denn solch große Worte schon für einen Menschen, der vor Hunger stirbt? Wie können denn die Engländer, besudelt vom Leid der verhungernden Menschen, von irgendwelchen Prinzipien reden? Churchill sagte, daß dieser Krieg im Namen der Menschen geführt wird. Aber sind sie etwa besser als die Leute, gegen die sie kämpfen? Es wird berichtet, daß Hitler die Juden wie lästige Insekten umbringen läßt. Tun denn aber den Engländern die Leute leid, die hier sterben?« Diese Zweifel drangen tief in Kishors Herz. Sollte denn wirklich alles, was auf dieser Welt menschlich war, verschwinden? Hier hatte es doch gar keine Trockenheit gegeben! Keine echte Hungersnot hatte dieses Land heimgesucht! Der Mensch selbst hatte also diese Hungersnot für den Menschen geschaffen! Gestern erst hatte er in der Zeitung gelesen, daß in Amerika ein sechzehnjähriger Junge seinen Vater umgebracht hatte, weil der ihm kein Geld für neue Schuhe geben wollte. Für den einen war es das Prinzip, für den anderen waren es die Schuhe, aber bezahlt dafür wurde mit Menschenleben. Eine Hungersnot kommt nie von allein, sie wird gemacht!

Am Montag schickte Amolak schon in aller Frühe einen Boten, um Kishor zu sich zu rufen. Kishor blickte beunruhigt auf seine Mutter. Weshalb wohl ließ ihn Amolak rufen? Er war doch am Tag zuvor bei ihm gewesen und erst spät nach Hause gekommen! Was konnte denn da in der Zwischenzeit Wichtiges passiert sein? Der Montag-Kishor, der an nichts anderes als an seine Arbeit denken konnte, versuchte den Sonntag-Kishor in Angst und Schrecken zu versetzen. Wenn er nun gestern mit

Amolak in irgendein Malheur geraten war? Wenn er nicht zur Arbeit im Geschäft erschiene, würde der Onkel mehr als böse auf ihn sein. Wenn es irgendwelche Scherereien gäbe, wäre er obendrein die Arbeit los. Was also tun? Seine Mutter begriff, in welchen Nöten er steckte, und riet: »Geh ruhig! Ich werde mit meinem Bruder reden.« Als Kishor seine Mutter so reden hörte, schämte er sich für seine Angst und seine Selbstsucht. Er war ja wirklich ein richtiger Feigling! Amolak wußte doch um seine Schwierigkeiten an diesem Tag! Wenn er ihn also rief, mußte es sich um eine wichtige Angelegenheit handeln, bei der man ihn brauchte!

Als Kishor Amolaks Haus erreichte, stellte er mit Staunen fest, daß Amolak mit einem neun bis zehn Monate alten Kind im Arm auf einem Stuhl vor dem Haus saß. Das Kind war nackt, schon von weitem konnte man die Rippen seines mageren Körperchens zählen. Seine ausgemergelten Ärmchen und Beinchen hingen leblos herunter. Doch daß es noch lebte, konnte man am ständigen Heben und Senken seines Bäuchleins während des Atmens erkennen. Ja, es lebte noch! Amolak blickte auf Kishor. In Amolaks Augen lag dieselbe Müdigkeit und Verzweiflung, die Kishor schon einmal in seinen eigenen Augen gesehen hatte, als er, vom Scheiterhaufen seines Bruders zurückgekehrt, zu Hause in den Spiegel blickte. Kishor erzitterte. Seine Augen fragten Amolak: »Wer ist dieses Kind?«

»Jemand hat es gestern abend auf unsere Türschwelle gelegt. Wir wissen bis jetzt nicht, wer es ist, wem es gehört«, erwiderte Amolak deprimiert. Daraufhin betrachtete Kishor das Kind aufmerksam und stellte fest, daß seine Augenlider nicht einmal mehr zuckten. Es traf ihn wie ein Blitz. Ehe er aber den Mund öffnen konnte, um etwas zu sagen, kam ihm Amolak zuvor: »Dr. Gaurmohan hat es bereits untersucht. Diese Krankheit nennt man Marasmus, ein Verfall aller Kräfte. Seine Lider können sich nicht mehr bewegen.« Kishor brachte es nicht fertig zu fragen, warum Amolak ihn gerufen hatte. Er blieb einfach still stehen. Stammelnd kam es aus Amolak heraus: »Ich …, ich …, ich habe dich holen lassen, weil wir etwas unternehmen müssen. Das heißt, es wird nicht überleben, hat der Arzt gesagt. Was ist also zu tun? Ich meine … Onkel Sampat ist nicht in der Stadt, er ist irgendwo auf dem Land. Sag, was sollen wir tun, wenn es stirbt?« Ein eiskaltes Frösteln durchfuhr Kishor, er spürte es bis ins Gehirn. Amolak wußte also nicht, was mit einem Toten zu tun war, und wie was mit ihm zu tun war! Aber Kishor wußte das! Er hatte ja seinen Bruder verbrennen müssen! Er hatte also Erfahrung! Kishor starrte mit leeren Augen auf Amolak.

Zwei Stunden später hörte das Bäuchlein des Kindes auf, sich zu heben und zu senken. Kishor und Amolak trugen es zum Ufer der Keoratala-Verbrennungsstätte und erstarrten vor Schreck beim Anblick, der sich ihnen dort bot. Leichen über Leichen lagen übereinandergehäuft und warteten darauf, verbrannt zu werden. Es stank entsetzlich. Der Körper eines Kindes war halb angefressen. Kishor wußte aus der Zeitung, daß sich die Hunde über Kinderleichen hermachten.

»Kann man jemals wieder an die Schönheit des Lebens denken, wenn man einmal gesehen hat, was der Hunger aus den Menschen machen kann? Welche Bedeutung haben dann noch Worte wie Liebe, Zuneigung, Opfer, Ehrfurcht? Kann diese Bedeutung dann noch so rein, so unschuldig sein?« fragte Amolak. Kishor spürte, wie sich etwas in ihm verhärtete. Wo war der Schmerz hin, den er früher beim Anblick all dieses Elends empfunden hatte? Amolak sprach aus, was er dachte: »Der größte Verlust für mich besteht darin, daß ich jetzt keinen Schmerz mehr empfinden werde, wenn ich jemandes Elend sehe. Wir hielten doch unsere kleinen Nöte für riesige Beschwerden. Aber wenn wir einmal echte Not und echtes Unglück erlebt haben, erscheinen uns unsere kleinen Beschwerden so nichtig und klein. Vor drei Tagen klagte meine Mutter über große Schmerzen in den Beinen. Ich sagte nur: ›Ach so!‹ Früher, wenn sie über solche Schmerzen geklagt hatte, habe ich ihr sogleich die Beine massiert. Dann lag ich die ganze Nacht wach und dachte darüber nach, wie sehr ich mich verändert habe.« Sie legten den kleinen Leichnam zu all den anderen, die dort herumlagen. Sie erfuhren, daß sich eine Wohltätigkeitsorganisation um die Verbrennungen kümmerte.

»Je mehr wir von all diesen Dingen sehen, um so mehr stumpfen wir ab, verwandelt sich unser Mitgefühl allmählich in Zahlen: So und so viele Leute starben, so und so viele Rupien wurden ausgegeben«, sagte Amolak zu Kishor, während er in der öffentlichen Essenausgabe arbeitete. »Das geht sogar so weit, daß der Mensch eine gewisse Befriedigung und Erleichterung darüber empfindet, wenn diesen Monat nur viertausend Menschen gestorben sind, während es vergangenen Monat noch siebentausendsiebenhundert waren. Man glaubt fast, die Lage habe sich verbessert. So treten in unseren Herzen und Köpfen an die Stelle von Menschen Zahlen.

Von der Untätigkeit der Engländer will ich gar nicht sprechen! Sieh dir Bengalens Nahrungsmittelminister Suhrawardi von der Muslimliga an! Er brauchte Monate, um zu erklären, daß in Bengalen eine nie dagewesene Hungersnot ausgebrochen sei, obwohl auf unseren Straßen Hunderte von Kindern betteln: ›Ma, gib mir etwas Reis!‹, obwohl überall Leichen herumliegen und die Zeitungen voller Berichte darüber sind, daß man in den Dörfern die Kinder verkauft. Selbst jetzt noch unternimmt die Regierung alles, um die Wahrheit als falsch darzustellen, sie zu vertuschen oder sie wenigstens zu verharmlosen, um all das Schreckliche abzumildern.« Kishor hörte seinem Freund aufmerksam zu.

Der Tod des verwaisten Kindes, dessen Lider sich nicht mehr bewegten, schien in Amolaks Innerem eine solche Wunde geschlagen zu haben, die sich sogar auf sein Äußeres auswirkte. Kishor bemerkte, wie sich die Furchen in seinen Mundwinkeln unter den Wangen auf einmal vertieften. Ob Leid und Schmerz wohl auf diese Weise ihre ewigen Spuren hinterließen? Dieselben Furchen kannte er vom Gesicht seiner Mutter, vom Gesicht seines Onkels, dem jüngsten Bruder seiner Mutter, und auch von seinem eigenen Gesicht. Hatte denn der Mensch gar kein Mittel, um solchem Kummer und Leid zu entgehen? All diese Gedanken machten ihm angst und bange. Vielleicht war es am besten, überhaupt nicht darüber nachzudenken! Stürze dich einfach in die Arbeit, die gerade ansteht! So tat es die Mutter, so tat es der Onkel.

Amolak war so beschäftigt, daß er weder Zeit zum Essen noch

zum Schlafen hatte. Sein Onkel Sampat reiste in den Dörfern Bengalens umher und verteilte Lebensmittel, die er vom Geld der Spendenfonds kaufte, die überall im Lande sowie von Organisationen der in Süd- und Ostafrika und auf Lanka[1] lebenden Inder eingerichtet worden waren. Die Arbeit in Kalkutta verrichteten junge Leute wie Amolak.

Eines Tages traf Amolak auf dem Heimweg an einer Ecke seines Stadtviertels einen gleichaltrigen Jungen, mit dem er manchmal Fußball spielte. »Bist du gerade krank gewesen?« fragte ihn Amolak, als er in dessen abgezehrtes Gesicht blickte. »Nein, überhaupt nicht«, erwiderte der Junge und lachte dabei verhalten. Dieses Lachen ließ Amolak an der Antwort zweifeln, deshalb gab er vor, Durst zu haben, und ging, um etwas Wasser zu trinken, mit dem Jungen zu dessen Haus. Dort stellte er fest, daß die Mutter, die Schwester und auch der kleine Bruder des Jungen genauso abgezehrt aussahen. Der Vater arbeitete im Büro einer Textilfabrik.

»Als ich sah, in welcher Lage sich diese Leute befanden, begriff ich, daß sie zu stolz waren zuzugeben, daß sie sich ein Man Reis für dreißig Rupien nicht leisten konnten. Ja, sie gingen auch nicht zu einer öffentlichen Essenausgabe. Ich glaube, sie hungerten vier bis fünf Tage in der Woche. Menschen der Mittelschicht können einfach niemanden um etwas bitten. Wir müssen etwas tun, auch für sie«, sagte Amolak zu Kishor. Tatsächlich setzte sich Amolak noch am gleichen Tag mit Onkel Sampat in Verbindung und stellte mit ihm ein Programm auf, das Reis für die mittleren Gesellschaftsschichten vorsah, vierzig Kilo à zehn Rupien.

Die Mitglieder des Wohlfahrtskomitees hatten eigene Zuteilungskarten angefertigt, die sie in allen Häusern verteilten, damit die Leute sich in den Läden des Komitees den Reis zu niedrigen Preisen kaufen konnten. Eines Sonntags, als Kishor zusammen mit Amolak solche Karten verteilte, blickte ihm das grausige Gespenst des Hungers aus jedem Haus entgegen. Meistens nahmen die Leute die Karten ohne jedes Zeichen der Dankbarkeit entgegen. Das versetzte Kishor zutiefst in Erstaunen. Er

---

1 Lanka: kurz für den Inselstaat Sri Lanka.

hatte erwartet, daß die Gesichter der Menschen, die solche Karten erhielten, aufleuchteten, daß sie vor Freude erzitterten, doch genau das Gegenteil war der Fall. Keine Regung, nichts. Ihre erloschenen Gesichter wurden noch trauriger, einige Leute wichen seinem Blick aus, wenn sie die Karten entgegennahmen.

»Die Angst vor dem Tod läßt sie schon bei lebendigem Leibe sterben. Wie sollte ein Toter Freude, Zufriedenheit, Dankbarkeit empfinden?« gab ihm Amolak zu verstehen, da er schon vorher wußte, daß einige Leute, weil sie gezwungen waren, die Karten zu nehmen, Bitterkeit, nicht Dankbarkeit zeigen würden. »Diese Engländer haben den Bengalen das Rückgrat gebrochen. Sieh dir nur an, was aus diesem Volk geworden ist, einer Nation, deren Empfindsamkeit, Feinfühligkeit und Begeisterung Legende waren! Und dann kommt auch noch irgend so ein Engländer daher und erklärt, daß Gott uns den Hunger geschickt hat, als Strafe für den Aufstand während der ›Quit India!‹-Bewegung in Midnapur. Ich glaube, diese Engländer wollten aus Wut auf die Bengalen dieses Land bestrafen, und deshalb haben sie so viele Menschen sterben lassen. Wie sehr sich die Kinder Bengalens doch von den Kindern anderer Provinzen unterscheiden! Vor zwei Jahren haben Kinder in unserem Viertel beim Spielen einen Protestmarsch gegen die Engländer veranstaltet und dabei gesungen: ›Wir geben euch keinen Pai[1], wir geben euch auch keinen Bruder!‹ Sie meinten dabei den Krieg der Engländer, den sie weder mit Geld noch mit Menschen unterstützen wollten. Zur Zeit ist Onkel Sampat, um Lebensmittel zu kaufen, nach Lyallpur und Hissar gefahren und hörte dort, wie die Kinder ein Lied der Rekrutenwerber sangen:

Hier hast du nur Lumpen,
dort gibt es Stiefel, ganz und schön.
Hier hast du nur trocken Brot,
dort gibt es Früchte, noch und noch.«

Kishor brachte dieses Lied zum Lachen, und er lachte und lachte und konnte gar nicht mehr aufhören damit. Amolak sah ihn

1 Pai: kleine Münze im alten Währungssystem Indiens von sehr geringem Wert.

zunächst neugierig, dann erstaunt und schließlich ärgerlich an. Wenn jemand so ohne ersichtlichen Grund in Gelächter ausbricht, kann das einen anderen doch sehr verunsichern. Als Kishor merkte, daß Amolak ärgerlich wurde, suchte er, sein Lachen zu unterdrücken.

»Es ist nichts weiter, Amolak, ich mußte plötzlich nur so sehr lachen, weil ich mir auf einmal meinen jüngeren Onkel vorgestellt habe, wie er mit einer Armeeuniform und Armeestiefeln aussehen würde. Du mußt wissen, nur um den englischen Herren zu gefallen, hat er von den Frauen unserer Familie Pullover, Socken und Schals für die Soldaten stricken lassen und sie ihnen geschickt. Ich glaube, mein Onkel wäre sogar bereit, in Uniform und Stiefeln in den Krieg zu ziehen, wenn ihm das seine Auftraggeber befehlen würden.« Amolak lächelte nur, sagte aber nichts. Kishor wurde auf einmal ernst. Er hätte sich nicht über seinen Onkel lustig machen sollen. Amolak könnte das stimulieren, nun seinerseits etwas über seinen Onkel zu sagen. Aber Amolak schwieg. Er sagte nie etwas Schlechtes über Kishors Onkel, weder direkt noch indirekt.

War Amolak denn völlig empfindungslos geworden? Kishor hatte schon einige Male bemerkt, daß sein Freund in einen Strudel geraten war, aus dem er nicht mehr herausfand, aber er konnte nicht sagen, was es genau war. Es mußte etwas Ernstes sein, eine Wunde in seiner Seele, die nicht verheilte. Aber das Leben mußte doch weitergehen! Hatte er nicht selbst auch schon genug Kummer und Leid hinnehmen müssen? Und doch konnte er wieder lachen! Er hatte die Lust am Leben keinesfalls verloren, er hatte jede Menge Schwung. Was aber war mit Amolak passiert? Der Traum von einem freien und glücklichen Indien mochte für Amolak ja das Größte sein, aber mußte er sich dafür gleich derart zugrunde richten? Das war doch nicht richtig! Wie konnte dieser Traum in einem derartigen Widerspruch zum Leben stehen, das so mannigfaltig und schillernd war?

Manchmal holte sich Kishor heimlich einige illustrierte Bücher oder Romane von einem Händler. Was sollte schon Schlechtes dabei sein? In diesem Alter tun das doch alle. Doch Amolak zeigte dafür kein Interesse. Der dachte nur an sein Land, die Gesellschaft, die Nation, überhaupt an die ganze Welt. Ob er denn jemals an sein eigenes Leben dachte?

»Wenn man mal richtig über alles nachdenkt, bringt man keinen Bissen mehr die Kehle hinunter! Soviel Ungerechtigkeit ringsum! Der Mensch ist des Menschen Wolf!« Man frißt sich gegenseitig das Fleisch von den Knochen. Solche Worte Amolaks hörte sich Kishor bestürzt an, sie brachten ihn ganz aus der Fassung. Was sollte er dazu sagen? Er kannte die Leute, die am Krieg Geld verdienten und sich an der Hungersnot gesundstießen. Mit eigenen Augen hatte er zu Skeletten abgemagerte Menschen gesehen, die in den Müllhaufen der Krankenhäuser zwischen den mit Blut und Eiter besudelten Tüchern, Lappen und Kleidungsstücken nach etwas Eßbarem suchten, Säuglinge, die an der Brust ihrer toten Mütter zu trinken versuchten. Wie dem auch sei, solche Gedanken würden Amolaks Lebensgeistern nicht aufhelfen. Er hatte Angst um seinen Freund, aber was sollte er ihm sagen? Ihm fiel einfach nichts ein. Es war wohl besser, darüber überhaupt nicht nachzudenken! Zuviel Nachdenken war falsch!

Mit jedem Sonntag erschien Kishor Amolak ernster und deprimierter. Doch diesen Sonntag – wer weiß, was in den letzten sechs Tagen vorgefallen war – sah er noch finsterer aus, als ob an seiner Seele ein Wurm nage. Seine Augen traten weit hervor, von schwarzen Ringen umgeben. Amolak senkte den Blick, als er Kishor erblickte. Er lächelte auch nicht wie sonst. Kishor argwöhnte Böses, es mußte etwas Schlimmes vorgefallen sein.

Als er sich bei einem Mann erkundigte, der in der Armenküche arbeitete, sagte der: »Kishor, Bruderherz, was soll ich sagen, was mit deinem Freund los ist! So geht es nicht weiter, er bringt sich doch selber um. Am Dienstag ist ein Mann gekommen, um sich Essen zu holen. Ich glaube, der hatte schon viele Tage nichts zu essen gehabt. Er stürzte sich auf den Reis und den Linsenbrei, stopfte in zwei Minuten einen ganzen Teller voll in sich hinein und stellte sich wieder an, um sich noch einmal von dem Brei zu holen. Das hat sein Magen nicht vertragen. Er erbrach sich, und gleich darauf hauchte er hier vor unser aller Augen sein Leben aus. Es war schrecklich anzusehen. Wir alle fühlten uns furchtbar elend. Was soll ich sagen? Seitdem ist dein Freund wie versteinert. Ich wollte schon zu Onkel Sampat gehen und ihn bitten, sich um ihn zu kümmern. Er sollte ihm eine andere Aufgabe zuteilen. Das hier hält er doch nicht länger aus.«

Kishor sah, daß genau das eingetreten war, was er schon lange befürchtet hatte. In Amolak war etwas endgültig zerbrochen. »Was ist, Amolak? Dein Gandhi-ji lacht wohl gar nicht, oder?« fragte er ihn ab und zu. Amolak sah ihn erstaunt an. »Wieso denn nicht? Natürlich lacht er, sogar sehr viel. Er ist so naiv und unschuldig wie ein Kind.«

»Und warum bist du dann so ganz anders?« fragte Kishor weiter.

Amolak schwieg einen Augenblick und erwiderte dann: »Du hast recht. Gandhi-ji hat eine solche Last auf seinen Schultern, und das in seinem Alter, und dennoch lacht er. Mir kommt es so vor, als ob jemand einen Bleiklumpen auf meine Seele gewälzt hat. Ich habe das Sprechen und das Lachen ganz vergessen. Das ist wirklich eine Schwäche von mir. Ich habe so wenig eigene Energie, deshalb ist das alles so. Ich werde mich ändern müssen!«

»Ich werde mich ändern müssen!« Diese Worte aus Amolaks Mund erinnerten Kishor an die Tage ihrer Schulzeit, als zwischen Amolak und Lakshmicand während des Mittagessens ein handgreiflicher Streit ausbrach. Lakshmicand, der im Rashtriya Swayamsewak Sangh trainierte, hatte lauthals, um Amolak zu treffen, über Gandhi-ji verkündet: »Gandhi-ji ist doch eigentlich ein Muslim. Wißt ihr, er heißt in Wirklichkeit Mohammed Karim Gandhi und nicht Mohandas Karamcand Gandhi. Und er stellt sich ja auch immer auf die Seite der Muslime ...«

Amolak geriet außer sich, als er diese Unwahrheiten hörte. Er stürzte sich, ohne zu überlegen, auf Lakshmicand, packte ihn am Kragen und überschüttete ihn mit Schimpfworten, nannte ihn einen miesen Agenten der Engländer, einen Söldner, einen Kollaborateur. Amolak so zu sehen, der sich sonst nie mit jemandem anlegte, das verschlug selbst Lakshmicand die Sprache. Doch dann besann er sich darauf, daß er sich verteidigen mußte, wozu diente schließlich seine Morgengymnastik, die paramilitärischen

Übungen seiner Partei, und mit einem heftigen Stoß schleuderte er Amolak zu Boden. Inzwischen hatten sich viele Jungen um die beiden versammelt, und jetzt warfen sie sich dazwischen und trennten die beiden Kampfhähne.

Amolak wußte nur zu gut, daß man ihm die Schuld an dem Vorfall geben würde, sollte die Angelegenheit dem Direktor zu Ohren kommen. »Diese Leute werden erst Ruhe geben, wenn ich die Schule verlasse. Heimlich stecken die doch alle der Hindu Mahasabha Geld zu, und nach außen hin tun sie, als ob sie zur Kongreß-Partei stehen. Nur in ihrem Haß auf die Muslime sind sie sich einig. Lakshmicand hat doch ganz bewußt all das über Gandhi-ji gesagt, um mich aufzubringen, weil ich damals auf der Literaturversammlung gesagt habe, wir brauchten eine Sprache, die Muslime und Hindus gleichermaßen als die ihre anerkennen. Lakshmicand hat daraufhin einen solchen Tumult veranstaltet, daß die Versammlung beendet werden mußte. Seitdem lauert er doch nur auf eine Gelegenheit, sich zu rächen.«

Am nächsten Tag herrschte eine aufgeregte Stimmung in der Schule, weil alle gespannt waren, was denn nun passieren würde. Alle staunten nicht wenig, als Amolak zu Lakshmicand ging und ihn für sein gestriges Benehmen um Verzeihung bat. Er sagte: »Ich werde mich ändern müssen.« Kishor war darüber zutiefst enttäuscht, und Shantanu verachtete ihn dafür sogar, er meinte, daß Amolak eine Show à la Gandhi abziehe. Kishor und Shantanu hatten sich innerlich doch schon darauf vorbereitet, Lakshmicand eine gehörige Lektion zu erteilen, sollte er heute wieder Scherereien machen. Nun waren sie geradezu gekränkt, und während des Essens hielten sich beide von Amolak fern. Amolak kam jedoch auf sie zu und erklärte: »Die ganze Nacht haben mich Gewissensbisse gequält. Ob nun jemand recht hat oder nicht, mit Gewalt können wir ihn nicht ändern. Mir war selber nicht klar, wieviel Gewalt da in mir steckt. Aber wenn ich mich selbst nicht im Griff habe, kann ich doch andere nicht ändern. Oder?«

Aus Shantanu brach es wütend hervor: »Mach nur weiter so! Ändere dich, wenn's dir gefällt, und mach weiter mit diesem Gewinsel! Aber vergiß deinen Traum, andere ändern zu wollen!

Du mußt endlich begreifen, daß weder du noch dein Gandhi jemanden ändern kann. Diese Wölfe werden mit jedem Tag blutrünstiger, ob das nun Muslime sind oder Hindus. Sie sind alle gleich. Nur ein Führer wie Subhash Babu kann sie im Zaum halten. Unlängst fand ein Meeting der Bharat Sewashram Sangh im Maheshwari-Haus statt. Wäret ihr hingegangen, wären euch die Augen aufgegangen. Sie hatten ein riesiges Bild von Shiw mit dem Dreizack aufgehängt und stachelten alle auf, die ›Dämonen‹ zu töten. Jeder Hindu wurde aufgerufen, in die Armee einzutreten. Die Marwaris wurden aufgefordert, Geld für den Erhalt der Hindu-Religion zu spenden. Reite nur weiter auf deiner ›Ahimsa‹, dieser Doktrin von der Gewaltlosigkeit herum! Das bringt dir überhaupt nichts! Ändere dich nur weiter selber...!«

Heute wirkten Shantanus Worte plötzlich sehr überzeugend auf Kishor. Damals hatte er ihnen nicht so viel Aufmerksamkeit geschenkt, weil er sie für einen Ausdruck der Liebe Shantanus zu Subhash hielt. Doch jetzt, beim Blick in Amolaks Gesicht, dieses leere, teilnahmslose, tiefernste Gesicht, legte sich eine schwere Last auf seine Seele. Kummer und Unglück sind schließlich keine Zustände, mit denen man ewig leben kann! Sich ändern müssen: Ewig mit diesem Gedanken im Kopf konnte man doch auch nicht leben!

Was war richtig, was falsch? So lange man das nicht auseinanderhalten konnte, wußte man ja auch gar nicht, was und wen man ändern sollte. Und wer sollte denn das entscheiden? Sicherlich kann man Menschen für gefühllose Ignoranten halten, weil sie lachen und scherzen, spielen und essen, ohne sich auch nur um das zu kümmern, was in der Welt vor sich geht. Der Mensch sollte schon mehr Anteilnahme zeigen, aber das konnte doch nicht so weit gehen, daß diese Anteilnahme den Menschen auffraß. Kann denn ein Mensch nur für andere leben, und, mal ehrlich, wäre ihm das denn zu wünschen?

Kishor wollte Amolak bei der Hand nehmen, um ihn aus seiner Lethargie zu reißen, ihm sagen: »Mein Lieber, hör auf damit! Du kannst nicht dein ganzes Leben lang auf diesem Vulkan verbringen! Ein bißchen solltest du so werden wie wir. Denk doch auch einmal an dich selber! Schau dir bloß deine Kleider an, sie sind völlig verschlissen! Los, wir gehen in einen Khadi Bhandar[1], wo du dir neue Kleider und ein Paar Sandalen kaufst!« Aber er merkte, daß ihm die Worte im Halse steckenblieben, ohne daß er wußte, warum eigentlich. Statt dessen fielen ihm Amolaks Worte ein: »Du brauchst dir bloß Gandhi-ji anzusehen! Weißt du, welch prächtige Anzüge und Kleider dieser ›nackte Fakir‹ früher trug? Er hat das alles aufgegeben, damit die Ärmsten der Armen ihn als den ihren erkennen. Und wir? Wir haben wer weiß wieviel Sachen, wer weiß wieviel Kleider!« Wenn Amolak so etwas sagte, bäumte sich etwas auf in seinem Innern. Einige Male wäre er am liebsten davongelaufen und nicht wieder zurückgekommen. Nein, so wie Amolak konnte er nicht werden! Niemals! Oft schämte er sich sogar wegen Amolaks schäbiger Kleidung, wenn er mit ihm zusammen auf der Straße ging, und fürchtete, Bekannte könnten ihn sehen.

Es war erst gestern gewesen, daß er Amolak in der Nähe der Harrison Road gesehen und getan hatte, als ob er ihn nicht bemerkt habe. Hinterher tat es ihm furchtbar leid, was ihm einen unruhigen Tag und eine unruhige Nacht einbrachte. Wie hatte er sich Amolak gegenüber nur so verhalten können? Was befürchtete er, wenn er mit Amolak zusammen gesehen wurde? Vor welchen Leuten fürchtete er sich denn? Gleichzeitig war ihm aber auch klar, daß er sich nicht so leicht von dieser Furcht befreien konnte, und daß er vielleicht beim nächsten Mal wieder ausweichen würde, wenn er Amolak auf der Harrison Road entdeckte.

Seit diesem Vorfall beschäftigte Kishor immer wieder die Frage, warum Amolak und er überhaupt Freunde waren. War das denn überhaupt Freundschaft, was sie beide miteinander verband? Wenn Kishor mit Amolak zusammen war, bekam sein Leben ein Ziel, einen Sinn, aber was hatte Amolak davon, wenn er mit ihm, Kishor, zusammen war? Er war doch schließlich nur ein Händler, der ausländische Waren verkaufte! Und ein ganz gewöhnlicher dazu! Durchdrungen von Geiz und Dünkel, einer,

---

1 Khadi Bhandar: Geschäft, in dem handgewebte Stoffe verkauft werden.

der die ganze Zeit nur an Gewinn und Verlust dachte. Welche Ideale gab es denn in seinem Leben? Hatte er denn ein Ziel, abgesehen von dem Wunsch, die eigene Lage zu verbessern? Trotzdem hielt ihn Amolak für seinen Freund, den er niemals kränkte, dem er niemals zu verstehen gab, wie nichtswürdig er sei. Niemals äußerte er sich abfällig über Kishors Onkel, obwohl er doch wußte, daß sich der jüngere Onkel wieder der Hindu Mahasabha zugewandt hatte und sie reichlich unterstützte, seit er im Geld schwamm. Was also war es, was Amolak an ihm fand? Was konnte das bloß sein?

Kishor überkam ein entsetzlicher Verdacht. Vielleicht war er für Amolak nur eine Art Maßstab, an dem dieser seine eigene Größe messen konnte? So etwas wie eine Vergleichsgrundlage? Im besten Falle noch ein Medium, durch das er etwas über die Welt erfahren konnte, die sich außerhalb seiner eigenen, von ihm selbst geschaffenen, befand? Jeder Mensch lebt doch in seiner eigenen Welt, und so wenig er sie auch verlassen möchte, so groß ist doch auch das Bedürfnis, sich nicht völlig von der Welt der anderen zu isolieren. Nur den Verrückten geht das nicht so, und auch den Sadhus und Heiligen nicht, die sind jenseits davon. War er als ganz gewöhnlicher Mensch für Amolak also nur ein Mittel, das ihn davor bewahrte, vollständig den Verstand zu verlieren?

Solche Gedanken ließen Kishor nicht mehr los und brachten ihn ganz durcheinander: ›Wieso ist mir eigentlich nie aufgefallen, daß Amolak mich nie mit jemandem bekanntgemacht hat? Er muß sich ja sehr schämen, einen Freund wie mich zu haben. Seinem Onkel Sampat hat er mich zwar als seinen Freund vorgestellt, er hat ihm aber nicht gesagt, was ich mache, wer meine Onkel sind; das hat er wohl nicht für nötig gehalten. Die anderen, die in der öffentlichen Essenausgabe arbeiten, kennen sicher nicht einmal meinen vollen Namen. Oh! Wieso begreife ich das erst jetzt? Nach so langer Zeit? Auch seinem Vater hat er mich nie richtig vorgestellt. Er vermeidet es auch, mich zu sich nach Hause einzuladen. Daß die Lake Road zu weit weg sei, ist doch bloß eine Ausrede. Wir treffen uns immer nur zu Hause bei Shantanu. Seitdem der nach Bombay gegangen ist, wäre es eigentlich an Amolak, mich zu sich einzuladen. Aber bis jetzt war ich nur ein- oder zweimal bei ihm oben in der Wohnung. In der Regel bleibe ich unten an der Treppe stehen, und wenn ich rufe, kommt er herunter.‹

Nachdem Kishor all diese Dinge in seinem Kopf herumgewälzt hatte, stand sein Entschluß fest: Es gab keinen Grund, die Freundschaft mit Amolak noch länger aufrechtzuerhalten. Er würde Amolak sagen, daß er sich nicht mehr um ihn, Kishor, zu kümmern brauche. Leute wie ihn gab es viele auf der Welt, sie lebten, wie sie starben und waren zu nichts nütze. So brauchte er niemandem mehr einen Dienst zu erweisen, würde fortan nur für sich leben und nur für sich sterben. Wie selbstsüchtig und arrogant diese Leute doch waren! Lebten so elend wie Fakire, nur um sich vor den anderen brüsten zu können: ›Seht, welch große Opfer wir bringen und wie tugendhaft wir sind!‹ Dabei zeugte doch alles, was sie von sich gaben, von einer Gefühllosigkeit, die an Apathie grenzte. Das Land würde nie vorankommen, wenn es diesen Leuten folgte! Es würde immer da stehenbleiben, wo es war: an einem toten Punkt. Überall auf der Welt ging es in Riesenschritten voran, und ihr Gandhi sagte: ›Zieht keine Kleider an, die in den einheimischen Fabriken hergestellt werden. Ihr müßt anziehen, was ihr selber gewebt habt.‹ Er war sogar schon so weit gegangen zu sagen, daß er es begrüßen würde, wenn Eisenbahnen und Krankenhäuser zerstört würden, da sie keine Zeugen hoher Kultur seien. Aber er selber steigt in einen Zug! Allein daran kann man doch schon sehen, daß sie überhaupt nicht das predigen, was sie denken.

Am nächsten Sonntag schlief Kishor lange, und alle Bemühungen seiner Mutter, ihn zu wecken, waren vergeblich, er drehte sich einfach auf die andere Seite und schlief gleich wieder ein. »Gehst du denn heute nicht zu Amolak?« fragte sie ihn mehrmals. Da stand er endlich auf. »Nein, von heute an gehe ich nicht mehr zu ihm«, stieß er wütend hervor. »Was ist denn los? Hat der Onkel wieder etwas gesagt?« fragte die Mutter besorgt. »Hm, hm«, murmelte Kishor und sagte nichts weiter.

»Komm schon, sag mir den Grund! Was ist los?« drängte sie etwas ärgerlich.

Kishor schaute seine Mutter trotzig an, und in seiner Wut sagte er, was ihm gerade in den Sinn kam: »Für wen hält der sich eigentlich, dieser Gandhi-Jünger! Jawohl! Alles nur Heuchelei! Gibt vor, mich zu brauchen. Hat mich, einen gutmütigen Menschen, für wohltätige Dienste eingesetzt, damit meine Sünden reingewaschen würden! Wenn der mal sein eigenes Geld verdienen muß, wird diesem aufgeblasenen Wicht die Luft schon ausgehen. Er hält mich für einen Dummkopf. Hat mich noch nicht einmal seinen Eltern und Geschwistern vorgestellt! Glaubt der denn, ich bin ein Esel! Muß ich denn erst in solch alten Lumpen herumlaufen wie er, damit ich seiner würdig bin?«

Die Mutter hörte sich diese konfusen Klagen schweigend an. Sie stand auf und ging, ohne ein Wort zu sagen, in die Küche. Kishor blieb verdattert zurück. Er saß da und überlegte, warum sie nichts gesagt hatte, nur aufgestanden und weggegangen war. Plötzlich durchfuhr es ihn wie ein Blitz: Alles, was er über Amolak gedacht und gesagt hatte, hatte einen Grund. Er selber war es doch, der es vermied, Amolak in die Harrison Road einzuladen und ihn dort als seinen Freund vorzustellen, nur deshalb überkam ihn eine solche Wut auf Amolak. Ihm fiel ein, was seine Mutter einmal gesagt hatte: ›Im Menschen wohnt eine Intelligenz anderer Art, die immer die Wahrheit spricht. Vielleicht ist es das, was man Seele nennt. Wenn sie einmal die Wahrheit gesprochen hat, legt sie sich wieder zur Ruhe, so wie Wishnu auf seinem Schlangenlager. Sie spricht aber nie ein zweites Mal.‹ Kishor wollte es scheinen, als habe ihm diese andere Intelligenz die Wahrheit gerade ins Ohr geflüstert. Schnell machte er sich fertig, eilte in die Küche und rief seiner Mutter zu: »Ma, ich gehe zu Amolak.«

Die Mutter drehte sich um, und Kishor konnte an ihrem Gesicht ablesen, wie erleichtert sie war. Sie lächelte, und ihm fiel ein Stein vom Herzen. Die Mutter wandte sich wieder dem Gemüse in der Pfanne zu und rührte es mit einem hölzernen Löffel durch. Beim Verlassen des Hauses berührte Kishor ehrfürchtig die Schwelle der Küchentür, ganz flüchtig, ohne daß seine Mutter es sah.

## 14
## Das große Morden in Kalkutta

Im sanften Dämmer eines traumlosen Mittagsschlafes nahm Kishor Babu verschwommen wahr, daß jemand gekommen war, um ihn zu besuchen, und seine Frau den Gast mit der Begründung wegschicken wollte, er sei krank und schlafe. Kishor Babu sprang sofort auf und rief: »Wer ist da, Saroj? Ich bin wach.« Seine Frau kam ins Zimmer geeilt und gab ihm durch Zeichen zu verstehen, daß er still sein solle. Flüsternd erklärte sie: »Es ist niemand weiter, nur der Sanskrit-Pandit. Ich habe dem Torsteher gesagt, er solle ihn informieren, daß du gerade eine Bypass-Operation hinter dir hast und jetzt schläfst.«

Verwirrt stellte sie fest, daß ihr Mann sie mit jener Miene ansah, die er immer anzunehmen pflegte, wenn ihm etwas mißfiel. Aber fünf Jahre zuvor hatte er selber doch alle instruiert, daß sie Upadhyay-ji, wenn er vorbeikäme, sagen sollten, er sei nicht zu Hause. Hatte er das etwa schon vergessen? Glücklicherweise war Upadhyay-ji bis jetzt noch nicht wieder nach Kalkutta gekommen, sonst hätte er sicherlich jedes Jahr um eine Spende von hundert Rupien für eine Sanskrit-Schule in Allahabad gebeten. Das letzte Mal, vor fünf Jahren, als er sie aufgesucht hatte, war Kishor Babu richtig böse geworden, denn da hatte der Pandit sogar fünftausend Rupien für irgendein Opfer gefordert. In einem wahren Tobsuchtsanfall hatte Kishor Babu erklärt, daß er den Pandit nie mehr wiedersehen wolle, denn mit zunehmendem Alter steige auch dessen Gier.

Nachdenklich musterte Kishor Babu seine Frau. Hätte seine Mutter jemandem einfach so die Tür gewiesen? Nein, niemals! Und schon gar nicht einer Person, die einmal sein Lehrer gewesen war. Wie sehr hatte sich der Pandit während seiner Schulzeit um ihn bemüht, damit er im Sanskrit vorankam. Hindi hatte er ihm auch beigebracht, ohne extra Geld dafür zu verlangen! Wie gut er danach Hindi sprach! Dann war der Pandit nach Kalkutta gezogen, wo er niemanden sonst kannte, und Kishor Babu hatte ihm einige Schüler verschafft, weswegen der Pandit nun nicht müde wurde, Kishor Babu zu loben. Als er Kishor Babus Töchter und seinen Sohn in Sanskrit unterrichtete, erwähnte er pflichtschuldig fast jeden Tag, daß ihr Vater es war, der ihm geholfen hatte, in Kalkutta Fuß zu fassen. Als dann das Sanskrit aus dem Lehrplan genommen wurde, zog der Pandit nach Allahabad und kam einmal im Jahr nach Kalkutta, um seine früheren Schüler zu besuchen und von ihnen eine Spende für eine Sanskrit-Schule zu erbitten.

Kishor Babu warf einen mitleidigen Blick auf seine Frau. Woher sollte die Ärmste denn auch wissen, welchen Wert ein Lehrer für seinen Schüler hat, sie, die doch nur wenig Schulbildung erhalten hatte. Zu ihrer Zeit hatte es in Kalkutta nur zwei Schulen für Mädchen gegeben: die Sawitri Pathshala und die Marwari Balika Widyalay. Sie hatte die Sawitri Pathshala nur bis zur vierten Klasse besucht, als ihr Vater, obwohl Rechtsanwalt und kein einfacher Kaufmann, fand, daß das ausreichend für sie war. Sicher, Shanta Bhabhi war eine sehr gebildete Frau gewesen, doch das lag sicher daran, daß sie aus Kanpur stammte. In Kalkutta aber dachten zu jener Zeit alle Marwaris so, wenn es um den Schulunterricht der Mädchen ging, egal ob sie selber mehr oder weniger Bildung genossen hatten. Ja, Kishor Babus Großmutter mütterlicherseits meinte sogar, daß Mädchen, die zuviel Bildung bekämen, früh zu Witwen würden.

Kishor Babu hatte alle seine fünf Töchter sogar aufs College geschickt, doch nur zwei hatten das Studium abschließen können, die anderen drei wurden mittendrin verheiratet. Die jüngste hätte ihr Studium nur zu gern fortgesetzt, denn das Lernen fiel ihr leicht, aber er hatte ihr diesen Wunsch rechtzeitig ausgetrieben. Hätte sie noch weiter studiert, hätte er einen gleichwertigen Partner für sie suchen müssen, jemanden, der ebenso gebildet gewesen wäre wie sie. Schließlich brauchten Mädchen doch nur den Haushalt zu führen und sich nicht um Geldangelegenheiten zu kümmern.

Gebildete Mädchen hatten für Kishor Babu stets etwas Männliches an sich. Seltsamerweise schien ihre weibliche Anmut verlorengegangen zu sein. Deshalb hatte er seine jüngste Tochter mit Argumenten und Drohungen von der Fortsetzung des Studiums abgehalten und sich um ihre unverzügliche Verheiratung gekümmert. Die Zeichen der Zeit standen schlecht, und man wußte nicht, ob sie nicht eines Tages diese Flausen im Kopf hätte, ›sich auf eigene Füße zu stellen‹. Chutki hatte es nach der Hochzeit ja sogar fertiggebracht, ihren Ehemann und die Schwiegereltern solange zu beknien, bis die ihre Zustimmung für ein Jura-Studium gaben. Wieder mußte Kishor Babu höchstpersönlich eingreifen, um sie zur Vernunft zu bringen. Wie konnten diese Dummköpfe bloß so unüberlegt handeln! Jetzt gaben sie ihre Zustimmung, aber wenn sie selber einmal vor Gericht geschleppt würden, käme das große Zähneklappern! Und er drohte Chutki: »Solltest du dich für ein Jura-Studium immatrikulieren lassen, brauchst du keinen Fuß mehr in mein Haus zu setzen, hast du verstanden?« Sein Vorgehen zeitigte Wirkung. Chutki, verunsichert, gab sich geschlagen. Sie war schon immer recht leicht einzuschüchtern gewesen.

In seiner Jugend hatte Kishor Babu noch davon geträumt, ein Mädchen zu heiraten, das am Marwari Balika Widyalay studiert hatte. Es faszinierte ihn, die Mädchen dort in rot gesäumten Saris ›Bande Mataram‹ singen zu hören. Zwar konnte ein solches Mädchen Shanta Bhabhi sicher nicht das Wasser reichen, aber ganz ungebildet würde es bestimmt nicht sein. Er hatte auch schon ein Auge auf eines dieser Mädchen geworfen, das bei einer Veranstaltung an der Schule in einem Schauspiel aufgetreten war und darin eine Rede gegen die Verschleierung der Hindu- und Muslim-Frauen gehalten hatte, doch er sah keinen Weg, wie diese Heirat hätte arrangiert werden können. Ihre Worte waren so tief in Kishor Babus Herz eingedrungen, daß er seiner Frau erlaubte, sich nur den Kopf zu bedecken, nicht das ganze Gesicht. Sie durfte auch keinen Ring in der Nase und keine klirrenden Kettchen an den Füßen tragen, wie es eigentlich Sitte war. Da er sich auch maßlos darüber aufregte, daß die Frauen auf dem Land in Uttar Pradesh und Bihar sich den Scheitel mit Sindur einfärbten, gab seine Frau schweren Herzens auch in dieser Angelegenheit nach und verzichtete auf einen rot eingefärbten Scheitel.

Auch die Sitte, einen schweren mit Gold- und Silberfäden bestickten Umhang umzulegen, wenn eine Frau das Haus verließ, ließ Kishor Babu von vornherein nicht zu, nicht einmal für einen Gang zum Arzt – das alles übrigens zum großen Entsetzen seiner Mutter, die die Kritik ihres Bruders und das Gerede der Nachbarn fürchtete.

Kishor Babu erinnerte sich jedenfalls an die Erzählungen seines Schulkameraden Madanmohan Singhaniya, wie dessen neuvermählte Frau vom frühen Morgen an bis spät in die Nacht hinein, in einen schweren besticken Umhang gehüllt und das Gesicht bedeckt, auf einem Schemel saß, wodurch ihr der Rücken schmerzte, wie ihr beim Essen der Sari im Wege war und ihr deshalb ein Bissen manchmal statt in den Mund in die Nase geriet. Unsinnigkeiten dieser Art brachten Kishor Babu derart auf, daß er fest entschlossen war, sie seiner Frau zu ersparen, ganz gleich, was seine Onkel dazu sagten. Selbst den Protest seiner Schwiegermutter ignorierte er.

Wenn Kishor Babu aber heute seine Frau ansah, glaubte er, all seinen Bemühungen zum Trotz bei ihr keinen Fortschritt in der Entfaltung ihrer Persönlichkeit feststellen zu können. Aber warum nicht? Er meinte, sie sagen zu hören: ›Weil du mich immer fest an der Kandare gehalten hast. Niemals durfte ich eine eigene Entscheidung treffen, egal um welche Nichtigkeit es sich auch handelte.‹

›Aber …, aber …‹, dachte er. ›Warum habe ich das denn so gemacht? Mutter hat doch alle Entscheidungen in ihrem Leben selbst getroffen! Warum wollte ich sie denn bloß gängeln, wie eine Aufziehpuppe behandeln? Warum habe ich nicht an ihre Fähigkeiten geglaubt?‹

Kishor Babu holte tief Luft und sagte dann vorwurfsvoll zu seiner Frau: »Was redest du da! Jetzt kommt der Pandit nach so langer Zeit wieder einmal zu uns! Und habe ich nicht gerade meine Wiedergeburt erlebt? Ich bin doch den Klauen des Todes entronnen! Ruf ihn herein und bereite Tee und einen Imbiß vor!«

Kishor Babus Frau gefielen die Worte ihres Mannes über seine Wiedergeburt sehr. Doch bedeutete das etwa, daß der Mensch in seinem neuen Leben genau das Gegenteil von all dem tat, was er in seinem ersten gemacht hatte? Sie achtete stets genau darauf, niemals einen Brahmanen zu beleidigen, und hatte immer Angst gehabt, der Pandit könnte dann, verärgert wie er war, insgeheim eine Verwünschung oder einen Fluch über sie aussprechen. Da war es jetzt immerhin beruhigend, Kishor Babu so reden zu hören. Besser spät als nie!

Sie wies den Portier an, den Pandit nach oben zu schicken, und ging dann in die Küche, um den Tee und den Imbiß zubereiten zu lassen. Inzwischen wartete Kishor Babu ungeduldig auf den Pandit. Als er eintrat, stellte Kishor Babu erstaunt fest, daß ihn ein in ockergelbe Gewänder gekleideter Sannyasi begleitete. Welch ein Zufall, daß er sich gerade erst vor zwei Tagen nach so vielen Jahren an Swami Ramanand Krishna aus Murshidabad erinnert hatte, und heute nun kam ein Sannyasi zu ihm ins Haus! Nach der üblichen Begrüßung und der Erkundigung nach dem gegenseitigen Befinden holte der Pandit das Rechnungsbuch der Sanskrit-Schule hervor. Er stellte eine Quittung über hundert Rupien aus und überreichte sie Kishor Babu, der daraufhin mit größter Verwunderung ausrief: »Ihnen stehen ja auch noch jeweils hundert Rupien für die letzten fünf Jahre zu. Schreiben Sie eine Quittung über sechshundert Rupien!« Der Pandit strahlte über das ganze Gesicht.

Kishor Babu konnte nun seine Neugier nicht länger unterdrücken und fragte: »Pandit-ji, Sie haben mir den Swami noch gar nicht vorgestellt!«

»Tatsächlich? Ich habe ihn noch nicht vorgestellt? Jetzt bin ich sechsundsiebzig Jahre alt geworden, und gleich vergesse ich alles, Kishor«, lachte der Pandit lauthals los. »Dies ist Swami Sahajanand. Sein Name sagt alles über seine Qualitäten aus. Sein Gesicht strahlt immer auf einfache Art eine innere Freude aus. Wenn jemandes Seele wach ist, zeigt sich das auch in seinem Gesicht, es glänzt von innen. Er hält schon seit einem Jahr ein Schweigegelübde ein.«

Auf diese Worte hin versuchte Kishor Babu, in dem dichten, graumelierten Backen- und Kinnbart des Swami Sahajanand das Geheimnis seines Lachens und seiner Glückseligkeit zu entdekken. »Du wirst sein Bild schon vor fünf Jahren in allen Zeitungen und Zeitschriften gesehen haben. Aber da ich ja fünf Jahre lang nicht in Kalkutta war ... Du hast sein Bild inzwischen sicher vergessen, oder?« Wie immer, pflegte der Pandit auch diesmal in Rätseln zu sprechen. Kishor Babu war etwas verblüfft. Einige Zeitungsausschnitte mit Photos von Dhirendra Brahmacari, Candraswami und einem Swami aus der Santan-Sekte steckten in einem seiner Umschläge, aber zu diesem Swami fiel ihm nichts ein. ›Vielleicht hat er eine große Opferzeremonie vollbracht‹, dachte er. ›Da wird dann wohl etwas in den Hindi-Zeitungen gestanden haben.‹ Offenbar genoß es der Pandit, daß Kishor Babu vor einem Rätsel stand, und ließ ihn ein wenig zappeln. Dann wandte er sich lächelnd an den Swami: »Sie haben doch die Ausgabe der Zeitschrift *Frontline* bei sich? Geben Sie sie ihm! Er soll sich das selber ansehen!«

Unverzüglich entnahm der Swami seiner orangefarbenen Tasche eine Zeitschrift und gab sie, mit seinem unnachahmlichen Kinderlächeln auf dem Gesicht, Kishor Babu. Vom Titelblatt aus festem Glanzpapier sprang ihm das inzwischen gut bekannte schmutzige Bild der Babri-Moschee ins Auge, auf die einige bunt gekleidete Menschen mit Eisenstangen in den Händen geklettert waren. »Schlag die Zeitschrift mal auf und sieh dir die Photos drinnen an. Der Swami ist nämlich nicht auf dem Titelblatt«, erläuterte der Pandit. Mechanisch schlug Kishor Babu die erste Seite auf, und sein Blick fiel sofort auf ein bestimmtes Photo. Ein Sannyasi mit einem Megaphon stand unten auf dem Boden und rief ein paar Burschen, die bereits auf die Moschee hinaufgeklettert waren, Anweisungen zu. Zweifellos, das war der Swami Sahajanand, aber ohne sein Lachen. Das Bild hätte deutlicher nicht sein können.

Vor Kishor Babus Augen entstand plötzlich ein dichter Nebel. Durch diesen Nebel hindurch sah er, wie der Pandit zufrieden und glücklich aus Sarojs Händen den Tee und die Snacks entgegennahm und ihr seinen Segen für ein langes Leben und eine lange Ehe erteilte. Der Pandit hatte die schlechte Angewohnheit, beim Essen ununterbrochen weiterzureden, und Kishor Babu bemerkte, daß sich auch jetzt, wie schon früher immer, der Speichel in seinen Mundwinkeln sammelte. Er hatte sich nicht im geringsten verändert. Der Pandit erzählte von einem seiner ehemaligen Schüler in Kalkutta, der sehr reich geworden war, berichtete, wie er mit Hilfe seines Schwagers, eines im Ausland lebenden Inders, Millionen Rupien außerhalb Indiens gesammelt und dem Wishwa Hindu Parishad[1] übergeben hatte, wie jene Leute damals zur Babri-Moschee gelangt waren, wie die Polizei dagestanden und die Organisatoren beobachtet hatte, wie einige Jungen beim Sturm auf die Moschee umgekommen waren und wie sie schließlich den Sieg davongetragen und die Moschee niedergerissen hatten.

Kishor Babu betastete die Beule an seinem Hinterkopf. Es wollte ihm scheinen, als sei in dieser Beule eine Tränengasbombe explodiert, die den Nebel in seinem Gehirn verursachte. Er rieb sich die Augen, aber da waren keine Tränen. Er hörte auch durch diesen Nebel hindurch den Pandit reden, aber er verstand kein einziges Wort. Plötzlich fiel der Name ›Amolak‹, und der Nebel in Kishor Babus Gehirn lichtete sich allmählich, obwohl er nicht wußte, was der Pandit vorher gesagt hatte.

Da sich der Nebel nun verflüchtigt hatte, begriff er jetzt auch, was der Pandit über Amolak sagte: »Es gibt doch tatsächlich auch solche Leute auf der Welt, mehr als verrückt! Oder wie soll man sie sonst bezeichnen? Na gut, der war doch schon immer etwas verrückt, schon von Kindheit an! Seit Erringung der Unabhängigkeit für unser Land ist er völlig durcheinander. Der Mord an Gandhi[2] hat ihn auch noch um den allerletzten Rest Verstand gebracht. Er schrieb dann immerfort Briefe an jeden, der ihm gerade in den Sinn kam: an Nehru, an Rajendra Babu, an andere wichtige Minister. Einmal, als ich ihn auf der Straße traf, legte er los: ›Alle Helfershelfer und Agenten der Engländer tragen jetzt ein Gandhi-Käppi und machen sich in der Kongreß-Partei breit. Nehru hat sogar alle Beamten behalten, die schon den Engländern geholfen haben, uns zu unterdrücken.‹ Ich weiß nicht mehr, was für Unsinn er noch gesagt hat, er ließ sich über-

1 Wishwa Hindu Parishad: ›Weltrat der Hindus‹, Organisation mit extrem hinduistischen Zielen, z. B. der Errichtung eines Staates mit dem Hinduismus als Staatsreligion.

2 Mahatma Gandhi wurde 1948 von einem Hindu ermordet.

haupt nicht mehr bremsen. Stell dir das bloß mal vor! Zu der Zeit hattest du bereits zwei Töchter, und er zog herum wie ein Vagabund, quatschte dummes Zeug und schimpfte auf alle Welt.«

Kishor Babu saß da wie gelähmt. Amolak hatte also nicht geheiratet! Seit 1946 hatte er ihn nicht wiedergesehen. Er hatte gehört, daß Amolak sein College-Studium abgebrochen hatte und aus Kalkutta weggegangen war. Jemand hatte erzählt, er lebe jetzt in Delhi. Dann wieder war zu hören, er arbeite für einige Gandhi-Institutionen und reise deshalb im Lande umher. Und dann hatte Kishor ihn auf einmal vergessen. Obwohl er von Zeit zu Zeit nach Delhi reiste, hatte er sich nicht bemüht herauszufinden, wo Amolak abgeblieben war.

Der Pandit fuhr fort: »Es gibt Menschen, die sind gegen alles und jeden. Er war auch so einer. Dein Freund Amolak wohnte ganz in der Nähe von meinem kleinen Bruder, so daß ich ihn traf, wenn ich meinen Bruder alle zwei Jahre in Delhi besuchte. Manchmal kämpfte er gegen eine große Fabrik, ein andermal gegen einen großen Staudamm. Jedesmal habe ich ihn lachend und geradeheraus gefragt: ›He, Amolak! Gegen was führst du denn jetzt gerade Krieg?‹ Einmal meinte er daraufhin: ›Überlegen Sie doch selber, Pandit-ji, wozu wir solch große motorisierte Fahrzeuge brauchen, wenn die einfache Bevölkerung nichts zu essen und anzuziehen hat.‹ Ich weiß nicht, woher er all diese blödsinnigen Ideen nimmt. Alles ohne Sinn und Verstand! Erst schimpfte er auf Nehru, dann auf dessen Tochter Indira, warf ihnen vor, sie würden das ganze Land als ihren ererbten Familienbesitz ansehen und ähnliche Dinge. Aber damit nicht genug. Als er nach dem Ausnahmezustand aus dem Gefängnis entlassen wurde, zog er über seine ehemaligen Kameraden her, die nun die Regierung[1] bildeten.«

Der Pandit brach, wie gewohnt, in ein dröhnendes Gelächter aus. Seine Freude über Kishor Babus großes Interesse an seinen Berichten war grenzenlos. Früher war Kishor Babu stets anzu-

---

1 Gemeint ist die Janta-Partei, die im März 1977 die Kongreß-Partei in der Regierung ablöste, die damit nach dreißigjähriger Regierungszeit zur Oppositionspartei wurde.

sehen gewesen, wie sehr ihn die Reden des Pandits langweilten. Der ahnte nun, daß Kishor Babu besonders an allem interessiert war, was mit Amolak zu tun hatte, und so fuhr er mit großem Eifer fort: »Einmal, als ich ihn nach seiner Freilassung aus dem Gefängnis traf, ging er buchstäblich auf mich los: ›Pandit-ji, so sagen Sie mir doch, wie Sie das sehen? Während der britischen Herrschaft ließ die Regierung auf die Inder schießen. Aber wie würden Sie eine Regierung nennen, die wie die unsrige auf ihre eigenen Leute schießen läßt? Die machen doch dasselbe wie die Engländer zu Nehrus Zeiten.‹ Ich kam gerade von seinem jüngsten Bruder, der mir tausend Rupien für die Sanskrit-Schule gespendet hat. Er erzählte, daß Amolak nach Kalkutta kommen wollte, als er sich gerade einen neuen Maruti gekauft hatte. Also schickte er seinen Chauffeur mit dem neuen Maruti zum Bahnhof, um Amolak abzuholen. Aber Amolak setzte sich nicht in dieses Auto, sondern fuhr lieber mit dem Bus vom Bahnhof nach Hause.«

Entgeistert blickte Kishor Babu auf den Pandit und Swami Sahajanand, die in schallendes Gelächter ausbrachen. ›Ließen die Shastras denn solch lautes Gelächter zu, wenn man ein Schweigegelübde abgelegt hatte?‹ wunderte er sich. Wäre er noch der Kishor Babu aus seinem früheren Leben gewesen, hätte er unverzüglich seine Neugier befriedigt und gefragt. Jetzt aber zog er es vor zu schweigen, um bei dem Pandit und dem Swami kein Mißfallen zu erregen. Amolak hatte sich also nicht in den Maruti seines Bruders gesetzt! Aber warum nicht? Der Pandit, der sich fast totgelacht hatte, trank nun laut schlürfend seinen Tee.

»Warum hat sich Amolak nicht in den Maruti gesetzt?« fragte Kishor Babu jetzt doch. Die Mundwinkel des Pandits verzogen sich wieder zu einem breiten Grinsen. Nach so vielen Jahren, nach mehr als fünfzig Jahren, stellte Kishor Babu ihm eine Frage. Doch der Pandit zögerte mit seiner Antwort, ein wenig wollte er sich schon noch bitten lassen. Mit einem langen Zug trank er den Tee aus und stellte die Tasse auf den Tisch. Er rülpste laut und lange und stellte fest: »Der Tee war gut.« Kishor Babu wiederholte ungeduldig seine Frage: »Warum hat sich Amolak nicht in den Maruti seines Bruders gesetzt?«

Der Pandit erwiderte: »So etwas wie einen Grund dafür hat sein Bruder tatsächlich genannt. Ganz genau erinnere ich mich nicht mehr. Wohl so etwas wie, er setze sich nicht in ein Auto, das in einer durch Korruption errichteten Fabrik Sanjay Gandhis gebaut wurde. So etwas in der Art. Ja, und dann noch, der Maruti sei ein Auto mit einem einheimischen Namen, das aber von einer ausländischen Firma gebaut werde, weshalb unser Geld zum Geld gehe. So war das doch, Swami-ji?« Der stumme Swami nickte zustimmend mit dem Kopf, und gerade da fiel Kishor Babus Blick auf die Stelle, die er in dem vor ihm liegenden Artikel von Ajitnarayan Bose markiert hatte.

Kishor Babu fing an, dem Pandit zu erzählen: »Pandit-ji, ich habe gerade gelesen, wie die Ostindische Kompanie Indien geplündert hat. Die ausländischen Firmen tun das heutzutage tausendmal öfter. Im Verhältnis zum Dollar wurde die Rupie so weit entwertet, daß wir bei einer Warenlieferung ins Ausland im Wert von zehn Millionen nur ein Viertel des Warenwertes gezahlt bekommen, das heißt also nur zweieinhalb Millionen. Man bezeichnet das als ökonomische Sklaverei. Und in der befindet sich unser Land jetzt.« Kishor Babu verstummte, denn er bemerkte, daß sich der Pandit langweilte, daß er gähnte und sein Mund weit offenstand wie bei der Hexe Sursa.

»Nun gut, mein Freund. Wir gehen jetzt. Kann uns dein Maruti zu unserem nächsten Ziel bringen oder sollten wir wie dein Freund Amolak den Bus nehmen?« fragte der Pandit lachend und setzte hinzu: »So behende wie früher bin ich nicht mehr, die Knochen knirschen schon ganz schön, und Fahrten mit dem Bus sind nicht mehr meine Sache. Das einzige, was mich noch umtreibt, bis zu meinem letzten Atemzug, ist die Liebe zu meiner Sanskrit-Schule. Auch hierher bin ich wiedergekommen, um bei meinen früheren Schülern etwas Geld zu sammeln. Wer weiß denn schon, ob es nicht das letzte Mal ist?«

Kishor Babu war ein wenig enttäuscht. Gern hätte er mehr über Amolak erfahren. Na gut, er würde ihm gleich heute noch einen Brief schreiben. »Geben Sie mir doch Amolaks Adresse, Pandit-ji. Die haben Sie doch sicher. Ich möchte mich gern mit ihm treffen«, bat er.

Kishor Babu bemerkte, daß der Pandit ihn ansah, als sei er nicht mehr ganz richtig im Kopf. »Mein Lieber, wie soll ich dir denn seine Adresse geben? Ich habe dir doch gleich anfangs gesagt, daß er damals bei dem Vorfall mit der Babri-Moschee umgekommen ist. Hast du denn gar nicht zugehört? Ich wunderte mich schon, daß du gar kein Bedauern über seinen Tod gezeigt hast. Der Arme! Anstatt sich der heiligen Sache der Befreiung der Geburtsstätte von Ram zu widmen, stellte er sich auf die Seite der Andersgläubigen. Er forderte die Burschen, die auf die Moschee geklettert waren, auf, wieder herunterzukommen. Ein Ziegelstein traf ihn so unglücklich am Kopf, daß er auf der Stelle tot umfiel. Das tat mir sehr leid. Der Swami hat ihn dann identifiziert, und ich habe seinen Bruder benachrichtigt ...« Als der Pandit sah, daß Kishor Babus Gesicht hochrot angelaufen war, unterbrach er sich in seinen Beileidsbekundungen.

Kishor Babu hatte den Eindruck, alles Blut sei ihm zu Kopfe gestiegen. Er war vollkommen außer sich. Jäh sprang er auf, stürzte sich mit einem Satz auf den überraschten Swami Sahajanand und drückte ihm mit beiden Händen die Kehle zu: »Du Mörder! Du Verbrecher! Ich bringe dich um! Damals, am ›Tag der Direkten Aktion‹, vor sechsundvierzig Jahren, ist er irgendwie davongekommen, aber dieses Mal hast du Amolak getötet ...!«

Kishor Babus Frau kam herein, als sie ihren Mann laut brüllen hörte, und bei dem Anblick, der sich ihr da bot, erstarrte sie zu Stein. Der Pandit hatte Kishor Babus Hände gepackt und weinte und flehte ihn im Namen von Shri Ram an, den Swami loszulassen. Dem Swami traten schon die Augen aus dem Kopf, und er röchelte schwer. Die Seiten der Zeitschrift *Frontline* flogen durch die Luft und mit ihnen das Bild des Swami mit dem Megaphon in der Hand und den Männern, die auf die Babri-Moschee geklettert waren.

Einige unveröffentlichte Dinge, die Kishor Babu in einer Art Panik aufgeschrieben hatte:

*Es war seltsamer als seltsam, aber ›Der Tag der Direkten Aktion‹, der 16. August 1946, war nicht der Tag, an dem Amolak sterben mußte. Das kann doch nur so sein, weil Tag und Ort für den Tod eines Menschen vorherbestimmt sind, oder? Man sagt, der Ort des Todes kommt nicht zu dem Menschen, sondern der Mensch geht zu dem Ort, an dem er stirbt. Konnte es denn sein, daß Amolak nur deshalb an jenem Tag 1946 dem Tod entging, weil er am 6. Dezember 1992 in Ayodhya sterben sollte? Aber wo stand eigentlich geschrieben, daß er durch die Hände derselben Leute umkommen sollte, egal ob damals oder an dem Tag, an dem es letztendlich passierte? Genauso wie Gandhi-ji ums Leben kam? Und was bewiesen diese beiden Morde eigentlich? Etwa, daß die Liebe zu einer Sache zwangsläufig Haß auf eine andere nach sich zog? Die Liebe zu Ram war verbunden mit dem Haß auf die Muslime, der Haß auf Gandhi-ji mit der Liebe zum Hinduismus. Waren denn die Mauern des Glaubens so dick, daß man keine Fenster in sie hineinschlagen konnte? Bedeutete das etwa, daß es nur eine einzige Möglichkeit gab, nämlich die, eine Welt zu errichten, in der ausschließlich Menschen derselben Art zusammenlebten, abgeschlossen von den anderen, Menschen von der gleicher Hautfarbe, desselben Glaubens, die dieselbe Sprache sprachen? Bei den Badrika-Vögeln ist das so, man muß sie von anderen Arten getrennt in einem Käfig halten, weil sie sonst die anderen Vögel umbringen oder selber umkommen.*

*Das ist die Schilderung von Kishor Babu, aber der Erzähler hält es für angebracht, einige Informationen geben zu müssen, denn sonst bleibt die Geschichte allzu rätselhaft. Schließlich hat er ja die Freiheit, den zweiundzwanzig Karat noch zwei eigene hinzuzufügen. Vielleicht reicht das auch aus. Der Erzähler gehört zu denen, die an die Kraft des traditionellen Geschichtenerzählens glauben, und nicht nur seinesgleichen sollen seine Leser sein.*

*Die Rede ist von jenen Tagen, als die Meinungsverschiedenheiten zwischen der Muslimliga und der Kongreß-Partei ihren Höhepunkt erreicht hatten, und Quaid-e-Azam Jinnah dazu aufgerufen hatte, den 16. August 1946 im ganzen Land zum ›Tag der Direkten Aktion‹ zu machen. In Bengalen regierte damals die Muslimliga mit Suhrawardi als Ministerpräsidenten, demselben, der zur Zeit der Hungersnot in Bengalen Minister für die Lebens-*

*mittelversorgung gewesen war und deshalb beschuldigt wurde, daß wegen seiner Nachlässigkeit Millionen Menschen Hungers starben. Am ›Tag der Direkten Aktion‹ rief er einen öffentlichen Ruhetag aus, einen, so wie es auch heute in Kalkutta geschieht, wenn die Regierung einen Streiktag erklärt. Am ›Tag der Direkten Aktion‹ plante die Muslimliga, am Nachmittag am Octerlony Monument eine Massenkundgebung zu veranstalten, zu der Demonstrationszüge aus allen Teilen der Stadt dort zusammenströmen sollten. Es war ein Freitag, also waren auch die Frauen und Kinder der Muslime auf der Straße. Offensichtlich machte sich Suhrawardi keine Vorstellung davon, welches Unheil er damit heraufbeschwor. Vielleicht unterschätzte er, berauscht von seiner Macht, die Gefahr, die von den Hindus ausgehen konnte. Viele von diesen waren in große Angst versetzt, weil Bengalen von der Muslimliga regiert wurde. In den letzten Jahren hatten kommunalistische Organisationen wie die Hindu Mahasabha und die Rashtriya Swayamsewak Sangh das Training in Kampfsportarten, im Stockkampf oder im taktischen Lavieren gefördert. In allen Stadtteilen waren Organisationen wie ›Tarun Wyayam Samiti‹, ›Arya Wir Dal‹, ›Hindu Shakti Sangh‹ auf diesem Gebiet aktiv: Die Hindus waren auf einen Kampf bestens vorbereitet.*

*Während der am 16. August auf den Straßen Kalkuttas beginnenden Ausschreitungen – eigentlich müßte man das ja als Bürgerkrieg bezeichnen – wurden dreieinhalbtausend stinkende Leichen von den Straßen aufgesammelt und Tausende andere in den Ganges geworfen, und darunter waren mehr Muslime als Hindus. Sardar Patel[1] kommentierte die dramatischen Ereignisse auf seine typisch knappe Art: »Die Hindus behielten die Oberhand.« Man erzählt sich, daß Suhrawardi sich mehrmals an die britischen Offiziere wandte, als die Unruhen ihren Anfang nahmen, aber die Militärpolizei, obwohl bis an die Zähne bewaffnet, sah tatenlos zu. Das Gemetzel hörte nicht auf, es dauerte den ganzen Tag, und nur mit Mühe gelang es, ein Ausgehverbot für die Nacht zu*

1 Patel, Wallabhbhai: 1875-1950, bedeutender Kongreßführer, erhielt den Titel ›Sardar‹ (Führer), war 1947-1950 stellvertretender Ministerpräsident Indiens.

*erwirken. Genaugenommen zogen sich die Ausschreitungen über ein Jahr hin, immer wieder kam es in Kalkutta zu einem Blutbad. Darauf folgten die Aufstände in Noakhali und in Bihar. All diese blutigen Ereignisse sind als ›Das große Morden von Kalkutta‹ in die Geschichte eingegangen. Dieses große Morden hat dem ganzen Land seinen Stempel aufgedrückt, und das ganz besonders durch die Teilung Bengalens, die Teilung zwischen Indien und Pakistan.*

Am Morgen des 16. August nieselte es ein wenig. Um sieben Uhr stand Amolak auf und trat ans Fenster im Haus von Shantanus Vater, Dr. Ray, wo er übernachtet hatte, weil er befürchtete, daß am 16. August keine Straßenbahnen und Busse fahren würden. Der wundervolle Ausblick auf die Chowringhee, der sich ihm aus dem nach Westen gehenden Fenster bot, verschlug ihm für einen Augenblick die Sprache. Ein prächtiger Regenbogen berührte dort mit beiden Enden die Erde. ›Welche Katastrophen auch immer auf der Erde geschehen, der Himmel nimmt keinen Anteil daran‹, ging es Amolak durch den Sinn. ›Die Wolken kommen und mit ihnen der Regen, und sobald der Himmel sich nur ein wenig auftut, erscheint gegenüber der strahlenden Sonne ein schillernder Regenbogen. Ist der Mensch überhaupt noch imstande, sich an diesem prächtigen Schauspiel der Natur zu erfreuen, und sei es für einen Moment? O doch, etwas bewahrt der Mensch in seinem tiefsten Inneren, was niemals stirbt. Solange er Augen hat, um zu sehen, ist die Welt für ihn da, und solange seine Augen das Erhabene schauen können, kann es etwas Geheimnisvolles in ihm zum Schmelzen bringen.‹ Amolak stand am Fenster und betrachtete das Naturschauspiel am westlichen Himmel.

›Was ist heute zu tun? Die von der Muslimliga geführte Regierung hat diesen Tag zum Ruhetag erklärt. Das College ist geschlossen. Am Nachmittag wird auf dem Platz vor dem Monument eine Kundgebung stattfinden. Soll ich dort hingehen? Voriges Jahr habe ich zum ersten Mal Jinnah unter diesem Monument gesehen. Zuerst werde ich meinen Collegefreund Ashraf in Citpur aufsuchen. Danach gehen wir zur Harrison Road, um

Kishor von seiner Surkawala-Tante abzuholen, bei der er seit zwei Wochen wohnt. Dann gehen wir alle zusammen zum Monument. So kann ich Kishor und Ashraf gleich miteinander bekanntmachen. Kishor müssen wir unbedingt vor den Ansichten seines Onkels retten, die von der Hindu Mahasabha geprägt sind. Wie leicht es doch ist, verlogenen Haß und Vorurteile zu schüren, und wie ungeheuer schwer, den Menschen als Menschen zu sehen. Die Situation ist schon sehr verfahren, und Suhrawardi gießt eher noch Öl ins Feuer, statt die Dinge beizulegen. Bei den Kongreß-Leuten kann man jetzt sowieso nicht mehr feststellen, wen die Hindu Mahasabha schon indoktriniert hat und wen nicht. Sogar gestandene Kongreß-Leute wie mein Vater reden schon davon, daß es vielleicht doch besser wäre, Pakistan zu gründen, weil die Intoleranz auf beiden Seiten schon zu weit fortgeschritten ist. Die Auseinandersetzung mit meinem Vater gestern war ganz schön hart. Ich habe ihm aber auch viele derbe Worte an den Kopf geworfen, doch er hat ja damit angefangen!‹

Amolak ging zu Fuß von der Chowringhee bis zum Burra Bazar, wo er noch einige Sachen für zu Hause einkaufen wollte. Gedankenverloren ging er die menschenleere Straße entlang, als er plötzlich hinter sich in der Nähe der Banstala Lane tumultartigen Lärm hörte. Er drehte sich um und sah, daß einige Leute einem Mann in einer Lungi hinterherliefen, ihn zu fassen bekamen und dieser sich mit Händen und Füßen zur Wehr setzte.

Amolak brauchte nur wenige Sekunden, um zu begreifen, was da vor sich ging. Dann rannte er, so schnell er konnte, los und stürzte sich in das Handgemenge: »Laßt ihn los! Loslassen! Warum schlagt ihr ihn? Laßt ihn los!« Einen stieß er zu Boden, woraufhin zwei andere sich über Amolak hermachten. »So ein Bastard! Ist der etwa auch ein Beschnittener?« hörte Amolak einen von ihnen brüllen. Sie zerrten den Mann mit der Lungi und Amolak in eines der nebenstehenden Häuser, wo drei von ihnen mit vereinten Kräften Amolaks Hose öffneten. »Er ist beschnitten, er ist ein Muslim«, meinte einer und holte ein Messer hervor. Blitzartig durchfuhr es Amolak, der wie paralysiert war, daß er sich in der Kindheit einer kleinen Operation hatte unterziehen müssen. Weil er Schwierigkeiten beim Urinieren hatte, wurde ihm die Vorhaut seines Gliedes ein Stückchen gekürzt, also war auch er beschnitten, und so stand ihm nun der sichere Tod vor Augen. Genau in diesem Augenblick öffnete der Mann mit der Lungi die Augen, die ihm vor Angst fast aus dem Kopf traten. Sein Körper war völlig naßgeschwitzt, aber er brüllte: »Nein! Nicht! Der ist doch kein Muslim! Sein Vater ist ein Führer der Kongreß-Partei. Er ist Ramrikh Babus Sohn ...« – »Woher willst du, ein Rikscha-Fahrer, das denn wissen?« Einen Augenblick lang herrschte Schweigen. Dann fragte der Mann, der Amolak das Messer an die Kehle hielt: »Wie heißt dein Vater?« – »Ramrikh Poddar«, hörte Amolak sich antworten. Daraufhin zerrten sie ihn in eines der Zimmer und sperrten es von außen zu. Erst nach einigen Stunden öffnete eine verschleierte Hindu-Frau die Tür, nachdem er unaufhörlich mit den Fäusten dagegen gehämmert hatte. Draußen fehlte jede Spur sowohl von dem Rikscha-Fahrer als auch von den Hindu-Rowdys. ›Was ist wohl aus meinem Retter geworden? Ob er wohl noch lebt?‹ fragte sich Amolak.

Kishor und seine Mutter hielten sich nun schon seit zwei Wochen zusammen mit Mutters Brüdern in der Harrison Road im Haus von Tante Gigiya auf, die man, weinerlich wie sie war, als die Surkiwala-Tante bezeichnete. Shanta Bhabhi war nach Kanpur gefahren. Nachgiebig wie die Mutter war, hatten sie ihr Haus verschlossen und waren hierhergekommen. Die Onkel hatten ihrerseits schon vor zwei Jahren ihr Haus in der Lake Road aufgegeben und lebten seitdem als Mieter bei ihrer Tante, der Schwester ihres Vaters, bekannt als die Tante mit der Surki-Maschine. Dem jüngeren Onkel hatte es stets mißfallen, in der Lake Road, weit weg vom Geschäft, zu wohnen, doch 1941 hatte er sich bei seinem Bruder nicht durchsetzen können. Gigiya war kinderlos geblieben und im selben Alter wie der älteste Onkel Kishors, obwohl sie ja die Schwester seines Vaters, also seine Tante war. Die Tante war damals ziemlich schwer erkrankt, weshalb ihr Mann vorschlug, daß sie doch alle herkommen und in ihrem fast leeren Haus wohnen sollten. Mutters Brüder hatten daraufhin ein ganzes Stockwerk gemietet und lebten nun hier.

Das ›Haus mit der Surki-Maschine‹ hatte seinen Namen daher, weil es hieß, daß sich im unteren Stockwerk einmal eine Maschine befunden habe, die Ziegel zerkleinerte, eine sogenannte Surki. Jetzt wohnten in dem Haus in den unteren beiden Etagen Mieter und in den oberen zwei Etagen Tante Gigiya und ihre Neffen, Kishors Onkel. Die Tante suchte Trost für ihre Kinderlosigkeit, indem sie verschiedene Tiere hielt. Mehr als zwei Jahrzehnte lang hatte sie darauf gewartet, endlich schwanger zu werden; in den letzten Jahren war sie fast verrückt geworden, wenn sie jeden Monat aufs neue die ersten Anzeichen einer Monatsblutung entdeckte, und um sie zu besänftigen und abzulenken, brachte ihr Mann die verschiedensten Tiere an.

Die Tante zog ein Kälbchen auf dem Dach auf, das inzwischen eine ausgewachsene Kuh geworden war und deshalb nicht heruntergeholt werden konnte. Die Kuh hieß ›Dewhuti‹. Für Kishor war diese Kuh ein echtes Problem; er fragte oft, was denn würde, wenn Dewhuti starb. Schließlich erklärte ihm seine Mutter, daß sie die Kuh an einem Seil festbinden und auf die Straße hinablassen würden, sollte sie sterben. Sie hatte Angst, Kishor könnte einmal vor Tante Gigiya über den Tod von Dewhuti reden.

Die Tante hatte auch einen goldenen Vogel namens ›Sonki‹ und einen Papagei namens ›Mitthu‹, der die ganze Zeit immer wieder krächzte: »Mitthu, bolo Sita Ram!« Doch ihr liebster Besitz war eine Maina, die noch süßer als eine Koyal[1] sang. Sie hatte ihr den Namen ›Surangi‹ gegeben.

Das Surkiwala-Haus von Tante Gigiya stand in einem fast ausschließlich von Muslimen bewohnten Stadtteil. Gleich gegenüber hinter den Straßenbahngleisen befand sich die Siedlung der muslimischen Musikbands. Der 16. August begann wie alle anderen Tage auch. Wegen der Durga-Puja und dem Diwali-Fest, deren Feierlichkeiten bevorstanden, gab es im Geschäft sehr viel zu tun. Doch Kishor hatte vor, diesen ›Tag der Direkten Aktion‹ für sich zu nutzen und ins ›Tiger‹-Kino zu gehen, wo er sich

1 Koyal: eine Kuckucksart, deren Gesang in Indien als sehr lieblich gilt.

*Gilda* mit Rita Hayworth ansehen wollte. Wegen des Streiks war das Kino aber geschlossen. Kishors älterer und jüngerer Onkel sowie deren Onkel, also der Mann von Tante Gigiya, begaben sich um neun Uhr morgens ins Geschäft und wiesen Kishor an, unbedingt im Haus zu bleiben. Da ihm nichts weiter übrigblieb, als zu gehorchen, aß er seinen Lunch und legte sich hin, um ein wenig zu schlafen.

Am frühen Nachmittag erhob sich plötzlich ein lautes Geschrei auf der Straße: »Tötet sie! Tötet sie!« Und Kishor sah, wie die Leute hierhin und dorthin rannten, um sich zu verstecken, so gut es ging. Der Pförtner verschloß umgehend die Haupttür des Surkiwala-Hauses. Kishor stand hinter einem vor dem Eisengitter herabgelassenen Vorhang aus Khas-Gras auf der Veranda. Er konnte sehen, wie ein mit Lungis bekleideter, Knüppel und Schwerter schwingender muslimischer Schlägertrupp unten vorbeirannte und dazu Losungen wie »Allah-o-Akbar« und »Wir erkämpfen uns Pakistan« brüllte. In dem Moment klingelte das Telephon, und der jüngere Onkel teilte mit, daß sie das Geschäft geschlossen hätten und im Laden bleiben wollten. In Nord-Kalkutta gäbe es bereits Messerstechereien und Plünderungen, es würde mit Sodawasserbomben geworfen und Rowdys, die vorher die Spirituosenläden geplündert hätten, rannten nun betrunken auf den Straßen herum. In Dharamtalla sei ein großes Geschäft vollständig ausgeplündert worden. Der Onkel gab Kishor strenge Anweisung, ja niemanden merken zu lassen, daß sie im Hause waren. Er würde es irgendwie organisieren, sie von dort wegzuholen. Danach brach die Verbindung ab, und das Telefon war von da an tot.

Den ganzen weiteren Tag verbrachten die Frauen mit Packen, dabei ununterbrochen *Shri Ram* anrufend. Ihren Schmuck banden sie sich in Beuteln um die Taille, die notwendigsten Kleider wurden zu Bündeln geschnürt. Am Abend wurde im ganzen Haus nicht ein Licht angezündet und im Finstern eine Mahlzeit improvisiert. Die vier Männer im Hause – der Portier, Kishor und die beiden Mieter aus den unteren Etagen – machten sich so leise wie möglich an einer schweren Eisentruhe zu schaffen und stellten sie dicht hinter die Haupttür des Hauses.

Die Frauen steckten sich zur Selbstverteidigung kleine Tütchen mit gemahlenem Pfeffer in die Bluse. Der Pförtner bewaffnete sich mit klein zermahlenen Glasscherben und holte auch noch ein langes Messer hinzu.

Doch am Abend, als die Kuh auf dem Dach zu muhen anfing, klopfte allen das Herz bis zum Hals. Der Pförtner öffnete die Käfige des Papageis und des goldenen Vogels und ließ sie davonfliegen. Aber mit der Maina ›Surangi‹ konnte er das nicht tun, denn Tante Gigiya sträubte sich mit aller Kraft dagegen und ließ das einfach nicht zu. »Du hast mir zwei meiner Kinder weggenommen! Die Würmer sollen dich fressen!« Sie schrie und jammerte, so daß sogar der nicht gerade zimperliche, schnurrbärtige Portier sich erweichen ließ. Er hatte sich die Rolle des Befehlshabers zugeordnet, sehr zum Ärger von Kishor. Er kommandierte jeden mit oder ohne Grund herum, und alle mußten sich ununterbrochen seine prahlerischen Geschichten anhören: »Wenn hier auch nur ein Muslim seinen Fuß ins Haus setzt, den haue ich in tausend Stücke. Nur meinetwegen hat es kein einziger gewagt, auch nur einen Blick auf dieses Haus zu werfen, damals, vor vierzehn Jahren, bei den Ausschreitungen zwischen Hindus und Muslimen vor der Dinu Camrawala-Moschee, wegen einer Demonstration der Aryasamaj-Anhänger. Ich stand mit kochendem Wasser und einem Berg von Steinen und Ziegeln auf dem Dach. Wenn sich jemand der Haustür genähert hätte, wäre er nur als Leiche wieder von hier weggekommen.«

In der Nacht nach dem 16. August hatte die Polizei ein Ausgehverbot verhängt, doch immer wieder ertönten die Rufe: »Allah-o-Akbar!« und »Har-har Mahadew!« Wenn Kishor die Augen schloß, glaubte er überall Feuer zu sehen, und dann war ihm, als stürze sich jemand mit einem Speer und einem Knüppel in der Hand auf ihn. Beim kleinsten Geräusch blieb allen im Hause fast das Herz stehen. Einige Male hörten sie in der Nacht das Heulen der vorbeifahrenden Feuerwehrautos.

Am nächsten Morgen bot sich Kishor, als er vorsichtig durch das Fenster hinausspähte, ein Anblick, der ihm das Blut in den Adern gefrieren ließ; noch lange später wurde ihm speiübel, wenn er sich daran erinnerte. Ein dreizehn- oder vierzehnjähriger Hindu-Junge trat, warum auch immer, aus einem Haus. Sofort stürzten sich muslimische Meuchelmörder auf ihn, warfen ihn auf die Straßenbahngleise und schlachteten ihn mit einem Messer regelrecht ab. Blut spritzte auf, die Gedärme quollen aus dem Bauch, und das alles genau vor dem Surkiwala-Haus. Den Frauen war es verboten, von der Veranda aus auf die Straße zu blicken, und so blieben sie von diesem Anblick verschont. Doch ein Blick in Kishors verstörtes Gesicht genügte ihnen, um zu wissen, was er dort draußen gesehen hatte. Als er sich mehrmals übergeben mußte, versetzte sie das in noch größere Unruhe. Alle im Haus packte die helle Angst: Der Tod stand gewiß schon vor ihrer Tür. An Essen und Trinken war nicht mehr zu denken – allen schnürte es die Kehle zu.

Die Hoffnung, der jüngere Onkel könnte sie von hier wegholen, schwand von Stunde zu Stunde, und in gleichem Maße wuchs die Gefahr, das Haus könnte überfallen werden. Allen schien es, als würden nebenan bereits Fackeln, Knüppel, Äxte und Messer zusammengetragen, als würde man jeden Moment die Tür aufbrechen und ins Haus eindringen.

Die Central Avenue trennte diesen Teil der Harrison Road von dem Teil, wo sich das Geschäft der Onkel befand. Am Samstagabend erfuhren sie dann, daß die Armee in die Stadt eingezogen war, was sie ein wenig beruhigte. Dieses Mal lächelten sie, als Dewhuti anfing zu muhen, und Tante Gigiya sagte zu Kishors Mutter: »Mir träumte gestern, ich sei schwanger geworden und habe einen kleinen Jungen in meinem Bauch.« Alle lachten, auch Kishors Mutter, bis ihr plötzlich einfiel, daß die Schwiegertochter ihrer Hauswirtin in der Muktaram Street bald niederkommen müßte. Wie sollten sie denn in dieser Situation einen Arzt und eine Hebamme holen können? Der Gedanke daran bedrückte sie sehr. Kishor ärgerte es, daß sich seine Mutter solche Sorgen um andere machte. »Wir wissen nicht, was aus uns wird, und du machst dir Gedanken um andere!« konnte er nicht an sich halten, ihr zu sagen. Doch dann geriet auch er ins Grübeln. Was sollte er tun, wenn jetzt jemand im Hause stürbe oder zumindest zu einem Arzt oder ins Krankenhaus gebracht werden müßte?

Die durchdringende Stimme des jüngeren Onkels und sein Hämmern an die Tür ertönten so unerwartet und plötzlich, daß alle erschrocken hochfuhren. Kishor spähte von der Veranda aus nach unten und sah, daß der Onkel mit einem Bus gekommen war. »Los, beeilt euch! Schnell!« spornten sich die vier Männer im Hause an, um die schwere Truhe von der Tür wegzubekommen, die sie dann krachend zur Seite warfen. Als der Onkel schließlich keuchend allen in den Bus geholfen hatte, schrie Tanta Gigiya weinend los: »Oh, meine Maina ist vergessen worden. Ach, der Käfig mit meiner Surangi steht noch drinnen. Laßt mich hier! Ich fahre nicht mit!« Sie wollte schon wieder aus dem Bus aussteigen, als Kishor sie mit einem derben Stoß wieder zurück auf ihren Platz brachte, was sie ihm allerdings ihr Leben lang nicht verzieh.

Der Bus fuhr los, aber unglücklicherweise stand er in Richtung Sealdah, so daß er erst vollständig wenden mußte, um zur Central Avenue fahren zu können. Bei diesem Manöver tauchte aus dem graugrünen Licht der Abenddämmerung plötzlich ein mit Knüppeln und Messern bewaffneter Trupp muslimischer Schläger auf der gepflasterten Straße auf. Die entsetzten Schreie der Menschen im Bus übertönten ihr Gebrüll: »Schlagt sie tot! Haltet sie! Raubt sie aus!« Zwei oder drei dieser Mordlustigen versuchten, in den Bus zu klettern. Dem Portier gelang es, einen von ihnen zurückzustoßen, aber es war die Großmutter, die eine geniale Eingebung hatte: Sie griff in den an ihrem Gürtel festgebundenen Beutel mit dem Schmuck, nahm eine Handvoll heraus und warf etwas davon auf die Straße. Die Meute war einen Moment damit beschäftigt, die unverhoffte Beute aufzulesen, und dieser Moment genügte dem Busfahrer zum Wenden. Er gab Gas und fuhr mit Karacho in Richtung Central Avenue davon.

Der jüngere Onkel umarmte seine Mutter: »Du hast heute unser aller Leben gerettet. Die ganze Stadt ist übersät mit Leichen, Hindus, Muslime, ein einziges Massengrab! Alle hat der Teufel geritten. Was soll denn nun bloß werden?« Der Bus fuhr geradewegs zum Girish Park, wo man ein Auffanglager eingerichtet hatte. Von dort begaben sie sich dann alle in die Muktaram Street in die Wohnung von Kishor und seiner Mutter, wo in Windeseile im großen und im kleinen Zimmer sowie auf der Veranda Bettzeug ausgelegt wurde. Alle, Tante Gigiya ausgenommen, aßen etwas und legten sich dann schlafen. In der Nacht wachte Kishor auf. Er glaubte, in der Ferne die Kuh Dewhuti muhen zu hören. Er sah, daß Tante Gigiya ganz still auf ihrem Bettzeug saß. »Ich hole morgen den Käfig von Surangi und gebe Dewhuti Futter«, versprach er ihr. Doch Tante Gigiya sagte kein Wort.

Kishor wälzte sich die ganze Nacht auf seinem Lager hin und her. Die innere Erleichterung, im eigenen Bett zu liegen, konnte seine äußere Unruhe nicht unterdrücken. Die Leute, die da meinten, Hindus und Muslime könnten friedlich zusammenleben, irrten sich gewaltig. Das war völliger Blödsinn! Sie machten sich doch bloß etwas vor! Shantanu und Amolak, beide hatten sie ihn in die Irre geführt, und heute begriff er endlich die Wahrheit. Die Kooperation von Subhash Candra Bose mit den Muslimen hatte genügt, um Shantanu zu täuschen, und Gandhis unpraktische Ideale hatten Amolak Sand in die Augen gestreut. Immer wieder stand Kishor das entsetzliche Bild vor Augen, wie das Blut aus dem Bauch des Jungen emporspritzte und seine Gedärme daraus hervorquollen. Was hatte dieser arme Junge denn diesen Rowdys getan? Was war falsch an dem, was Hindu Mahasabha und Rashtriya Swayamsewak Sangh propagierten? Wenn Hindus und Muslime nun schon über Jahrhunderte nicht miteinander auskamen, wie sollte es denn da in Zukunft möglich sein? Da war es schon besser, das Land zu teilen und den Muslimen ihr Pakistan zu geben. All diese Ideale von Amolak waren jetzt nichts anderes als leere Phrasen. Die Muslime bereuten nicht im geringsten, Hindu-Tempel zerstört zu haben, und von uns erwartet man, ihre Moscheen zu schützen! Wenn sie ihre Namaz beten, sollen wir Glockengeläut und Trommelschlagen einstellen! Das wäre doch eine einseitige Angelegenheit, sogar eine Art von Ungerechtigkeit. Wie dumm er doch gewesen war, sich mit Amolak anzufreunden! Wenn er jetzt daran dachte, schämte er sich. Die Erinnerung an das, was er vor zwei Jahren getan hatte, erschien ihm jetzt fatal: Er war sich doch damals in seinen eigenen Augen wegen seiner liberalen Ansichten sehr groß vorgekommen.

In einiger Entfernung von dem Stadtteil, in dem Amolak wohnte, befand sich ein altes verfallenes Heiligtum, das niemand mehr aufsuchte. Dort entdeckte Amolak eines Tages einen Sadhu, der sich hier niedergelassen hatte. Auf dem offenen Platz davor hatte er seinen Dreizack in den Boden gesteckt, saß da und meditierte mit geschlossenen Augen. Am nächsten Tag kamen nacheinander einige Frauen und Männer aus der Umgebung und brachten ihm Brot, Gemüse, Obst und andere Dinge. Schon wenige Tage später standen die Menschen, die zu dem Sadhu kamen, Schlange. Der Sadhu flüsterte jedem, der ihn aufsuchte, irgendein Mantra ins Ohr, und offensichtlich war es das, was ihm diesen unaufhörlich wachsenden Zustrom bescherte.

Als Kishor zusammen mit Amolak am Sonntag dorthin kam, glich die Szene schon fast einem Jahrmarkt. Neugierig gingen sie näher heran, um zu erfahren, was vor sich ginge. Auf ihre Frage erfuhren sie, daß am nächsten Tag ein Lingam des Gottes Shiw aus der Erde emporkommen werde, genau auf dem gekennzeichneten Quadrat vor dem Sadhu. Die Leute wußten von lauter wunderbaren Dingen zu berichten, die des Sadhus Segen bewerkstelligt hatte. Der eine war von einer schweren Krankheit geheilt worden, ein anderer hatte sein verlorengegangenes Geld wiedergefunden. Den beiden Freunden kam das alles recht seltsam vor, sie meinten, etwas sei daran sicher faul. Aber wie der Sadhu es bewerkstelligen würde, den Lingam aus der Erde emporkommen zu lassen, das konnte sich weder Kishor noch Amolak vorstellen.

Am Abend desselben Tages blieb Kishor gleich im Haus von Amolak, denn das Wunder sollte am nächsten Morgen genau bei Sonnenaufgang stattfinden. Als sie am Morgen in aller Frühe bei dem Heiligtum eintrafen, hatte sich dort schon eine riesige Menschenmenge eingefunden. Alle hatten für die Arti-Zeremonie Blumen und Blätter, Weihrauch und Lämpchen mitgebracht. Kaum zeigte sich der erste Lichtschimmer am Himmel, als sich tatsächlich auch schon ein Lingam des Gottes Shiw ganz langsam aus der Erde nach oben zu schieben begann. Zum ersten Mal verspürte Kishor so etwas wie echte Ehrfurcht. Konnte jemand noch behaupten, daß es keine Wunder auf der Erde, daß es keinen Gott gab? Währenddessen hatte sich Amolak davongeschlichen und kam zehn Minuten später zusammen mit seinem Vater zurück, den ein hoher englischer Polizeibeamter des Distrikts und zwei Polizisten begleiteten. Die Menschenmenge, nun von religiöser Raserei erfaßt, schwang Glöckchen, schlug Trommeln und alle sangen inbrünstig Arti-Lieder. Die Menschen standen Schlange, um den Lingam, den sie in der Zwischenzeit mit Blumen und Belbaum-Blättern geschmückt hatten, mit Milch und frischem Wasser zu ehren.

Als die Menschen den Polizeibeamten erblickten, ließ ihr religiöser Eifer etwas nach. Die Polizisten entfernten blitzschnell Blumen und Blätter von dem Lingam und rissen ihn aus der Erde. Daraufhin kamen darunter, für alle sichtbar, vergrabene rote Samenkörner zum Vorschein, die erste Triebe zeigten. Nun wurde allen klar, daß der Sadhu einen Sack voll trockener Kichererbsenkörner im Boden vergraben, den Lingam darauf gesetzt und ihn mit einer dünnen Schicht Erde bedeckt hatte. Ständiges Gießen mit Wasser hatte die Erbsen keimen lassen und so den Lingam aus der Erde getrieben. Die Polizei verhaftete den Sadhu wegen betrügerischer Besetzung des Heiligtums. Für einen kurzen Augenblick verspürte Kishor Bedauern, daß er seine gerade erst gewonnene Gläubigkeit wieder verloren hatte, doch die Aufdeckung des Betrugs verflüchtigte dieses Bedauern schnell wieder.

Heute nun, am Abend des 17. August 1946, verspürte Kishor wieder ein tiefes Bedauern. Jeder Mensch hat doch die Pflicht, seine Religion zu verteidigen, und jener Sadhu hatte doch nur seine Religion verteidigt. Die Muslime haben wer weiß wie viele Tempel zerstört, Statuen zerschlagen, geplündert, unzählige Frauen vergewaltigt und viele Menschen gezwungen, zum Islam überzutreten. Welchen Sinn hatte es denn da jetzt zu sagen, daß die Muslime vor sieben Generationen Hindus waren und deshalb unsere Brüder sind? Wie hatte es Amolak nur geschafft, ihm beizubringen, an solchen Unsinn zu glauben? Das sollte er noch bereuen! Gleich morgen früh würde er seinem jüngeren Onkel vorschlagen, etwas für die Hindus zu tun, die die Unruhen ins Unglück gestürzt hatten!

Gleich am nächsten Morgen ging Kishor zusammen mit seinem Onkel zu einem geheimen Meeting. Dort kochte ihm das Blut, als er hörte, daß die Polizei und die Armee sich auf die Seite der Muslime gestellt hatten und sich den Hindus gegenüber Ungerechtigkeiten erlaubten, während vielerorts Muslime von Hindus gerettet wurden, was die Gewaltlosigkeit und die Friedensliebe der Hindus bewies. Jede Faser der Hindu-Gläubigen war durchdrungen von menschlichem Verhalten, das konnte man gar nicht übersehen. Auf dem Meeting wurde beschlossen, den Marsch, der am nächsten Tag von der Central Avenue nach Dharamtalla von der Muslimliga und der Kongreß-Partei gemeinsam mit ihren jeweiligen Parteifahnen und weißen Flaggen unter der Losung ›Hindus und Muslime seid einig!‹ geplant war, platzen zu lassen. Mit diesem Plan wurden acht Leute betraut.

Ohne seinen Onkel zu informieren, fuhr Kishor nach Dharamtalla, um sich den Friedensmarsch anzusehen. In Dharamtalla angekommen, standen alle Organisatoren des Marsches einen Moment unentschlossen da und überlegten, was nun zu tun sei, als drei Männer einen Demonstranten aus dem Marschzug herauszogen und fünf anderen dort stehenden Männern in die Arme stießen. Alle acht schlugen dann mit Knüppeln auf den Mann ein. Als dieser zu Boden sank, rannten die Demonstranten und auch die Umstehenden, die den Marsch beobachtet hatten, panisch in alle Richtungen davon.

Hinter den Überresten eines abgebrannten Hauses versteckt, beobachtete Kishor, wie die acht Männer von dem Toten abließen und sich umdrehten, um wegzugehen. Plötzlich rannte einer von ihnen zurück und stieß dem Toten noch dreimal ein Messer in den Leib. Blut spritzte empor, Kishor durchfuhr es, er mußte sich heftig übergeben und sank selber zu Boden. Als er sich dann endlich wieder aufraffen konnte und nach Hause ging, schien ihm der Gestank der überall herumliegenden, verwesenden Leichen bis in jede Pore zu dringen, und er wußte, daß er diesen Geruch niemals mehr würde vergessen können.

Zu Hause angekommen, sagte ihm seine Mutter, daß Amolak dagewesen sei, um ihn zu treffen. Da fiel sein Blick auf den Käfig mit der Maina ›Surangi‹. Die Mutter erzählte ihm: »Als Amolak hier war, habe ich ihm gesagt, wie schlecht es Tante Gigiya geht. Daraufhin hat er den Käfig aus dem Surkiwala-Haus geholt. Er und seine Leute holen mit Hilfe der Polizei Hindus, die in muslimischen Stadtteilen wohnen, dort heraus und auch Muslime, die in Hindu-Stadtteilen wohnen. Sein Vater und sein Onkel fahren mit einem Auto in der Stadt umher und richten über Lautsprecher an die Hindus und an die Muslime Appelle, Frieden zu halten. Amolak geht mit einigen Leuten in Begleitung eines Wachtmeisters zu Fuß in der Stadt herum. Wieviel Hingabe doch in diesem Jungen steckt! Was für ein gutes Herz er hat!«

Kishor machte dieses Lob auf Amolak wütend. Da hörte er, wie Amolak ihn vom Hof aus rief. Die Beine wurden ihm schwer wie Blei. Er stieg die Treppe zu Amolak hinab, aber ihm schien, als ob ihn jemand nach hinten ziehe. »Los, Kishor! Ich bin schon zweimal hier gewesen, um dich abzuholen. Wo warst du denn?« Kishor brauchte eine Weile, bis er Amolak antwortete.

»Ich habe mich nicht wohlgefühlt. Diese Ungeheuer haben auf den Straßenbahnschienen in der Harrison Road einen dreizehnjährigen Hindu-Jungen regelrecht abgeschlachtet, bis ihm die Eingeweide aus dem Bauch quollen. Ich kann nicht mit dir mitkommen!« erwiderte Kishor mit fester Stimme. Amolak stand zunächst wie vom Donner gerührt da, dann sagte er leise: »Weißt du eigentlich, wie oft Muslime ihr Leben riskiert haben, um das von Hindus zu retten? Komm mit! Ich erzähle dir, was mir vorgestern passiert ist.«

Kishor, der sich auf eine Bank vor dem Haus gesetzt hatte, hörte zu, wie Amolak dem Tod entgangen war. Was nun? Wohin sollte er gehen? Wem sollte er glauben? Er erinnerte sich an den Mörder, der noch in eine Leiche sein Messer dreimal hineinrammte. Nein! Er konnte sich nicht auf die Seite dieser Leute stellen! Er konnte sich aber auch nicht für die Amolaks entscheiden! Hindus und Muslime würden nie miteinander auskommen! Was Amolak auch immer vorbrachte, Hindus und Muslime würden sich nie an einen Tisch setzen! »Amolak, beantworte mir nur eine Frage! Danach werde ich tun, was du willst«, wandte er sich an seinen Freund.

Amolak blickte mit seinen müden Augen auf Kishor, der ihn mit vor Aufregung atemloser Stimme fragte: »Könntest du im ›Amjadiya‹-Hotel mit solchem Genuß essen wie in einem Hindu-Restaurant? Und würdest du dich nicht im geringsten ekeln vor diesen Speisen?« Amolaks Augen blickten enttäuscht drein. Er senkte den Kopf und antwortete: »Das kann ich nicht mit aller Bestimmtheit sagen.«

»Dann höre! Ich war heute mit meinem Onkel bei einem geheimen Meeting. Faß das aber nicht so auf, daß ich einer der ihren geworden bin. Ich kann mich nicht auf ihre Seite stellen, aber auch nicht auf die deine. Pakistan wird gegründet werden. Wenn du das heute nicht verstehst, dann morgen. Nur so kann wieder Frieden und Ruhe einkehren.«

Das war das letzte Mal, daß Kishor sich mit Amolak traf.

Jetzt, einundfünfzig Jahre später, als der Pandit ihm die Nachricht vom Tod Amolaks überbrachte, trat der Schmerz über den Verlust seines Freundes ganz nah an Kishor Babu heran. Wie hatte er nur so hart zu Amolak sein können? Damals, war da mit dem auf den Straßenbahngleisen ermordeten Jungen vielleicht auch etwas in ihm gestorben?

Ganz Kalkutta war eingehüllt in den Gestank verwesender Leichen und wurde beherrscht von der Angst vor dem Ausbruch der Cholera, aber weder Hindus noch Muslime erklärten sich mit dem Vorschlag des britischen Kommandeurs einverstanden, die Leichen zu verbrennen. Zwischen den Häusern auf der Upper Citpore Road nahe Shyampukur lagen auf einem leeren Stück Land Unmengen von Leichen, an denen sich die Geier satt fraßen. Nahe dem Park Circus neben einem abgebrannten Haus stand ein herrenloser Lastwagen, beladen mit über zwanzig Leichen. Die Menschen flohen aus der Stadt, mit der Bahn, mit Bussen, womit sie nur konnten. Innerhalb einer Woche verließen hunderttausend Menschen Kalkutta, und noch einmal so viele hatten ihre Häuser und Wohnungen verloren und kampierten hier und dort, wo immer sie konnten. Nach neun Tagen zog man einen durch Messerstiche übel zugerichteten Mann lebend aus einem Kanal in Balligunj, wo man ihn einfach hineingeworfen hatte.

Selbst heute, einundfünfzig Jahre später, erinnerte sich Kishor Babu noch ganz klar an all diese Ereignisse, von denen er ja eigentlich nur in den Zeitungen gelesen hatte. Sein Gehirn hatte die Nachrichten in Bilder umgewandelt, die sich tief in sein Gedächtnis eingegraben hatten. Doch damals vermochten sie in ihm weder Freude noch Schmerz hervorzurufen. Nur einmal war er etwas erschüttert gewesen, als er hörte, daß der Schuhladen von Kala Cand in Bhowanipore geplündert worden war, denn dort hatten Amolak und er sich erst unlängst Schuhe gekauft. Das Bild dieses distinguierten Muslims tauchte für einen Moment vor seinen Augen auf, um gleich wieder zu verschwinden. Alles andere aber ließ ihn kalt. Er hatte sich retten können, das war genug. Sein Entschluß, sich in all diese Angelegenheiten nicht einzumischen, stand unerschütterlich fest.

Kishor verspürte auch keinerlei innere Regung, als Verwandte des Eigentümers des Hauses, in dem er wohnte, aus Ost-Bengalen ankamen, weil sie mitten in der Nacht wegen der in Noakhali im Oktober ausgebrochenen Ausschreitungen nur mit ein paar Wertsachen aus ihrem Haus fliehen mußten. In Kalkutta hatte man sich inzwischen eigene Territorien von ›Hindustan‹ und ›Pakistan‹ durch eine Art Niemandsland geschaffen. Zwischen den von Hindus bewohnten Stadtteilen und denen von Muslimen waren Müll, Schutt und anderer Abfall aufgehäuft und Stacheldraht gezogen worden. Die Busse nahmen einen Umweg von der Chowringhee zur Strand Road, umfuhren die Muslim-Gegend von Chitpore und kamen dann auf ihre normale Route in der Nähe des Bangur-Gebäudes. Der Weg vom Bangur-Gebäude bis zur Nakhuda-Moschee gehörte zum Gebiet von ›Pakistan‹. Durch all diese Ereignisse war die Teilung Bengalens in Kishors Kopf bereits vollzogen. Wenn schon einmal diese Gemetzel, Plünderungen, Überfälle und Vergewaltigungen geschehen waren, dann mußte man sie eben hinnehmen. Um etwas zu bekommen, muß man auch etwas verlieren. Was konnte Gandhi-ji denn schon ausrichten? Selbst als er auf seinem Weg nach Noakhali für ein paar Tage in Kalkutta haltgemacht hatte, nahm das Morden und Töten unvermindert seinen Lauf. Was brachte denn schon dieser naive Hang zur Sentimentalität, mit dem ständig heruntergeleiert wurde, daß dieses Land nicht geteilt werden dürfe? Im April 1947 hatte die Zeitung *Amrit Bazar Patrika* nach einer Meinungsumfrage unter der Bevölkerung berichtet, daß 98,5 Prozent der Menschen sich für die Teilung Bengalens ausgesprochen hatten. Unter diesen Umständen konnten die Reden Gandhi-jis doch nicht anders als persönliche Sturheit bezeichnet werden? An die kleinen Kinder in den Schulen wurde damals ein Gedicht mit dem Titel ›Sechzehnter August 1946‹ verteilt, das sie für den Rezitationswettstreit aus Anlaß der Saraswati-Puja auswendig lernen sollten. Dieses Gedicht lehrte Haß gegen die Muslime und hetzte zur Rache an ihnen auf. In den Köpfen war die Spaltung bereits soweit vorangetrieben, daß Kishor Babu damals nicht anders konnte, als in größte Wut über all jene zu geraten, die stur an ihrer Haltung festhielten und solche Ereignisse und Vorkommnisse nicht wahrhaben wollten. So hatte Kishor nach diesem Tag keinen einzigen Versuch unternommen, um wieder Kontakt mit Amolak aufzunehmen.

Heute nun, nachdem er nach der Bypass-Operation einen Schlag bekommen hatte, versetzte man ihm einen weiteren heftigen Schock. So hatte Amolak sein Leben hingegeben? War er von dieser Welt gegangen, ohne sich noch einmal mit ihm getroffen zu haben? Hatte er denn nicht an ihr Versprechen gedacht, sich am 1. Januar 2000 am Denkmal von Königin Victoria zu treffen? Nein, Amolak konnte nicht einfach so aus der Welt gehen, ohne mit ihm gesprochen zu haben!

Und er, er hatte Amolak so viel zu erzählen! Er mußte ihm gegenüber zugeben, daß er sich in all seinen Ansichten geirrt hatte. Bis heute war noch kein einziges Problem gelöst! Was hatte denn die mit soviel Blut errungene Teilung gebracht? Den Kampf gegen Menschen, die dieselbe Sprache sprachen wie wir, die wie wir Jalebi und Kalakand aßen? Dafür, daß wir sie als unsere Feinde ansahen, wurden astronomische Summen Geld für Waffen und Ausrüstung der Armee ausgegeben, während in den Straßen Kalkuttas genau wie früher Aussätzige, Krüppel, hungrige und fast nackte Frauen und Kinder umherirrten?

Heute spürte Kishor Babu in jeder Faser seines Körpers gleichzeitig den Schmerz, den Amolak über die Ausschreitungen 1946 empfand, den eigenen Schmerz über die Teilung Bengalens 1947 und die Ermordung Gandhis 1948. Nein, er konnte sich nicht einfach so von Amolak trennen! Ohne mit ihm gesprochen, ohne ihm alles gesagt zu haben, was er heute empfand! Wenn er ihm schon nicht mehr leibhaftig begegnen konnte, so mußte er wenigstens Kontakt mit seiner Seele aufnehmen!

In der Kindheit hatte er gesehen, was Tante Gigiya veranstaltete, um eine Seele zu rufen. Man mußte alle Buchstaben vom Namen des Toten in einer Kreislinie auf einem Blatt Papier aufschreiben und eine Schüssel darüberstülpen. Kishor war fest überzeugt, daß Amolaks Seele erscheinen würde, wenn er das so machte. Wenigstens einmal wollte er sich noch mit Amolak treffen, auf welche Weise auch immer! Aber, hatte er nicht diesen unreinen Mörder-Swami berührt, als er ihm die Kehle zudrückte? Zuerst mußte er also seine Hände gründlich waschen. Tante Gigiya hatte auch immer erst ihre Hände fast eine Stunde lang gewaschen, indem sie immer wieder beide Hände mit Lehm beschmiert und diesen wieder abgewaschen hatte. Auch er mußte sich zunächst also einer gründlichen Reinigung unterziehen!

## 15
## Im Schatten der Freiheit: Ein Nachtrag

Kishor Babus Frau ging mehrmals nachsehen, ob ihr Mann, der vor dem Zubettgehen ein Schlafmittel eingenommen hatte, auch wirklich tief und fest schlief. Dann erst legte sie sich allein im mittleren Zimmer hin. Sie war so müde, daß ihr der Tod, wenn er käme, die beste Ruhe zu versprechen schien. Wie schön es doch wäre, zu schlafen und zu schlafen und nicht wieder aufzuwachen! Daß ihr dieser Schicksalsschlag nicht erspart blieb! Jetzt war es wohl doch soweit gekommen, daß Kishor Babu in die Irrenanstalt eingewiesen werden mußte! Gott im Himmel! Heiße Tränen rannen ihr über das Gesicht und machten das ganze Kissen feucht. Wie hatten die Pandits und Astrologen das alles nicht vorhersehen können? Daß so etwas geschehen konnte, hatte Kishor Babus Frau sich nicht im Traum vorstellen können. Gegen ein bißchen Verrücktheit war ja nichts einzuwenden. Man sagt ja, daß das mit einem Menschen schon passieren kann, wenn er die Siebzig erreicht hat. Aber daß er einen Sadhu umbringen wollte, wer hätte sich das vorstellen können? Und das ohne jeden Grund! Der arme stumme Sadhu mit seinem Schweigegelübde! Er hatte nicht einmal etwas gesagt, keinen Laut hatte er von sich gegeben! Wenn er dem Pandit die Kehle zugedrückt hätte, weil er irgend etwas Falsches gesagt hätte, dann hätte man das ja noch verstanden. Kishor Babu war ja schon immer schnell in Wut geraten. Aber der Sadhu hatte doch nur ganz still und stumm dagesessen! Beide waren so freundliche Leute! Ach, die Armen! Unter Weinen und Klagen hatten sie das Haus verlassen! Ich habe den Pandit immer wieder gefragt, was denn los sei, aber der Arme konnte nicht sprechen, er brachte nur ›Amolak‹, ›Amolak‹ heraus, dann schluchzte er wieder los.

Wer war dieser Amolak? Sie hatte diesen Namen in den fünfzig Jahren ihrer Ehe bis heute noch nie gehört. Der Pandit wird inzwischen wohl nach Allahabad zurückgefahren sein. Der Arzt wird fragen, was passiert ist. Was sollen wir ihm denn da sagen? Jetzt schien über dieses Haus endgültig das Verderben hereinzubrechen. Ein Sadhu und ein Brahmane – beide werden dieses Haus und alle, die darin wohnen, verfluchen. Zwar bin ich ihnen zu Füßen gefallen und habe um Vergebung gebeten, aber wozu wird das schon gut sein? Selbst Raja Parikshit, der einem Sadhu eine tote Schlange um den Hals gelegt hatte, konnte seinem Schicksal nicht entgehen. Und er, er hatte einem Sadhu die Kehle zugedrückt! Kishor Babus Frau wurde vom Weinen hin- und hergeschüttelt.

In welcher unseligen Stunde hatte der Pandit damals bloß ihre Horoskope zusammengefügt? Pandit Bal-ji war leider schon tot, sonst hätte sie ihn gefragt: ›Sieht etwa so das siebenfache Glück, wie man es nennt, aus?‹ Ihr Vater, ein gebildeter Rechtsanwalt, vertraute diesem Pandit blind. Er hatte ihm ihr Horoskop geschickt, damit er es mit dem eines anderen jungen Mannes verglich, doch dann hatte er statt dessen Kishor Babus Horoskop zur Hand genommen, das er eigentlich zum Vergleich mit dem eines anderen Mädchens bekommen hatte. Der Pandit schickte Sarojs Vater das Horoskop von Kishor Babu und riet ihm dringend, seine Tochter mit diesem Mann zu vermählen, denn da würde ihr siebenfaches Glück zuteil werden. Sie würde ein eigenes Haus, Autos und wer weiß was noch alles besitzen. Aber was hatte denn Kishor Babu damals schon besessen? Er arbeitete im Geschäft seines Onkels und hatte für zwei Witwen zu sorgen. Wie hatte sie damals, jung wie sie war, danach gelechzt, sich als Ehefrau endlich schminken zu dürfen, aber er hatte ihr nicht einmal erlaubt, ihren Scheitel mit Sindur nachzuziehen, einen Ring in der Nase zu tragen! Er pflegte ihr zu sagen, daß sie dann wie eine ungebildete Brahmanenfrau aussähe. Doch sie hatte sehr wohl begriffen, was sich eigentlich hinter all diesen Anweisungen verbarg. Er verbot ihr das alles, um seiner verwitweten Schwägerin nicht wehzutun. Dann hatte sie fünf Töchtern das Leben geschenkt, eine nach der anderen. Diese vielen Geburten hatten ihre ganze Jugend verschlungen, ebenso wie ihre Hoffnung, endlich einen Sohn zur Welt zu bringen. Und dann mußte die Mitgift für jedes der fünf Mädchen aufgebracht werden. Wann hätte da einmal etwas Schönes für sie selber übrigbleiben können? Alles, was gekauft wurde, bekamen die Mädchen. Und nun noch dieser Irrsinn auf ihre alten Tage! Da hatte ihr Pandit Bal-ji etwas Schönes eingebrockt! War das etwa die Rache für irgendwelche Feindschaften in ihrem früheren Leben?

Das Herz blieb ihr fast stehen, als sie plötzlich auf den Gedanken kam, Pandit Bal-ji könnte vielleicht ihrem Vater sogar angedeutet haben, daß Kishor Babu später einmal den Verstand verlieren werde, und der Vater hatte ihr das bis zu seinem Tod verheimlicht. Das war recht wahrscheinlich, sogar sehr wahrscheinlich. Mit einem Mal waren ihr die Tränen vergangen. Hatte der Vater ihr nicht immer wieder eingeschärft: »Saroj, Kishor Babu hat ein hitziges Gemüt. Reize ihn nicht! Sieh zu, daß er sich nicht aufregt!« Wie konnten ihre Eltern, die wegen der Geisteskrankheit ihres jüngsten Sohnes doch selber soviel Leid durchmachen mußten, sie nur in diese Hölle stoßen!

Ihr kleiner Bruder hatte, nachdem er die Prüfungen der zehnten Klasse abgeschlossen hatte, tatsächlich den Verstand verloren. Je älter er wurde, um so mehr verschlimmerte sich seine Krankheit. Er versuchte immer wieder, aus dem zweiten Stock zu springen. Die Eltern konnten das bald nicht mehr ertragen. Die Mutter hörte dann gar nicht mehr hin, wenn er nach ihr rief, und ein Diener wurde beauftragt, sich um ihn zu kümmern. Schließlich brachte der Vater ihn in eine Nervenheilanstalt. Während sie im Aufnahmeraum warteten, mußte Vater die Toilette aufsuchen. In der Zwischenzeit kam der Arzt herein und fragte, wer der Kranke sei. Der Sohn sagte, der Kranke sei zur Toilette gegangen, woraufhin der Arzt Vater mit nach drinnen nahm, als er von der Toilette zurückkam. Vaters Protest, daß nicht er, sondern sein Sohn der Kranke sei, nützte nichts, denn sein Sohn bemerkte schlau: »Seit wann gibt denn ein Verrückter zu, daß er verrückt ist?« Der Arzt fand diese kluge Bemerkung so überzeugend, daß er den sich mit Händen und Füßen sträubenden und laut schreienden Vater mitnahm und einsperren ließ. Es dauerte eine Weile, bis ein Freund, der den Arzt kannte, diesen Fehler aufklären konnte. Nach einigen Jahren kam ihr Bruder, den man vermeintlich als geheilt entlassen hatte, wieder nach Kalkutta. Doch gleich am nächsten Tag stürzte er sich nach einem Streit mit Vater aus dem zweiten Stock und war auf der Stelle tot.

Konnte es also sein, daß ihr Vater im Streben nach siebenfachem Glück für seine Tochter sie diesem Schicksal wissentlich ausgesetzt hatte? Jetzt war er tot, auch die Mutter lebte nicht mehr. Wen also hätte sie fragen können, ob ihr das tatsächlich vom Schicksal vorherbestimmt war? Ein wenig beruhigte sie dieser Gedanke, denn wer kann schon etwas abwenden, was das Schicksal für einen vorgesehen hat?

Kishor Babus Frau stand auf und warf einen Blick in das Zimmer, in dem ihr Mann schlief. Doch er war nicht mehr in seinem Bett. Die Tür zum Bad stand offen. Sie trat näher und starrte verblüfft auf den Anblick, der sich ihr da bot. Kishor Babu hatte sein Hemd ausgezogen und stand, nur mit dem ärmellosen Unterhemd und den Schlafanzughosen bekleidet, am Waschbecken und seifte sich die Arme bis über die Ellbogen ein. Im Spiegel sah er seine Frau, und ihre Blicke trafen sich. Dann wandte Kishor Babu den Blick wieder von ihr ab und bearbeitete seine Arme weiter mit Seife. Seine Frau blieb etwa fünf Minuten dort stehen und sah ihm zu. Dann holte sie tief Luft, kehrte in das mittlere Zimmer zurück und legte sich wieder auf ihr tränenfeuchtes Kissen.

Was nun? Er machte es genau wie sein älterer Onkel und seifte die Arme von oben bis unten ein! Wollte Kishor Babu etwa jetzt ein Sannyasi werden? Der Onkel hatte sich genauso eingeseift, ehe er der Welt entsagte. Amma-ji und die Schwägerin hatten ihr davon erzählt, und einmal hatte sie es sogar selbst mit eigenen Augen gesehen. Damals war sie gerade ein Jahr verheiratet gewesen. Geschichten über diesen Onkel hatten sie schon immer fasziniert, sie konnte gar nicht genug über ihn hören. Manchmal brachte sie auch selbst die Rede auf ihn. Sein zur Hälfte von Säure verätztes Gesicht und sein Glasauge erschreckten sie immer wieder, wenn sie es sah. Und Gelegenheit dazu bekam sie oft, da der Onkel den Blick stets auf den Boden richtete und sie niemals anblickte.

Anderthalb Jahre nach seiner zweiten Heirat trennte sich der Onkel von der Großfamilie und führte von da an seinen eigenen Haushalt. Nachdem er dem Geschäft schweren finanziellen Schaden zugefügt hatte, war sein Ansehen tief gesunken, und sein Bruder hatte die Geschäftsführung übernommen. Drei Jahre lang ertrug der Onkel diese Demütigung, um dann zusammen mit seinen drei Kindern und der zweiten Ehefrau nach Kanpur zu den Eltern seiner ersten Ehefrau zu ziehen. Sein Schwiegervater ernannte ihn zum Direktor seiner Textilfabrik, und der Onkel fing nun wie früher an, sich mit Macht und Einfluß aufzuspielen. Er ging auch wieder jeden Abend zu einer ›Bai-ji‹, um deren Gesang zu hören. Entweder war es diese ›Bai-ji‹, wegen der er mit seinem Schwager aus der ersten Ehe in Streit geriet, oder er hatte Streit mit Arbeitern aus der Fabrik – das weiß keiner so genau –, jedenfalls warf ihm eines Nachts jemand eine Flasche mit Säure ins Gesicht, so daß nun eine Gesichtshälfte durch die Verätzung verunstaltet war und er ein Auge verlor. Sein Bruder, der jüngere Onkel, und Kishor Babu fuhren nach Kanpur, um nach ihm zu sehen und sich um ihn zu kümmern. Es bestand wenig Hoffnung, daß der Onkel den Anschlag überleben würde, doch eines Tages geschah ein Wunder. Früh am Morgen erzählte er Kishor Babu im Krankenhaus von einem Traum, den er in der Nacht gehabt hatte. Darin hatte seine zweite Frau die Göttin Durga gebeten, ihr Leben statt das ihres Mannes zu nehmen. Die Göttin Durga soll ganz deutlich erklärt haben: »So sei es.« Am Nachmittag desselben Tages erlitt die Tante einen Herzanfall und starb, während der Onkel anfing, sich allmählich zu erholen. Allerdings verschwieg man ihm, daß seine Frau gestorben war, und sagte ihm, daß sie mit den Kindern nach Kalkutta gefahren sei, weil diese erkrankt waren. Erst als der Onkel nach seiner Genesung dorthin kam, erfuhr er, daß seine Frau an dem Tag gestorben war, als er von ihr geträumt hatte. Seitdem ließ ihn die Vorstellung, Asket zu werden, nicht mehr los. Er verdarb sich den Geschmack seines Essens, indem er die bittere Paste von Nim-Blättern dazu aß, und fing an, sich den lieben langen Tag beide Arme mit Seife zu waschen. Eines Tages war er dann verschwunden. Kishor Babu machte sich auf die Suche nach ihm, und es gelang ihm dank seiner Findigkeit schließlich, ihn in Hardwar aufzuspüren. Aber der Onkel weigerte sich zurückzukommen und ließ die Weihen als Sannyasi vollziehen, durch den Guru des Ashrams, in dem er sich während einer Pilgerfahrt als Kind mit seinen Eltern aufgehalten hatte.

O mein Gott! Was sollte sie nun tun? Der ältere Onkel war nach dem Tod seiner Frau Sannyasi geworden. Aber Kishor Babu wollte das machen, obwohl sie noch lebte! Wie war denn das möglich? Am liebsten wäre Kishor Babus Frau vor ihn hingetreten und hätte ihm gesagt, er solle doch zuerst sie erwürgen und dann Asket werden. Vielleicht war er dem Swami sogar deshalb an die Kehle gegangen, weil der sich geweigert hatte, ihn als Sannyasi aufzunehmen? Ja, irgendwie schien ihr dieser Gedanke einleuchtend zu sein. So würde es wohl gewesen sein! Dieses gründliche Waschen der Arme und Hände war ein sicheres Zeichen dafür!

Stöhnend stand sie auf. Sie mußte schließlich nachsehen, was er tat. Außer ihr war niemand weiter im Haus, der sich um ihn hätte kümmern können. Ihre älteste Tochter hatte gerade zum dritten Mal nacheinander abtreiben lassen, nachdem sie vorher bereits zwei Mädchen zur Welt gebracht hatte. Die Arme! In diesen Zeiten fünfmal schwanger zu werden! Ob das Kind nun ganz oder nur halb im Körper der Mutter heranwächst, spielt keine Rolle, der Körper leidet jedes Mal gleichermaßen darunter. Auch dieses Mal hatte sie sich Fruchtwasser entnehmen lassen, um das Geschlecht des Kindes zu erfahren. Der Test hatte leider wiederum ergeben, daß es ein Mädchen werden würde, obwohl sie gehofft hatten, es würde ein Junge werden, denn die Befruchtung war künstlich durch eine Injektion vorgenommen worden, die nur männliche Chromosomen enthielt. Tausende Rupien hatte das arme Kind für mehrere Sonographien, Medikamente und Spritzen ausgegeben, und nichts war dabei herausgekommen! Von dem Schaden für Leib und Seele nicht zu reden! Zu ihrer Zeit war die Wissenschaft noch nicht so weit gewesen, und heute? Was hatte der Fortschritt denn schon gebracht? Aber ihre Tochter hatte ja nicht hören wollen und ihr erklärt: ›Ich bringe auf gar keinen Fall wie du fünf Mädchen zur Welt!‹ Ja, wenn sie es wie sie, ihre Mutter, machte, würde es das nächste Mal ein Junge werden. Gott läßt niemanden im Stich! Sie selber würde ein Gelöbnis ablegen, sowohl der Göttin Santoshi, der Göttin Waishno und auch der Göttin Pahari, einfach allen. Die eine oder die andere würde sie schon erhören!

Als Kishor Babus Frau am Türknauf des Schlafzimmers drehte, stellte sie fest, daß die Tür von innen verriegelt war. Sie erschrak. Was war das nun wieder? Was machte er nur da drinnen? Sie nahm allen Mut zusammen und klopfte ein paarmal an die Tür, dann rüttelte sie an der Klinke. Von drinnen kam kein einziger Laut. Was tun? Sie mußte da hinein! Sollte sie den Koch aus der Küche oder den Portier von unten rufen? Aber das gab zuviel Aufsehen für eine Sache, die sich vielleicht als völlig harmlos herausstellte? Wer weiß, was die Dienerschaft dann alles herumerzählte? Sie würden sich vielleicht insgeheim sogar freuen, ihren Babu, der sie sonst den ganzen Tag herumkommandierte und beschimpfte, nun in diesem Zustand zu sehen.

Außer Atem klopfte Kishor Babus Frau erneut an die Tür. Immer noch kein Laut von drinnen! Plötzlich fiel ihr ein, daß die Veranda draußen fast bis an das Fenster ihres Schlafzimmers reichte. Wenn sie sich tief bückte, konnte sie von der Veranda aus einen Blick durch das Fenster werfen und so Kishor Babu entdecken. Das Problem war jedoch, daß jemand von der Straße aus sie dabei würde sehen können, und außerdem würde ihr sicherlich die Hüfte schmerzen, wenn sie ihren schweren Körper derart verrenken mußte.

Doch sie war entschlossen, das Risiko auf sich zu nehmen und ihrem Körper diese Mühsal zuzumuten. Der Anblick, der sich ihr bot, ließ sie schwindelig werden. Sie brauchte nicht lange, um zu begreifen, was Kishor Babu da tat. Hatte sie doch selbst in ihrer Kindheit zusammen mit ihrer Cousine auch das Spiel gespielt, eine Seele auf einer Platte herbeizurufen. Sie hörte ganz deutlich, wie Kishor Babu rief: »Amolak! Amolak!« Wer war denn bloß dieser Amolak? Kishor Babus Frau konnte sich keinen Reim darauf machen. Sie erinnerte sich an einen Vers von

Mira Bai[1]: ›Er ist in der Tat kostbar, mein wahrer Guru, erbarme dich meiner und nimm mich an!‹, in dem das Mantra des Guru als ›amolak‹, also als ›kostbar‹ bezeichnet wird. War das etwa das Mantra, in den der ältere Onkel Kishor Babu eingeweiht hatte, und mit dessen Hilfe er nun Asket werden wollte? Kishor Babu war einmal nach Hardwar gefahren, als der Onkel auf dem Sterbebett lag.

Kishor Babus Frau fielen bald die Augen aus dem Kopf, als sie sah, daß sich der Metallbecher zu bewegen anfing und auf dem mit Buchstaben beschriebenen weißen Papier umhertanzte. Die Seele war gekommen! Das Herz klopfte ihr bis zum Halse. Aber was Kishor Babu dann tat, hätte sie selbst im Traum nicht für möglich gehalten. Kishor Babu hielt sich den Becher mit der Seele an den Mund, als ob er aus ihm tränke. Als Kishor Babus Frau sich abwandte und ihren Körper wieder auf die Veranda hochzog, war sie fast ohnmächtig und fiel nieder. Der Koch, der sie wegen irgendeiner Angelegenheit suchte, fand sie schweißgebadet auf dem Boden der Veranda und half ihr auf.

Als Kishor Babus Sohn und die Schwiegertochter nach Hause kamen, fanden sie eine ungewöhnliche Szene vor, denn die Rollen hatten sich vertauscht: Die Mutter lag im Bett, und Kishor Babu saß gesund und munter neben ihr auf einem Stuhl und las Zeitung. Aber was war geschehen? Und wie war es geschehen? Als sie aus dem Haus gingen, hatte ihr Vater seine Schlafmittel genommen und lag schlafend im Bett. Nachdem er gestern versucht hatte, dem Sadhu die Gurgel zuzudrücken, war es vielleicht nicht ganz ungefährlich gewesen, die Mutter mit ihm allein zu lassen, und deshalb waren sie lieber so schnell wie möglich zurückgekommen. Wie dem auch sei, der Vater mußte der Mutter etwas angetan haben. Dem Sohn schwollen die Stirnadern vor Zorn, und beide Ohren liefen feuerrot an.

»Was ist mit Mutter?« brüllte er los.

Kishor Babu warf ihm einen wütenden Blick zu.

---

1 Mira Bai (1498-1547): bekannte Bhakti-Lyrikerin, verehrte und pries Krishna. Der Vers lautet: ›Vastu amolak dī mere satguru, kirpā kar apnāyo‹.

»Sprich leise, Idiot! Sonst wacht deine Mutter noch auf. Sie ist in Ohnmacht gefallen«, herrschte er seinen Sohn an.

Der war mehr als verblüfft. Was? Wie? War der Vater etwa wieder normal geworden? Heute hörte er zum ersten Mal seit vielen Monaten wieder die vertraute Anrede ›Idiot‹.

»Wo wart ihr? Was fällt euch bloß ein, die Mutter einfach allein zurückzulassen?« Diese Frage war ein weiterer Schock für den Sohn. So hatte er früher stets gesprochen, in genau demselben Ton. Ehe er etwas sagen konnte, erklärte Kishor Babus Schwiegertochter: »Wir haben Didi im Krankenhaus besucht. Es war doch die dritte Abtreibung, eine ziemlich riskante Sache. Deshalb mußten wir gehen und Mutter allein lassen.«

Kishor Babu erinnerte sich, vor langer, langer Zeit in einem Krankenhaus einen drei Monate alten Fötus in einer Flasche gesehen zu haben, bei dem Hände, Füße, Rippen, einfach alles schon vorhanden war. Kishor Babu sah seine Schwiegertochter mit einem langen durchdringenden Blick an, schließlich sagte er: »Sieh dir das an, Amolak! Diese Frau konnte innerhalb von fünf Jahren noch nicht einmal Mutter werden. Tausende Rupien wurden ausgegeben, um ihre Unfruchtbarkeit zu kurieren, und sie redet von einer Abtreibung, als ob es sich darum handelt, einen Zahn ziehen zu lassen.«

Sohn und Schwiegertochter erstarrten zu Salzsäulen. Bis jetzt hatte der Vater noch nie solch harte Worte über eine Abtreibung gesagt. Und wer war dieser Amolak?

»Und noch etwas! Richtet eurer Didi folgendes von mir aus, sobald sie wieder gesund ist und nach Hause kommt: Ich möchte das Gesicht dieser mörderischen Frau, die ihre Kinder umbringt, nicht mehr sehen. Sie soll ihren Fuß nie wieder in mein Haus setzen. Verstanden?« Diesen Worten schickte er eine Frage hinterher: »Nun, habe ich das richtig gemacht, Amolak?« Kishor Babu stand auf, ging in sein Zimmer und machte sich wieder daran, im Bad seine Arme bis zu den Ellbogen mit Seife zu schrubben.

Kishor Babus Frau vergaß ihren eigenen schwachen Zustand, setzte sich auf und blickte mit leeren Augen auf ihren Sohn und die Schwiegertochter. Beide standen mit gesenktem Kopf schweigend da. Dann hob der Sohn den Kopf und blickte seine Mutter an: »Ma, wer ist dieser Amolak?«

»Das weiß ich nicht, mein Sohn. Wirklich nicht.« Und Tränen rannen ihr über das Gesicht. Sie brachte es einfach nicht fertig zu erzählen, daß Kishor Babu eine Seele herbeigerufen und den Metallbecher an den Mund geführt hatte. Der Sohn hegte zwar den Verdacht, daß seine Mutter etwas verheimlichte, weil sie dieses ›Wirklich nicht‹ so sehr betont hatte, doch zog er es vor, kein Wort zu sagen.

»Mach dir keine Sorgen, Ma. Alles wird gut. Heute ist Vaters Arzt aus dem Ausland zurückgekommen und hat sicher ein neues Medikament mitgebracht. Die Leute dort haben doch alle möglichen psychischen Krankheiten. Ich werde gleich heute noch mit ihm reden«, suchte der Sohn seine Mutter zu beruhigen.

Die Erwähnung des aus dem Ausland zurückgekommenen Arztes beruhigte Kishor Babus Frau in der Tat ein wenig. »Du brauchst deiner Schwester nichts zu sagen. Ich kümmere mich darum.« Sie stand auf, um in ihr Zimmer zu gehen. Die Tür zum Bad stand offen. Ohne hineinzusehen, wußte sie, daß Kishor Babu dort seine Arme rubbeln würde, aber sie hatte keine Lust, sich das noch einmal anzusehen.

Der Arzt mußte nun für einen Krankenbesuch geholt werden. Kishor Babu hatte bereits erklärt, daß nicht er einen Arzt brauche, sondern eher diejenigen, die glaubten, er bräuchte einen. Als der Doktor allein neben Kishor Babu saß, fragte er ihn zuallererst nach der Beule am Hinterkopf. Da stellte Kishor Babu verwundert fest, daß diese Beule völlig verschwunden war. Das freute ihn so sehr, daß er sich sogar auf ein Gespräch mit dem Arzt einließ und ihn nach dessen Auslandsreise fragte. Doch der Arzt fragte ganz unvermittelt: »Warum haben Sie versucht, dem Swami die Kehle zuzudrücken?« Kishor Babu lächelte: »Das würden Sie nicht verstehen.«

Eine solche Antwort hatte der Arzt nicht erwartet. Das Selbstbewußtsein seines Patienten verschlug ihm für einen Moment die Sprache. Dann, als ob er ihm den nötigen Respekt zollte, forderte er ihn höflich auf: »Wenn Sie es mir erklären, werde ich mich bemühen, es zu verstehen.«

Dieses Mal erwiderte ihm Kishor Babu ohne ein Lächeln: »Ihre Höflichkeit riecht nach Ihrer Arroganz, als würde ein Arzt wie Sie, der aus dem Ausland zurückgekehrt ist, nicht verstehen, was ein Verrückter wie ich zu sagen hat. Aber ich kann Ihnen aus eigener Erfahrung versichern, daß Sie rein gar nichts begreifen werden, selbst wenn ich Ihnen die ganze Geschichte erzähle.« Der Arzt starrte ihn völlig verständnislos an, worauf Kishor Babu ihm lächelnd sagte: »Soll ich es in Englisch erklären, damit Sie es verstehen? It will go clear over your head.« Der Arzt suchte nach einer passenden Antwort, doch Kishor Babu fuhr weiterhin lächelnd fort: »Na gut, ich werde Sie einem Test unterziehen. Wenn Sie ihn bestehen, werde ich Ihnen Ihre Frage beantworten. Wenn Sie ihn nicht bestehen, müssen Sie anerkennen, daß Sie es nicht wert sind, daß ich Ihnen das Ganze erzähle.«

Dem Doktor fiel nichts anderes ein, als sich mit diesem Vorschlag einverstanden zu erklären.

»Wodurch unterscheiden sich Rabri Dewi und Sonia Gandhi?« fragte Kishor Babu.

Der Arzt brachte ein ironisches Lächeln zustande. Einen Augenblick lang hatte er sich besorgt gefragt, was ihm dieser alte Kauz wohl für eine Aufgabe stellen würde. »Was reden Sie denn da, Kishor Babu. Rabri Dewi und Sonia Gandhi haben überhaupt nichts gemeinsam, die unterscheiden sich doch wie Tag und Nacht. Die eine ist eine ungebildete Bauersfrau, die neun Kinder zur Welt gebracht hat, und die andere eine feine Dame aus einer gebildeten Familie«, erklärte er mit strahlendem Gesicht und setzte hinzu: »Wissen Sie, Kishor Babu, letztens, als ich im Ausland war, habe ich mich geschämt zu sagen, daß Dewe Gowda der Premierminister unseres Staates ist. Gujral sieht mit seinem französischen Bart jetzt wenigstens ganz gut aus.«

Kishor Babu lachte schallend los. Er lachte so laut, daß seine Frau die Tür öffnete und ins Zimmer hineinschaute. »Siehst du, Amolak, ich wußte schon vorher, daß dieser Dummkopf genau das antworten würde. Ein aus dem Ausland zurückgekehrter Arzt! Sagt, daß sich beide wie Tag und Nacht unterscheiden. Der einzige Unterschied zwischen den beiden besteht doch darin, daß der Mann der einen Chefminister war und der der anderen Premierminister. Einen weiteren Unterschied gibt es da nicht. Stell dir bloß vor, Amolak, sogar ein nach englischem Erziehungssystem ausgebildeter Arzt ist in politischen Fragen eine derartige Null. Jetzt begreife ich, warum Firaq Sahib geschrieben hat: ›Was ist das für eine Heimat, wo mich kein Landsmann versteht.‹ Ja, jetzt begreife ich das voll und ganz.«

Kleinlaut saß der Doktor da und hielt den Mund. Doch dann faßte er sich und bemerkte: »Na gut, Kishor Babu. Ich verstehe. Sie haben völlig recht. Vom Standpunkt der Demokratie aus gesehen besteht kein Unterschied zwischen den beiden. Aber mal ganz nebenbei gefragt, wer ist eigentlich dieser Amolak?«

»Amolak ist ein Freund aus meiner Kindheit, ein sehr guter Freund. Er ist ein Aktivist, der stets gegen jede Ungerechtigkeit protestiert«, erklärte Kishor Babu stolz.

»Mit ihm also reden Sie jetzt die ganze Zeit?« fragte der Doktor.

»Hören Sie, Doktor Sahib! Ich sage Ihnen etwas ins Ohr«, flüsterte Kishor Babu. »Ich bin ringsum von lauter Idioten umgeben. Sehen Sie sich doch bloß meine Familie an. Sie hat Sie als Arzt für mich ausgesucht. Deshalb rede ich mit Amolak. Inmitten all dieser Mittelmäßigkeit habe ich das dringende Bedürfnis, mich mit einem intelligenten Menschen zu unterhalten.«

Der Doktor wurde blaß. »Na gut, Kishor Babu. Gestatten Sie mir eine allerletzte Frage. Warum waschen Sie sich dauernd so lange und so gründlich die Hände?« Der Doktor machte den Eindruck, als ob er sich jetzt tatsächlich geschlagen gäbe. Kishor Babu tat er geradezu leid, der Doktor war wohl im Grunde doch ein ganz guter Kerl. Er war sich aber auch sicher, daß er wohl nicht wieder ins Haus kommen würde, egal wie oft seine Familie nach ihm rief. Vielleicht war er auch gar nicht so geldgierig. Kishor Babu hatte gehört, daß er aus einer vermögenden Familie stammte.

»Ich wasche mir die Hände, Doktor Sahib, weil ich den Eindruck habe, daß alles ringsum schmutzig ist. Alles, was ich anfasse, starrt vor Dreck. Seitdem Amolak bei mir ist, muß ich mich von diesem Schmutz befreien, immer und immer wieder.«

Doch Kishor Babus Energie und Enthusiasmus waren auf einmal wie weggeblasen. Noch am selben Abend erreichte ihn aus Kanpur die Nachricht vom Tod seines mittleren Onkels. Niemand hätte gedacht, daß Kishor Babu der Tod dieses Onkels derart bewegen würde. Er wirkte wie erstarrt, sprach zu niemandem ein Wort, aß und trank nicht mehr. Inzwischen hatten sich seine Frau, sein Sohn und seine Schwiegertochter schon so an seine wunderlichen Reaktionen auf alles, was vor sich ging, gewöhnt, daß sie sein Schweigen direkt als eine Wohltat empfanden, und sie ihn nichts fragten.

Mitten in der Nacht glaubte Kishor Babus Frau, jemanden im Zimmer nebenan reden zu hören. Ob Kishor Babu wohl mit jemandem telefonierte, zu dieser Zeit? Sie war inzwischen hellwach und spitzte die Ohren, um zu verstehen, was da gesprochen wurde. Da hörte sie, daß Kishor Babu Amolaks Namen nannte, den seines Onkels ebenfalls und immer wieder heftig schluchzte. Ob er wohl träumte oder im Schlaf vor sich hinredete? Aber da hörte sie ihn ganz deutlich sagen: »Ach Amolak, ich habe nichts für meinen Onkel getan. Den Menschen, die mich das Laufen lehrten, habe ich im Alter, als sie mich brauchten, meine Hand nicht gegeben. Gibt es einen undankbareren Menschen als mich? Der Onkel starb im Haus eines Freundes wie ein Waisenkind, als ob er allein und verlassen, ohne eine Familie wäre. Sein Freund hat ihn aufgenommen, aber sein jüngerer Bruder nicht und ich auch nicht. Einmal ist er nach Kalkutta gekommen und hat zu mir gesagt: ›Kishor, du hast doch ein Haus. Gib mir unten ein leeres Zimmer, in dem ich mein Lager aufschlagen kann. Wo soll ich denn sonst hin? Für die Kinder meines ältesten Bruders habe ich doch alles getan, was ich konnte, aber sie wenden sich von mir ab.‹ Und was habe ich gemacht? Ich habe getan, als ob ich seine Bitte nicht gehört hätte. Ich habe befürchtet, er würde mir den ganzen Tag lang auf die Nerven gehen. Ja, und dann habe ich ihm nicht einmal angeboten, ihn in meinem Auto zurückzubringen. Er stand da an der Bushaltestelle, und ich fuhr in meinem Auto an ihm vorbei ins Büro.«

Kishor Babus Frau lag da und hörte in der Dunkelheit zu, wie Kishor Babu sein Gespräch mit Amolak führte. Was nützte denn jetzt all das Weinen und Bedauern? Damals hatte sie zu ihm gesagt: »Laß ihn doch hier bei uns wohnen! Ich werde mich um ihn kümmern, so gut ich kann. Sein Segen wird uns guttun. Was haben wir denn zu verlieren?«

Aber Kishor Babu hatte damals voller Bitterkeit erwidert: »Was soll das denn heißen, wir haben nichts zu verlieren? Wir haben alles zu verlieren! Wenn wir ihn bei uns behalten, wie soll er denn da für all seine Missetaten bestraft werden? Hast du schon vergessen, wie der ältere Onkel seinen Bruder und dessen Familie in meiner Gegenwart verflucht hat, ehe er starb? Er sagte: ›Alles wird den Bach runtergehen, was sie für sich allein zusammenraffen. Er schickt mir fünfhundert Rupien im Monat und sagt dazu, daß ein Sannyasi ja im Monat nicht mehr brauche. Du wirst schon sehen, Kishor, daß er niemanden finden wird, der ihm einmal fünfhundert Rupien gibt. Er wird das ernten, was er gesät hat.‹ Ja, genau das hat er gesagt, der ältere Onkel. Ich habe bis heute kein einziges Wort vergessen. Jetzt bewahrheitet sich sein Fluch, wie sollten wir uns dem entgegenstellen?« Dazu hatte Kishor Babus Frau nichts mehr gesagt. Und was hätte sie auch sagen können? Sie dachte bei sich, daß Gott schon wußte, was richtig und was falsch ist. Wenn sich der Fluch des älteren Onkels also bewahrheitet, dann hat das wohl seine Richtigkeit.

Nachdem Kishor Babu damals erzählt hatte, welchen Fluch sein Onkel ausgesprochen hatte, war er auf seine eigenen Angelegenheiten zu sprechen gekommen: ›Und was haben sie mit mir gemacht? Als ich nach zwanzig Jahren harter Arbeit für sie schließlich den Mut faßte zu erklären, daß ich von nun an auf eigenen Beinen stehen möchte, was haben sie mir da gegeben? Gerade mal tausend Rupien. Für zwanzig Jahre Arbeit tausend Rupien! Damals hatte ich für vier Kinder und drei Frauen zu sorgen, alles in allem also für sieben Personen. Wie weit kommt man da schon mit tausend Rupien? Und dann brauchte ich ja auch noch etwas Kapital, um ein eigenes Unternehmen aufzubauen. Aber was hätte ich den Onkeln schon sagen können, schließlich hatte ich ihnen so viel zu verdanken. Ja, und meine Schuld, die haben sie mich so richtig spüren lassen! Ich habe die tausend Rupien genommen und bin zu Fuß nach Hause gelaufen. Den ganzen Weg von der Harrison Road bis zur Muktaram Babu Street liefen mir die Tränen über das Gesicht, so daß ich nicht einmal merkte, welchen Weg ich ging.‹ Nachdem sie sich das alles angehört hatte, fehlte Kishor Babus Frau der Mut, auch nur ein einziges gutes Wort für den mittleren Onkel einzulegen.

Kishor Babus Frau verstand nun überhaupt nicht, was dieses Klagen und Lamentieren über den Tod des Onkels jetzt sollte, nach all den Jahren. Offensichtlich war dieser Amolak eine edle Seele, denn für gewöhnlich hatte Kishor Babu bei jedem Verlust, den der Onkel erlitt, bis die Firma dann endgültig pleite war, den Fluch des älteren Onkels wiederholt. Armer Onkel! Wenn dieser Amolak etwas eher in Kishor Babu geschlüpft wäre, hätte der Onkel wenigstens in seinem Haus sterben können! Sie betete zur Seele des Verstorbenen und bat sie um Vergebung. Plötzlich kam ihr der furchtbare Gedanke, er könne sie alle verflucht haben, bevor er starb.

Kishor Babus Trauer währte nur ein paar Tage. In der Zeit aß und trank er jedoch wenig und verlor auch kaum ein Wort. Nur mit dem ständigen Waschen der Hände und Arme hörte er nicht auf. In diesem melancholischen Zustand rührte ihn die Nachricht nicht im geringsten, daß der aus dem Ausland zurückgekehrte Doktor sich weigerte, ihm einen Krankenbesuch abzustatten oder Medikamente zu verschreiben, denn er meinte, daß die Trauer beim Tod eines nahen Verwandten nur natürlich sei.

Am vierten Tag wich Kishor Babus Trauer schlagartig, als er Sonntag früh die Zeitung las. Er geriet derart in Erregung, daß er mit der Zeitung unter dem Arm nervös im Zimmer hin und her lief. Dabei blickte er immer wieder auf seine Uhr und dann zum Telefon. Kishor Babus Frau faßte schließlich Mut und fragte: »Was ist los? Steht etwas Besonderes in der Zeitung? Ist ein Anruf zu erwarten?« Das löste in Kishor Babu einen Sturm freudigen Auftriebs aus. Er nahm seine Frau bei der Hand, führte sie ins Schlafzimmer und setzte sie vor sich hin auf das Bett, wie er es früher immer getan hatte. Sie war zu Tränen gerührt. Nach so vielen Jahren war Kishor Babu endlich wieder liebevoll zu ihr!

Kishor Babu erzählte ihr nun von der Abmachung, die er mit seinen Freunden Amolak und Shantanu getroffen hatte. Über Amolak ließ er sich nicht weiter aus, obwohl sie gerade über ihn mehr erfahren wollte. »Ich habe für Shantanu eine Annonce in die Zeitung setzen lassen. Er soll sich mit mir in Verbindung setzen, sobald er sie gelesen hat. Nun sieh dir diesen Teufelskerl an! Statt mich gleich anzurufen, hat er in die Zeitung setzen lassen, daß er in Kalkutta ist und ich heute um neun Uhr auf seinen Anruf warten soll. Ich dachte, Shantanu sei nach Kalkutta zurückgekehrt, nachdem er in Bombay oder auch irgendwo anders gelebt hat. Er war ein großer Anhänger Neta-jis. ›Der Schiffsvogel kehrt letzten Endes wieder zum Schiff zurück.‹ Genau wie Surdas[1] es gesagt hat.«

Jetzt reichte es Kishor Babus Frau. Sie hatte genug von seinen Geschichten und begann sich zu langweilen. Schon wieder grub er Tote aus. Jetzt auch noch dieser Shantanu! Welches Unheil kam nun noch auf sie zu? Aber Kishor Babu schüttelte seine Frau ganz leicht, um ihre Aufmerksamkeit wieder auf sich zu ziehen: »Vor ein paar Tagen habe ich in einer alten Zeitung gelesen, daß sich ein Mann, als Adwani von der Bharatiya Janta-Partei mit seinem Wagen, an dem ein Bild von Neta-ji angebracht war, durch das Land fuhr, vor den Wagen gelegt und erklärt habe, nicht von der Stelle zu weichen, solange sich Neta-jis Bild an diesem kommunalistischen Wagen befände. Als ich das las, war ich fest davon überzeugt, dieser Mensch ist Shantanu. Und jetzt endlich werde ich erfahren, ob dem so war oder nicht.«

Sie hörte sich schweigend an, was ihr Mann da erzählte. Sie wußte nicht so recht, sollte sie darüber lachen oder weinen. Da klingelte das Telefon. Kishor Babu sprang auf, um den Hörer

---

1 Surdas (um 1483 – um 1563): bedeutender indischer Lyriker der Krishna verehrenden Bhakti-Dichtung.

abzunehmen. Er sprach irgend etwas in das Telefon, aus dem sie nur einzelne Worte wie ›Shantanu‹, ›Rajbari in Nord-Kalkutta‹ aufschnappte. Er war so erregt, daß er vielleicht selber nicht einmal verstand, was er da sagte. Sie verabredeten sich für vier Uhr nachmittags.

Nachdem Kishor Babu den Hörer aufgelegt hatte, blieb er eine Weile schweigend sitzen. Dann sagte er langsam: »Damals hat er gesagt, daß er nichts vom Vermögen seiner Ahnen haben will. Wie kommt es dann, daß er in der Rajbari wohnt?« Darauf konnte sich Kishor Babus Frau beim besten Willen keinen Reim machen. Sie fragte: »Welche Rajbari?« Aber Kishor Babu saß wie geistesabwesend da und schien dann nur zu sich selbst zu sprechen: »Shantanu hat ganz schön viel Englisch gesprochen.«

Gegen vier Uhr am Nachmittag, nachdem er sich sorgfältig die Hände gewaschen hatte, setzte sich Kishor Babu in sein Auto und fuhr nach Nord-Kalkutta. Als er Shantanus Rajbari erreichte, glaubte er, sich in der Adresse geirrt zu haben. Doch das glänzende Schild mit der Aufschrift ›Dr. Shantanu Ray‹ beseitigte den leisesten Zweifel. Die Residenz von Shantanu machte einen genauso prächtigen Eindruck wie das Victoria Memorial. Ein weißer Palast mit mächtigen Säulen erhob sich inmitten von Blumen in allen Farben und in sattem Grün über weißen Marmortreppen. Ein Portier in Livrée öffnete das schwarze Gittertor, so daß Kishor Babu nun mit seinem Auto durch die von Palmen umsäumte, mit roten Steinen gepflasterte Einfahrt fahren konnte. Er meinte, Shantanu müsse jeden Augenblick die Treppe herabgeeilt kommen. Offensichtlich betrieb er eine gutgehende Arztpraxis. Es mußte ein Vermögen gekostet haben, diese Ruine in einen solchen Palast zu verwandeln! Im Vergleich mit diesem Palast war sein eigenes Haus in Ballygunge nur eine bescheidene Unterkunft für Diener.

Ein weiterer Diener kam die marmorne Treppe herab und öffnete Kishor Babu den Wagenschlag. Er erklärte: »Der Sahib wartet im Arbeitszimmer.« Dann stieg er wieder die Treppe hinauf, und Kishor Babu beeilte sich, ihm zu folgen. Rechts von der Treppe erblickte er ein großes Büro mit mehreren Schreibmaschinen, Kopiergeräten und allen möglichen anderen Dingen. Er wunderte sich, wofür ein Arzt all diese Sachen brauchte. Der Diener führte ihn nach links. Kaum versanken Kishor Babus Füße im dicken Teppich des klimatisierten Zimmers, als sich auch schon Shantanu von seinem Stuhl hinter einem riesigen Schreibtisch erhob und ihn einlud: »Komm doch herein, Kishor!«

Kishor Babu betrachtete die Regale aus kostbarem Holz, in denen in Leder gebundene Bücher mit goldenen Aufschriften standen, und setzte sich dann Shantanu gegenüber auf einen Stuhl. »Oje, dein Haar ist ja ganz weiß geworden«, brachte er hervor, um seine Verlegenheit zu verbergen.

»Aber immer noch eleganter als dein grauweißes Haar, oder?« lachte Shantanu. Sein Lachen war genau dasselbe wie früher, und in Kishor Babu stieg eine herzliche Wärme auf. Aber, was sollte er jetzt sagen? War es etwa angebracht, zu diesem weißhaarigen, eindrucksvollen Menschen zu sagen: ›He Freund, warum sitzt du so weit weg hinter deinem Tisch?‹ Oder sollte er ihn fragen, wie er zu soviel Geld gekommen war? Aber das würde Shantanu vielleicht nicht gefallen. Kishor Babu wußte selber nicht, warum es ihm so schien, daß Shantanu alles, was er ihm sagte, als einen Angriff auffassen und deshalb in Rechtfertigungen ausbrechen würde. Aber warum sollte er ihn denn angreifen? Das Vermögen unserer Ahnen ist schließlich unser Erbe, genau wie unsere Sinne, wie Augen, Nase und Ohren. Wenn sich Shantanu dieses Palastes angenommen hatte und ihn so wundervoll hatte wiederherstellen lassen, dann war das doch nicht falsch! Warum eigentlich sollte ein Mensch seine früheren Ansichten nicht ändern können? Ob er wohl Englisch mit ihm sprechen sollte? Kishor Babu meinte auf einmal, daß es Shantanu nicht mißfallen würde, wenn er etwas in Englisch zu ihm sagte. »It's good to see, that you have made a success of your life.« (Es freut mich zu sehen, daß du im Leben Erfolg hattest.)

Kishor Babu stellte fest, daß dieser in Englisch gesagte Satz eine positive Wirkung auf Shantanu hatte, er wirkte nun viel gelöster und gab seine defensive Haltung auf. »Praktizierst du noch? Wo sind bloß all die Jahre hin? Seit wann lebst du wieder in Kalkutta?« prasselten nun Kishor Babus Fragen hervor.

»O Gott! Du willst alles auf einmal wissen? Also höre. Ich leite eine NGO[1], eine nichtstaatliche Organisation. Nach Abschluß meines Medizinstudiums habe ich vierzig Jahre unter der Stammesbevölkerung unseres Landes gearbeitet. Vor fünf Jahren bin ich nach Kalkutta zurückgekommen. Ich lebe allein. Meine beiden Söhne sind im Ausland. Einer ist Arzt, so wie ich, und der jüngere studiert noch in der Schweiz Medizin.«

Kishor Babu verschlug es die Sprache. Hatten die Stammesleute Shantanu einen vergrabenen Schatz übergeben? Er hatte geglaubt, daß Shantanu als Arzt einer lukrativen Praxis im Ausland soviel Geld zusammengebracht hatte. Aber vielleicht hatten Shantanus Vorfahren auch einen Schatz vergraben, den er nun ausgegraben hatte?

Für einen Moment tauchte in Kishor Babus Geist das Bild seines eigenen Sohnes auf, wie er ihm beim Verlassen des Hauses unter die Augen gekommen war: Ein Bakkalaureus der Wirtschaftswissenschaften, mit vorstehendem Bauch, der eine Betelrolle kaute, ein weißes T-Shirt über der Jeanshose, auf der Stirn ein bei der täglichen Puja angebrachter Tika aus Sandelholzpaste, in der einen Hand eine silberne Schnupftabakdose, in der anderen ein Handy, und an den Fingern jede Menge Ringe. Nein, um nichts in der Welt durfte Shantanu jemals seinem Sohn begegnen! Dann fiel ihm sein Enkel, der Sohn seiner zweitältesten Tochter ein, der war doch zum Studium nach Australien gegangen! Ja, das konnte er bei Gelegenheit erwähnen! Doch jetzt wollte er lieber bei den alten Geschichten aus der Vergangenheit bleiben.

»Warum hast du eigentlich kein Bild von Neta-ji in deinem Arbeitszimmer? Ich dachte, ...« Kishor Babu hielt mitten in seiner Erzählung über die Geschichte mit Adwanis Wagen inne, weil er mit einem Mal spürte, daß dies nicht der rechte Ort war, um über diese Sache zu sprechen.

»Neta-jis? Oh, Subhash Babu? Du machst aber Scherze, mein Lieber. Du weißt doch selbst, der junge Mensch hat lauter Flausen im Kopf, in der Jugend ist man nun mal sentimental und

1 NGO: Abkürzung für ›Non-Governmental Organisation‹.

enthusiastisch. Und was hätte denn Subhash Babu in der Politik mit seinen diktatorischen Ideen nach der Erringung der Unabhängigkeit schon bewirken können? Es war schon gut, daß er damals verschwand. Wenigstens bleibt er uns so in unserer Vorstellung als Märtyrer erhalten«, erklärte Shantanu und zündete sich eine Zigarette an, nachdem Kishor Babu die ihm angebotene ausgeschlagen hatte.

Kishor Babu blieb die Spucke weg. Sein Hirn leerte sich, wie es selbst bei einem Yogi in tiefster Meditation nicht vorkam. Weder konnte er einen klaren Gedanken fassen, noch sich vorstellen, daß er etwas sagen mußte. Er erkundigte sich bei Shantanu nicht einmal nach dessen Frau und fragte auch nicht, warum er allein lebte. Stumm sah er zu, wie Shantanu an seiner Zigarette zog.

Shantanu war es dann, der das beklemmende Schweigen brach: »Hast du Amolak in all den Jahren mal wiedergesehen?« Shantanu schien erleichtert zu sein, als Kishor Babu verneinend den Kopf schüttelte. Er atmete gleich freier. »Sicher weißt du über den Vorfall an der Babri-Moschee Bescheid?« fragte er weiter. Dieses Mal nickte Kishor Babu bejahend mit dem Kopf. Shantanu paffte schweigend weiter, stieß immer wieder kleine Rauchwölkchen aus, als könne er sich nicht entschließen, etwas zu sagen. Über dem riesigen alten Tisch zwischen den beiden lag eine undurchdringliche Stille, als sei die ganze Welt in einen plötzlichen Tiefschlaf gefallen.

»Amolak ist einmal bei mir gewesen. Wir hatten einen heftigen Streit. Schließlich habe ich ihn durch meinen Torsteher hinauswerfen lassen. Er war doch wirklich so unverschämt, mir gegenüber zu behaupten, daß alle nichtstaatlichen Organisationen Agenten ausländischer Regierungen seien oder Bettler und Parasiten, die vom gespendeten Geld lebten. Und das mir! Als wüßte er nicht, aus welcher Familie ich stamme! Fragte er doch, wie oft ich im Ausland gewesen sei unter dem Vorwand, Seminare zu besuchen. Seiner Meinung nach wären die nichtstaatlichen Organisationen Komplizen der Hotelbesitzer und der Eigner von Fluggesellschaften. Von einer Rupie, die als Spende gegen die Armut aus dem Ausland käme, würden diese Organisationen achtzig Paisas für sich selbst ausgeben. Und das alles warf er mir an den Kopf. Die Preise für Grundstücke sind so in die Höhe gegangen, daß ich, wenn ich ein Stück meines Grund und Bodens verkaufte, Hunderten solcher Leute wie ihm ein Jahr lang einen Job bezahlen könnte. Und dann versuchte er auch noch, mir einzureden, daß Indien niemals mit fremder Hilfe vorankommen könne. Was soll denn das! Wir müssen uns um unsere Arbeit kümmern. Da ist es doch ganz egal, ob das Geld aus dem Inland oder aus dem Ausland kommt! ...« Shantanu redete ohne Punkt und Komma, aber Kishor Babu konnte ihm nicht länger zuhören, denn in seinen Ohren pfiff es laut und anhaltend. Das mußte jetzt Amolak sein, der so laut pfiff, damit er Shantanu nicht weiter zuhören konnte!

Kishor Babu schloß die Augen und fing an zu reden: »Warum hast du mir nicht gesagt, Amolak, daß Shantanu dich so behandelt hat? Schon damals hast du immer geschwiegen, ganz gleich was Shantanu dir auch angetan hat. Aber mich hast du mit deinem Idealismus zum Narren gehalten! Ist dir das klar? Was sagst du dazu? Es falle allen schwer, die Reinheit der Mittel zu verstehen? Nach so vielen Jahren, sagst du da immer noch dasselbe? Der Priester der Gewaltlosigkeit wurde gewaltsam umgebracht, und seine Leiche auf einer Lafette zum Rajghat[1] gebracht. Weißt du, was meine Tochter alles angestellt, wieviel Mittel sie angewandt hat, um einen Jungen zur Welt zu bringen?« Umgeben von all den dicken, schweren Büchern auf den teuren Regalen fing Kishor Babu ein Gespräch mit Amolak an, der hinter dem großen Schreibtisch bequem auf einem Polstersessel saß.

»Du lieber Himmel! Der ist doch verrückt geworden! Spricht der etwa mit Amolak?« Als Kishor Babu Shantanus Stimme hörte, öffnete er die Augen und starrte ihn an. Er hörte gar nicht mehr auf, ihn anzustarren, mit einem durchdringenden Blick. Und als Shantanu ihn ansah, erschrak er, denn er sah in Amolaks Augen.

Shantanu gab sich schließlich geschlagen und begann, sich mit

1 Rajghat: Grabstätte von Mahatma Gandhi in Delhi und nationale Gedenkstätte.

erstickter Stimme zu rechtfertigen: »Er war doch nicht der einzige mit seinem Idealismus. Ich habe doch mein Leben auch in den Dienst der Menschheit gestellt! Was war denn so Besonderes an diesem Amolak? Überall wurde er rausgeworfen. Zu protestieren nur um des Protestes willen ist pure Heuchelei und nichts anderes. Was hat er denn mit seinem Leben bewiesen? Doch nur, daß er mit seiner asketenhaften Lebensweise himmelhoch über anderen Menschen stand! Na gut, ich habe mit meiner Arbeit fünfzigtausend Rupien im Monat verdient. Aber die hätte ich auch bekommen, wenn ich in einer großen Stadt eine Praxis aufgemacht hätte. Sicher sogar das Doppelte. Also habe ich auch mein Opfer gebracht, oder?«

»Ich werde jetzt gehen«, erklärte Kishor Babu und stand auf. Shantanu drückte auf den Klingelknopf, um den Diener zu rufen.

»Security, bring ihn zu seinem Auto!« befahl er.

Kishor Babu lachte schallend los, als Shantanu den Diener mit ›Security‹ anredete. Shantanu fuhr zusammen und sagte dann zu dem Diener: »Du kannst gehen. Ich bringe den Sahib persönlich zum Auto.« Kishor Babu freute sich, daß Shantanu niemals erfahren würde, warum er laut losgelacht hatte. Aber als Shantanu Kishor Babu selber zum Auto brachte und ihm die Wagentür öffnete, damit er einsteigen konnte, überkam Kishor Babu doch Rührung. Der Arme, wünschte er sich doch genau wie früher in ihrer Jugendzeit, daß er sich im Streit mit Amolak auf seine Seite stellte und nicht auf die Amolaks! Als sei das ein Trinkgeld für das Öffnen der Wagentür erklärte er ihm, warum er vorhin so sehr gelacht hatte.

»Ich mußte über den Namen des jungen Mannes lachen. Was für ein Name! ›Security‹! Seine Eltern haben sich bei seiner Geburt wohl gedacht, daß er später einmal ein uniformierter Portier sein würde!«

Shantanu sah Kishor Babu an, als ob er einen Irren vor sich hätte. Dann sagte er: »Er heißt nicht ›Security‹. Das ist sein Job. Er ist Sicherheitsbeauftragter.«

Als Kishor Babu mit seinem Auto losfuhr, fiel ihm ein, daß Shantanu ihn überhaupt nicht nach seinem Leben gefragt hatte. Auch von jener Abmachung war nicht die Rede gewesen, die in zwei Jahren und drei Monaten eingelöst werden sollte. Vielleicht war sein Leben immer so gewöhnlich verlaufen, daß es sich nicht lohnte, darüber zu reden.

Kishor Babus Frau bemerkte, daß ihr Mann sich noch eifriger die Hände wusch, seit er bei Shantanu gewesen war. Was blieb ihr nun weiter übrig, als sich in ihr Schicksal zu ergeben. Was sollten denn jetzt noch Pandits und Ärzte nützen? Seine Streifzüge durch die Stadt hatte er wenigstens wieder aufgegeben. Und das hier würde mit der Zeit sicher auch mal zu Ende gehen.

Kishor Babu verhielt sich meist ganz still, während seine Frau ihre Monologe fortsetzte und hoffte, er reagiere auf irgend etwas. Doch Kishor Babu verbrachte einen Großteil seiner Zeit über alten Büchern und Aufzeichnungen. Wenn er überhaupt mit jemandem sprach, dann immer nur mit Amolak. Die Seele dieses Wesens namens Amolak hegte und pflegte Kishor Babu in seinem Inneren, und seine Frau gewöhnte sich daran, wie an alles andere zuvor.

Sie hatte zwar gehört, daß ein Geist manchmal von einem Menschen Besitz ergreift, doch daß jemand einen Geist in sich hineinschlüpfen läßt, so etwas Absurdes gab es wohl auf der Welt bestimmt nicht noch einmal. Aus Shanta Bhabhi, ihrer Schwägerin, hatten manchmal die Geister ihrer Ahnen gesprochen, meistens dann, wenn man bei einer Hochzeit oder ähnlichen Anlässen vergessen hatte, dem einen oder anderen Vorfahren zu geben, was ihm zustand. Was hatte Shanta Bhabhi jedes Mal darunter gelitten! Sie fing dann an, laut zu schreien und herumzuspringen. Sogar Amma-ji fiel ihr zu Füßen. Shanta Bhabhi verlangte dann nach einer Rose – nein, nicht sie, sondern Götter der Ahnen, von denen sie besessen war. Erst der Duft von Rosen beruhigte sie wieder. Danach war Shanta Bhabhi für einige Tage so schwach, daß sie das Bett hüten und sich die ganze Familie bis hin zu den Kindern um sie kümmern mußte. Mehr als einmal war Kishor Babus Frau der Gedanke gekommen, daß Shanta Bhabhi dieses Theater nur deshalb veranstaltete, um sich eine Ruhepause zu verschaffen. Doch dann bat sie innerlich die

Ahnen um Verzeihung für diesen sündigen Gedanken. Na ja, sie war ja auch genug gestraft mit fünf Töchtern in Folge! Jedes Mal hatte sie neun Monate lang zu den Ahnen gebetet, aber herausgekommen war immer ein Mädchen. Oder wie die Ärztin zu sagen pflegte: ›Es ist eine Lakshmi.‹ Am liebsten wäre sie dann mit dem Kopf gegen die Wand gerannt, um sich umzubringen. Amma-ji hatte sie getröstet und von diesem Vorhaben abgehalten: »Saroj, mach dir keine Sorgen! Nächstes Mal werden uns die Familiengötter und die Ahnen erhören und die Familienehre retten.« Immer wieder war sie auf ein nächstes Mal vertröstet worden. Wie lange hatten die Götter der Ahnen sie bloß schmachten lassen, bevor sie sie endlich erlösten!

Aber wieso hatte denn Kishor Babu keinerlei körperliche Beschwerden durch den in ihm hausenden Geist dieses Amolak? Kishor Babus Frau dachte lange darüber nach, aber es sah wirklich nicht danach aus. Im Gegenteil, ihr Mann schien gesünder als zuvor. Aber dieser Amolak mußte eine edle Seele sein. Daran bestand kein Zweifel, weshalb sie es bislang für besser hielt, niemandem etwas davon zu erzählen. Vielleicht würde dann auch dieser Amolak böse auf sie werden und ihnen die Erlösung verweigern. Sie zollte ihm innerlich jeden Tag ihren Respekt. Sie hatte mit eigenen Augen gesehen, wie ein böser Geist von einer Frau in Mehndipur Besitz ergriff, so daß sie wie ein Büffel laut zu brüllen anfing und man sie in Eisenketten gelegt im Hanuman-Tempel gefangen hielt. Kishor Babus Frau zitterte bereits vor Angst, wenn sie nur daran dachte. Und wie war sie zu Tode erschrocken gewesen, als Kishor Babu den Swami an der Kehle packte und ihn zu würgen anfing. Aber man mußte schon anerkennen, daß er wenigstens keinerlei weiteren Irrsinn begangen hatte, seit Amolaks Geist in ihm lebte. Das war doch schon etwas! Wer weiß, was ihm sonst wohl noch alles in den Sinn gekommen wäre! Sie hatte es ja nie vermocht, ihn von ihrem Standpunkt zu überzeugen oder ihn gar zu ändern. Das würde ihr auch heute nicht gelingen. Warum sollte sie sich Unannehmlichkeiten einhandeln? Also soll es laufen, wie es läuft.

»Wir haben das Schiff der Nation durch den Sturm gebracht. Jetzt, ihr Kinder, ist es an euch, die Sorge um dieses Land auf euch zu nehmen.«

Am Morgen des 15. August 1997, am Tag des fünfzigsten Jubiläums von Indiens Unabhängigkeit, drang dieses Lied aus einem Radio im Nachbarhaus in Kishor Babus Ohren. Die Verse lösten eine Welle von Gefühlen in ihm aus, und er bekam sogar feuchte Augen. In der Tat, was hatten die Menschen nicht für Leiden auf sich genommen, um diese Freiheit zu erringen. Welcher Enthusiasmus hatte die Menschen damals erfüllt! Es müßte doch der größte Segen sein, sich vor die Füße jener zu werfen, die sich für die Nation geopfert hatten. Wie stolz war er gewesen auf seine Freundschaft mit Patrioten, wie Amolak und Shantanu es waren. Wie hatte es ihn gequält, daß er sich selbst nirgends engagiert hatte. Warum hatte er das eigentlich nicht getan, floß doch in seinen Adern das Blut seines Großvaters Kedarnath? Aber er hatte ja erst aus seinem Tagebuch mehr über ihn erfahren! Damals wußte er nicht, daß sein Großvater den Kontakt zu seinem Vater abgebrochen hatte, weil er mit dem Polizeichef Teggart befreundet gewesen war. Welch zufälliges Glück, daß er seiner Mutter verboten hatte, den Namen dieses Teggart in den Mund zu nehmen!

Am Tag zuvor hatte er in einem Buch über die Geschichte Kalkuttas gelesen, daß sich das Büro der Geheimpolizei zu jener Zeit in der Elysium Row befand, die jetzt Lord Sinha Road hieß. Dort also hatte Teggart gesessen. Deshalb hatte er sich noch am selben Tag auf den Weg zur Lord Sinha Road gemacht und festgestellt, daß sich das Büro der S. B.[1] auch jetzt noch dort befand, wenngleich in einer Seitengasse, die sich als Sackgasse erwies. Er ging näher an dieses alte Polizeigebäude heran, um es sich genauer anzusehen. Vor dem Gebäude in dieser menschenleeren Gasse stand ein Polizist mit einem Gewehr. Kishor Babu

1 S. B.: Abkürzung für ›Special Branch‹ (Spezialabteilung), einer Sektion der Polizei.

musterte den Polizisten eine Weile, der ihn ebenfalls nicht aus den Augen ließ. Kishor Babu setzte seinen Weg fort. Auf dem Rückweg aus der Sackgasse warf er aus den Augenwinkeln heraus einen Blick auf den Polizisten. Der stand noch immer genauso da wie zuvor, das Gesicht zur Lord Sinha Road gewandt.

›Ob sein Gewehr wohl geladen ist?‹, hätte Kishor Babu zu gern gewußt. Er ging ein Stück weiter und drehte sich dann um. Der Polizist hielt den Blick unverwandt auf ihn gerichtet. Kishor Babu ging bis zum Ende der Gasse, blieb dort stehen und blickte längere Zeit auf den Polizisten. ›Weshalb sollte sein Gewehr geladen sein? Und warum schleppt er es mit sich herum, wenn es nicht geladen ist?‹ Dieser Gedanke verwirrte ihn. ›Wozu soll er denn überhaupt Kugeln in dem Gewehr haben? Auf wen sollte er denn schießen? Aber ein Gewehr hat man doch nicht einfach so bloß zur Zierde?‹ All diese Überlegungen versetzten Kishor Babu in nicht geringe Aufregung. ›Stand etwa bereits seit Teggarts Zeiten ein Polizist mit einem Gewehr hier? Damals war das berechtigt, denn jemand hätte ja Teggart vielleicht nach dem Leben trachten können. Aber heute, da gab es doch nichts zu befürchten, weswegen man einen Polizisten mit einem Gewehr postieren mußte?‹

Kishor Babu ging zu einer der kleinen Garküchen an der Ecke zur Lord Sinha Road und trank eine Tasse Tee. Danach begab er sich wieder in die Gasse und musterte den Polizisten im Vorbeigehen. Der Polizist blickte auch auf ihn, aber Kishor Babu merkte, daß er ihn nicht als den Menschen erkannte, der vor einer Stunde schon einmal an ihm vorbeigegangen war. Und dann fiel Kishor Babu ganz plötzlich etwas auf. Er hatte diesen Polizisten nun schon über eine Stunde beobachtet, aber der hatte nicht ein einziges Mal auch nur gegähnt. Der mußte sich doch langweilen oder müde werden, wenn er den lieben langen Tag hier stand! Wie konnte das denn sein? Schließlich war er doch auch ein Mensch! Und da wurde Kishor Babu von Panik erfaßt.

Er hatte das Gefühl, sollte er zum dritten Mal durch diese Gasse gehen, daß dieser Polizist ihn ganz sicher erschießen würde, wenn sein Gewehr tatsächlich geladen war. Schließlich mußte der doch etwas tun, um sich von seiner Langeweile zu befreien.

Der Polizist mußte ihn ganz bestimmt erschießen, wenn er zum wiederholten Mal auf so verdächtige Weise in der Gasse auf und ab ging! Ihm fielen Zeitungsberichte ein, denen zufolge ein bestimmter Polizist einen anderen Polizisten oder sich selber oder seine Frau erschossen hatte. Kishor Babu war felsenfest davon überzeugt, daß all diese Kugeln nur aus Langeweile abgegeben worden waren. In heller Aufregung kehrte er nach Hause zurück.

Zu Hause schaltete Kishor Babu das pakistanische Fernsehen ein und sah sich die Übertragung der Feierlichkeiten aus Anlaß des Unabhängigkeitsjubiläums an. Nach langer Zeit hörte er für das Wort ›Flagge‹ anstelle des im Hindi gebräuchlichen ›Jhanda‹ wieder einmal das Urdu-Wort ›Parcam‹, was in ihm eine Flut von Erinnerungen weckte. Die Bedeutung des Wortes ›Parcam‹ hatte er zuerst aus den Zeilen des berühmten Urdu-Dichters Majaz[1] erfahren, Zeilen, die das Herz in der Brust anschwellen lassen: »Geliebte, es wäre gut, wenn du aus deinem Sari eine Fahne machtest.« Er fragte die Seele Amolaks: »Weißt du noch, wie viele Reden nationalistischer Muslime wir damals gehört haben? Saif ud-Din Kashmiri, Syed Badaruzza, Syed Nausher Ali und noch viele andere? Besonders Saif ud-Din Kashmiri war so ansehnlich, er gefiel uns am meisten. Was für ein Held!«

Kishor Babu entdeckte ein ironisches Lächeln im Gesicht seines Sohnes, dem es nicht gefiel, daß er sich die Feierlichkeiten in Pakistan ansah. »Was wissen diese Leute schon von unserem gemeinsamen Erbe, von unserem Zugehörigkeitsgefühl, Amolak? Sie sehen in ihnen nur einen Feind.« Am liebsten hätte er seinen Sohn zurechtgewiesen und ihn über dieses Kapitel der Geschichte aufgeklärt, doch dann hatte er keine Lust mehr, zu viele Worte zu verlieren. Was verstand der denn schon von ›Parcam‹? War ihm doch selber erst heute ein Traum wieder eingefallen, den er einst geträumt hatte. Mit der Trikolore in der Hand war er

1 Majaz, Asrar ul-Haq (1911-1955): progressiver Urdu-Dichter, war Mitarbeiter bei All India Radio in Neu-Delhi und Bombay sowie Mitherausgeber verschiedener Zeitschriften.

gerannt und gerannt und hatte unzählige Flüsse, Kanäle und Gräben überquert, bis ihm der Atem auszugehen drohte. Da tauchte Shantanu neben ihm auf, nahm ihm die Trikolore aus der Hand und wischte ihm den Schweiß ab.

Kishor Babu bemerkte, daß sein Sohn heute äußerst nervös war. Irgend etwas schien ihn sehr aufzuregen. Ständig rannte er zum Telefon und wählte immer wieder dieselbe Nummer. Schließlich fragte er ihn: »Was ist los? Gibt es etwas Besonderes?« Kishor Babu wußte, daß die Zahlungen einiger Jutefabriken schon lange ausstanden. Heutzutage schien sich niemand an feste Regeln im Geschäftsleben zu halten. Und Geld wollte gleich gar niemand herausrücken. Man ließ sich Zeit mit dem Bezahlen der Rechnungen, mal ein halbes, mal ein ganzes Jahr und manchmal sogar zwei Jahre. In einigen Fabriken streikten die Arbeiter schon längere Zeit. Er wußte, daß die Geschäfte schlecht gingen.

»Die Meghna-Jute-Fabrik hat doch ihre Warenbestellung abgegeben, oder?« fragte Kishor Babu seinen Sohn. Der registrierte mit Freude, daß Kishor Babu endlich wieder Interesse für die Geschäfte zeigte.

»Schön wär's, Papa. Die Verkaufsabteilung hat unser Muster abgelehnt. Ihr Agent erwartet eine große Summe Schmiergeld. Wir haben zwar einen festen Satz für jede Fabrik, aber dieser Mensch ist damit nicht einverstanden und möchte mehr, dieser habgierige Gauner. Er sagt, andere Firmen gäben mehr. Er will nicht weniger als zwanzig ›Gandhis‹ haben. Was sollen wir tun?«

Kishor Babu wäre vor Scham am liebsten in der Erde versunken. Was Amolak wohl dachte über diese korrupten Machenschaften? Und wenn er dann noch hörte, daß eine Fünfhundert-Rupien-Note als ›Gandhi‹ bezeichnet wurde? Sein eigener Sohn trieb ihm die Schamesröte ins Gesicht! »Hör zu! Ich sage dir, was zu tun ist. Von heute an zahlen wir keinen einzigen Paisa an irgendeinen Manager gleich welcher Fabrik. Wer Ware nehmen möchte, soll sie nehmen, wer nicht, eben nicht. Dafür setzt du den Preis der Ware um den Betrag herab, den wir sonst diesen Leuten in den Rachen werfen.«

Der Sohn sah seinen Vater aus großen Augen fassungslos an. Dann wandte er den Blick ab und betrachtete die Ringe an seinen Fingern. ›Der hat ja schon wieder den Verstand verloren! Zeigt mir den sichersten Weg zum Ruin. Aber eigentlich kann er ja nichts dafür, sein ‚Shani' steht in einem ungünstigen Haus und bläst ihm all das ein. Obwohl wir ihn angefleht haben, will er ja nicht einmal einen aus dem Huf eines schwarzen Pferdes gefertigten Ring tragen, der alles Böse von ihm fernhalten würde. Es hat aber keinen Zweck, mit ihm heute darüber zu reden. Am besten, ich sage ja-ja‹, überlegte er.

»Mit wem hast du gerade telefoniert?« fragte Kishor Babu dann.

»Ich möchte dich morgen am 15. August überraschen, deshalb kann ich dir das jetzt nicht sagen«, erwiderte der Sohn.

›Mich überraschen?‹ wunderte sich Kishor Babu. Bislang kannte er so etwas von seinem Sohn nicht. ›Na gut, mal sehen, was es wird. Er hat ja gelernt, die Geschäfte auf seine Weise zu führen. Es ist schon gut, daß ich mich aus den Geschäften zurückgezogen habe. Gut für mich und gut für ihn. Jetzt kann ich mich zurücklehnen, alles beobachten und zu verstehen suchen, was ich in diesen fünfzig Jahren hätte lernen müssen. Auch gut, macht nichts! Ich bin am Leben und werde schon alles verstehen. Besser spät als nie!‹ Kishor Babu freute sich über das, was sein Sohn gesagt hatte. Schließlich mußte er doch mal die Zügel übernehmen. Er war doch sein einziger Sohn, den er nach vielen Mühen und Aufregungen endlich bekommen hatte. Und da fiel Kishor Babu ein, daß sein Sohn am Telefon von drei Farben gesprochen hatte.

Sieh einer an! Jetzt begriff er, welche Überraschung da vorbereitet wurde. Aber er würde nicht sagen, daß er es wußte. Doch Kishor Babus Herz füllte sich mit Stolz: ›Mein Sohn, Kedarnaths Urenkel wird mir, seinem Vater zum fünfzigsten Jahrestag der Erringung der Unabhängigkeit eine Trikolore schenken. Wie schön! Was für eine Freude! Was hat er wohl nicht alles in Bewegung gesetzt, um die Flagge für mich zu organisieren! Wer weiß, mit wem alles er deswegen telefonieren mußte. Da habe ich der heutigen Jugend ja heute völlig zu Unrecht unterstellt, daß sie gar nicht weiß, was ‚Parcam' bedeutet! Man muß es der Jugend schon lassen, sie versteht es, ihre Gefühle auf ihre Weise zum Ausdruck zu bringen. Wie viele Blumenläden überall in Kalkutta aufgemacht haben, in einigen Gegenden gibt es in jeder Gasse welche! Als ihm der Bypass gelegt worden war und er danach nach Hause kam, hatten ihm alle seine Kinder Blumen geschickt. Er war ganz gerührt gewesen beim Anblick der vielen Blumen. Und jetzt nun die Trikolore – was für eine wundervolle Geste!‹

Was war das doch für ein herrlicher Tag gewesen vor fünfzig Jahren! In der Tat, eine goldene Sonne ging damals am Himmel Indiens auf. Er hatte alle drei seiner Lieben, Ma, Shanta Bhabhi und die ihm frisch anvermählte Saroj in einem Taxi spazierengefahren. Als er eine Trikolore gekauft und damit die Motorhaube geschmückt hatte, meinte er, sein Herz zerspringe ihm vor Stolz. Gandhi-ji war damals auch in Kalkutta gewesen. Sie waren alle zum Beliaghat gegangen, um ihn zu sehen, vor allem Saroj war ganz wild darauf gewesen. Er selber hatte gehofft, er könnte Amolak bei dieser Gelegenheit treffen, sie würden sich umarmen und alle Bitternis vergessen, die sich seit den Ausschreitungen vor einem Jahr wie eine Wand zwischen ihnen aufgebaut hatte. Hindus und Muslime lagen sich auf den Straßen in den Armen und freuten sich gemeinsam über die errungene Freiheit. Die ganze Stadt hallte von Losungen wie ›Hindus und Muslime vereinigt euch‹, ›Es lebe Indien‹, ›Es lebe die Revolution‹ und ›Bande Mataram‹ wider. Zusammen mit Gandhi-ji fastete auch der Muslim-Führer Suhrawardi an diesem Tag. Gandhi-ji saß den ganzen Tag an seinem Spinnrad.

Wie ein Film zogen all diese Ereignisse an Kishor Babus Augen vorbei. Ja, dann waren sie noch zum ›Todesbrunnen‹ gegangen, um Saroj zu zeigen, wie dort ein Mann auf einem Motorrad in diesem runden Käfig seine Runden drehte und dabei hoch und runter fuhr. Saroj war damals fast noch ein Kind, gerade mal fünfzehn Jahre alt. Wie sie jubelte und jauchzte, wenn Lastwagen voller Leute vorbeifuhren, die immer wieder ›Es lebe Indien‹ riefen. Auf einigen der Lastwagen saßen Musikbands, die das Lied der Azad Hind Fauj spielten: ›Laßt uns marschieren, immer voran Schritt für Schritt ...‹ Dann summte sie die Melodie mit. Um Mitternacht läuteten alle Glocken in der Stadt, wurden Tritonshörner geblasen. Es gab niemanden, der an diesem Tag vor Freude über die Erringung der Freiheit nicht wach gewesen wäre, niemanden, der vor Freude keine Tränen vergoß.

Um acht Uhr morgens wurden siebzehn Böllerschüsse abgegeben und im Fort William zum ersten Mal die indische Trikolore gehißt. Da hatte er Saroj in seinen Armen gehalten. Überall in der Stadt wurde Essen an die Armen verteilt. Inmitten all der Menschen, die auf den Straßen unter riesigen Porträts von Mahatma Gandhi und Subhash Candra Bose tanzten, hielt Kishor Babu immer wieder Ausschau nach Shantanu und Amolak. Als jemand auf der Straße verkündete, die Türen des Governor's House stünden nun offen, drängte die ganze Menschenmenge dorthin. Wenn Shanta Bhabhi und Saroj einen Engländer auf der Straße erblickten, riefen sie ihm ›Es lebe Indien‹ zu. Der Engländer winkte dann lachend zurück. Was war das für ein Tag gewesen! Ein Meer von Herzlichkeit, gutem Willen und Freude hatte Kalkutta überschwemmt.

Als Kishor Babu heute nach fünfzig Jahren wieder das Lied ›Wir haben das Schiff der Nation durch den Sturm gebracht‹ hörte, meinte er, daß es seinerzeit seiner Generation zukam, das Land voranzubringen, und jetzt waren die Kinder an der Reihe. O ja, heute würde ihm sein Sohn eine Überraschung bereiten! Kishor Babu wusch sich schnell Hände und Gesicht und setzte sich dann im mittleren Zimmer hin, damit sein Sohn ihn dort fand, sobald er aufgestanden war. Er war also schon bereit. Wo würde er die Flagge anbringen? Natürlich über dem Haus, wo alle auf der Straße Vorübergehenden sie sehen konnten. Plötzlich trat sein Sohn lachend ins Zimmer und berührte ehrerbietig die Füße seines Vaters. Kishor Babu blickte verblüfft auf ihn, er hatte gar nicht gewußt, daß dieser junge Mann sich an die Tradition halten konnte. In der Tat, in seiner Selbstgefälligkeit hatte er die Augen vor allem verschlossen, was ringsum geschah. Daß sein Sohn am fünfzigsten Jahrestag der Erringung der Unabhängigkeit seine Füße berührte, war für ihn so etwas wie das achte Weltwunder. Innerlich segnete er ihn: ›Du sollst immer fröhlich sein, du sollst immer glücklich sein, du sollst immer Erfolg haben.‹

Der Sohn, immer noch lachend, hielt ihm seine geschlossene Hand hin: »Ihre Überraschung.«

Was war denn das? Kishor Babu war geschockt. So eine kleine Flagge, daß sie in eine Faust paßte? Wo sollte er die denn anbringen? Na gut, er konnte sie sich ja ans Hemd heften. Also lächelte er.

»Was ist da drin?« fragte er, denn schließlich mußte man das Überraschungsspiel mitmachen, sonst wäre sein Sohn enttäuscht. Wie streng er doch früher mit ihm gewesen war, wie ein Feldwebel. Niemals hatte er mit ihm ein Spiel in dieser Art gespielt. Diese Veränderung in seinem Verhalten verdankte er Amolak, der ja nun immer bei ihm war.

Kishor Babus Sohn öffnete seine Faust, in der sich ein Schlüssel befand. Verdutzt blickte Kishor Babu darauf. »Was ist das?« brachte er nur hervor.

»Freedom«, erwiderte sein Sohn lachend.

»Freedom?« wiederholte Kishor Babu verstimmt. Wenn einem ein Schlüssel die Freiheit verschaffte, wozu hatten dann so viele Menschen ihr Leben lassen müssen? Man konnte doch mit diesem Wort nicht so leichtfertig seine Scherze treiben! In diesem Jahrhundert der Reklame meinte jeder, er könne die Worte gebrauchen, wie er wolle, Hauptsache, er konnte damit die Leute verblüffen. So hatte zum Beispiel ein Kommentator Sunil Gawaskar gefragt: »Woher haben Sie dieses ›Flair‹, dieses Gespür zum Schreiben?« Sunil Gawaskar holte einen Füller der Firma Flair aus der Tasche und erwiderte: »Weil ich mit einem Flair-Füller schreibe.« Und jetzt begab sich sein Sohn auf dieses Niveau der Unterhaltung mit ihm. Kishor Babu sagte nichts.

»Begreifst du es nicht, Papa? Das ist der Schlüssel für einen Ford ›Freedom‹. Komm, ich zeige ihn dir!« Kishor Babus Sohn zog seinen Vater auf die Veranda.

Von dort sah Kishor Babu ein glänzendes grünes Auto der Marke Ford im Hof stehen. Ihm drehte sich der Kopf. Letzten

Monat hatte er in der Zeitung gelesen, daß die Firma Ford aus Anlaß des fünfzigsten Jahrestages der Erringung der Unabhängigkeit vierhundert Autos, in den drei Farben der nationalen Flagge lackiert, verkaufen wolle. Diese würden mit allen möglichen Extras ausgestattet und im Preis stark herabgesetzt sein. Damals hatte er gedacht, daß sich die Ford-Autos wegen der großen Konkurrenz der verschiedenen Autohersteller auf dem Markt schlecht verkauften, weshalb jeder auf irgendwelche Tricks verfiel, um die Nase ganz vorn zu haben. Aber woher hatte der Junge das Geld? Er wußte doch, wie es um die Firma bestellt war! Da war auf keinen Fall soviel Geld übrig, um eine solche Anschaffung zu machen! Und wenn die Rohstoffe nicht bezahlt werden konnten, mußte die Fabrik geschlossen werden. Das Geld für die verkaufte Ware bekamen sie manchmal erst nach sechs Monaten, manchmal sogar erst nach Jahren, aber die Rohstoffe mußten im voraus bezahlt werden. Bargeld war mehr als knapp in der Kasse. Sie kamen geradeso über die Runden. Und nun diese Extraausgabe!

Kishor Babu ging von der Veranda zurück direkt in sein Zimmer, ohne seinen Sohn auch nur anzusehen oder ihm etwas zu sagen, und legte sich aufs Bett. Sein Sohn lief ihm hinterher, machte die Zimmertür zu und stellte sich vor das Bett. Kishor Babu sah, daß er zitterte. Nein, er würde nicht brüllen! Das brachte nichts! Das Zusammensein mit Amolak hatte ihn ganz schön verändert. Jeder Mensch auf dieser Welt ist für sein Tun, sein Karma selbst verantwortlich und wird die Früchte dafür auch selber ernten, ob gute oder schlechte. Er würde seinem Sohn nur zwei Fragen stellen. Die erste: ›Woher hast du das Geld?‹ Die zweite: ›Warum mußtest du das gerade jetzt tun?‹ Genug! Nur diese zwei Fragen und kein Wort mehr.

»Woher hast du das Geld für das Auto?«

»Papa, o Papa! Dafür mußte ich niemanden um Geld bitten. Heutzutage bekommt man das Auto hundertprozentig finanziert. Man kann es in Raten bezahlen«, erklärte der Sohn recht schnell und in überzeugendem Ton.

»Also hast du zukünftiges Geld heute ausgegeben? Das heißt, Geld, das du erst noch verdienen mußt?« Kishor Babu hatte zwar beschlossen, nichts weiter zu sagen, doch nun sprach Amolak aus ihm.

»Alle machen das so, Papa. Auch die Regierung macht Anleihen für ein größeres Projekt«, erklärte Kishor Babus Sohn ein wenig nervös.

Das konnte Amolak nicht schweigend hinnehmen: »Ja, das macht sie. Und dann borgt sie sich wieder Geld, um die alten Schulden zu bezahlen. Im vergangenen Jahr hat sie um eine Schuld von fünftausend Karor[1] Rupien zu bezahlen, einen Kredit von rund viertausend Karor aufgenommen. Wenn du eine Rate nicht bezahlen kannst, ziehst du dann los, um einen neuen Kredit zu bekommen? Und wenn du diesen Kredit dann nicht zurückzahlen kannst, nimmst du dann einen weiteren Kredit auf?«

Der Sohn stand einen Augenblick schweigend da, um dann mit etwas lauterer Stimme loszulegen: »In welcher Welt leben Sie denn, Papa? Haben Sie wenigstens eine Vorstellung davon? Wegen eines Autokaufs beschimpfen Sie mich, als ob ich damit den Bankrott der Firma heraufbeschwöre. Sie wissen ja gar nicht, was die Leute heutzutage alles unternehmen! Sie gründen eine Scheinfirma und machen damit Millionen Rupien an der Börse. Sie geben vor, eine Fabrik bauen zu wollen, und kassieren dafür Millionen von der Regierung. Hast du von C. R. Bhansali gehört? Er hat meinem Freund in Bombay einen Regierungskredit von zweihundertfünzig Karor Rupien verschafft. Was wollen Sie mir denn da sagen? Ein Auto! Ein Auto für gerade mal sechshunderttausend! In Raten zu bezahlen! Ist das etwa ein Verbrechen?«

Nun mußte Kishor Babu seine zweite Frage stellen, doch zuvor wollte er seinem Sohn noch etwas anderes sagen. »Kennst du den Namen deines Großvaters?« fragte er. Der Sohn begriff, daß Kishor Babu nun eine Reihe sinnloser Fragen stellen würde. Aber er sah keinen Weg, wie er denen entgehen konnte.

»Ja, Bhuramal«, erwiderte er und verzog das Gesicht.

»Und wie hieß sein Vater?«

1 Karor: zehn Millionen.

»Das weiß ich nicht.«

»Ich sage es dir. Er hieß Kedarnath. Und sein Vater hieß Ramwilas. Und dessen Vater Ghamandilal.«

Kishor Babus Sohn unterbrach seinen Vater: »Was soll ich denn mit diesem ganzen Stammbaum? Hat sich etwa einer meiner Vorfahren durch den Kauf eines Ford ruiniert?«

»Nein«, antwortete Kishor Babu. »Aber keiner von ihnen hat sich jemals auch nur einen Paisa geborgt. Ich will dir damit sagen, daß die Marwaris deshalb soviel Vermögen anhäufen konnten, weil sie ihr Geld niemals für ihr eigenes Vergnügen vergeudet haben. Sie haben auch niemals das Geld anderer unterschlagen. Nach dem Tod des Vaters hat der Sohn die Schulden beglichen. Konnte das der Sohn nicht besorgen, übernahm es der Enkel. Paisa für Paisa haben wir gespart. Mein Vater kalkulierte sogar die Streichhölzer.«

Kishor Babus Sohn befürchtete, sich nun eine Geschichte nach der anderen über den Geiz jedes einzelnen seiner Vorväter anhören zu müssen, und sagte: »Gerade deshalb sind die Marwaris so in Verruf geraten. Sie werden nicht umsonst die Juden Indiens genannt. Und dann muß ich Ihnen noch etwas sagen, Papa. Früher konnten die Menschen auf diese Weise in Frieden leben. Jetzt geht das nicht mehr. So viele Dinge, wie es heute gibt, hatten sie nicht. Sie kannten keinen Fernseher, wo sie all die schönen Dinge hätten sehen können. Selbst wenn man es wollte, wie früher kann man nicht mehr leben.«

Kishor Babu brauchte seine zweite Frage gar nicht erst zu stellen, denn der Sohn gab von selbst eine Antwort darauf: »Sie lesen zwar die Zeitung, aber Sie sehen nicht, wieviel Menschen wie und weshalb Selbstmord begehen. Ein Mädchen schluckt Gift, weil ihm der Vater nicht so einen Rock und so eine Bluse kaufen konnte, wie sie Madhuri Dikshit in ihrem letzten Film anhatte. Wissen Sie überhaupt, was um Sie herum vor sich geht? Die Frau meines Freundes Arun hat erst dieser Tage Selbstmord begangen, weil Arun sie nicht zum Dinner ins ›Taj Bengal-Restaurant‹ geführt hat, um ihren Hochzeitstag zu feiern. Und Kanta Bhabhi? Das wissen doch längst alle, daß sie sich genau am Tag vor Diwali vergiftet hat, weil mein Cousin kein Geld für neue Möbel und neuen Schmuck hatte. Im Haus meiner beiden älteren Schwestern stehen protzige Limousinen. Soll ich mir denn nicht auch so etwas wünschen? Möchten Sie denn, daß mir dasselbe passiert wie meinem Cousin?« Dem Sohn versagte die Stimme vor Erregung.

Kishor Babu erstarrte das Blut in den Adern. »Du meinst, meine Schwiegertochter ...? Deine Frau ...?« Mehr brachte er nicht heraus.

Der Sohn entgegnete: »Fragen Sie besser nicht!«

Kishor Babu verbarg sein Gesicht unter der Bettdecke.

### *Kishor Babus Selbstgespräch: Das Leben ist nur Mühsal und Tränen ...*

Wie viele Mühen es ihn gekostet hatte, dieses Haus zu errichten! Wie viele, sich Ansehen zu erwerben! Was hatte er dafür nicht alles auf sich genommen!

Noch der kleinste Stein dieses Hauses zeugte von Blut, Schweiß und Tränen, die ihn die Arbeit daran gekostet hatte. Was hatte er aus diesem Haus gemacht! Es war ein altes bengalisches Haus gewesen, das er völlig umgestaltet, dem er ein vollkommen verändertes Aussehen gegeben hatte. Wer auch immer durch diese Straße ging, mußte anerkennen, daß dieses Haus das modernste in der ganzen Umgebung war. Und was hatte Kishor Babu schon besessen, als er ganz am Anfang stand? Weder sein Vater noch seine Großväter hatten ihm etwas vererbt, weder sein Schwiegervater noch dessen Familie. Nichts, worauf er sich hätte stützen können. Doch er war mutig seinen Weg gegangen. Als er im Geschäft in der Harrison Road gearbeitet hatte, schloß er Freundschaft mit einem Mann, der ihn an der Versorgung von Jutefabriken mit Material beteiligte. Geld hatte auch der ihm nicht gegeben, aber er hatte ihm den Weg aufgezeigt, den er gehen sollte. Und Kishor Babu war diesen Weg gegangen, allein, mit der Last von sieben Leben auf den Schultern, für die er aufzukommen hatte. Vier Töchter waren ihm bis dahin geboren worden. Ihm blieb nichts weiter übrig, als Tag und

Nacht zu schuften und seine Ehrlichkeit unter Beweis zu stellen. Was hätte er sonst noch vorweisen können?

Im Haushalt hielt die Mutter die Zügel in der Hand und drehte jeden Paisa dreimal um, ehe sie ihn ausgab. Sie machte ihm Mut, gab ihm kluge Ratschläge. Allmählich kam er auf die Beine, obwohl der Onkel gedacht hatte, er käme in einem oder in zwei Monaten reumütig zurück: »Der wird sein Lehrgeld zahlen und ist bald wieder da. Aber es wird ihm guttun, die Härten des Lebens kennenzulernen.« Doch Kishor Babu hatte zu seiner Mutter gesagt: »Eher begehe ich Selbstmord, gehe betteln, aber ich gehe um keinen Preis zurück.« Die Frau des jüngeren Onkels hatte zu jemandem gesagt: »Kishor muß doch im Laden gestohlen haben! Wo soll denn sonst dieser ganze Luxus, diese ganze Pracht herkommen, bei den fünfhundert Rupien, die er gerade mal als Verdienst bekam?« Kishor Babu kamen diese Worte zu Ohren, und sie verletzten ihn tief. Er war doch kein Dieb, das würde er denen schon noch zeigen, die das Geschick seiner Mutter, ihre Klugheit und ihren überlegten Umgang mit Geld als Diebstahl bezeichneten. Nicht einen einzigen Paisa wollte er geschenkt haben. Er wollte alles ehrlich verdienen, das wurde sein oberstes Gebot.

Schritt für Schritt ging Kishor Babu seinen Weg. Er gab nicht einen einzigen Paisa aus, ohne das den Leuten zu zeigen. Jeder Paisa, den er investierte, sollte auch Aufsehen erregen. Als er das Haus kaufte, staunten die Leute nicht schlecht. Sie wollten ihren Ohren nicht trauen. Dann verheiratete er die erste Tochter, und die Leute wollten ihren Augen nicht trauen, als sie den prächtigen Hochzeitspavillon, den gastfreundlichen Hochzeitszug zu Gesicht bekamen. Die Leute fragten sich, wie er so ungeheuer viel Geld hatte machen können, dieser Kishor Babu. Für sich gab er nie etwas aus, keinen einzigen Paisa für Betel und Zigaretten. Was hatte man denn schon von solchen Gepflogenheiten? Andere verdienten daran, die Gesundheit litt darunter, und außerdem brachte einem das Geld, das man für sie ausgab, kein Ansehen ein.

Ein guter Rat der Mutter lautete: »Eine gute Gelegenheit darf man nicht versäumen.« Deshalb nutzte Kishor Babu jene Gelegenheiten und hatte immer dann eine offene Hand, wenn eine ausgegebene Rupie den Eindruck erwecken konnte, als ob es fünf gewesen seien. So erwarb man sich Ansehen unter den Leuten. Kishor Babu merkte, daß ihn die Menschen mit anderen Augen anzusehen begannen. Wenn früher nicht nur seine Verwandten, sondern auch die Angestellten in ihm den armen, von seinen Onkeln ausgehaltenen Neffen gesehen hatten, wurde jetzt seine Tante, die Frau des jüngeren Onkels, nicht müde, ihn mit ›Kishor Babu‹ anzureden. Kishor Babu empfand ihr gegenüber keine Bitterkeit. Was geschehen war, war geschehen, und es war schließlich zu einem guten Ende gekommen. Was sollte er der Tante schon nachtragen! Man konnte es ihr doch kaum verübeln, daß sie ihn des Diebstahls bezichtigt hatte. Wer weiß, wie er gedacht hätte an ihrer Stelle!

Kishor Babu hatte dieses Haus nicht nur verschönert, er hatte ihm mit der ganzen Kraft seiner Seele ein neues Ansehen, eine neue Würde verliehen. Niemand sollte mit dem Finger auf dieses Haus zeigen und ihn für irgend etwas schlecht machen können, das war Tag und Nacht seine größte Sorge. Kishor Babu hatte die Worte seiner Mutter ständig im Kopf: »Mein Sohn, Lakshmi ist ein flüchtiger Schatten. Geld und Gut kann ein Mensch von neuem erlangen, doch die Ehre, ihm einmal genommen, kehrt nie wieder zurück.« So hütete er Shanta Bhabhi wie seinen Augapfel, fast mit einer gewissen Unerbittlichkeit. Ein Fleck auf einem weißen Sari[1] fällt sofort ins Auge. Wäre auf die Schwägerin auch nur einmal der leiseste Verdacht gefallen, wären ihr Haus und all seine Bewohner für immer in Verruf geraten. Jedem Mann, der ihn besuchen wollte, wies er die Tür. Drei Frauen, fünf Töchter – das waren acht Wesen des schwachen Geschlechts. In diesem Haus der Frauen hatte sich Kishor Babus Sohn schon von Kindesbeinen an angewöhnt, wie ein Mädchen zu reden und auch grammatisch das weibliche Geschlecht zu verwenden. Er sagte nicht ›main khaunga, main jaunga‹ sondern ›main khaungi, main jaungi (ich esse, ich gehe)‹.[2] Ki-

---

1 weißer Sari: Witwen dürfen nur weiße Saris anlegen und keinen Schmuck tragen.

2 Im Hindi wird auch grammatisch das natürliche Geschlecht bei Lebe-

shor Babu ließ es nicht einmal zu, daß in seinem Haus ein Vogel männlichen Geschlechts gehalten wurde, denn Mann und Frau, das war für ihn wie Butterschmalz, den man ins Feuer gibt. Man konnte Schlimmstes nur verhindern, indem man die männlichen Wesen fernhielt. Diese Gewißheiten brachten ihn auch dazu, Pandits und Brahmanen nicht einmal einen Blick in sein Haus werfen zu lassen. Vor Zeiten hatte es einmal einen Skandal im Burra Bazar gegeben, die Hiralal-Goyan-Affäre, die sogar Gandhi-ji zu Ohren gekommen war. Dieser Hiralal hatte, als Krishna verkleidet, die Frauen zu Hunderten betört und bei sich aufgenommen. Sie schaukelten ihn sogar auf einer Schaukel, brachten ihm Opfer dar wie einem Gott. Es war schier unglaublich. Kishor Babu vertraute keinem männlichen Wesen, keinem einzigen, ganz gleich, wie liebenswürdig er auch sein mochte. Diesem Prinzip treu, erlaubte er keiner seiner drei Frauen, weder der Mutter, noch der Schwägerin, noch seiner Frau, an einer religiösen Zusammenkunft oder einer Predigt in einem Tempel teilzunehmen.

Wenn Kishor Babu heute zurückblickte, konnte er mit Befriedigung feststellen, daß er nichts falsch gemacht hatte. Er kannte so viele Geschichten von anderen Leuten. Was konnte also falsch daran sein, daß er so übervorsichtig gewesen war? Rupan Deol war auf der Karriereleiter weit nach oben gekommen, doch letzten Endes war sie eben nur eine Frau. Und Gill nahm sich heraus, ihren Hintern zu betätscheln, oder etwa nicht? Er, Kishor Babu, hatte es niemals und mit niemandem übertrieben. Die Frau seines Schulkameraden Modanmohan Singhaniyan mußte den ganzen Tag lang verhüllt dasitzen, der Schleier bedeckte ihr ganzes Gesicht, so daß sie sich beim Essen den Bissen statt in den Mund in die Nase stopfte, worüber Shantanu stets gelacht hatte. Kishor Babu konnte sich auch heute noch gut daran erinnern. Er hatte seiner Frau nicht erlaubt, Sindur, Nasenringe, Fußreifen und anderes anzulegen oder zu verwenden. Seinen Töchtern wurden die Nasen nicht durchbohrt. Schließlich sind

---

wesen unterschieden; bei männlichen ist die Endung ›a‹ gebräuchlich, bei weiblichen ›i‹. Beide Vokale sind hier lang.

Frauen doch keine Kühe, denen man Nasenringe anlegt und die man an die Kette legt! Wie hatte er sich für die Marwari-Frauen geschämt, die, obwohl sie in Bengalen lebten, nicht im geringsten zur Vernunft gekommen waren und bei Festen und Feierlichkeiten auf den Straßen weiterhin verschleiert ihre Lieder sangen. Einmal hatte er zusammen mit Amolak und Shantanu einer Frau den Schleier von hinten weggezogen. Wie rückständig die Marwaris in den Augen der Bengalen waren! Wieviel Ärger sie deshalb zu ertragen hatten! Schon damals hatte er beschlossen, daß seine Töchter unbedingt eine gute Bildung bekommen sollten.

Aber er hatte nicht nur eine, auch keine zwei, sondern gleich fünf Töchter bekommen. Und alle seine Töchter hatte er aufs College geschickt – daß nur zwei von ihnen bis zum B. A.[1] studiert hatten und er die anderen drei in der Zwischenzeit verheiratet hatte, gut, das war eine andere Geschichte. Sie waren zwar gebildet, dennoch hatte er ihnen stets ihre Grenzen aufgezeigt, und sie hatten auch nicht dagegen aufbegehrt. Er hatte seine Töchter vor aller Unbill bewahrt, vor allem vor den Blicken Außenstehender. Nie hatte er es ihnen erlaubt, auf der Veranda zu stehen und sich so den Blicken der Leute auf der Straße auszusetzen. Lediglich, wenn sie von der Haustür über den Bürgersteig gehen mußten, um ins Auto einzusteigen, kamen sie in Berührung mit der Straße. Auch durften seine Töchter nicht ihre Freundinnen zu Hause besuchen. Ebenso waren ihnen Kinobesuche verwehrt. Mehrmals hatten sie ihrer Großmutter bitterlich ihr Leid geklagt, aber Kishor Babu blieb unerschütterlich. Wie hätte er ein so großes Risiko auf sich nehmen können? Schon der geringste Klatsch und Tratsch in der Gesellschaft, und er wäre sein Leben lang kompromittiert. Alles, was er sich in seinem Leben so mühselig erarbeitet und aufgebaut hatte, wäre dann für immer dahin. Ein Vogel, der von Geburt an in einem Käfig lebt, hält das nicht für eine Qual. Sobald er aber ein ein-

1 B. A.: Abkürzung für ›Bachelor of Arts (Bakkalaureus der philosophischen Fakultät)‹, unterster akademischer Grad im britischen, von Indien übernommenen Hochschulsystem.

ziges Mal die Freiheit des Himmels genossen hat und danach wieder in einen Käfig eingesperrt wird, verweigert er Essen und Trinken und stirbt. Schließlich würden die Mädchen einmal in ein fremdes Haus gehen, sich um eine eigene Familie, einen eigenen Haushalt kümmern müssen. Wenn sie da an zu viel Freiheit gewöhnt wären, gäbe es bestimmt ein Unglück.

Nachdem alle fünf Töchter das Haus verlassen hatten, kam ein fremdes Mädchen als Schwiegertochter ins Haus, und es war klar, daß er sich nun von seinen alten Vorstellungen verabschieden mußte. Er mußte Konzessionen machen. Es war nicht mehr nötig, jeden Schritt zu überlegen und größte Vorsicht walten zu lassen. Das Mädchen kannte das Glück, das einem eine Großstadt beschert, nicht, es stammte aus einer kleinen Stadt. Also mußte man sie herumfahren, ihr alles zeigen, sie an Luxus gewöhnen. Sie sollte sich amüsieren, den Luxus genießen. Schließlich sollte sie spüren, in welches Haus sie gekommen war. Aber das Mädchen aus der Kleinstadt sagte eines Tages: »Was? Nur fünfhundert Rupien Taschengeld? Soviel brauche ich jeden Monat allein für meinen Kosmetiksalon.« Kishor Babu stand da wie vom Donner gerührt. Dieses Mädchen aus der Kleinstadt hatte sich ja ziemlich entwickelt, und er hatte keine Ahnung davon? Sie gab fünfhundert Rupien im Monat allein für ihre Schönheitspflege aus! Zum ersten Mal in seinem Leben war Kishor Babu vollkommen ratlos. Was war zu tun? Wie sollte er ihr klarmachen, daß das so nicht ging? Seine Töchter hatte er mit Drohungen und Zurechtweisungen stets einschüchtern können, und sie hatten sich seinem Willen gefügt, doch diese hier war ein fremdes Mädchen. Ob Schwiegertochter oder Tochter, das ist ein gewaltiger Unterschied.

Kishor Babu begriff, daß die Wünsche dieses Mädchens weit über seine Möglichkeiten hinausgingen. Vielleicht aber hatte er selber einen Fehler begangen? Dem Vogel den Himmel zu zeigen! Kishor Babu bereute. Er wunderte sich, womit ihn die Schwiegertochter wohl verzaubert hatte, daß er sich geschlagen gab und sich von allen seinen alten Prinzipien abwandte. Sie sagte: »Ich will studieren.« Kishor Babu stimmte zu. Sie sagte: »Ich werde Shalwar und Kamiz tragen. Der Sari ist unbequem.«

Kishor Babu konnte ihr das nicht abschlagen. Auf einmal stellte er fest, daß seine Schwiegertochter keine Bindi mehr auf der Stirn anbrachte. Was bedeutete das denn? Die Bindi war doch das Zeichen des weiblichen Eheglücks. »Das ist heute nicht mehr modern.« Kishor Babu begriff, daß er sich nicht in der neuesten Mode auskannte. Zur neuesten Mode gehörte wohl auch, bis spät in die Nacht hinein in irgendwelchen Klubs zu tanzen. Und dann erfuhr er eines Tages, daß seine Schwiegertochter ihrer Ärztin, bei der sie wegen ihrer Kinderlosigkeit in Behandlung war, berichtet hatte, einmal in einem Streit mit ihrem Gatten aus Wut das Quecksilber aus dem Thermometer verschluckt zu haben. Kishor Babu ging es durch Mark und Bein, als ihm ihre alte Ärztin, die ihnen ihre sechs Kinder auf die Welt zu bringen geholfen hatte, am Telefon davon erzählte. Aber darüber sprach er niemals. Weder verlor er seiner Frau gegenüber ein Wort, noch stellte er seinem Sohn und der Schwiegertochter deswegen Fragen.

Das Blut wich Kishor Babu aus dem Gesicht. Unter seinem Haus, dessen Gestaltung er sein ganzes Leben gewidmet hatte, schienen sich Ameisen eingenistet zu haben, sie würden es unterhöhlen, und irgendwann würde es einstürzen und zu Staub zerfallen.

Eines Nachts träumte Kishor Babu, er läge seiner Schwiegertochter zu Füßen, hielte ihr den alten Turban seines Vaters Bhuramal entgegen und flehte sie an, die Ehre des Hauses zu wahren. In dieser Nacht spürte er zum ersten Mal diesen heftigen Schmerz in seiner Brust. Die Blutgefäße seines Herzens waren zu neunzig Prozent verstopft und konnten nur durch eine Bypass-Operation wieder durchlässig gemacht werden.

Kishor Babu blieb bis elf Uhr mittag, die Decke über den Kopf gezogen, wie ein Toter liegen. Seine Frau versuchte mehrere Male, ihn zum Aufstehen zu bewegen, gab es aber dann auf und fuhr mit ihrem Sohn zum Kalighat, um für das neue Auto zu beten und göttlichen Segen einzuholen. Sollte er doch so liegenbleiben, so lange wie es ihm gefiel. Es war noch nie vorgekommen, daß er sich über die Freude seiner Kinder freute. Was für ein schönes Auto sie jetzt hatten. Da würden viele Leute vor Neid platzen. Nur er zeigte niemals Freude, immer jammerte und klagte er nur. Wenigstens sie nahm an der Freude ihrer Kinder teil. Für heute hatte sie alle Kinder, Schwiegersöhne und Enkel zum Essen eingeladen und würde jedem vor Freude über das neue Auto eine Silbermünze schenken. Wieviel Momente zum Feiern gab es schon im Leben? Alle mußten einmal sterben und alles hinter sich lassen. Nackt kommt man zur Welt, und nackt verläßt man sie.

Dieser verflixte Bypass! Der hatte seine Denkweise völlig verändert! Wie hatte er sich gefreut, als er sich selber zum ersten Mal ein Auto gekauft hatte, einen ›Vauxhall‹ aus zweiter Hand. Die alte Klapperkiste rostete dann zwar mit jedem Tag mehr, doch er war nicht dazu zu bringen gewesen, das Auto zu verkaufen, wie sehr sie ihm auch zuredeten. Er pflegte zu sagen: »Dank dieses Autos befinden sich die Füße wenigstens über dem Erdboden.« Nun waren die Kinder an der Reihe, und da wurde er grün und gelb vor Eifersucht auf sie. Hatte der Mensch noch Töne! Eifersüchtig auf die eigenen Kinder! Immer alles schlechtmachen! Die Zeiten waren nun einmal so. Was hätten die Kinder denn tun können? Ein Mensch ohne ein großes Auto zählte eben nicht. Unlängst erst hatte ein Mädchen einen ihrer Enkelsöhne angerufen, um ein ›Date‹ mit ihm zu vereinbaren. Sie erzählte ihm dabei gleich, daß sie ihn aus dem Ausstellungsraum von Opel anrufe. Aber Kishor Babu verschloß die Augen und begriff nicht, daß sich sein Sohn nicht immer und ewig hinten anstellen konnte.

Den ganzen Tag über währte der Rummel um das Auto. Alle Töchter, Schwiegersöhne und Enkel machten eine Ausfahrt mit dem Wagen, jedes Mal fuhren so viele mit, wie hineinpaßten. Kishor Babus Frau sagte jedem, der kam, daß ihr Mann starke Kopfschmerzen habe und deshalb nicht gestört werden wolle. Kishor Babu lag auf seinem Bett und bekam den ganzen Rummel mit. Niemand war auf seiner Seite. Alle waren sie gegen ihn, ganz allein stand er da. Ja, einzig Amolak war mit ihm. Alle anderen hatten ihn verlassen. Selbst seine Frau hatte sich in das andere Lager begeben. Auf wen konnte er da noch hoffen?

Um fünf Uhr nachmittags hatte sich der Trubel wieder beruhigt. Kishor Babu holte seine Wanderschuhe hervor und machte sich zu Fuß auf. Er war einige Tage nicht unterwegs gewesen. An der Straßenecke nahm er einen Bus und stieg an der Chowringhee aus. Er zog los, um sich die alten Gebäude anzusehen. Als die Dunkelheit hereinbrach, gingen die Lichter am Kanak Building an. Er erinnerte sich, wie sehr es ihn früher verlangt hatte, im Geschäft ›Army and Navy‹ einmal einkaufen zu können, doch er hatte nie das Geld dafür gehabt. Nach dem Ende des Zweiten Weltkrieges bekam man überall auf den Straßen die verschiedensten importierten Dinge wie Jacketts, Zelte, Feueranzünder, Spraydosen, die einstmals für die Soldaten bestimmt waren, zu Spottpreisen zu kaufen. Kishor Babu hatte dann einiges gekauft, darunter einen Füller mit einer kleinen Lampe am Ende für Amolak. Aber Amolak nahm ihn nicht an: »Ich benutze keine englischen Waren.« Damals hatte Kishor Babu diese Ansichten seines Freundes als sehr arrogant und heuchlerisch empfunden. Und jetzt mußte er feststellen, daß sein Sohn ihm nachgekommen war. Schließlich floß ja sein Blut in dessen Adern mit all den Sehnsüchten und Begierden, die er seinerzeit gehabt hatte.

Nachdem sich Kishor Babu die illuminierten Gebäude des Parlaments, des High Court und des Rajbhawan angesehen hatte, kehrte er nach Hause zurück. Wenigstens konnte er nach Hause zurückkehren, denn das Zuhause ist der einzige Platz, wohin man zurückkehren kann.

Ob die Geschichte, die nun folgt, als Geschichte bezeichnet werden kann, weiß Kishor Babu nicht so genau. Vielleicht ist es auch nur ein Traum, der aber manchmal realer ist als die Wirklichkeit. Vielleicht ist es aber auch nur ein dem Gedächtnis entsprungenes Wunschbild oder Wunschdenken, wenn wir uns ein Bild von dem machen, was wir gern getan hätten.

Als Kishor Babu zurückgekommen war, fing seine Frau um zehn Uhr abends wieder an, aus der *Bhagawatkatha* vorzulesen. Schließlich mußte der Frieden irgendwie wiederhergestellt werden. Das Auto war nun einmal da, und wenn Vater und Sohn nicht mehr miteinander redeten oder sich sonst noch jemand beleidigt fühlte oder auch nicht, er würde nicht aufhören zu atmen. Als sie anderthalb Stunden aus der *Bhagawatkatha* vorgelesen hatte, kam sie zu der Episode mit Jar Bharat.

»Jar Bharat erinnerte sich, in seinen vorhergehenden zwei Geburten voll und ganz in der Maya gefangen gewesen zu sein, und beschloß nun, in seiner nächsten Geburt völlig gefühllos zu bleiben. Er sprach mit niemandem, gab keinen Laut von sich, lebte wie ein Verrückter. Ließ ihn jemand eine Arbeit verrichten, tat er genau das Gegenteil. Beauftragte ihn jemand, ein Feld zu bewachen und die Vögel von dort zu verscheuchen, dann lockte er sie herbei und rief sie auf: ›Kommt, Vögel, kommt und pickt die Körner auf!‹ Der Grund dafür lag darin, daß er meinte, wenn er andere wissen lasse, wie klug er sei, würde er zu sehr in die Dinge dieser Welt verwickelt werden. Jemand würde ihn ehren, so daß er dem Hochmut verfiele. Wenn ihn jemand beleidigte, würde das seinen Stolz verletzen. Also war es besser, sich wie ein Verrückter zu benehmen. Von einem Verrückten erwartete niemand etwas, keiner verurteilte ihn wegen etwas, was er tat. Menschen, die nicht verrückt waren, mußten jederzeit darauf achten, was sie sagten, was aus dem Gesagten entstehen konnte. Ein Verrückter kann tun und lassen, was er will. Er braucht vor niemandem Angst zu haben, sich vor niemandem in acht zu nehmen. Genau deshalb wurde Jar Bharat der gesündeste und glücklichste Mensch auf der Welt.«

Kishor Babus Frau hielt im Vorlesen inne. Kishor Babu wunderte sich und überlegte, warum sie wohl aufgehört hatte. Was sie wohl dachte? Zum ersten Mal begegnete ihm in der *Bhagawatkatha* ein Charakter, von dem er gern mehr erfahren wollte. Da seine Frau nicht weiterlas, entstand eine Leere.

Als sie das Buch zuschlug, staunte Kishor Babu. Was sollte denn das? Warum war sie so unruhig? Der Sohn und die Schwiegertochter waren nicht zu Hause, sie hatten Freunde zu einer Fahrt mit dem neuen Auto eingeladen.

»Heute kommt um Mitternacht im Fernsehen ein Sonderprogramm des Parlaments. Das sollten wir uns ansehen. Es ist bereits halb zwölf. Unsere besten Sänger werden auftreten und nationale Lieder singen.« Kishor Babus Frau schaltete den Fernseher ein.

Im Fernsehen sprach ein Mädchen halb in Englisch halb in Hindi mit einer Stimme, die, um den Zuschauern die Bedeutung des heutigen Tages zu verdeutlichen, mit theatralischem Gefühl überladen war, als ob sie mit den Tränen kämpfte, die jeden Moment aus ihr hervorbrechen wollten. Kishor Babu kamen ihre Bemühungen, den Zuschauern ein übertriebenes Gefühl vorzutäuschen, derart unanständig vor, daß er den Blick abwandte. Er sagte aber nichts. Die Geschichte über Jar Bharat hatte ihm sehr gefallen. Von jetzt an würde er auch zu Amolak nichts mehr sagen. Er würde voll und ganz in Schweigen versinken, so daß niemand mehr erfahren konnte, was er dachte.

Kishor Babus Frau versuchte nun, ein Gespräch in Gang zu bringen, und erzählte, was ihr ihre jüngste Tochter gesagt hatte: »Chutki sagte mir, daß das Parlament heute eine Idee ihres Schwagers kopieren werde. Erinnerst du dich? Er hatte ihr zu ihrem achtzehnten Geburtstag achtzehn Blumensträuße geschickt, von denen einer so groß wie sie selber war, einen Meter sechzig. Eine der größten Getränkefirmen der Welt wird, um Reklame für sich zu machen, eine fünfzig Fuß hohe Messingflasche im Parlament aufstellen, aus der dann jeder etwas zu trinken bekommt. Und die Flasche wird später wie ein Denkmal auf ein Podest gestellt. Stell dir bloß mal vor, wieviel Geld für diese Flasche ausgegeben wird! Eine Flasche, fünzig Fuß hoch, für jedes Jubiläumsjahr ein Fuß!«

Während Kishor Babu seiner Frau mit einem Ohr zuhörte, erschien Lata Mangeshkar mit einem Räuspern auf dem Bildschirm. Plötzlich durchfuhr Kishor Babu ein Gedanke wie ein Donnerschlag. Vielleicht hatte Amolaks Seele beschlossen, seinen Körper zu verlassen? Ihm kam es so vor, als ob sich Amolak mit einem Knüppel auf den Weg ins Parlament machte, um dort alles kurz und klein zu schlagen.

Er versuchte, Amolak von diesem Vorhaben abzubringen: »Nein, Amolak! Du darfst mich nicht allein zurücklassen! Und dann, Amolak! Wie kannst du vergessen, daß du ein Anhänger Gandhi-jis bist? Wie kannst du da auf Gewalt aus sein? Amolak, hör auf mich!« Aber Amolak zog los und ließ ihn allein zurück. Da sprang Kishor Babu jäh auf und zerschlug mit einem einzigen Faustschlag den Fernsehschirm. Seine Hand fing an zu bluten, und seine Frau schrie hysterisch los: »Holt bloß einen Hexenmeister und treibt den Spuk aus ihm heraus! Oh, Gottheit von Mehndipur! Ich werde dir zwei Man Curma opfern, wenn Amolaks Geist endlich aus seinem Körper weicht!«

Kishor Babu wußte nicht, was geschah und was nicht. Hatte er nun den Fernseher zerschlagen oder nicht? Wen sollte er das fragen? Wer sprach denn noch mit ihm? Er war doch mutterseelenallein auf dieser Erde. Zwar schmerzte seine rechte Hand, doch auch dieser Schmerz war vielleicht nur eine Einbildung. Er erinnerte sich nur an den Donnerschlag in seinem Kopf. Warum war Amolak gegangen? Nachdem er weg war, kam derselbe Arzt, von dem Kishor Babu geglaubt hatte, ihn nie wiedersehen zu müssen. Er verabreichte Kishor Babu Schlaftabletten, damit er ihm keine solchen Fragen mehr stellen konnte, auf die der Arzt keine Antwort wußte, der Arzt, der im Ausland gewesen war. Aber der Arzt wußte ja nicht, daß Jar Bharat niemanden etwas fragte, weshalb er keine Fragen mehr befürchten mußte. Kishor Babu zog sich die Bettdecke über den Kopf und murmelte lautlos vor sich hin:

»Die ganze Welt ist glücklich, ißt und schläft.
Nur Kabir ist unglücklich, wacht und weint.«

# 16
# Epilog

*Kishor Babus langer Schlaf*
*und die Selbstprüfung des Erzählers*

*Der Geschichten auf dieser Erde gibt es unendliche, denn jeder Mensch hat die Geschichte seiner eigenen Welt in sich.*

*Man kann es auch so sagen: Jeder Mensch hat in sich die Geschichten seiner eigenen Welt, und diese Welten sind auch unendlich.*

*Wie dem auch sei, diese Unendlichkeit beinhaltet auch die Geschichten aller leblosen Dinge, der Tiere, der Vögel, der Bäume, der Straßen:*

*Da gibt es zum Beispiel die Geschichte der Straße, die sich aus dieser besonders dicht besiedelten Gegend Süd-Kalkuttas nach Norden windet und die alle nervös schwitzenden Fahrer von Qualm ausstoßenden Bussen, Minibussen, Taxis und auch alle stolzen Besitzer neuer Nobelkarossen als Lower Circular Road (oder Acarya Jagdish Candra Bose Road) und Upper Circular Road (oder Acarya Prafulla Candra Roy Road) kennen. Einstmals war diese Straße ein Graben, ›Maratha Ditch‹ genannt, den die Sahibs zum Schutz Kalkuttas vor den Marathas errichtet hatten und für den sie bei den Einheimischen regelmäßig Geld kassierten …*

*Die Geschichte mag interessant sein, doch was beweist sie denn? Die Unendlichkeit der Geschichten? Aber durch Beweise entstehen keine Geschichten; sie entstehen durch das Mischen der einzelnen Bestandteile und der dabei zufällig entstandenen chemischen Substanz.*

*Es gibt unendlich viele Arten, eine Geschichte zu mischen: Von dieser Illusion oder dem Glauben daran hat sich über all die Jahrhunderte hinweg jeder Geschichtenerzähler leiten lassen. So auch der Erzähler dieser Geschichte und ihr Held Kishor Babu. In der Tat, in der zwielichtigen Zone von Kishor Babus Bewußtsein, in die er sich begeben hat, dringt durch das dort befindliche dichte Gestrüpp auch das Licht bis zum Boden in vielen runden Kringeln. Doch der Erzähler dieser Geschichte glaubt, daß sich in diesen glänzend hellen Kringeln die nicht zu verleugnende Wahrheit findet, die nur in einer solch wilden Gegend entstehen kann. Solch helle Kringel gibt es nicht in einer lichtdurchfluteten Gegend. Und deshalb streifte der Erzähler der Geschichte auf der Suche nach solchen die Wahrheit aufzeigenden Kringeln ständig in einem solchen Dickicht umher. Tag und Nacht, Monat für Monat, Jahr für Jahr.*

*Bleibt die Frage, ob der Erzähler der Geschichte auf dieser ständigen Suche auch ein paar, wenigstens ein paar winzig kleine Wahrheiten gefunden hat. Oder machte er nur eine Reise, um irgendeine nächste Reise vorzubereiten?*

Kishor Babu gehörte nicht zu denen, die sich von Beruhigungstabletten und einem aus dem Ausland zurückgekehrten Doktor geschlagen geben. Alle wußten, daß Kishor Babu schon von Kindheit an sein Boot durch alle Fährnisse des Lebens, waren es nun Todes- oder Unglücksfälle, Verluste oder Beleidigungen, hindurchsteuerte. Auch dieses Mal bewies er seine Natur erneut, denn genau vor dem Tag, an dem er die mit seinen Freunden geschlossene Abmachung einzuhalten hatte, gelang ihm der Durchbruch aus der ihn umgebenden Dunkelheit ans Licht.

Sicherlich werden Sie wissen wollen, an welcher Stelle sein Boot dieses Mal anlegte. Offensichtlich hat die Erde dieses Landes eine solche Wirkung auf Menschen, die sich der Revolution verschreiben und die Religion als Opium ansehen, daß ihr Schiff am Ende stets an derselben Stelle anlegt: Für Kishor Babu gab es in diesen Tagen nur ein einziges Buch, in dem er las, das er studierte, über das er nachdachte, und das war die *Bhagawadgita*.

Mehr noch, er schrieb sogar selber etwas über die *Gita*. Und über diese Veränderung von Kishor Babu freute sich seine Familie – seine Frau, sein Sohn, seine Schwiegertochter, seine Töchter, seine Schwiegersöhne, einfach alle – über alle Maßen. Keinem wäre es jetzt noch im Traum eingefallen, Kishor Babu irgendeinem Arzt vorzustellen.

Seinen Sohn hörte man jetzt oft zu anderen Leuten sagen: »Es gibt so wenige Menschen, die das Sanskrit, diese alte Sprache, jetzt noch kennen. Und mein Vater«, fügte er dann in Englisch hinzu, »stellen Sie sich das mal vor, liest einen Kommentar zur *Gita* in Englisch.« Der Sohn war aufs höchste entzückt, daß sein Vater einen in Englisch geschriebenen Kommentar zur *Gita* las.

Diese Entzückung war wahrscheinlich schuld, daß Kishor Babus Sohn sich seinem Vater zur grenzenlosen Verärgerung seiner Frau nicht widersetzte, als dieser darauf bestand, den unter größten Schwierigkeiten zur Welt gebrachten Enkel nach dem Urgroßvater Ramwilas zu nennen.

Er suchte sie zu beruhigen, indem er ihr sagte: »Wir werden unseren Sohn ›Willi‹ rufen, meine Liebe. Was regst du dich so auf? Es ist durchaus möglich, daß dieser Name über kurz oder lang wieder in Mode kommt. Du siehst doch, wieviel alte Dinge schon wieder Mode geworden sind. Wedant, Shriwarddhan, Rishabh, Mangalam, Shubham – Eltern suchen sich für ihre Kinder Namen von überall her. Ich glaube, diese Manie hat mit der Birla-Familie angefangen, als sie den Namen ›Kumarmangalam‹ wählte.

Und dann, denke daran, war es doch gerade jener Ramwilas im Stammbaum unserer Familie, der das große Haus in Bhiwani hat bauen lassen. Er war auch mit Engländern gut befreundet. Wer weiß, vielleicht wird auch unser Sohn solch großes Glück haben, und ein importierter Sahib einer multinationalen Firma erweist ihm sein Wohlwollen.

Denk mal daran, welcher Empfang dem britischen Premierminister John Major bereitet wurde, als er hierher nach Kalkutta gekommen war. Die Stadtverwaltung sprach sogar davon, den ›Binoy Badal Dinesh-Park‹ wieder in ›Dalhousie Square‹ zurückzubenennen. Du wirst schon sehen! Die Leute kommen bestimmt wieder zurück!« Kishor Babus Sohn ließ nichts unversucht, um seine Frau umzustimmen und für den Namen Ramwilas zu gewinnen.

Schließlich zeigte sie sich von der Erwähnung des Besuchs von John Major beeindruckt, sie nahm sich ein Beispiel an der Stadtverwaltung von Kalkutta und protestierte nicht mehr gegen den alten Namen. Ihrer besten Freundin erklärte sie die Sache so: »Mein Schwiegervater, weißt du, ist auf einmal ein Rishi[1] geworden. Im Profil könnte man ihn wegen seines weißen Bartes fast für Shri Aurobindo halten. Deshalb müssen wir seine Wünsche unbedingt berücksichtigen. Da ist sicher ein mysteriöses Geheimnis dahinter, daß er so sehr darauf besteht. Er schreibt ein Buch über die *Gita*, weißt du.«

In Kishor Babus Reich ging stets alles nach seinem Willen, und jetzt war das eben auch wieder so, und wenn es nur wegen der *Gita* war. Eigentlich aber las er ja die *Gita*, weil er sich von allen Wünschen und Eitelkeiten freimachen, also völlig selbstlos werden wollte. Vor allem wollte er sich von dem Bedürfnis befreien, über andere bestimmen zu müssen. Aber in einem uralten Land wie unserem Indien hat die Religion eine noch größere Macht als sie irgendein Hitler haben könnte, und alle, die das zwar wissen aber nicht begreifen wollen, fallen immer wieder auf die Nase. Es klingt paradox, aber hinter Kishor Babu stand nun die ganze Macht Krishnas. Wer hätte es da gewagt, gegen ihn aufzubegehren?

Als Kishor Babu sein Bett mit den religiösen Büchern bedeckte und sich nur einen Platz zum Schlafen freiließ, ließ keiner ein Wort verlauten. Seine Frau nahm schweigend ihr Bettzeug und ließ sich im mittleren Zimmer nieder. Sie dachte daran, daß Raja Janak in seinem Palast lebte, aber ›wideh‹, also außerhalb seines Körpers, war. Wenn Kishor Babu es auch so halten wollte, war das ein Grund zur Freude für sie. Seitdem die Seele jenes Amolak aus seinem Körper gewichen war, war Kishor Babu mit einem Schlag ganz ruhig und ernst geworden. Ihr Vor-

1 Rishi: heiliger Mann.

lesen aus dem *Bhagawatpurana* hatte also tatsächlich Früchte getragen. Eine Welle von Ehrfurcht stieg in ihr hoch. Was für schöne Worte ihr Mann doch über die *Gita* schrieb.

Dieses Gefühl der Ehrfurcht war es auch, daß Kishor Babus Frau nicht allzu schockiert war zu sehen, wie ihr Mann eines Tages einen Gebetsteppich ausbreitete, sich, mit dem Gesicht gen Mekka zur Kaaba hin gewandt, darauf setzte und die Namaz zu beten begann. Freilich, als sie ihn zuvor im Koran lesen sah, war sie doch erschrocken. Einige Tage später band sich Kishor Babu ein Tuch um den Kopf und betete: »Wahe guru, satnam.«[1] Das beruhigte sie wieder. Wenn er sich schon zu einem anderen Glauben bekennen wollte, wäre es immerhin besser, ein Sikh zu werden als ein Muslim. Einige Tage später wiederum bezeichnete er sich als ›Vater Kishor‹. Nachdem Kishor Babu das alles durchprobiert hatte, kehrte er schließlich wieder zur *Gita* zurück, und seine Frau dankte Gott von ganzem Herzen dafür. Wohl wahr, daß alle Wege zu Gott führen, doch am besten geht man doch die bekannten Wege. Wieviel Tage seines Lebens hatte man schon noch, um immer wieder neue Wege auszuprobieren.

Ein solches Gefühl glücklicher Zufriedenheit, wie es Kishor Babus Frau jetzt verspürte, hatte sie noch nie empfunden. Nun blieb nichts mehr zu wünschen übrig. Sie hatte sich einen Enkelsohn von ihrem Sohn gewünscht, sie hatte ihn bekommen. Die Hauptsache aber war, daß Kishor Babu nicht ins Irrenhaus mußte. Im Gegenteil, er hatte so viele Eigenschaften eines Sadhus entwickelt, wie sie sich nie hätte vorstellen können. Wer hätte denn gedacht, daß derselbe Mensch, der nie auf einen andern gehört hatte, der stets tat, was er wollte, sich auf einmal selbst so verleugnen konnte! Das verdankten sie alles der Huld Krishnas.

Kishor Babu beschäftigte sich all die Zeit über mit Lesen und Schreiben. Was er am Tag über die *Gita* geschrieben hatte, las seine Frau in der Nacht. Er ging nirgends hin, rief niemanden an. Er war so still geworden, daß er sich nicht einmal beschwerte, wenn am Gemüse das Salz fehlte. Deshalb kostete sie nun das Essen sorgfältig, ehe sie es ihm servierte.

---

1 ›Wahe guru, satnam‹: Gebetsformel der Sikhs.

Sicher, es gab da noch ein paar Dinge, wo seine frühere Sturheit zum Ausdruck kam, doch daran störte sich niemand. So setzte er sich zum Beispiel nicht mehr in ein Auto. Aber was machte das schon? Ja, wenn er wieder zu Fuß durch die Stadt gelaufen wäre, dann hätte der Familie das schon etwas ausgemacht, denn das hätte sie alle in Verruf gebracht. Aber jetzt ging er ja überhaupt nicht mehr aus dem Haus. Des weiteren benutzte er keine von ausländischen Firmen hergestellten Dinge und auch solche nicht, an deren Herstellung ausländische Firmen als Aktionäre beteiligt waren. Aber war das etwa ein Grund zur Aufregung? Für Kishor Babu besorgten sie Seife und Zahnpaste indischer Firmen, obwohl es da kaum noch welche gab, an denen andere Firmen nicht beteiligt waren. Genaugenommen gab es nur noch eine einzige indische Firma, die Zahnpaste herstellte, aber letzten Endes bereitete das auch keine besonders großen Schwierigkeiten.

Mit einer gewissen Befriedigung überlegte sich Kishor Babus Frau, daß es schon in Ordnung war, wenn der Vater in dieser Hinsicht anders dachte als sein Sohn und die Schwiegersöhne: Die Kinder nämlich nahmen überhaupt nichts in Gebrauch, was aus der einheimischen Produktion stammte. Ein Glück, daß es jetzt auf der Theatre Road in Kalkutta Geschäfte mit Markenhemden von Lacoste, Arrow, Pierre Cardin und anderen renommierten Firmen gab, was das Einkaufen im Vergleich zu früher, wo man lange nach passenden Sachen für die Kinder suchen mußte, beträchtlich erleichterte. Zwar konnte sich Kishor Babus Frau nicht vorstellen, warum man für diese Hemden soviel Geld ausgeben mußte, aber die Kinder kauften nichts, was nicht von einer bekannten Markenfirma stammte. Na gut, dann sollten sie eben ihren Willen haben! Wozu sollte sie sich deswegen mit ihrem Mann oder mit ihren Kindern anlegen?

Heutzutage war das alles nun einmal so. Als sie einmal ihre dreijährige Enkelin fragte, warum sie mit der linken Hand esse,[1] erwiderte die ihr: »Weil's mir einfach Spaß macht.« Sie war er-

1 In Indien wird traditionell ohne Besteck mit der rechten Hand gegessen. Die linke gilt als ›unrein‹.

staunt, daß so ein kleines Kind schon seinen eigenen Willen aussprach. Ihre Tochter erklärte ihr dann, daß dieser Satz als Refrain in einem Filmlied vorkäme. Wenn also niemand etwas gegen den Willen eines kleinen Kindes unternehmen konnte, dann war es ja geradezu unmöglich, erwachsene Kinder an die Kandare zu nehmen. Und bei Kishor Babu mit seinen Anwandlungen von Heiligkeit hätte nicht einmal Brahma soviel Macht, um ihn in die Schranken zu weisen. Außerdem verspürte Kishor Babus Frau jetzt nicht das geringste Verlangen, ihren Mann in seinem jetzigen körperlosen Zustand wegen dieser nichtigen Kleinigkeiten zu belästigen.

Und genau jetzt, wo sie das höchste Glück ihrer Ehe erfuhr, wurde ihr plötzlich der Boden unter den Füßen weggezogen. Was war geschehen? Anläßlich der Geburt ihres Enkels waren einige Transvestiten zu ihrem Haus gekommen, um das Kind zu segnen, zu tanzen und an ihrem Segen teilzunehmen, wie es Brauch in Indien ist. Zu ihrem Verdruß sah sie, daß Kishor Babu die ganze Zeit auf der Veranda stehenblieb und das Singen und Tanzen dieser Tunten beobachtete. Diese verlangten zunächst tausend Rupien als ihren Anteil, den Kishor Babus Frau, die mit einhundert und einer Rupie in den Handel einstieg, im Verlauf einer geschlagenen Stunde auf zweihundert Rupien herunterhandelte.

Währenddessen warf sie alle fünf Minuten einen Blick hoch zur Veranda und hoffte, Kishor Babu habe sich endlich zurückgezogen. Doch jedes Mal wurde ihre Hoffnung enttäuscht, da stand er immer noch und sah auf die Straße hinunter. In ihren Augen war es mehr als unschicklich, wenn ein weißbärtiger, in der *Gita* kundiger Mann dem vulgären Treiben von Tunten soviel Aufmerksamkeit schenkte. Sie ahnte, daß da etwas nicht stimmte. Als sie in der Nacht wie sonst auch las, was Kishor Babu tagsüber über die *Gita* geschrieben hatte, bestätigte sich diese Ahnung. Ihre schlimmsten Befürchtungen hatten sich bewahrheitet.

Heute hatte Kishor Babu keinen Kommentar zu einem Shloka[1] der *Gita* geschrieben, sondern die mit seinen Freunden Shan-

1 Shlok(a): Doppelvers in der Sanskritdichtung.

tanu und Amolak getroffene Abmachung erwähnt, der zufolge sie sich am 1. Januar des Jahres 2000 treffen wollten, und bis dahin verblieben gerade mal noch zwei Monate. Gleichzeitig hatte Kishor Babu über die ›Liberation‹[1] geschrieben, die er entsprechend dieser Abmachung zu vollziehen hatte, und diese ›Liberation‹ bedeutete ›Trennung von der Familie‹. Aber danach hatte er noch einen Kommentar ›Transvestiten und Liberation: 1947‹ in seinen schönen runden Buchstaben geschrieben. Als Kishor Babus Frau den gelesen hatte, fiel ihr nichts anderes ein, als ihn zwischen den Lagen ihrer Saris zu verstecken, wie schon andere beschriebene Blätter zuvor. Und nun verlangt die Geschichte wiederum, daß diese Beschreibung Wort für Wort dem Leser vorgelegt wird:

*Transvestiten und Liberation: 1947*

*Am Morgen des Jahres 1947, als die Muslime aufbrachen, um die Stadt zu verlassen und nach Pakistan zu gehen, dachten sich die sieben Tunten des Ortes – Ammi, Gulabbo, Nanki, Mancali, Kajjan, Munir und Barfi – einen Spaß aus, den sie mit den Flüchtlingen treiben wollten. Sie hielten die Angst dieser Leute für bloße Unwissenheit und Blödheit. Am Tag zuvor waren sie in einem Hindu-Viertel gewesen, doch kein einziger Hindu hatte auch nur einen Blick auf ihre Tänze geworfen. So setzten sie sich nun vor ihre eigene Haustür und sangen, Rhythmus und Takt mit den Trommeln schlagend und mit den Händen klatschend, Lieder, die bei der Geburt von Kindern üblich waren. Die Aufmerksamkeit der Nachbarn, die in Angst und Sorge ihre Vorbereitungen zur Abfahrt trafen, wurde so für einen Moment auf sie gelenkt. Der Süßwarenhändler Caudhri Abbas brüllte los: »He, ihr Halunken! Schweigt endlich! Macht euch nicht lustig über uns! Alle Muslime stehen an der Tür des Todes.«*

---

1 Liberation: dieses englische Wort bedeutet sowohl ›Trennung‹ als auch ›Befreiung‹. Das Wortspiel ist im Deutschen nicht durch ein einziges Wort wiederzugeben.

*Kajjan sagte: »Oje, Caudhri Sahib! Mögen Ihre kaputten Zähne Halwa bekommen und Ihre Liebste Euren Zorn wegküssen! Unser Gulabbo hat ein Mädchen bekommen.« Einige Leute fingen an zu lachen. Doch der Sohn von Caudhri Abbas griff sich einen Knüppel und stürzte sich auf die Sieben. Er brüllte noch lauter als sein Vater: »Seid endlich still oder ich schlage eure Trommel in Stücke!«*

*Nanki spreizte seine Hand und erklärte kokett: »Haye, haye! Der Bauch deiner Frau soll dick wie eine Trommel werden, und herauskommen soll aus ihm ein strammer Junge! Und wir bekommen dann Pudding und Pulaw zu essen. Haye, haye! Ich pfeife auf deine Wut und deinen Knüppel.« Das ganze Viertel brach in schallendes Gelächter aus. Die Leute vergaßen für ein paar Minuten ihre Ängste und Nöte.*

*... Die Tunten begriffen jetzt, daß auch sie nicht umhin konnten wegzugehen. Sie klemmten sich ihre Bündel unter die Achsel, warfen ihre Bettrollen Caudhri Abbas vor die Tür und erklärten ihm, daß er sie zum Bahnhof bringen solle. Der Caudhri weigerte sich, aber sie gaben nicht nach: »Wah! Wie können Sie uns nicht mitnehmen wollen. Wir sieben sind doch Ihre Kinder, und Sie sind unser Vater.« Da lachte auch der Caudhri.*

*Danach begaben sie sich an die Straßenkreuzung, um ihre Schlafpritschen zu verkaufen. Ein Hindu, der sich mit Wäschewaschen seinen Unterhalt verdiente, fragte: »Sag, Gulabbi, wieviel willst du dafür haben?« Gulabbi erwiderte: »Den Holzrahmen habe ich für drei und eine halbe Rupie bekommen und die Gurte für zwei. Gib mir zwei und eine halbe dafür.« Da mischte sich der Betelverkäufer Ramsingh ein, der daneben saß und seine Biri paffte: »Dhanua, wenn du diese Betten kaufst, wirst du auch eine Tunte.« Wie sehr sich die Transvestiten auch mühten, aber ihre Betten wurden sie nicht los. Schließlich verloren die Sieben völlig ihre Nerven. Als sie Nachrichten über kleinere Ausschreitungen zu hören bekamen, rannten sie schnurstracks zum Bahnhof. Die Leute, auf die sie unterwegs trafen, machten sich noch lustig über sie: »Seht nur! Die Tunten sind auf dem Weg, um Pakistan zu besiedeln.«*

Von dieser Lektüre vollkommen niedergeschmettert, ließ sich Kishor Babus Frau auf ihr Bett fallen. Was war denn da bloß wieder in ihn gefahren! Wo hatte er nur all das über diese Transvestiten gelesen oder gehört, daß er es nun aufschrieb? Vielleicht stammte die Geschichte aus Bhiwani? Kishor Babu war doch 1947 einmal dorthin gefahren! Was für eine Sprache, was für Sätze! Wenn man das las, fielen einem doch die Augen aus dem Kopf! Er hätte wenigstens an seinen weißen Bart denken sollen, an ein wenig Alterswürde! Und was bedeutete all das überhaupt? In welchem Zusammenhang mit der Teilung des Landes erinnerte er sich jetzt an diese Tunten, und mit dem Wort ›Liberation‹ an die Abmachung mit seinen Freunden, weswegen er sich von seiner Familie trennen mußte? Bedeutete das etwa, daß Kishor Babu sein Haus verlassen und irgendwohin gehen wollte? Aber wohin wollte er? Und mit wem? Amolak lebte nicht mehr, und Shantanus Namen hatte sie seit jenem Tag nicht wieder gehört, an dem er sich mit ihm getroffen hatte. Nach jenem Tag hatte er sich doch eine Zeitlang andauernd die Hände gewaschen! Also war das Treffen nicht gerade glücklich verlaufen. Was verband er also mit dem Wort ›Liberation‹? Wollte er etwa nicht länger mit seinem Sohn und der Schwiegertochter zusammen in einem Haus leben und sich von ihnen trennen? Oder dachte er etwa daran, wie sein Onkel ein Sannyasi zu werden? ›Laß ihn gehen, wohin er will!‹ resignierte Kishor Babus Frau schließlich. Was hätte sie denn schon tun könnten?

*Wer weiß schon, wann und welche Veränderung im Verlauf der Welt vor sich geht. In Kalkutta gab es einen Menschen, der immer wieder mit weißer Farbe auf Wände und Mauern in der Stadt schrieb: »Die Sonne dreht sich um die Erde, und dazu braucht sie ein ganzes Jahr.« Wer kann schon wissen, wann sich das einmal als richtig erweisen wird. Was heute richtig ist, galt vor tausend Jahren nicht. Und wer weiß schon, was sich später tatsächlich ereignen wird, wovon man heute noch nicht einmal eine Ahnung hat.*

*Wird es Kishor Babus Frau zu ihren Lebzeiten wohl noch erleben, daß Kishor Babu seine Familie verläßt und weggeht? Sie dachte, daß dieses Ereignis, sollte es passieren, nicht nur ihr Leben, nein, das Leben auf der ganzen Erde verändern würde. Bis jetzt hatten die Menschen Angst vor einem Dritten Weltkrieg, der die ganze Erde vernichten würde. Doch nichts dergleichen trat ein. Etwas ganz anderes trat ein, etwas, wovon keiner auch nur geträumt hatte, etwas, was einfach unvorstellbar war und keiner für möglich gehalten hatte. Die fünf Naturelemente in der Welt – Erde, Wasser, Feuer, Himmel und Luft – gerieten durcheinander. Und die Auswirkungen zeigten sich zuallererst im mächtigsten Land der Welt. Bis jetzt hatten die Wissenschaftler immer wieder davon gesprochen, daß die Temperatur auf der Erde steige und die Ozonhülle über ihr Löcher bekommen werde, doch jeder Wissenschaftler, jeder Mensch glaubte, zu seinen Lebzeiten würde das noch nicht passieren. Doch es trat so plötzlich ein, daß niemandem etwas anderes übrigblieb, als sich damit abzufinden.*

*Im mächtigsten Land der Erde starben auf einmal alle Bäume und Pflanzen, als ob jemand im Innern der Erde Gift verstreut hätte. Der Sauerstoff in der Luft nahm so rapide ab, daß den Menschen das Atmen schwerfiel. Überall trocknete das Wasser aus, und der wolkenlose Himmel erhitzte sich wie der Sand in der Wüste. All das passierte innerhalb eines einzigen Tages, so daß alle Länder im Nu davon erfuhren, noch ehe die Regierung des betroffenen Landes Maßnahmen zur Verheimlichung der Situation ergreifen konnte. Alle Länder hielten nun ihre Getreidevorräte unter Verschluß, um nicht Hungers sterben zu müssen. Kein Land war bereit, ein Kilo Getreide für ein Kilo Gold abzugeben.*

*In allen Ländern der Erde wurde alles, was auf der Basis von Brennstoffen wie Benzin, Diesel, Gas und Kohle angetrieben wurde, stillgelegt, weil von ihnen die größte Gefahr ausging, der Erde den Sauerstoff zu nehmen, so wie es auf dem Mond war. Die Erzeugung von Elektrizität wurde mit einem Schlag eingestellt, weshalb dann auch alle Fabriken stillstanden. Die Regierungen in der ganzen Welt gaben Anweisung, insbesondere die Düngemittel und Chemikalien produzierenden Fabriken zu schließen.*

*Alle Autos wurden nutzlos. Es wurde unmöglich, in Hochhäusern zu wohnen, weil in ihnen keine Fahrstühle mehr fuhren und kein Wasser nach oben gelangen konnte. Am glücklichsten waren nun die armen Menschen, die es gewohnt waren, zu Fuß zu laufen und auf dem Erdboden zu leben. Die wichtigste Aufgabe bestand nunmehr darin, Getreide, Obst und Gemüse zu erzeugen, und wer sich mit dieser Arbeit auskannte, bekam die höchsten Löhne. Es gab nur noch eine Möglichkeit, die Erde zu retten, und die bestand darin, anstelle von Maschinen die Arbeitskraft des Menschen zu nutzen und diese vor allem für die Erzeugung von Lebensmitteln einzusetzen, und zwar von Lebensmitteln, bei denen keinerlei Chemikalien im Spiel waren. Die Erde konnte nur noch durch Sauerstoff erzeugende Bäume und Pflanzen gerettet werden. Um diese Kunde in der Welt zu verbreiten, brauchte man jetzt weder Computer noch Fernsehen oder Zeitungen, weder Flugzeuge noch Schiffe oder Eisenbahnen. Das verstand jedes Kind schon von allein.*

*Die Leute begriffen auch, daß alle Dinge, die sie in den Genuß von Bequemlichkeiten versetzt hatten, die Quelle ihrer Unbequemlichkeiten war. Die Unbequemlichkeiten, denen jemand nun ausgesetzt war, entsprachen dem Maß an Bequemlichkeiten, die er vorher genossen hatte. Alle anderen Leute lebten so wie bisher. Menschen, die die kostbaren Bedingungen des Dorflebens, wo sie Luft, Wasser und den Himmel unentgeltlich genießen konnten, aufgegeben hatten, um in den Städten ein Leben wie in der Hölle führen zu müssen, wurden nun davon befreit. Mit größter Freude kehrten sie zurück in ihre Dörfer, weil sie von dem Geld, das sie in den Städten bekommen hatten, jetzt nichts mehr kaufen konnten, was ihnen von Nutzen war. Deshalb kehrten sie in den Schoß ihrer Erde zurück.*

*In dieser neuen Welt stand Kishor Babu am Morgen des 1. Januar 2000 in aller Frühe auf, machte seine Morgentoilette und begab sich zu Fuß zum Victoria Memorial. Als seine Frau aufstand, hatte er bereits zwei Kilometer zurückgelegt. An der Stelle, wo früher die riesige Skulptur der auf einem Thron sitzenden Königin Victoria stand, befand sich jetzt eine schmächtige, fast zwergenhafte Figur des großen weisen Rishi Aurobindo. Kishor Babu stellte sich auf der Ostseite neben die Einfriedung. Er hatte dort kaum fünf Minuten gestanden, als er einen von zwei Pferden gezogenen Phae-*

*ton erblickte, der sich von Nord-Kalkutta her näherte. Kishor Babus Herz schlug heftiger. Als der Phaeton herangekommen war, weiteten sich Kishor Babus Augen vor Erstaunen. Shantanu stieg aus seiner alten Kutsche und umarmte ihn. »Du bist gekommen, Shantanu? Ich hätte nie geglaubt, daß du dich an unsere Abmachung für den heutigen Tag erinnerst. Ich bin gekommen, denn ich bin schließlich noch am Leben und wollte mein Versprechen einhalten«, sagte Kishor Babu.*

*»Wie hätte ich dich vergessen können auf dem Weg in die Zukunft, Kishor? Wenn alle Umwege dieser Welt nunmehr versperrt sind, dann habe ich doch gar keine andere Wahl als hierher zu kommen«, erwiderte Shantanu.*

*Kishor Babu verstand nicht, was Shantanu meinte. Der aber lachte nur, das alte, wohlbekannte Lachen. Dann begann er, wie auch früher schon, Kishor zu erklären, was er meinte.*

*»Du weißt doch, wenn eine Straße verstopft war, dann haben wir eine Umgehung gebaut, die wir an den beiden Enden der verstopften Straße einmünden ließen. Wenn der Verkehr zu dicht wurde, machten wir eine Einbahn-Straße daraus. Wir haben uns nie bemüht, ein Problem an der Wurzel zu packen. Wir haben stets versucht, jedes Problem zu umgehen, einen Bypass zu legen. Aber jetzt nützt uns kein Bypass mehr.«*

*Genau in diesem Augenblick klopfte Amolak Shantanu auf den Rücken und sagte: »Du hast völlig recht, Shantanu. Jetzt hast du wohl begriffen, was ich dir sagte? Ich habe dir gesagt, daß man nichts mit ausländischer Hilfe erreichen kann, wenn man die Ressourcen seines Landes umgeht. Was immer du auch tun willst, du mußt es mit eigener Kraft tun.«*

*Kishor Babu und Shantanu waren so verblüfft, als sie Amolak erblickten und seine Stimme hörten, daß sie vergaßen, sich darüber zu freuen. Wieso war Amolak am Leben? Träumten sie etwa?*

*»Ich denke, du bist bei der Zerstörung der Babri-Moschee ums Leben gekommen. Etwa nicht?« fragte Shantanu schließlich. Kishor Babu hatte bis dahin kein einziges Wort hervorgebracht.*

*»Nein, ich bin nicht umgekommen. Umgekommen ist mein Doppelgänger. Jemand, der aussah und dachte wie ich.«*

*Auf diese Erklärung Amolaks hin brachte Kishor Babu hervor: »Oh, das klingt ja wie aus einem Hindi-Film.«*

*Shantanu und Amolak brachen in ein herzliches Lachen aus über die Art, wie er das sagte. Doch Kishor Babu war das Lachen vergangen. Er hätte nur allzugern gewußt, ob er gerade einen Film im Kino ansah oder ob all das in Wirklichkeit passierte ...*

# Verzeichnis von Ereignissen, Namen und indischen Begriffen[1]

*Ackan*: knielanger, eng anliegender, bis zum Stehkragen zugeknöpfter Gehrock.

*Ahimsa*: Gewaltlosigkeit; war Bestandteil des Konzepts von Mahatma Gandhi im Kampf gegen die britische Kolonialherrschaft um die Erringung der Unabhängigkeit Indiens.

*Allah-o-Akbar*: ›Gott ist der größte!‹; Anrufung Gottes im Islam, auch als Kampfruf verwendet.

*Amma*, kurz *Ma*: Anrede für die Mutter.

*Ana*, auch *Anna*: indische Münze bis 1957, sechzehnter Teil einer Rupie.

*Arjun(a)*: Held in dem altindischen Epos *Mahabharat(a)*.

*Arti-Zeremonie*: Schwenken eines Öllämpchens besonders bei Andachten und Gottesdiensten, wobei auch entsprechende Lieder gesungen werden.

*Arya-Samaj*: 1875 gegründete reformistische Religionsgemeinschaft; setzt sich für die Rückkehr zur altindischen Kultur und Religion ein, bekämpft nicht mit den Weden übereinstimmende Sitten und Bräuche, wendet sich gegen Kastenbeschränkungen und Kinderheirat, kämpft für die Bildung der Frauen und die Wiederverheiratung von Witwen.

---

1 Für die im Buch aufgeführten indischen Namen und Begriffe gelten folgende Ausspracheregeln:
›c‹ und ›ch‹ werden wie tsh gesprochen.
›j‹ und ›jh‹ werden wie dsh gesprochen.
Das in Klammern gesetzte (a) bei einigen Wörtern weist darauf hin, daß dieses kurze ›a‹ aus dem Sanskrit in die deutsche Transliteration übernommen wurde, bei diesen Wörtern im Hindi jedoch nicht gesprochen wird.
Im Deutschen erscheinen viele aus indischen Sprachen übernommene oder transkribierte Wörter mal mit ›w‹ und mal mit ›v‹ geschrieben. Es handelt sich um den gleichen Laut und Buchstaben im Hindi. Da die Aussprache bilabial ist, wird hier die Schreibweise mit ›w‹ vorgezogen.

*Ashram*: Einsiedelei; Wirkungsstätte eines Guru.

*Aurobindo* (1872-1950): interessierte sich für Yoga und Mystizismus; kämpfte eine Zeitlang in der nationalen Befreiungsbewegung, trat insbesondere auch für soziale Reformen ein; später gründete er in Pondicherry einen Ashram als ein Zentrum für ›die Wahrheit Suchenden‹.

*Azad Hind Fauj*: ›Befreiungsarmee Indiens‹; 1941-1945; ab 1943 von *Subhash Candra Bose* geführt.

*Baba*: ›Großvater‹, auch liebevolle und ehrerbietige Anrede für einen älteren Mann, einen Heiligen, Asketen u. ä.

*Babri-Moschee*: stand in Ayodhya, dem Geburtsort von *Ram(a)*, und wurde am 6. Dezember 1992 von fanatischen Hindus geschleift, weil sie angeblich an der Stelle errichtet worden war, an der vor langer Zeit ein *Ram(a)* gewidmeter Tempel gestanden haben soll.

*Babu*: Büroangestellter, Beamter mit Englischkenntnissen; auch Anrede für einen solchen in Indien, ehrerbietig für den Vater und ältere, hochgestellte und geachtete Männer; auch einem Bezugswort nachgestellt.

*Bai*: sich prostituierende Sängerin.

*Bande Mataram*: ›Ich grüße die Mutter‹; von dem bengalischen Dichter Bankim Candra *Chattopadhyay* 1876 verfaßtes, in seinem Roman *Anand(a)math* (Kloster der Seligkeit) 1882 veröffentlichtes Lied; die Melodie dazu komponierte Jadunath Bhattacharya; dieses Lied war die Hymne der indischen Unabhängigkeitsbewegung, wurde 1950 als nationales Lied in die Verfassung der Republik Indien aufgenommen und ist somit der Nationalhymne gleichgestellt. Die englische Übersetzung stammt von *Aurobindo*.

*Bankim Candra*: s. *Chattopadhyay*.

*Baul-Musik*: in Westbengalen verbreitete, von umherwandernden Sängern gesungene Liebeslieder, die insbesondere Krishna und Radha gewidmet sind.

*Bhabhi*: Schwägerin, Frau des älteren Bruders; mit Namen nachgestellt.

*Bhagawadgita*: kurz *Gita*, altindisches, im *Mahabharat(a)* enthaltenes philosophisches Traktat; wird als die Quintessenz aller heiligen Schriften des Hinduismus angesehen.

*Bhagawatkatha*: Buch über die Lebensgeschichte von Krishna.

*Bhagawat(a)puran(a)*: an das Epos *Mahabharat(a)* anschließendes episches Werk mit didaktischem Charakter, enthält ebenfalls die Geschichte über *Krishna*.

*Bhaiya*: Koseform für ›Bruder‹.

*Bhakti*: ›Hingabe an Gott‹; diese Bewegung (vor allem 13. bis 17. Jh.) brachte eine reiche Literatur in den gesprochenen Sprachen, weniger in Sanskrit hervor, in der insbesondere *Krishna*, aber auch *Ram(a)* angebetet wurden.

*Bindi*: roter Punkt auf der Stirn verheirateter, nicht verwitweter Frauen.

*Biri*: eine Art Minizigarillo, mit einem Laubblatt als Deckblatt.

*Bose*, Subhash Candra: eigtl. ›Bos‹, genannt ›Neta-ji‹ (verehrter Führer), 1897-1945; Führer des militanten Flügels der Kongreß-Partei, der nicht an die Erringung der Unabhängigkeit des Landes mit gewaltlosen Mitteln glaubte und den Kampf gegen die britische Kolonialherrschaft mit dem inneren Kampf um die soziale Befreiung der unterdrückten Volksmassen verbinden wollte. Er wurde von den Briten viele Jahre inhaftiert. Während des Zweiten Weltkrieges startete er eine Kampagne gegen die Briten und gegen den Krieg. Dabei suchte er Hilfe bei den deutschen Faschisten. Von Berlin aus führte er die *Azad Hind Fauj*, für die er gefangene Inder rekrutierte, die in der britischen Armee gekämpft hatten. 1943 begab er sich nach Japan, wo er eine indische Exilregierung bildete. 1945 kam er bei einem Flugzeugunglück ums Leben.

*Brahma*: einer der drei Hauptgötter des hinduistischen Pantheons, Gott der Schöpfung, aus seinem Körper sollen die vier großen Kastengruppen entsprungen sein. Er gilt als Urheber der *Weden* und als Lenker des Schicksals. Er hat vier Gesichter, reitet auf einem Schwan, sein Emblem ist die Lotosblume, seine Gemahlin ist *Saraswati*.

*Brahmane*: Priester- und Gelehrtenstand; oberste Kastengruppe der sozialen Hierarchie des Hinduismus; hat das Recht auf das heilige Wissen.

*Cakra*: Rad als Symbol des Lebens; nationales Symbol und Bestandteil der indischen Staatsflagge (s. *Trikolore*).

*Cappal*: Sandale, eine Art Badelatsche.

*Caudhri*: Oberhaupt einer Kaste oder anderen sozialen Gruppierung.

*Caupar*: ein Brettspiel mit 3 Würfeln und 16 Figuren.

*Chattopadhyay* (häufige Transkription: *Chatterjee*), Bankim Candra (1838-1894): berühmter bengalischer Dichter und Begründer des bengalischen Romans; bekanntester Roman *Anand(a)-math* (Kloster der Seligkeit), spielte eine gewichtige Rolle im Kampf gegen die britische Kolonialherrschaft, enthält das Lied ›*Bande Mataram*‹.

*Clive*, Robert, Baron von Plassey (1725-1774): britischer Gouverneur und Befehlshaber in Indien; siegte in der Schlacht bei Plassey 1757.

*Curma*: eine Süßigkeit; in Butterschmalz geröstete und gezukkerte Brotbrocken.

*Curzon*, George Nathaniel (1859-1925): von 1899-1905 Vizekönig von Indien; war verantwortlich für die Teilung Bengalens 1905; schlug 1905 auch die Errichtung des Victoria Memorial in Kalkutta vor.

*Dada*: Großvater, Vater des Vaters.

*Dadi*: Großmutter, Mutter des Vaters.

*Das*, Chitta Ranja (C. R.) (1870-1952): Rechtsanwalt in Kalkutta; Vorsitzender der *Kongreß-Partei* 1922; gründete 1922 zusammen mit anderen Mitgliedern der Kongreß-Partei die Swaraj(a)-Partei.

*Derozio*, Henry Louis Vivian (1809-1831): eurasischer Dichter, war von portugiesisch-indischer Herkunft, lebte in Kalkutta.

*Dewi*: ›Göttin‹, ein Name von *Durga*; auch ehrerbietige Anrede für Frauen, bei Namen nachgestellt.

*Dhoti*: Beinkleid, bes. für Männer, bestehend aus einem 4 m langen weißen Stück Baumwolltuch, das um die Hüften geschlungen und zwischen den Beinen durchgezogen wird. Sie wird in der Regel von Männern getragen, aber auch von Frauen der unteren Kasten.

*Didi*: Bezeichnung und ehrerbietige Anrede für die ältere Schwester.

*Dipawali-Fest*, auch *Diwali-Fest*: allindisches Lichterfest, Ende Oktober als Symbol des Sieges des Guten über das Böse gefeiert.

*Durga*: anderer Name für die Göttin *Kali*.

*Dyer*, R. E. H. (geb. 1864): britischer General in Indien; ließ am 13. April 1919 in Amritsar im Jallianwala Bagh, einem öffentlichen, von Mauern umgebenen Park, das Feuer auf eine unbewaffnete Menschenmenge eröffnen, die gegen unliebsame Maßnahmen der britischen Kolonialregierung protestierte. Es gab 379 Tote und 1208 Verwundete.

*Fakir*: Mensch, der der Welt und ihren Genüssen entsagt hat und ein Gott geweihtes Leben führt. Obwohl islamischen Ursprungs, wird dieses Wort in Indien auch für hinduistische Asketen verwendet.

*Firangee*: englische Schreibweise für ›Firangi‹, Bezeichnung für einen Europäer in Indien.

*Gallone*: rund 4,55 l.

*Gandhi*, Indira (1914-1984): Tochter von Jawaharlal *Nehru*; Premierministerin von Indien 1966-1977 und 1979-1984; wurde von ihrer Leibwache am 31. Oktober 1984 ermordet.

*Gandhi*, Mohandas Karamcand (1869-1948): genannt ›*Mahatma*‹ (große Seele) und ›Bapu-ji‹ (verehrter Vater der Nation). Lebte in Südafrika, kam 1914 nach Indien und führte ab 1920 die indische Unabhängigkeitsbewegung, die er mit gewaltlosen Mitteln (Ahimsa) unter der Losung ›Satyagrah(a)‹ (Beharren in der Wahrheit) erstreiten wollte. 1948 trat er für die Beilegung der gewaltsamen Auseinandersetzungen zwischen Hindus und Muslimen ein, die die Erringung der Unabhängigkeit begleiteten, wurde am 30. Januar 1948 von einem fanatischen Hindu ermordet.

*Gandhi*, Rajiv Ratna (1944-1991): ältester Sohn von Indira Gandhi; Premierminister von Indien 1984-1987; wurde am 21. Mai 1991 bei einem Bombenanschlag ermordet.

*Gandhi*, Sanjay: zweiter Sohn von *Indira Gandhi*; kam 1980 beim Absturz seines Segelflugzeuges ums Leben.

*Ghasel*: in der arabischen, türkischen und Urdu-Literatur verbreitete Gedichtform mit vier bis sechs Verspaaren.

*Ghat*: Wasser- und Badestelle am Ufer eines Gewässers mit Treppenstufen zum Wasser.

*Gita*: kurz für *Bhagawadgita*.

*Gupta*, Maithilisharan (1886-1964): Lyriker und Dramatiker, dichtete in Hindi.

*Guru*: geistlicher Lehrer und Erzieher, ist im Besitz eines besonderen transzendenten Wissens, weshalb ihm übernatürliche Kräfte zugeschrieben werden. Durch seine Belehrung verhilft ein Guru seinen Schülern zu ihrer zweiten, der geistigen Geburt und sichert ihnen so ihr Heil im Diesseits wie im Jenseits.

*Hanuman*: Gott der Schwerathleten; spielt als Anführer des Affenheeres eine große Rolle im Epos *Ramayan(a)* bei der Befreiung von *Ram(a)s* Gemahlin Sita aus den Klauen des Dämonenkönigs von Lanka.

*Har, har Mahadew!*: ›Es lebe Gott!‹; Kampfruf fanatischer Hindus; eigtl. Anrufung des Gottes *Shiw(a)*.

*Hindu Mahasabha*, kurz *Hindu Sabha* (›Großvereinigung der Hindus‹): 1915 von Madan Mohan *Malawiya* gegründet. Die Aktivitäten dieser Vereinigung zielen auf die Errichtung der Herrschaft der Hindus in Indien, die sie durch die Vereinigung der Hindus in einem militanten Block und die Bekehrung Andersgläubiger zum Hinduismus zu realisieren sucht. 1925 wurde von Mitgliedern der Hindu Mahasabha die paramilitärische Geheimorganisation *Rashtriya Swayamsewak Sangh* gegründet, deren Tätigkeit von einem militanten Hindu-Kommunalismus getragen wird und sich in erster Linie gegen die Muslime, zunehmend aber auch gegen progressive und revolutionäre Kräfte richtet.

*Hukka*: große Wasserpfeife.

*Jain(a)*: Angehöriger einer im 6. Jahrhundert v. Chr. in Indien entstandenen Religion, in der die Tötung von Lebewesen strikt abgelehnt wird, weshalb die Jain(a)s eine vegetarische Lebensweise führen.
*Jalebi*: brezelförmige, in Öl gebackene Süßigkeit.
*-ji*: einem Bezugswort nachgestellte Höflichkeitsformel.
*Jinnah*, Muhammad Ali (1876-1948): Präsident der *Muslimliga* und Begründer von Pakistan, erhielt den Beinamen ›Qaid-e-Azam‹ (großer Führer).

*Kajal*: schwarze Schminke aus Antimon zum Ummalen der Augen.
*Kalakand*: toffeeartige Süßigkeit.
*Kali*: einer der Namen der Göttin *Parwati*; sie verkörpert in dieser Gestalt das Grausige, die ewige Naturkraft, die die Welt schafft und zerstört, und wird in dieser Gestalt insbesondere in Kalkutta und Umgebung verehrt.
*Kaliyu(ga)*: letztes der vier großen Weltzeitalter in der indischen Mythologie, das eiserne und schlechteste.
*Kamiz*: enges, hemdartiges Kleid, bes. von den Frauen des Panjab und jungen Mädchen und Frauen über einer Pluderhose – *Shalwar* – mit einem Schleier getragen.
*Karma*: schicksalhafte Vergeltung für gute und böse Taten, die die Art der Wiedergeburt eines Menschen bestimmen.
*Khadi*: handgewebter Stoff aus handgesponnenem Garn.
*Khas*: wohlriechende Grasart, aus der Matten geflochten werden, die im Sommer, am Fenster aufgehängt und mit Wasser besprengt, zur Kühlung verwendet werden.
*Khatri*: eine Händlerkaste.
*Kirtan*: fromme Hymne an Gott, Lobpreisung.
*Kongreß-Partei*, kurz für *Indischer Nationalkongreß*, abgekürzt INK: am 28. Dezember 1885 in Bombay gegründet; führte den Kampf gegen die britische Kolonialherrschaft; in den zwanziger, dreißiger und vierziger Jahren von *Mohandas Karamcand Gandhi* und *Jawaharlal Nehru* geführt. Sie verfolgt demokratische und säkulare Ziele, in ihr arbeiten Hindus, Sikhs und Muslime und andere Glaubensanhänger zusammen.

Sie stellte nach der Erringung der Unabhängigkeit am 15. August 1947 die erste Zentralregierung der Republik Indien und war auch danach in verschiedenen Wahlperioden die Regierungspartei.

*Krishna*: achte Inkarnation des Gottes Wishnu als Hirte, wird wie eine Gottheit verehrt.

*Kshatriya*: Kastengruppe der Krieger und des Adels; nimmt nach den Brahmanen den zweiten Platz in der sozialen Hierarchie des Hinduismus ein.

*Kurta*: weites, knielanges Hemd, ohne Kragen und Manschetten.

*Laddu*: eine Süßigkeit in Bällchenform.

*Lakshmi*: Göttin des Reichtums und des Glücks; Gemahlin des Gottes Wishnu.

*Lala*: ehrerbietige Anrede, bes. für Ältere, aber auch für den jüngeren Bruder und den Sohn.

*Lathi*: langer, mit Eisen beschlagener Schlagstock aus Bambus, gehört zur Ausrüstung der indischen Polizei.

*Lingam*: männliches Glied; im Hinduismus Darstellung von *Shiw(a)* als Phallus.

*Lungi*: Kleidungsstück, besteht aus einem langen Stück Stoff, das wie ein Wickelrock um die Hüften geschlungen wird und bis zu den Waden oder Knöcheln reicht.

*Ma*: familiäre Anrede für die Mutter.

*Mahabharat(a)*: ›Das große Epos vom Kampf der Nachkommen des Bharat(a)‹; populäres altindisches Heldenepos, längste Dichtung der Weltliteratur, etwa zwischen 400 v. Chr. und 400 n. Chr. entstanden, beeinflußte nachhaltig die gesamte indische Literatur bis in die heutige Zeit. Enthält neben der Haupthandlung, dem Kampf zweier Königsgeschlechter, zahlreiche Nebengeschichten sowie andere literatur- und ideengeschichtlich bedeutsame Einschübe, darunter das bekannte philosophische Traktat *Bhagawadgita*.

*Mahatma*: ›große Seele‹; Beiname für einen Heiligen, insbesondere auch für *Mohandas Karamcand Gandhi*.

*Maharaj*: respektvolle Anrede, etwa ›Herr‹.
*Maidan*: Platz, Grünfläche.
*Maina*: Beo; in Indien weit verbreitete Starenart.
*Malawiya*, Madan Mohan (1861-1946): gründete 1915 die *Hindu Mahasabha*.
*Mama*: Onkel, Bruder der Mutter.
*Mami*: Tante, Ehefrau des Mama.
*Man*: indische Gewichtseinheit; etwa 40 kg.
*Mangal*: Name des Planeten Mars, gilt als glückbringend.
*Mantra* (Pl. im Deutschen: *Mantren*): Gebetformel, Zauberspruch; meist aus den *Weden*; ihnen wird eine große magische Kraft zugesprochen.
*Marwari*: Händlerkaste aus Rajasthan; jetzt in ganz Indien verbreitet.
*Maya*: Illusion, Täuschung; in der indischen Philosophie ›Scheinwelt‹.
*Muslimliga*, kurz *Liga*: 1906 mit Unterstützung der britischen Kolonialherren von Aga Khan als politische Organisation der Muslime in Indien gegründet, ging über weite Strecken des Kampfes um die Unabhängigkeit Zweckbündnisse mit der *Kongreß-Partei* ein. Als Hauptträger des muslimischen Kommunalismus in Indien betonte sie immer mehr den panislamischen Gedanken und geriet in Gegensatz zur säkulare Ideen vertretenden Kongreß-Partei. Am 14. August 1947 gründete sie mit Hilfe der Engländer und geführt von Muhammad Ali *Jinnah* die Islamische Republik Pakistan und besiegelte so die Teilung Indiens.

*Namaz*: Gebet, das jeder Muslim fünfmal am Tag, das Gesicht Mekka zugewandt, zu verrichten hat.
*Nana*: Großvater, Vater der Mutter.
*Nani*: Großmutter, Mutter der Mutter.
*Nawab*: Fürst im Reich der Großmoguln, später von den Engländern vergebener Titel an islamische Feudalherren.
*Nehru*, Jawaharlal (1889-1964): ab 1929 viele Jahre Präsident der *Kongreß-Partei*, in der er maßgeblich die Ideologie des demokratischen Flügels prägte. Er wurde von der britischen Ko-

lonialregierung mehrfach inhaftiert. Am 15. August 1947 rief er die Unabhängigkeit Indiens aus und wurde der erste Ministerpräsident der Republik Indien. Dieses Amt bekleidete er bis zu seinem Tod. Er vertrat eine Politik bürgerlich-demokratischer Reformen, des Säkularismus, der friedlichen Koexistenz und der Nichtpaktgebundenheit.

*Nimbaum*: indischer Zedrachbaum.

*Om*: mystische Silbe im Hinduismus.

*Ostindische Kompanie*: wurde 1599 von 24 Kaufleuten in London für den Handel mit Indien gegründet; eroberte nach und nach die meisten Gebiete Indiens; wurde 1858 nach der Zerschlagung des Sepoy-Aufstandes (1857-1858) aufgelöst, Indien wurde der britischen Regierung als reichste Kolonie Englands direkt unterstellt.

*Paisa*: indische Kleinmünze; 100 Paisas sind 1 Rupie; bis zur Währungsreform 1957 enthielt 1 Rupie 64 Paisas.

*Pakauri*: eine Art Krapfen, mit Gemüse gefüllt.

*Pandit*: gelehrter Brahmane, auch als Titel und Anrede verwendet, bei Namen vorangestellt.

*Pao*: indische Gewichtseinheit, entspricht einem Viertel Ser, also ca. 150 bis 250 g.

*Parwati*: Gemahlin des Gottes *Shiw(a)*; wird unter vielen anderen Namen verehrt, unter denen verschiedene Eigenschaften hervorgehoben werden, in Kalkutta als *Kali*.

*Phaeton*: leichte, zweirädrige Pferdekutsche.

*Prasad*, Jayshankar (1889-1937): Lyriker, Dramatiker und Erzähler, schrieb in Hindi.

*Puja*: Andacht, Anbetung Gottes.

*Pulaw*: mit Gemüse und auch Fleisch zubereiteter, stark gewürzter Reis.

*Puri*: kleiner, runder Weizenfladen, in Butterschmalz gebacken, geht beim Backen auf.

›*Quit India*‹-*Bewegung*: im August 1942 von der *Kongreß-Partei* gestartete Kampagne, mit der die englischen Kolonialherren aufgefordert wurden, Indien zu verlassen, woraufhin die Führer der *Kongreß-Partei* inhaftiert wurden.

*Radha*: Rinderhirtin; Gespielin von *Krishna*.
*Rakshas(a)*: Dämon in der indischen Mythologie.
*Ram(a)*: siebente Inkarnation des Gottes Wishnu als König, wurde in Ayodhya geboren, um die Welt von allem Bösen, vor allem von bösen Dämonen zu befreien; gilt als vorbildlicher, wahrheitsliebender und gerechter Herrscher; wird inzwischen als ein eigenständiger Gott verehrt; Held im Epos *Ramayan(a)*.
*Ramayan(a)*: ungefähr im 2. Jh. von dem Weisen Walmiki verfaßtes altindisches, sehr beliebtes Epos, erzählt die Lebensgeschichte von *Ram(a)* und seiner Gemahlin Sita; beeinflußte in starkem Maße die gesamte nachfolgende indische Literatur und wurde mehrfach nachgedichtet. Die Geschichte dieses Epos wird alljährlich zum Dashehra-Fest im Oktober als ›Ramlila‹ aufgeführt.
*Rasgulla*: bengalische Süßigkeit, aus Quark zubereitet und mit Zuckersirup überzogen.
*Rashtriya Swayamsewak Sangh*, ›Nationale Freiwilligenunion‹, kurz *RSS*: 1925 innerhalb der *Hindu Mahasabha* gegründet, verfolgt nationalistische Ziele der Hindus.

*Sahib*, auch *Sahab*: Anrede für Europäer; jetzt respektvolle Anrede für angesehene Männer; bei Namen nachgestellt.
*Samosa*: dreieckige Teigtasche mit pikanter Fleisch- und/oder Gemüse-Füllung, in heißem Öl fritiert.
*Sannyasi*: Einsiedler; ein Mensch, der allen weltlichen Genüssen entsagt hat.
*Saraswati*: Göttin der Wissenschaften und Künste; Gemahlin des Gottes *Brahma*.
*Sari*: 8 bis 10 m langes, ca. 1 m breites Stück Stoff, das von den Inderinnen wie ein Wickelgewand getragen wird. Ein Ende, meist mit einer breiten bestickten oder gemusterten Kante versehen, wird quer über die Brust und die linke Schulter gelegt, von der es über den Rücken herunterhängt. Mit diesem

Ende, dem Sari-Zipfel, muß Tradition und Sitte zufolge eine Hindu-Frau ihr Gesicht vor fremden Männern bedecken.

*Sati*: Bezeichnung für eine verwitwete Frau, die sich zusammen mit der Leiche ihres Mannes bei lebendigem Leib auf dem Scheiterhaufen verbrennen läßt oder verbrannt wird.

*Sawan*: Monat des indischen Mondkalenders, etwa Mitte Juli bis Mitte August, in ihm beginnt die Regenzeit.

*Ser*: indische Gewichtseinheit, schwankt regional zwischen 600 bis 1000 g.

*Seth*: respektvolle Anrede für einen reichen Kaufmann, Händler u. ä.

*Shalwar*: am Knöchel enge Pluderhose für Frauen, über der eine *Kamiz* getragen wird.

*Shani*: Name für Saturn, gilt als unheilbringend.

*Shastras*: zusammenfassende Bezeichnung für die altindischen heiligen Bücher wie *Weden*, *Upanishaden* usw.

*Shiw(a)*: einer der drei Hauptgötter des hinduistischen Pantheons, Zerstörer und Vernichter der Welt, wird als Voraussetzung für die Erneuerung des Lebens angesehen. Somit gilt Shiw(a) als Symbol der ewigen Schöpferkraft und der Erneuerung der Natur. Er hat viele Namen, reitet auf einem Stier, um seinen Hals winden sich Schlangen, seine Waffe ist der Dreizack. Seine Gemahlin ist *Parwati*.

*Shiwaiten*: Anhänger des Gottes *Shiw(a)*.

*Shri*: ›Herr‹, ›sehr geehrter‹; Anrede, bei Namen vorangestellt.

*Shudras*: Kaste der Dienenden, unterste Kastengruppe in der sozialen Hierarchie des Hinduismus.

*Shwetambar-Jain(a)s*: eine Sekte der *Jain(a)s*.

*Sikh-Kabab*: kleine Hackfleischspieße.

*Sindur*: Mennige; Zinnoberrot; zum Färben des Scheitels einer verheirateten, nicht verwitweten Frau verwendet.

*Siraj-ud-daula* (1736-1757): Nawab von Bengalen; wurde 1757 von den Engländern in der Schlacht bei Plassey durch Verrat besiegt und im gleichen Jahr ermordet.

*Sukhsagar*: ›Ozean des Glücks‹; eine Hindi-Übersetzung der *Bhagawatkatha*.

*Surma*: antimonhaltige Augenschwärze aus Fenchelsamen, die

im Orient zum Ummalen der Augen verwendet wird, was als schön und glückbringend sowie wohltuend, da kühlend für die Augen gilt.

*Swami*: ›Herr, Gebieter‹; Titel vor dem Namen eines Heiligen, Asketen oder religiösen Lehrers.

*Taj Mahal*: berühmtes Mausoleum in Agra; in der Zeit von 1632 bis 1653 auf Veranlassung des Mogulkaisers Shah Jahan zu Ehren seiner 1631 im Kindbett verstorbenen Lieblingsfrau Mumtaz errichtet.

*Tantrik*: Kenner altindischer magischer Beschwörungen.

*Teilung Bengalens*: wurde 1905 vom britischen Parlament beschlossen und von Lord *Curzon* ausgeführt, 1911 von König George V. anläßlich seines Besuches in Indien wieder annulliert. 1947 wurde Bengalen mit der Entlassung Indiens aus dem britischen Kolonialreich endgültig geteilt. West-Bengalen verblieb bei Indien und Ost-Bengalen ging an Pakistan. 1971 erkämpfte sich Ost-Bengalen seine Souveränität und ist jetzt der selbständige Staat Bangladesh.

*Tika*, *Tikki*: rotes Stirnzeichen verheirateter Frauen, deren Ehemann am Leben ist.

*Tilak*: auf die Stirn gemaltes Zeichen als Ausdruck der Zugehörigkeit zu einer Kaste, Sekte u. ä.; auch Glück verheißendes Zeichen bei festlichen Anlässen.

*Trikolore*: Fahne der *Kongreß-Partei*; seit 1947 Nationalflagge der Republik Indien; hat drei Querstreifen in den Farben safrangelb, weiß und grün; im weißen Streifen befindet sich in der Mitte ein marineblaues Rad.

*Tripitak(a)*: buddhistischer Kanon.

*Upanishaden*: altindische religiös-philosophische Texte, beinhalten Geheimlehren.

*Victoria Memorial*: in der Zeit von 1921 bis 1934 in Kalkutta aus Marmor errichtetes, den *Taj Mahal* in Agra nachahmendes riesiges Denkmal zu Ehren der britischen Königin Victoria.

*Waishnawas*: Anhänger des Gottes *Wishnu*.

*Waishya*: Kastengruppe der Händler, Kaufleute und Ackerbauern; steht an dritter Stelle in der sozialen Hierarchie des Hinduismus.

*Wanik-Kaste*: eine Kaste von Händlern und Kaufleuten.

*Weda* (Pl. im Deutschen: *Weden*): älteste religiöse, vor ca. 4000 Jahren entstandene Schriften der Inder, auf deren Autorität der Hinduismus aufbaut. Sie bestehen aus vier Sammlungen metrischer Hymnen und Sprüche; an sie schließt sich eine umfangreiche Prosaliteratur an.

*Wedant(a)*: Ende des wedischen Zeitalters.

*Wesir*: Minister bei muslimischen Herrschern.

*Widyapati*, Bisaibaras Thakur (um 1350-1438): Lyriker und Dramatiker, schrieb in Sanskrit, Prakrit und Maithili; verehrte *Krishna*, übte einen nachhaltigen Einfluß auf die Literaturen Nordindiens aus.

*Wishnu*: einer der drei Hauptgötter des hinduistischen Pantheons, gilt als Erhalter der Welt, wird unter vielen anderen Namen verehrt. Er hat vier Arme, sein Reittier ist Garud(a), ein Vogeltier; seine Gemahlin ist *Lakshmi*. Man kennt zehn Awataras dieses Gottes, von denen zwei – die als *Ram(a)* und die als *Krishna* – ebenfalls göttliche Verehrung genießen.

*Wiwekanand(a)* (1863-1902): berühmter indischer Philosoph; predigte die Universalität der Religion und trat für ihre soziale Verantwortung ein.

# Danksagung

Die Übersetzung dieses interessanten Buches, das einen tiefen Einblick in das Leben der Stadt Kalkutta und eines Teils ihrer Bewohner, der Marwaris, und damit auch in das Leben Indiens überhaupt gibt, hat mich bei der Übertragung ins Deutsche vor einige Probleme gestellt, bei deren Klärung mir Kollegen und Bekannte behilflich waren. Mein herzlicher Dank gilt insbesondere Klaus Mylius und Mudagamuwe Maithrimurthi für die Hilfe bei der Übersetzung von Sanskritstellen. Zu großem Dank verpflichtet bin ich ebenfalls Alokeranjan Dasgupta, Lothar Lutze und Krishna Chatterjee für die Erläuterung etlicher bengalischer Begriffe und Sachverhalte.

# Inhalt


1. Kali-katha: 1997 7
2. »Irgendwo im Norden« 9
3. »Wo ist denn das mittlere Zimmer?« 17
4. Kali-katha: 1940 19
5. Wenn schon Exil, dann Kalkutta 37
   Einmischung des Erzählers
6. Das Leben ist sinnlos 80
7. Und wieder Kali-katha: 1940 92
8. Prasanna Kumar Tagore Street Nr. 7 103
9. Abmachung für den 1. Januar 2000 115
10. 2. Juli 1940 132
11. Hitler und Nehru 156
12. 1942: Eine Liebesgeschichte? 165
13. Eine Hungersnot kommt nie von allein … 200
14. Das große Morden in Kalkutta 230
15. Im Schatten der Freiheit: Ein Nachtrag 260
16. Epilog 307

Verzeichnis von Ereignissen, Namen
und indischen Begriffen 321
Danksagung 335